BASTEI
LÜBBE

Bisher sind im BASTEI-LÜBBE Taschenbuchprogramm von MICHAEL MOORCOCK nachstehende Bände erschienen:

Erekose-Zyklus
20 043 Die ewige Schlacht
20 044 Der Phönix im Obsidian

20 072 Das Buch Corum

Die Cornelius-Chroniken
22 034 Miss Brunners letztes Programm
22 036 Das Cornelius-Rezept
22 039 Ein Mord für England
22 041 Das Lachen des Harlekin
22 051 Entropie-Tango

28 117 Byzanz ist überall
(Paperback)

FANTASY

Michael
Moorcock

Das ewige Schwert

BASTEI
LÜBBE

BASTEI-LÜBBE-TASCHENBUCH
Fantasy
Band 20 083

Deutsche Lizenzausgabe 1986
Bastei-Verlag Gustav H. Lübbe GmbH & Co., Bergisch Gladbach
Originaltitel: The Dragon in the Sword
Ins Deutsche übertragen von Eva Eppers
Redaktion: Dr. Helmut Pesch
Titelillustration: Frank Brunner
Umschlaggestaltung: Quadro-Grafik, Bensberg
Satz: ICS Comunikations Service GmbH, Bergisch Gladbach
Druck und Verarbeitung:
Elsnerdruck, Berlin
Printed in Western Germany
ISBN 3-404-20083-7

Der Preis dieses Bandes versteht sich einschließlich
der gesetzlichen Mehrwertsteuer.

Rose aller Rosen, Rose der ganzen Welt!
Auch du bist hergekommen, wo die dunkle Flut zerschellt
an den Molen der Sorge, und du hörst den Klang
der Glocke, die uns ruft, den süßen fernen Sang.
Schönheit voller Trauer, der die Ewigkeit zu schwer,
hat dich an uns gebunden und an das weite graue Meer.
Die Segel unserer Schiffe aus Träumen gewoben im Wind,
sie harren ihres Schicksals, das Gott vorherbestimmt.
Und wenn sie dann am Ende, besiegt in seinen Kriegen,
unter den selben Sternen am Meeresgrunde liegen,
werden wir nicht mehr vernehmen des traurigen Herzens Schlag,
das nimmer leben kann und nimmer sterben mag.

W. B. Yeats DIE ROSE DES KRIEGES

Vorwort

ICH BIN JOHN DAKER, das Opfer der Träume der ganzen Welt. Ich bin Erekose, Kämpfer der Menschheit, der die menschliche Rasse vernichtete. Ich bin Urlik Skarsol, Lord der Eisfestung, der das Schwarze Schwert trug. Ich bin Ilian von Garathorm, Elric Frauentöter, Dorian Falkenmond, Corum und noch so viele andere – Mann, Frau, Zwitter. Alle bin ich gewesen. Und alle sind sie Kämpfer in dem ewigen Krieg des Gleichgewichts, versuchen sie, Gerechtigkeit aufrechtzuerhalten in einem Universum, das ständig vom Chaos bedroht ist, einer Existenz ohne Anfang und Ende das Gesetz der Zeit aufzuerlegen. Doch selbst das ist nicht mein wahres Schicksal.

Mein wahres Schicksal ist, mich – und sei es auch nur vage – jeder einzelnen Inkarnation zu erinnern, jedes Augenblicks einer endlosen Reihe von Leben, einer Vielzahl von Zeiten und Welten.

Zeit ist zugleich ein Schmerz der Gegenwart, eine lange Qual der Vergangenheit und die furchtbare Gewißheit endloser Zukunft. Zeit ist auch ein Komplex sich überschneidender Wirklichkeiten, unvorhersehbarer Folgen und unerforschlicher Gründe, tiefreichender Spannungen und Abhängigkeiten.

Immer noch weiß ich nicht genau, warum ich für dieses Schicksal ausgewählt wurde oder warum es mir oblag, diesen Kreis zu schließen – was, wenn es mich nicht erlöste, so doch zumindest meine Qual zu begrenzen versprach.

Bestimmt weiß ich nur, daß es mein Schicksal ist, in alle Ewigkeit zu kämpfen und nur für kurze Zeit Frieden zu finden, denn ich bin der Ewige Held, Verteidiger der Gerechtigkeit und zugleich ihr Zerstörer. In mir liegt die ganze Menschheit im Krieg. In mir vereint sich das Männliche und das Weibliche, in mir bekämpfen sie sich; in mir ringen so viele

Rassen darum, ihre Mythen und ihre Träume zu verwirklichen . . .

Dennoch bin ich nicht mehr und nicht minder ein menschliches Wesen als jeder meiner Nächsten. Genau wie sie bin ich fähig zu Liebe und Verzweiflung, zu Furcht und Haß.

Ich war und bin John Daker, und es gelang mir schließlich einen gewissen Frieden zu finden, einen scheinbaren Abschluß. Dies ist ein Versuch, meine letzte Geschichte niederzuschreiben . . .

Ich habe berichtet, wie ich von König Rigenos gerufen wurde, um gegen die Alten zu kämpfen, und wie ich in Liebe entbrannte und eine furchtbare Sünde beging. Ich habe erzählt, was mir widerfuhr, als ich (wie ich glaubte, um für mein Verbrechen bestraft zu werden) nach Rowenarc gerufen wurde, wie man mich verführte, gegen meinen Willen das Schwarze Schwert zu ergreifen, wie ich der Silbernen Königin begegnete und was wir gemeinsam auf der Ebene des Südeises vollbrachten. Auch glaube ich, irgendwo noch weitere meiner Abenteuer aufgezeichnet zu haben (oder sie wurden von anderen aufgezeichnet, denen ich sie erzählte); ich habe ein wenig davon gesprochen, wie ich auf einem dunklen Schiff fuhr, das von einem blinden Kapitän gesteuert wurde. Allerdings bin ich nicht sicher, ob ich jemals davon gesprochen habe, wie es kam, daß ich die Welt des Südeises verließ und meine Identität als Urlik Skarsol ablegte. Deshalb will ich an den Beginn dieser Geschichte meine letzten Erinnerungen an jene sterbende Welt setzen, deren Kontinente langsam von der Kälte erobert wurden und deren träge Ozeane einen so hohen Salzgehalt aufwiesen, daß sie tatsächlich das Gewicht eines ausgewachsenen Mannes tragen konnten. Da es mir auf dieser Welt gelungen war, wenigstens bis zu einem gewissen Grade meine früheren Sünden wiedergutzumachen, hatte ich gehofft, nun zu meiner einzigen Liebe zurückkehren zu dürfen, der wunderschönen Prinzessin der Alten, Ermizhad.

Obwohl ich für jene, denen ich geholfen hatte, ein Held war, wurde ich immer einsamer. Auch hatte ich in zunehmendem Maße unter beinahe selbstmörderischen Anfällen von Schwermut zu leiden. Dann wieder verfiel ich in sinnlose Raserei gegen mein Schicksal, gegen wen oder was auch immer mich von der Frau fernhielt, deren Gesicht und Erscheinung mich im Schlaf wie im Wachen verfolgten. Ermizhad! Ermizhad! Liebte jemals ein Mensch so ausschließlich? So beständig?

In meinem Streitwagen aus Silber und Bronze, der von riesigen weiße Bären gezogen wurde, durchstreifte ich das Südeis, rastlos, ein von Erinnerungen Gepeinigter, der darum betete, wieder mit Ermizhad vereint zu werden. Ich schlief nur wenig. Von Zeit zu Zeit kehrte ich zum Roten Fjord zurück, wo ich viele kannte, die gerne meine Freunde und Zuhörer waren, aber das Alltägliche ihres Lebens versetzte mich über kurz oder lang in eine reizbare Stimmung. Um nicht als ungehobelter Klotz zu erscheinen, mied ich ihre Gastfreundschaft und Gesellschaft, wann immer es möglich war. Ich zog mich in meine Gemächer zurück und dort, halb schlafend, halb zu Tode erschöpft, versuchte ich, meine Seele ins Nichts zu versenken, meinen Körper zu verlassen, die Astralebene (wie ich sie in Gedanken nannte) nach meiner verlorenen Liebe zu durchforschen. Aber es gab so viele Existenzebenen – eine unendliche Zahl von Welten im Multiversum, wie ich bereits wußte, eine ungeheure Vielfalt möglicher Chronologien und Geographien. Wie konnte es mir gelingen, sie alle zu erkunden und meine Ermizhad zu finden?

Man hatte mir gesagt, daß ich sie vielleicht in Tanelorn wiedertreffen könnte. Aber wo war Tanelorn?

Ich wußte aus meinen Erinnerungen an andere Existenzen, daß die Stadt vielerlei Gestalten annahm und selbst dem Zugriff jener entschlüpfte, die darin geübt waren, sich zwischen den zahllosen Schichten der Millionen Sphären zu bewegen. Welche Chancen hatte ich, gefesselt an einen einzigen Körper, eine einzige irdische Ebene, Tanelorn zu finden? Wenn Sehnsucht genug war, hätte ich die Stadt bereits ein dutzendmal entdekken müssen.

Mit der Zeit forderte die Erschöpfung ihren Preis. Manche dachten, ich würde daran sterben, andere, ich würde verrückt. Ich versicherte ihnen, dafür wäre mein Wille zu stark. Allerdings erklärte ich mich bereit, ihre Medikamente anzunehmen, und diese versetzten mich endlich in einen tiefen Schlaf, in dessen Verlauf ich, beinahe zu meiner Freude, die merkwürdigsten Träume zu haben begann.

Zuerst schien ich in einem formlosen Ozean aus Farben und Licht zu treiben, die nach allen Richtungen auseinanderströmten. Allmählich wurde mir bewußt, daß das, was ich sah, in gewisser Weise das gesamte Multiversum darstellte. Bis zu einem gewissen Grad wenigstens nahm ich jede einzelne Schicht, jede Periode auf einmal wahr. Deshalb waren meine Sinne nicht in der Lage, irgendwelche Einzelheiten aus diesem erstaunlichen Bild herauszugreifen.

Dann merkte ich, daß ich ganz langsam durch all diese Zeitalter und Reiche der Wirklichkeit sank, durch ganze Welten, Städte, Gruppen von Männern und Frauen, Wälder, Berge, Ozeane, bis ich vor mir eine kleine, flache, grüne Insel entdeckte, die einen beruhigenden Anschein von Festigkeit hatte. Als meine Füße sie berührten, roch ich frisches Gras, erblickte Erde, einige wilde Blumen. Alles wirkte wundervoll einfach, und existierte doch in diesem wogenden Chaos aus Farben, aus Lichtströmungen, die in dauerndem Wechsel an Leuchtkraft gewannen und verloren. Auf diesem Stück Wirklichkeit stand noch eine andere Gestalt. Sie war von Kopf bis Fuß in eine Rüstung gehüllt, schachbrettartig gelb und schwarz gemustert, und das Gesicht war hinter dem Visier verborgen, so daß ich von dem Träger der Rüstung nichts sehen konnte.

Aber ich erkannte ihn bereits, denn wir waren uns schon einmal begegnet. Ich kannte ihn als Ritter in Schwarz und Gold. Ich grüßte ihn, aber er gab keine Antwort. Ich fragte mich, ob er in seiner Rüstung erfroren war. Zwischen uns wehte eine bleiche Flagge, ohne Wappen. Es hätte eine Parlamentärsflagge sein können, doch waren er und ich keine Feinde. Er war ein hochgewachsener Mann, größer sogar als ich. Bei unserer letzten Begegnung hatten wir zusammen auf einem Hügel gestanden und zugesehen, wie die Heere der Menschheit in den Tälern fochten. Diesmal gab es nichts zu beobachten. Ich bat ihn, den Helm abzunehmen und sein Gesicht zu zeigen. Er tat es nicht. Ich bat ihn, zu mir zu sprechen. Er tat es nicht. Ich bat ihn, mir zu bestätigen, daß er nicht tot sei. Er gab keine solche Bestätigung.

Dieser Traum wiederholte sich viele Male. Nacht um Nacht flehte ich ihn an, sich zu erkennen zu geben, stellte dieselben Forderungen, die ich immer gestellt hatte, und erhielt keine Antwort.

In einer Nacht gab es wenigstens eine Änderung. Bevor ich mit meinen Bitten anfangen konnte, sprach der Ritter in Schwarz und Gold mich an . . .

– *Ich habe es dir schon gesagt. Ich werde jede Frage beantworten, die du mir stellst.* Es war die Fortsetzung einer Unterhaltung, an deren Beginn ich mich nicht mehr entsinnen konnte.

– *Wie kann ich zu Ermizhad zurückfinden?*

– *Indem du an Bord des Dunklen Schiffes gehst.*

– *Wo finde ich das Dunkle Schiff?*

– *Das Schiff wird zu dir kommen.*

– *Wie lange muß ich warten?*

– *Länger, als es dir lieb ist. Du mußt deine Ungeduld bezähmen.*

– *Das ist eine unbefriedigende Antwort.*

– *Ich versichere dir, es ist die einzige, die ich geben kann.*

– *Wie ist dein Name?*

– *Wie du, habe ich sehr viele Namen. Ich bin der Ritter in Schwarz und Gold. Ich bin der Krieger Der Nicht Kämpfen Kann. Manchmal nennt man mich Die Fahne Ohne Wappen.*

– *Laß mich dein Gesicht sehen.*

– *Nein.*

– *Warum nicht?*

– *Ah ja, das ist schwierig. Ich glaube, weil die Zeit noch nicht gekommen ist. Wenn ich dir zuviel zeige, würde das zu viele andere Zeitläufe beeinflussen. Du mußt wissen, daß alles, in allen Reichen des Multiversums, vom Chaos bedroht ist. Das Gleichgewicht neigt sich zu sehr zu seinen Gunsten. Die Ordnung muß unterstützt werden. Wir müssen darauf bedacht sein, weiteres Unheil zu vermeiden. Du wirst meinen Namen bald erfahren, dessen bin ich sicher. Das heißt, ›bald‹ nach den Maßstäben deiner eigenen Zeitrechnung. Nach meiner könnten zehntausend Jahre vergehen . . .*

– *Kannst du mir helfen, zu Ermizhad zurückzukehren?*

– *Ich habe bereits erklärt, daß du auf das Schiff warten mußt.*

– Wann werde ich Frieden finden?

– Wenn all deine Aufgaben erfüllt sind. Oder bevor es Aufgaben für dich zu erfüllen gibt.

– Du bist grausam, Ritter in Schwarz und Gold, mir so ausweichend zu antworten.

– Ich kann nur wiederholen, John Daker, ich habe keine genaueren Antworten. Du bist nicht der einzige, der mich der Grausamkeit beschuldigt . . .

Er streckte die Hand aus, und jetzt konnte ich eine Klippe sehen. Dicht an der Kante des Steilhangs aufgereiht, teils zu Fuß, teils beritten (keineswegs ausschließlich auf gewöhnlichen Pferden), stand Reihe um Reihe von Kriegern in zerschlagenen Rüstungen. Irgendwie war ich ihnen nahe genug, um die Gesichter erkennen zu können. Ihre Augen waren leer. Augen, die zuviel Schmerz gesehen hatten. Sie konnten uns nicht sehen, doch schien es mir, daß sie zu uns beteten – oder wenigstens zu dem Ritter in Schwarz und Gold.

Ich rief ihnen zu. – *Wer seid ihr?*

Und sie antworteten mir, hoben ihre Köpfe zu einem furchtbaren Sprechgesang. – *Wir sind die Verlorenen. Wir sind die Letzten. Wir sind die Lieblosen. Wir sind die Krieger am Abgrund der Zeit. Wir sind die Geschlagenen, wir sind die Verzweifelnden, wir sind die Betrogenen. Wir sind die Kämpen aus tausend geistigen Schlachten.*

Es war, als hätte ich ihnen ein Zeichen gegeben, eine Gelegenheit, ihre Ängste auszudrücken, ihre Sehnsüchte und Qualen von Jahrhunderten. Sie sangen mit einer einzigen, kalten, melancholischen Stimme. Ich hatte das Gefühl, daß sie schon seit Anbeginn der Ewigkeit am Rande dieser Klippe standen, um nur zu sprechen, wenn ihnen meine Frage gestellt wurde. In ihrem Gesang gab es keine Unterbrechung, sondern er schwoll immer mehr an . . .

– Wir sind die Krieger am Abgrund der Zeit. Wo ist unsere Freude? Wo ist unser Kummer? Wo ist unsere Furcht? Wir sind die Tauben, die Stummen, die Blinden. Wir sind die Unsterblichen. Es ist kalt am Abgrund der Zeit. Wo sind unsere Mütter und unsere Väter? Wo sind unsere Kinder? Es ist zu kalt am Abgrund der Zeit! Wir sind die Ungeborenen, die Unbekannten, die Unsterblichen. Es ist zu kalt

am Abgrund der Zeit! Wir sind müde. Wir sind so müde. Wir warten müde am Abgrund der Zeit . . .

Ihr Schmerz war so durchdringend, daß ich versuchte, mir die Ohren zuzuhalten. – *Nein!* schrie ich. – *Nein! Ihr sollt mich nicht rufen. Hört auf!*

Schweigen. Sie waren verschwunden.

Ich drehte mich nach dem Ritter in Schwarz und Gold herum, aber auch er war fort. War er einer dieser Krieger gewesen? Ihr Anführer vielleicht? Oder, fragte ich mich, waren sie alle Aspekte eines einzigen Wesens – meiner selbst?

Ich vermochte keine dieser Fragen zu beantworten; aber ich wollte die Antworten eigentlich auch gar nicht wissen.

Ich bin mir nicht sicher, ob es zu diesem Zeitpunkt war oder später, in einem anderen Traum, daß ich an einem felsigen Ufer stand und auf einen nebelverhangenen Ozean hinausblickte.

Zuerst erkannte ich nichts im Nebel, dann entdeckte ich allmählich einen dunklen Umriß, ein Schiff, das nahe der Küste vor dem Anker dümpelte.

Ich wußte, es war das Dunkle Schiff.

An Bord dieses Schiffes schimmerten hier und dort Tupfer von orangefarbenem Licht. Es war ein warmer, beruhigender Schein. Auch glaubte ich zu hören, wie tiefe Stimmen von Deck zu den Rahen hinaufriefen, und von dort Antwort erhielten. Ich vermutete, daß ich das Schiff anrief und gehört wurde, denn bald – wahrscheinlich von einem Langboot hinübergesetzt – stand ich auf dem Hauptdeck vor einem hochgewachsenen, hageren Mann in einem weichen, ledernen Wettermantel, der ihm bis über die Knie reichte. Er berührte meine Schulter wie zum Gruß, und ich wußte, noch bevor ich in sein ruhiges, zeitloses Gesicht blickte, daß er blind war.

Meine andere Erinnerung ist, daß das Schiff über und über mit Schnitzereien verziert war, von denen viele geometrische Formen darstellten, andere bizarre Geschöpfe, ganze Geschichten oder Ereignisse aus allen möglichen unvorstellbaren Mythen.

– *Du wirst wieder mit uns segeln,* sagte der Kapitän.

– *Ja,* bestätigte ich, obwohl ich in diesem Augenblick nicht wußte, wann ich zuvor mit ihm gefahren war.

Danach verließ ich mehrmals das Schiff, jedesmal in anderer Gestalt, und erlebte alle Arten von Abenteuern. An eines erinnerte ich mich besser als an die anderen, und sogar mein Name prägte sich mir ein. Er lautete Clen von Clen Gar. Ich erinnerte mich an eine Art Krieg zwischen Himmel und Hölle. Ich erinnerte mich an Täuschung und Verrat, und etwas, das man als Sieg bezeichnen konnte. Dann war ich wieder an Bord des Schiffes.

– *Ermizhad! Tanelorn! Ist das unser Ziel?*

Der blinde Kapitän legte die Kuppen seiner langen Finger an mein Gesicht und berührte meine Tränen. – *Noch nicht.*

– *Dann werde ich nicht länger an Bord dieses Schiffes bleiben . . .* Ich wurde zornig. Ich warnte den Kapitän, daß er mich nicht gefangen halten könne. Ich wollte nicht an sein Schiff gefesselt sein. Ich wollte mein eigenes Schicksal bestimmen, auf meine Art.

Er versuchte nicht, mich zurückzuhalten, obwohl er traurig zu sein schien, mich gehen zu sehen.

Und ich erwachte, in meinem Bett, in meinen Gemächern am Roten Fjord. Ich lag im Fieber, glaube ich. Ich war von Dienern umgeben, die auf meine Schreie herbeigeeilt waren. Zwischen ihnen hindurch drängte sich Bladrak Morgenspeer, gutaussehend, rothaarig, der mir einst das Leben gerettet hatte. Er war besorgt. Ich kann mich entsinnen, ihn angeschrien zu haben, mir zu helfen, sein Messer zu nehmen und mich von meinem Körper zu erlösen.

– *Töte mich, Bladrak, wenn dir unsere Kameradschaft etwas bedeutet!*

Aber er erfüllte diese Bitte nicht. Lange Nächte kamen und gingen. Manchmal glaubte ich, wieder auf dem Schiff zu sein. Zu anderen Zeiten hatte ich das Gefühl, gerufen zu werden. Ermizhad? War sie es, die rief? Ich spürte die Anwesenheit einer Frau . . .

Aber als dann eine neue Erscheinung vor mir auftauchte, war es ein Zwerg, den ich sah. Er tanzte und sprang herum, offensichtlich ohne mich zu bemerken, und summte vor sich hin. Ich hatte den Eindruck, ihn zu kennen, konnte mich aber nicht auf seinen Namen besinnen. – *Wer bist du? Hat der blinde*

Kapitän dich geschickt? Oder kommst du von dem Ritter in Schwarz und Gold?

Anscheinend hatte ich den Zwerg überrascht, der mir jetzt zum erstenmal sein spöttisches Gesicht zuwandte, seine Kappe zurückschob und grinste. – *Wer ich bin? Ich hatte nicht vor, Euch auf dem falschen Fuß zu erwischen. Wir sind alte Freunde, Ihr und ich, John Daker.*

– *Du kennst mich unter diesem alten Namen? Als John Daker?*

– *Ich kenne Euch unter all Euren Namen. Aber nur zwei dieser Namen werdet Ihr mehr als einmal tragen. Ist das ein Rätsel?*

– *Allerdings. Muß ich jetzt die Antwort herausfinden?*

– *Wenn Ihr das Gefühl habt, daß es nötig ist. Ihr stellt viele Fragen, John Daker.*

– *Ich würde es vorziehen, du nennst mich Erekose.*

– *Und wieder sollt Ihr Euren Willen haben. Nun, da habt Ihr immerhin eine klare Antwort! Ich bin gar kein so übler Zwerg, nicht wahr?*

– *Ich erinnere mich! Man nennt dich Jermays den Krüppel. Du bist wie ich – die Inkarnation vieler Aspekte desselben Wesens. Wir begegneten uns bei der Höhle des Seehirschen.*

Unser Gespräch fiel mir ein. War er der erste gewesen, der mir von dem Schwarzen Schwert erzählte?

– *Wir waren alte Freunde, verehrter Held, aber Ihr konntet Euch damals so wenig an mich erinnern wie jetzt. Vielleicht gibt es zuviel, an das Ihr Euch erinnern müßt, hm? Ihr habt mich nicht beleidigt. Ich stelle fest, daß Ihr anscheinend Euer Schwert verloren habt . . .*

– *Ich werde es niemals wieder tragen. Es war eine furchtbare Klinge. Ich habe keine weitere Verwendung dafür. Noch für irgendein anderes Schwert seiner Art. Ich kann mich erinnern, daß du sagtest, es gebe zwei davon . . .*

– *Ich sagte, manchmal wären es zwei. Daß es vielleicht auch nur eine Illusion sei; daß es tatsächlich nur eines gäbe. Ich bin mir nicht sicher. Ihr hattet dasjenige, das Ihr* Sturmbringer *nennt (oder nennen werdet). Jetzt, nehme ich an, sucht Ihr* Trauerklinge.

– *Du hast ein Schicksal erwähnt, daß mit den Schwertern zusammenhängt. Du hast angedeutet, mein Schicksal wäre mit dem ihren verbunden . . .*

– *Ach, habe ich das tatsächlich? Nun, Euer Gedächtnis bessert sich. Gut, gut. Es wird Euch von einigem Nutzen sein, denke ich. Oder vielleicht auch nicht. Wißt Ihr bereits, daß jedes dieser Schwerter ein Gefäß ist für etwas anderes? Sie wurden geschmiedet, soweit ich weiß, um gefüllt zu werden, bewohnt. Um, wenn Ihr so wollt, eine Seele zu besitzen. Ihr seid verblüfft, wie ich sehe. Unglücklicherweise bin ich mir selbst nicht so ganz im klaren. Ich bekomme Hinweise, natürlich. Hinweise, unsere verschiedenen Schicksale betreffend. Und diese sind immer wieder miteinander verbunden. Ich werde Euch verwirren und höchstwahrscheinlich auch mich selbst, wenn ich weiter bei diesem Thema bleibe! Ich kann jetzt schon merken, daß Euch nicht wohl ist. Ist es lediglich ein Anflug körperlicher Erkrankung, oder ist auch Euer Gehirn betroffen?*

– Kannst du mir helfen, Ermizhad zu finden, Jermays? Kannst du mir sagen, wo Tanelorn liegt? Das ist alles, was ich wissen will. Alles andere interessiert mich nicht im mindesten. Ich will nichts mehr hören von Schicksal, von Schwertern, Schiffen, fremden Ländern. Wo liegt Tanelorn?

– Das Schiff segelt dorthin, oder nicht? Meines Wissens ist Tanelorn sein endgültiges Ziel. Es gibt so viele Städte, die Tanelorn heißen, und das Schiff führt eine Ladung von so vielen Identitäten. Dennoch sind sie alle ein und derselbe, oder ein bestimmter Aspekt derselben Persönlichkeit. Zuviel für mich, verehrter Held. Ihr solltet wieder an Bord gehen.

– Ich möchte nicht auf das Dunkle Schiff zurück.

– Ihr habt es zu früh verlassen.

– Ich wußte nicht, wohin das Schiff mich bringt. Ich hatte Angst, die Richtung zu verlieren und Ermizhad vielleicht nie wiederzusehen.

– Deshalb also seid Ihr gegangen! Glaubtet Ihr, Euer Ziel gefunden zu haben? Daß es einen anderen Weg gäbe, es zu finden?

– Ich ging gegen den Willen des Kapitäns. Wird man mich dafür bestrafen?

– Wohl kaum. Der Kapitän ist kein großer Bestrafer. Er ist kein Richter. Eher ein Vermittler, würde ich sagen. Aber davon solltet Ihr Euch selber ein Bild machen, wenn Ihr an Bord des Schiffes zurückgekehrt seid.

– Ich möchte nicht wieder auf diesem Dunklen Schiff sein.

Ich wischte mir eine Mischung aus Schweiß und Tränen

aus den Augen, und es war, als hätte ich Jermays auch weggewischt, denn er war fort.

Ich stand auf und kleidete mich an und rief nach meiner alten Rüstung. Ich befahl ihnen, sie mir anzulegen, obwohl ich mich kaum auf den Beinen halten konnte. Dann gab ich Anweisung, einen großen Meeresschlitten mit den mächtigen Reihern zu bespannen, die dazu abgerichtet waren, das Fahrzeug über die salzigen, unbewegten Ebenen, die sterbenden Ozeane zu ziehen. Ich sprach schroff mit denen, die mir folgen wollten. Ich befahl ihnen, zum Roten Fjord zurückzugehen. Ich wehrte mich gegen ihre Freundschaft. Ich enteilte den Augen der Menschheit, hinaus in die feucht-salzige Nacht, und den Kopf in den Nacken geworfen, heulte ich wie ein Wolf und schrie nach meiner Ermizhad. Es gab keine Antwort. Ich erwartete nichts anderes. So rief ich statt dessen den blinden Kapitän des Dunklen Schiffes an. Ich rief jeden Gott und jede Göttin an, die ich kannte. Und schließlich rief ich mich selber an – John Daker, Erekose, Urlik, Clen, Elric, Falkenmond, Corum und all die anderen. Zu guter Letzt rief ich das Schwarze Schwert, aber meine Stimme verhallte in einem furchtbaren, herzlosen Schweigen.

Ich starrte in das blasse Licht des Morgens, und glaubte, eine Felsklippe zu sehen, gesäumt mit hageren Kämpen. Es waren dieselben Krieger, die seit Anbeginn der Ewigkeit am Rand dieser Klippe standen, ein jeder mit einem Gesicht. Aber ich hatte überhaupt nichts gesehen, nur Wolken, dick wie der Ozean, über den ich segelte.

– *Ermizhad! Wo bist du? Wer oder was wird mich zu dir bringen?*

Ich hörte einen verstohlenen, unangenehmen Wind über dem Horizont flüstern. Ich hörte das Schlagen der Flügel meiner Reiher. Ich hörte meinen Meeresschlitten dumpf über die Wellen holpern. Und ich hörte meine eigene Stimme sagen, daß mir nur noch eines zu tun bliebe, da keine Macht mir zur Hilfe kommen wollte. Es war natürlich der eigentliche Grund, warum ich allein hinausgefahren war. Warum ich die vollständige Kampfrüstung von Urlik Skarsol, Fürst der Eisfestung, angelegt hatte. – *Du mußt dich ins Meer stürzen,* sagte ich. – *Du mußt dich hinabsinken lassen. Du mußt ertrinken. Im Tode wird bestimmt eine neue Inkarnation deiner harren. Vielleicht wirst du sogar wieder Erekose sein und vereint mit deiner Ermizhad. Immerhin wird das ein Akt des Glaubens sein, den selbst die Götter nicht unbeachtet lassen können. Vielleicht ist es überhaupt das, worauf sie warten? Zu sehen, wie tapfer du zu sein bereit bist. Und zu sehen, wie aufrichtig du sie liebst.* Und damit ließ ich die Zügel der riesigen Vögel los und machte Anstalten, mich in den schrecklichen und zähflüssigen Ozean zu stürzen.

Aber jetzt stand der Ritter in Schwarz und Gold neben mir auf der Plattform, und er hatte mir einen stählernen Handschuh auf die Schulter gelegt. Und in der anderen Hand trug er die Fahne ohne Wappen. Und diesmal öffnete er sein Visier, so daß ich sein Gesicht erkennen konnte.

Dieses Gesicht war eine Erinnerung an Größe. Es drückte ungeheure und uralte Weisheit aus. Es war ein Gesicht, das weit mehr gesehen hatte, als ich mir je zu sehen wünschen würde, in all meinen Inkarnationen. Der Knochenbau war asketisch und feingemeißelt, die großen Augen durchdringend und gebieterisch. Seine Haut hatte die Farbe von poliertem Gagat, und seine Stimme war tief, voll der Kraft heraufziehenden Donners.

– Es wäre kein Zeichen von Mut, Held. Es wäre im besten Falle Dummheit. Ihr glaubt, nach etwas zu suchen, aber was Ihr vorhabt, wäre die Tat von jemandem, der nur seinem Schmerz entfliehen möchte. Es gibt Aspekte des Helden, die weit weniger angenehm sind als der, den Ihr augenblicklich darstellt. Und außerdem kann ich Euch mitteilen, daß diese jetzige Prüfung nicht mehr viel länger dauern wird. Ich wäre früher zu Euch gekommen, aber ich hatte noch anderweitig zu tun.

– Womit?

– Oh, mit Euch, natürlich. Aber das ist eine Geschichte, die in einer anderen Welt erzählt wird, in Eurer Zukunft vielleicht, denn die Millionen Sphären rollen in unterschiedlicher Geschwindigkeit durch Zeit und Raum, und wo und wann sie sich berühren, ist immer wieder überraschend, sogar für mich. Aber ich kann Euch versichern, dies ist eine ungünstige Zeit, um aus dem Leben zu scheiden – oder auch nur aus diesem Körper. Ich weiß nichts über die Folgen, aber ich glaube, sie wären nicht angenehm. Ein großes und wichtiges Abenteuer steht

Euch bevor, Wenn Ihr Eure Pflichten als Held erfüllt, nach bestem Wissen und Gewissen, könnte es auf eine teilweise Erlösung von Eurem Schicksal hinauslaufen. Es könnte zu einem Anfang und Ende von allergrößter Bedeutung führen. Lauscht auf den Ruf. Gewiß habt Ihr die Stimme gehört?

– *Die Stimmen, die ich hörte, hatten keine Botschaft für mich. Es können nicht diese Krieger sein, die mich rufen . . .*

– *Wonach sie rufen, ist Erlösung von ihrem speziellen Schicksal. Nein, dies sind andere, die rufen, wie Ihr zuvor gerufen worden seid. Habt Ihr keinen Namen gehört? Einen Namen, der Euch noch fremd ist?*

– *Ich glaube nicht.*

– *Das bedeutet, daß Ihr zu dem Dunklen Schiff zurückkehren solltet. Etwas anderes kann ich mir nicht denken. Ich bin zutiefst verwirrt . . .*

– *Wenn Ihr verwirrt seid, Herr Ritter, dann bin ich vollkommen ratlos! Ich habe nicht den Wunsch, mich diesem blinden Mann und seinem Schiff zu überantworten. Es verstärkt mein Gefühl der Machtlosigkeit. Außerdem bleibe ich an diese Gestalt gebunden. In dieser Gestalt kann ich Ermizhad nicht finden. Ich muß entweder Erekose oder John Daker sein.*

– *Vielleicht war Eure neue Gestalt noch nicht bereit. Die Überprüfungen und Feinarbeiten, die dazu gehören, sind äußerst schwierig. Aber ich weiß bestimmt, daß Ihr irgendwie zu dem Schiff zurückkehren müßt . . .*

– *Habt Ihr mir nicht mehr zu bieten? Könnt Ihr mir die Hoffnung geben, daß ich, wenn ich wieder an Bord des Dunklen Schiffes gehe, meine Ermizhad finden werde?*

– *Vergebt mir, Held.* Die Hand des Schwarzen Riesen blieb auf meiner Schulter liegen. – *Auch ich bin nicht allwissend. Wer könnte das auch sein, wenn Zeit und Raum selbst im Flusse sind?*

– *Was habt Ihr mir dann zu sagen?*

– *Ich kann Euch nicht mehr sagen, als ich selber zu erkennen vermag. Laßt Euch von dem Schiff aufnehmen, das ist der einzige Rat, den ich für Euch habe. Es ist das Medium, durch das Ihr zu jenen gebracht werdet, die Eurer Hilfe am meisten bedürfen, und deren Hilfe wiederum eine Art Erlösung von Euren augenblicklichen Qualen bewirken kann. Auch kommt es dadurch zu einer Vereinigung mit Hoffnung auf weitere Einheit. Soviel kann ich erahnen . . .*

– *Aber wo soll ich nach diesem Schiff suchen?*

– *Wenn Ihr bereit seid, wird das Schiff zu Euch kommen. Es wird Euch finden, fürchtet nichts.*

Dann stieß der Ritter in Schwarz und Gold plötzlich einen Pfiff aus, und aus dem orangefarbigen Nebel galoppierte ein riesiger Hengst hervor, dessen Hufe das Wasser berührten, aber nicht die Oberfläche durchdrangen. Dieses Tier bestieg der Ritter in Schwarz und Gold. Sein Fell war schwarz wie des Ritters Haut, und ich fragte mich, wie es auf den Wellen stehen konnte, ohne auch nur einen Zentimeter tief einzusinken. Tatsächlich versetzte diese Erscheinung mich in solches Erstaunen, daß ich vergaß, dem Ritter noch irgendwelche Fragen zu stellen. Ich konnte nur dastehen und schauen, als er zum Abschied grüßend die Fahne ohne Wappen hob, dann das Schlachtroß kehrtmachen ließ und rasch zwischen den Wolken verschwand.

Ich war immer noch ratlos, doch hatte der Ritter in Schwarz und Gold mir doch etwas Hoffnung gemacht und mich von meiner Verzweiflungstat abgebracht. Ich wollte nicht mehr Selbstmord begehen, obwohl eine weitere Fahrt auf dem Dunklen Schiff mir auch nicht eben zusagte. Statt dessen, dachte ich, würde ich mich auf meinem Meeresschlitten niederlegen, während die Reiher mich zogen, wohin immer sie wollten (vielleicht zurück zum Roten Fjord, denn sie mußten bald am Ende ihrer Kraft sein, oder vielleicht würden sie sich bei mir auf dem Schlitten ausruhen, bevor sie weiter über den Ozean flogen. Früher oder später, das wußte ich, würden sie sich heimwärts wenden). Ich hatte den Ritter nach seinem Namen fragen wollen. Manchmal brachten Namen wiedererwachende Erinnerungen mit sich, Hinweise auf meine Zukunft, Ereignisse aus meiner Vergangenheit.

Ich schlief, und während ich schlief, kehrten die Träume zurück. Ich hörte ferne Stimmen und wußte, das waren die Krieger mit ihrem Sprechgesang; die Krieger am Rande der Klippe. – *Wer seid ihr?* flehte ich. Ich wurde meiner eigenen Fragen müde. Gleichgültigkeit fing an, von mir Besitz zu ergreifen. Es gab zu viele Geheimnisse. Dabei wollte ich nichts anderes, als wieder bei meiner verlorenen Liebe, bei Ermizhad sein. Es war mir egal, wie das erreicht wurde, oder was ich tun mußte, um meinen Wunsch erfüllt zu sehen. Aber dann begann der Gesang der Krieger sich zu verändern, bis ich schließlich nur noch einen einzigen Namen hörte:

– *SHARADIM! SHARADIM!*

Das Wort hatte keine Bedeutung für mich. Es war nicht mein Name, das wußte ich. Es war niemals mein Name gewesen, noch würde es je mein Name sein. War ich das Opfer eines furchtbaren kosmischen Irrtums?

– *SHARADIM! SHARADIM! DER DRACHE IST IN DEM SCHWERT! SHARADIM! SHARADIM! KOMM ZU UNS, WIR BITTEN DICH! SHARADIM! SHARADIM! DER DRACHE MUSS ERLÖST WERDEN!*

– *Aber ich bin nicht Sharadim.* Ich sprach laut zu den unsichtbaren Stimmen. – *Ich kann euch nicht helfen.*

– *PRINZESSIN SHARADIM, IHR DÜRFT UNS NICHT ABWEISEN!*

– *Ich bin weder eine Prinzessin, noch eure Sharadim. Ich warte auf einen Ruf, das stimmt. Aber es ist jemand anders, den ihr braucht . . .*

Gab es vielleicht noch eine andere arme Seele, die verdammt war, wie ich? Gab es so viele von meiner Art?

– *EIN DRACHE BEFREIT IST EIN VOLK ERLÖST! LASS UNS NICHT LÄNGER IM EXIL SCMACHTEN, SHARADIM! HÖRE, DER FEUERDRACHE BRÜLLT IM INNERN DER KLINGE, AUCH SIE MÖCHTE WIEDER MIT IHREM KÖNIG VEREINT SEIN. BEFREIE UNS ALLE, SHARADIM! BEFREIE UNS ALLE! NUR JENE DEINES BLUTES KÖNNEN DAS SCHWERT NEHMEN UND TUN, WAS GETAN WERDEN MUSS!*

Dies klang mir vertraut; trotzdem wußte ich genau, daß ich nicht Sharadim war. Wie John Daker es ausgedrückt haben würde, war ich wie ein Radiogerät, das auf dem falschen Kanal Nachrichten empfing. Und das alles war eine um so größere Ironie, da ich mich danach sehnte, diesen Körper zu verlassen und in einen anderen überzuwechseln, vorzugsweise in den von Erekose, vereint mit meiner Ermizhad.

Doch ich konnte die Stimmen nicht abschütteln. Der Sprechgesang wurde lauter, und jetzt glaubte ich sogar, schattenhafte Gestalten erkennen zu können – weibliche Gestalten – die einen Kreis um mich bildeten. Aber ich befand mich immer noch auf dem Floß. Ich konnte die rauhe Oberfläche unter meinen Händen spüren, während ich schlief. Trotzdem bewegte der Kreis sich langsam um mich herum, erst im Uhrzeigersinn, dann entgegengesetzt. Und dies war ein äußerer Kreis. Der innere Kreis, der mich umgab, bestand aus bleichem Feuer, das mich fast blendete.

– *Ich kann nicht kommen! Ich bin nicht die, die ihr sucht! Ihr müßt woanders Ausschau halten! Ich werde an einem anderen Ort gebraucht . . .*

– *LASS DEN FEUERDRACHEN FREI!*

– *LASS DEN FEUERDRACHEN FREI!*

– *SHARADIM! SHARADIM! LASS IHN FREI! SHARADIM!*

– *Nein! Ich bin es, den ihr freilassen müßt! Bitte glaubt mir, wer immer ihr seid, daß ich nicht bin, was ihr sucht! Laßt mich in Frieden! In Frieden!*

– *SHARADIM! SHARADIM! LASS DEN FEUERDRACHEN FREI!*

Ihre Stimmen klangen beinahe so verzweifelt wie meine eigene. Aber so sehr ich mich bemühte, zu ihnen durchzudringen, sie konnten mich über ihrem Gesang nicht hören. Ich fühlte mich ihnen verwandt. Ich hätte gerne mit ihnen gesprochen und ihnen die wenigen Informationen weitergegeben, die ich besaß, aber meine Stimme blieb weiter ungehört.

Abgesehen davon schien ich mich an eine frühere Unterhaltung zu erinnern. Hatte man mir einst von einem Drachen in einem Schwert erzählt? War es ein Gespräch mit dem Ritter in Schwarz und Gold gewesen? Oder mit Jermays dem Krüppel? Oder hatte der blinde Kapitän mir gesagt, daß ich ausgewählt war, nach einer solchen Klinge zu suchen, und hatte das zu meinem Entschluß geführt, sein Schiff zu verlassen? Ich konnte mich nicht besinnen. Alle diese Träume flossen zusammen, genau wie die meisten meiner früheren Inkarnationen oft kaum voneinander zu unterscheiden waren, wenn sie ungerufen in meinem Bewußtsein aufstiegen, wie Trümmer plötzlich an die Oberfläche eines Gewässers steigen, um ebenso unvermittelt wieder zu versinken.

Jetzt rief eine Stimme ELRIC! Jetzt ASQUIOL! Eine andere Gruppe flehte zu Corum. Noch andere verlangten nach Falkenmond, Rashono, Malan'ni. Schreiend bat ich sie, aufzuhören. Niemand rief nach Erekose. Niemand rief nach mir! Trotzdem wußte ich, daß ich sie alle war. Alle diese, und noch viele, viele mehr.

Aber ich war nicht Sharadim.

Ich begann vor diesen Stimmen wegzulaufen. Ich flehte um Erlösung. Alles was ich wollte, war Ermizhad. Meine Füße sanken in die salzige Kruste des Ozeans. Ich dachte, ich würde nun doch noch ertrinken, denn ich hatte das Floß verlassen. Ich watete durch Wasser, das mir bis zu den Schenkeln reichte, und hielt mein Schwert hoch über dem Kopf. Und vor mir, dunkel gegen den Nebel, war ein großes Schiff mit hohen Kastellen an Bug und Heck, mit einem festen, dicken Hauptmast, an dem zusammengerollt ein schweres Segel hing, mit fein geschnitztem Holzwerk und einem massiven, geschwungenen Bug, und mit großen Steuerrädern auf beiden hohen Decks. Und ich rief:

– *Kapitän! Kapitän! Ich bin es! Erekose ist zurückgekehrt! Ich bin hier, um meine Aufgabe zu erfüllen. Ich werde tun, was Ihr von mir verlangt!*

– *Aha, Held der vielen Namen. Ich hatte gehofft, Euch hier zu finden. Kommt an Bord, kommt an Bord und seid willkommen. Ihr seid mein einziger Passagier, bis jetzt. Allerdings gibt es viel für Euch zu tun . . .*

Und ich wußte, daß der blinde Kapitän zu mir sprach, und daß ich die Welt Rowenarcs, des Südeises und des Roten Fjords hinter mir gelassen hatte, und zwar für immer. Man würde annehmen, daß ich weit draußen auf dem Meer mit einem Seehirschen zusammengetroffen oder ertrunken sei. Mir tat es nur leid, auf diese Art von Bladrak Morgenspeer Abschied nehmen zu müssen, denn er war ein guter Kamerad gewesen.

– *Wird meine Reise lange dauern, Kapitän?* Ich stieg die Leiter hinauf, die man für mich herabgelassen hatte, und stellte dabei fest, daß ich nur noch einen schlichten Kilt aus weichem Leder trug, Sandalen und einen breiten Schwertgurt über der Brust. Ich blickte in die blinden Augen des lächelnden Kapitäns, der eine kräftige Hand ausstreckte und mir über die Reling half. Er war mit denselben einfachen Sachen bekleidet, die er vorher schon getragen hatte, eingeschlossen den Mantel aus Kalbsleder.

– Nein, guter Held. Ich denke, Ihr werdet sie diesmal ziemlich kurz finden. Es gibt da ein Mißverständnis zwischen Ordnung und Chaos und den ehrgeizigen Bestrebungen von Erzherzog Balarizaaf, wer immer das sein mag!

– Ihr kennt unser Ziel nicht? Ich folgte ihm in seine eigene kleine Kabine unter dem Achterdeck, wo für uns beide eine Mahlzeit vorbereitet war. Es roch ausgezeichnet. Mit einer Handbewegung bat er mich, ihm gegenüber Platz zu nehmen.

Er sagte: – *Ich glaube, es könnte Maaschanheem sein. Kennt Ihr dieses Reich?*

– Nicht, daß ich wüßte.

– Dann werdet Ihr es bald kennenlernen. Aber vielleicht sollte ich nicht sprechen. Ich bin manchmal ein irreführender Kompaß. Trotzdem, Bestimmungsorte sind die geringsten unserer Probleme. Eßt, denn Ihr werdet bald wieder von Bord gehen. Die Speisen werden Euch für Eure Aufgaben stärken.

Er leistete mir beim Essen Gesellschaft. Die Speisen waren schmackhaft und sättigend, aber es war der Wein, der mir am meisten half. Feurig wie er war, erfüllte er mich mit Zielbewußtsein und Energie. – *Vielleicht könnt Ihr mir etwas über dieses Maaschanheem erzählen, Kapitän?*

– Es ist eine Welt, die nicht weit von der entfernt liegt, die Ihr als John Daker gekannt habt. Sehr viel näher, genaugenommen, als jede andere, die Ihr bisher betreten habt. Die Bewohner von John Dakers Welt, die über solche Dinge Bescheid wissen, bezeichnen sie als eines der Reiche ihrer Mittelmarken, weil diese beiden Welten sich gelegentlich berühren, obwohl nur bestimmte Adepten von einem Ort zum andern überwechseln können. Trotzdem ist diese Erde nicht eigentlich Teil des Systems, zu dem Maaschenheem gehört. Es gibt sechs Reiche innerhalb jenes Systems, und sie werden von ihren Bewohnern die Reiche des Rades genannt.

– Sechs Planeten?

– Nein, Held. Sechs Reiche. Sechs kosmische Ebenen, die sich um einen zentralen Punkt bewegen. Sie drehen sich und schwingen unabhängig voneinander an einer Achse, und zeigen an verschiedenen Punkten ihrer Bahnen immer wieder ein neues Gesicht, während gleichzeitig jede von ihnen noch um eine vertrautere Sonne kreist, gleich der, die Ihr an Eurem eigenen Himmel zu sehen gewohnt seid.

John Dakers Himmel. Denn die Millionen Sphären sind alle die Aspekte eines Planeten, den Daker Erde nannte, genau wie Ihr ein einzelner Aspekt einer endlosen Zahl von Helden seid. Manche bezeichnen das als Multiversum, wie Ihr bereits wißt. Sphären innerhalb von Sphären, Flächen, die sich überlagern, Reiche, die sich überschneiden, sich manchmal berühren und Tore formen. Und manchmal berühren sie sich nicht. Dann ist es natürlich schwieriger, von einem zum anderen zu gelangen, außer man segelt zwischen den Reichen in einem Schiff wie dem unseren.

– *Ihr zeichnet ein düsteres Bild, Kapitän, für jemanden wie mich, der in dieser Vielfalt von Existenzen nach etwas Bestimmtem sucht.*

– *Ihr solltet froh sein, Held. Wäre nicht diese Vielfalt, könntet Ihr nicht leben. Gäbe es nur einen Aspekt Eurer Erde, einen Aspekt von Euch selbst, einen Aspekt der Ordnung und einen des Chaos, wären sie so rasch wieder verschwunden, wie sie erschaffen wurden. Die Millionen Sphären bieten unendliche Vielfalt und unzählige Möglichkeiten.*

– *Denen die Ordnung Zügel anlegen möchte?*

– *Aye, und das Chaos möchte sie sich selbst überlassen. Das ist, warum Ihr für das Kosmische Gleichgewicht kämpft. Um eine echte Ausgewogenheit zu erhalten, damit die Menschheit gedeihen und ihr ganzes Potential ausschöpfen kann. Ihr tragt eine große Verantwortung, Held, in welcher Gestalt auch immer.*

– *Und die Gestalt, die ich als nächstes annehme? Könnte es die einer Frau sein? Einer gewissen Prinzessin Sharadim?*

Der blinde Mann schüttelte den Kopf. – *Ich glaube nicht. Ihr werdet Euren Namen bald genug erfahren. Und wenn Ihr dieses Abenteuer erfolgreich bestanden habt, müßt Ihr versprechen, zu mir zurückzukehren, wenn ich Euch holen komme. Wollt Ihr mir das versprechen?*

– *Warum sollte ich?*

– *Weil es höchstwahrscheinlich zu Eurem Vorteil ist, glaubt mir.*

– *Und wenn ich nicht zu Euch zurückkehre?*

– *Ich weiß es nicht.*

– *Dann werde ich nichts versprechen. Ich bin gerade in der Stimmung, etwas genauere Antworten auf meine Fragen zu verlangen, Herr Kapitän. Ich kann Euch lediglich sagen, daß es wahrscheinlich ist, daß ich wieder nach Eurem Schiff suchen werde.*

– *Uns suchen? Ihr habt eine größere Chance, ohne Hilfe Tanelorn zu finden.* Der Kapitän wirkte belustigt. *Wir werden nicht gesucht. Wir finden.* Dann machte er einen aufrichtig besorgten Eindruck und schüttelte langsam den Kopf. Er brachte die Unterhaltung zu einem höflichen, aber abrupten Ende. – *Es ist spät. Ihr müßt schlafen und frische Kräfte sammeln.*

Er führte mich in eine der großen Kabinen am Heck. Der Raum war für eine größere Anzahl Männer eingerichtet, aber für diesmal war ich allein. Ich suchte mir eine Koje aus, wusch mich in dem bereitgestellten Wasser und legte mich schlafen. Voller Ironie dachte ich darüber nach, daß dies ein Schlaf innerhalb eines Traums sein konnte, in einem Traum in einem anderen Traum. Wie viele Schichten Wirklichkeit nahm ich wohl gerade wahr, ganz abgesehen von denen, die der Kapitän erwähnt hatte?

Auch diesmal, als ich in den Schlaf hinüberglitt, hörte ich denselben Gesang, dieselben Frauen und versuchte wieder, ihnen zu sagen, daß sie die falsche Prinzessin zu beschwören versuchten. Dessen war ich jetzt ganz sicher. Der blinde Kapitän hatte es mir bestätigt.

– *Ich bin nicht eure Prinzessin Sharadim!*

– *SHARADIM! BEFREIE DEN DRACHEN! SHARADIM! ERGREIFE DAS SCHWERT! SHARADIM, ER SCHLÄFT GEFANGEN IN DEM STAHL, DEN DAS CHAOS ERSCHUF! SHARADIM, KOMM ZU UNS BEIM GROSSEN TREFFEN! PRINZESSIN SHARADIM, NUR DU KANNST DAS SCHWERT BERÜHREN. KOMM ZU UNS, PRINZESSIN SHARADIM! WIR WARTEN DORT AUF DICH!*

– *Ich bin nicht Sharadim!*

Aber die Stimmen verklangen, und statt ihrer ertönte ein anderer Gesang. – *Wir sind die Müden, wir sind die Traurigen, wir sind die Nichtsehenden. Wir sind die Krieger am Abgrund der Zeit. Wir sind müde, so müde. Wir sind es müde, zu lieben . . .* Flüchtig sah ich wieder die Krieger, die am Rand der Klippe warteten. Ich versuchte zu ihnen zu sprechen, aber sie waren schon verblaßt. Ich schrie. Ich erwachte, und der blinde Kapitän stand vor mir.

– *John Daker, es ist Zeit für Euch, uns wieder zu verlassen.*

Draußen war es dunkel und neblig. Das Segel über uns war

geschwollen wie der Bauch eines hungernden Kindes. Dann plötzlich wurde es schlaff und schlug gegen den Mast. Man hatte das Gefühl, daß das Schiff wieder vor Anker lag.

Der Kapitän deutete auf die Reling, und als ich dem Blick seiner blinden Augen folgte, starrte ich zu einem Mann hinab, der zu mir aufblickte – einem Mann, der dem Kapitän bis aufs Haar glich, außer daß er sehen konnte. Er gab mir ein Zeichen, die Leiter hinab zu ihm ins Boot zu steigen. Diesmal trug ich keinen Kilt und kein Schwert. Ich war völlig nackt. – *Laßt mich etwas zum Anziehen holen. Eine Waffe.*

Der blinde Kapitän neben mir schüttelte den Kopf.

– *Alles was Ihr braucht, wartet auf Euch, John Daker. Ein Körper, ein Name, eine Waffe . . . Vergeßt eines nicht. Es wäre am besten für Euch, mit uns zu kommen, wenn wir Euch wieder abholen.*

– *Ich möchte ganz gerne so tun, wenigstens für den Augenblick, als wäre ich Herr über mein eigenes Schicksal,* erwiderte ich.

Und als ich die Leiter hinabstieg und in das Langboot trat, glaubte ich, den Kapitän leise lachen zu hören. Es war kein spöttisches Lachen. Auch nicht sardonisch. Trotzdem konnte man es als eine Wertung meiner letzten Bemerkung betrachten.

Das Langboot trug mich aus dem Nebel in eine kalte Morgendämmerung. Graues Licht erhellte Streifen grauer Wolken. Große weiße Vögel schwebten über etwas, das wie ausgedehntes Marschland aussah, mit glitzernden grauen Wasserflächen und grauen Schilfinseln. Und ganz in der Nähe, auf einer Bodenerhebung, entdeckte ich eine Gestalt. Sie war wie eine Statue, so regungslos und starr. Aber in meinem Herzen wußte ich, daß sie weder aus Eisen noch aus Stein gemacht war. Die Gestalt, das wußte ich, war aus Fleisch und Blut. Vage konnte ich ihre Gesichtszüge erahnen . . .

Ich konnte bereits erkennen, daß sie in dunkles, enganliegendes Leder gekleidet war, mit einem schweren Lederumhang über den Schultern, und einer festen, spitz zulaufenden Kappe auf dem Kopf. In einer Hand hielt sie einen langschäftigen Spieß, auf den sie sich zu stützen schien, und sie trug noch andere Waffen, die nicht so genau auszumachen waren.

Aber eben als sich unser Langboot dieser reglosen Gestalt näherte, bemerkte ich in der Ferne noch eine zweite. Diesmal handelte es sich um einen Mann, der für die Welt, in der er sich bewegte, sehr unpassend gekleidet zu sein schien. Er war müde und erweckte den Anschein, als werde er verfolgt. Was er anhatte, erinnerte an die Überreste eines im 20. Jahrhundert üblichen Anzugs. Er war wettergegerbt, mit hellblauen Augen in einem Gesicht, das nicht nur von Wind und Sonne gezeichnet schien. Vermutlich war er nicht älter als fünfunddreißig. Da er keine Kopfbedeckung trug, war sein hellblondes Haar zu sehen, und er wirkte groß und kräftig, wenn auch etwas mager. So wie er aussah, war er dem Zusammenbruch nahe, als er der Statue zuwinkte und etwas rief, das ich nicht hören konnte. Augenscheinlich nur noch von Willenskraft angetrieben, stapfte und stolperte er über das frostige Marschland.

Der Zwillingsbruder des Kapitäns bedeutete mir, aus dem Boot zu steigen. Ich konnte ein inneres Widerstreben nicht ganz unterdrücken. Als ich zögerte, schenkte er mir ein beruhigendes Lächeln. Dann, als ich einen nackten Fuß auf den federnden Marschboden setzte, sagte er:

– *John Daker, laßt mich Euch etwas anderes als Glück wünschen. Laßt mich statt dessen wünschen, daß Ihr, wenn die Zeit kommt, fähig seid, auf Eure Reserven an Kraft und Vernunft zurückzugreifen! Lebt wohl! Ich bin sicher, Ihr werdet wieder mit uns segeln . . .*

Nicht ein bißchen aufgemuntert von seinen Worten, stieg ich jetzt etwas bereitwilliger aus dem Boot.

– *Für meinen Teil hoffe ich, Euch niemals wieder zu sehen . . .*

Aber das Boot, der Steuermann und die erstarrte Gestalt waren allesamt verschwunden. Ich bewegte meinen steifen Hals, um nach ihnen Ausschau zu halten, und merkte dabei, daß ich mich plötzlich wärmer fühlte. Zumindest das Verschwinden der Gestalt erklärte sich mir sofort. Ich war in sie eingedrungen und belebte sie. Aber immer noch kannte ich weder meinen Namen noch den Zweck meines Aufenthalts in diesem Reich.

Der andere Mann watete immer noch auf mich zu und versuchte immer noch, mit Rufen meine Aufmerksamkeit zu erregen. Ich hob ihm grüßend meinen Spieß entgegen.

Dann überfiel mich Angst wie ein Schmerz. Ich hatte die Ahnung, daß ich in der neuen Inkarnation alles verlieren konnte, was ich je besessen, und alles, was ich je begehrt hatte . . .

Erstes Buch

Er schlief hoch auf einem Findlingsstein,
  träumte hin, träumte her,
  war, je mehr er träumte, um so mehr allein,
  und seine Zukunft schien vergangen;

Erwachend stieg er hinunter bald
  beim ersten Licht, dem fahlen Licht,
  der Wald unter ihm schien düster und kalt
  und die Vergangenheit lag vor ihm;

Denn sein lang verlorener Drache am Wegrand droht',
  nicht zu umgehn und niemals schlafend,
  und er wußte im Innern, er war schon fast tot,
  doch der Tod war die halbe Geschichte.

Louis MacNeice,
DIE VERBRANNTE BRÜCKE

Kapitel eins

Der Mann stellte sich vor als Ulrich von Bek, und er kam aus einem Lager in Deutschland namens Sachsenwald. Sein Verbrechen hatte darin bestanden, ein Christ zu sein und gegen die Nazis gesprochen zu haben. Dank wohlmeinender Freunde war er 1938 entlassen worden. 1939, als sein Versuch, Adolf Hitler zu töten, fehlschlug, war er von der Gestapo in dieses Reich geflohen, in dem wir uns jetzt beide aufhielten. Ich nannte es Maaschanheem, er aber schlicht Mittelmark. Es überraschte ihn, wie vertraut ich mit der Welt war, die er hinter sich gelassen hatte. »Sie gleichen eher einem Krieger aus dem Nibelungenlied!« sagte er. »Und Sie sprechen dieses eigenartig altertümliche Deutsch, das die hier gebräuchliche Sprache zu sein scheint. Aber Sie sagen, Sie stammten ursprünglich aus England?«

Ich sah keinen Sinn darin, ihm ausführlich von meinem Leben als John Daker zu erzählen, noch zu erwähnen, daß ich in einer Welt gelebt hatte, in der Hitler besiegt war. Ich hatte längst die Erfahrung gemacht, daß derlei Enthüllungen immer wieder verheerende Folgen hatten. Er war nicht nur hierhergekommen, um sich in Sicherheit zu bringen, sondern auch, um ein Mittel zu finden, das Ungeheuer zu vernichten, das von der Seele seines Landes Besitz ergriffen hatte. Jedes Wort, das ich sagte, konnte ihn unter Umständen von seinem Vorhaben abbringen. Woher sollte ich wissen, ob nicht von Bek für den Untergang Hitlers verantwortlich gewesen war! Ich erzählte ihm soviel von meinen Verhältnissen, wie ich für vertretbar hielt, und schon das war genug, daß ihm der Mund offenstehen blieb.

»Es bleibt die Tatsache«, schloß ich, »daß keiner von uns besser für diese Welt gerüstet ist als der andere. Sie kennen wenigstens Ihren Namen!«

»Sie haben keinerlei Erinnerung an Maaschanheem?«

»Nicht die geringste. Alles was ich zu haben scheine, ist meine übliche Fähigkeit, die Hauptsprache der jeweiligen Ebene zu sprechen, auf der ich mich wiederfinde. Sie erwähnten eine Karte?«

»Ein Familienerbstück, das in dem Kampf verloren ging, von dem ich Ihnen erzählte, mit den kleinen bewaffneten Burschen, die mich zu verschleppen versuchten. Sie war nicht sehr genau. Nach meiner Schätzung wurde sie ungefähr im 15. Jahrhundert angefertigt. Sie versetzte mich in die Lage, diesen Ort zu erreichen, und ich hatte gehofft, sie würde mir ermöglichen, ihn auch wieder zu verlassen, sobald sich die Gründe für meinen Aufenthalt hier erledigt hätten, aber jetzt fürchte ich, stecke ich hier fest, außer ich finde jemanden, der mir hilft, wegzukommen.«

»Zumindest ist die Gegend bevölkert. Sie sind bereits mit einigen der Bewohner zusammengetroffen. Es könnte Leute geben, die fähig sind, Ihnen zu helfen.«

Wir gaben ein merkwürdiges Paar ab. Ich trug Kleider, die in die Gegend zu passen schienen, unter anderem hohe Stiefel, die bis über meine Oberschenkel reichten, eine Art Messinghaken mit langem Griff im Gürtel (ähnlich einem schweren Fischmesser), einen gekrümmten Dolch mit gezähnter Klinge, und einen Beutel mit etwas getrocknetem Fleisch, einigen Münzen, einem Tuscheblock, einem Schreibstift und ein paar ziemlich fettigen Blättern Papier. Zwar bot das alles keinen Aufschluß über meinen Stand, aber wenigstens hatte ich nicht das Unglück, in einem zerlumpten grauen Flanellanzug, einem ziemlich grellen Shetland-Pullover und einem Hemd ohne Kragen herumlaufen zu müssen. Ich bot van Bek meinen Umhang an, aber er lehnte ab. Er meinte, er hätte sich an das recht trübe Wetter dieser Gegend gewöhnt.

Wir befanden uns in einer seltsamen Welt. Hin und wieder teilten sich die grauen Wolken und ließen etwas dünnes Sonnenlicht hindurch, das sich in jeder Richtung in flachen Gewässern spiegelte. Die Welt schien aus langen Streifen Festland zu bestehen, das von Sümpfen und Bächen durchzogen wurde. Es gab kaum größere Bäume. Den seltsam gefärbten Wasservögeln und bizarren kleinen Tieren, die wir gelegentlich zu Gesicht bekamen, boten nur ein paar Büsche Unterschlupf. Wir saßen nebeneinander auf einem Grashügel, schauten uns um und kauten an dem getrockneten Fleisch, das ich in dem Beutel entdeckt hatte. Von Bek (er bemerkte verlegen, daß er in Deutschland ein Graf sei) war ausgehungert und konnte sich kaum zurückhalten, das Fleisch herunterzuschlucken, bevor er es ordentlich gekaut hatte. Wir stimmten überein, daß es vernünftig war, zusammenzubleiben, da wir uns beide in der gleichen Lage befanden. Er wies darauf hin, daß er mit dem Ziel hierhergekommen sei, ein Mittel zu finden, um Hitler zu vernichten, und daß dieses Ziel immer Vorrang für ihn haben würde. Ich sagte, daß auch ich entschlossen sei, eine bestimmte Aufgabe zu erfüllen, aber daß ich, solange meine eigenen Interessen davon nicht berührt würden, ausgesprochen froh wäre, ihm als Verbündeter zur Seite zu stehen.

An diesem Punkt unserer Unterhaltung kniff von Bek die Augen zusammen und deutete hinter mich. Mich umdrehend, entdeckte ich in der Ferne etwas wie ein Bauwerk. Ich war sicher, es zuvor nicht dort gesehen zu haben, vermutete aber, es wäre im Nebel verborgen gewesen. Es war zu weit weg, um Einzelheiten erkennen zu können. »Trotzdem«, meinte ich, »wären wir gut beraten, in dieser Richtung weiterzugehen.«

Graf von Bek stimmte begeistert zu. »Nichts gewagt, nichts gewonnen«, sagte er. Dank Nahrung und Ruhe hatte er sich körperlich und geistig erholt, und schien mir ein gutgelaunter, unerschütterlicher Zeitgenosse. Was wir als ›Deutscher vom besten Schlag‹ zu bezeichnen pflegten, als ich noch zur Schule ging, vor all diesen Ewigkeiten.

Das Marschland ließ kein rasches Vorwärtskommen zu. Dauernd mußten wir stehenbleiben, um mit dem Spieß oder dem Fischmesser, das ich von Bek überlassen hatte, den Boden vor uns zu prüfen und nach einem Weg von einem festen Erdklumpen zum anderen zu suchen und um uns gegenseitig zu retten, wenn wir hüfttief in trügerischen Wasserlöchern versanken oder zwischen die scharfen Riedhalme gerieten, die alles in allem die höchsten Pflanzen dieser Region darstellten. Und manchmal konnten wir das Gebäude vor uns erkennen, manchmal schien es zu verschwinden. Manchmal wirkte es wie eine mittelgroße Stadt oder eine weitläufige Burg. »Vom Äußeren her entschieden mittelalterlich«, sagte von Bek. »Irgendwie muß ich dabei an Nürnberg denken.«

»Nun«, bemerkte ich, »wollen wir hoffen, daß die Bewohner nichts mit den Menschen gemein haben, die momentan in Ihrer Welt dort herrschen!«

Wieder schien er wegen meiner genauen Kenntnis seiner Welt ein bißchen überrascht zu sein, und ich faßte bei mir den Entschluß, sowohl Nazi-Deutschland wie auch das 20. Jahrhundert, dem wir beide entstammten, so weit wie möglich aus unseren Gesprächen auszuklammern.

Während ich von Bek behilflich war, ein besonders morastiges Stück Weg zu überwinden, sagte er zu mir: »Ist es möglich, daß wir bestimmt waren, uns hier zu begegnen? Daß unsere Schicksale irgendwie miteinander verbunden sind?«

»Vergeben Sie mir, wenn ich darauf nicht eingehe«, antwortete ich, »aber ich habe schon zuviel von Schicksalen und kosmischen Plänen gehört. Sie stehen mir bis zum Hals. Ich will nichts weiter als die Frau finden, die ich liebe, und mit ihr irgendwo zu leben, wo wir ungestört sind!«

Er schien dafür Verständnis zu haben. »Ich muß zugeben, das all dieses Gerede von Bestimmung und Schicksal irgendwie nach Wagner-Festspielen klingt – und es erinnert mich ein bißchen zu sehr an die Vergewaltigung unserer Mythen und Legenden durch die Nazis, um ihre eigenen scheußlichen Taten zu rechtfertigen.«

»Ich habe mancherlei Rechtfertigungen für Handlungen von größter Grausamkeit und Wildheit miterlebt«, stimmte ich zu. »Fast immer kommen sie hochtönend oder sentimental daher, ob nun eine Person eine andere auspeitscht, wie bei de Sade, oder der Führer einer Nation sein Volk antreibt, zu töten und getötet zu werden.«

Mir kam es vor, als wäre es kälter geworden, und Regen kündigte sich an. Diesmal bestand ich darauf, daß von Bek meinen Umhang nahm, und schließlich gab er nach. Ich lehnte meinen Spieß an einen kleinen Hügel, nahe einem Feld mit besonders hohem Schilf, und er legte sein Fischmesser auf den

Boden, um sich das lederne Kleidungsstück besser über die Schultern ziehen zu können.

»Wird der Himmel dunkler?« fragte er und schaute auf. »Es fällt mir schwer, die Zeit hier zu schätzen. Ich habe schon zwei volle Nächte hier verbracht, und kann immer noch nicht genau sagen, wie lang die Tage sind.«

Ich hatte das Gefühl, daß die Dämmerung bald hereinbrechen würde und wollte vorschlagen, einen zweiten Blick in meinen Beutel zu tun, um herauszufinden, ob ich etwas bei mir hatte, das geeignet war, ein Feuer zu entfachen, als etwas hart gegen meine Schulter schlug und mich kopfüber zu Boden warf.

Ich stemmte mich auf ein Knie und drehte mich um, in der Hoffnung, meinen Spieß greifen zu können, der bis auf den kurzen Dolch meine einzige Waffe darstellte, als ungefähr ein Dutzend absonderlich bewaffneter Krieger aus dem Schilffeld auftauchte und sich uns näherte.

Einer von ihnen hatte eine Keule geworfen, von der ich an der Schulter getroffen worden war. Von Bek schrie und bückte sich nach seinem Messer, aber eine zweite Keule traf ihn seitlich am Kopf.

»Bleibt stehen!« rief ich den Männern zu. »Warum reden wir nicht miteinander. Wir sind nicht eure Feinde!«

»Du gibst dich Illusionen hin, Freundchen«, grollte einer von ihnen, während die anderen in unschönes Lachen ausbrachen.

Von Bek rollte sich auf die Seite; er hielt die Hände vors Gesicht geschlagen. Es war rot, wo die Keule ihn getroffen hatte.

»Wollt ihr uns ohne Anruf töten?« rief er.

»Wir werden euch töten, wie es uns in den Kram paßt. Sumpfgeziefer ist Freiwild für jeden, und ihr wißt das.«

Ihre Rüstung war eine Mischung aus Metall und Leder, hellgrün und grau getönt, um mit der Landschaft zu verschmelzen. Auch ihre Waffen waren so eingefärbt, und die Haut hatten sie sich mit Schlamm beschmiert, um noch weniger aufzufallen. Ihre Erscheinung war barbarisch genug, aber am schlimmsten war der gräßliche Gestank, der von ihnen ausging – ein Gemisch von Schweiß, tierischen Ausdünstungen und dem Moder der Sümpfe. Das allein hätte schon gereicht, um ihre Opfer von den Füßen zu hauen!

Ich hatte keine Ahnung, was unter Sumpfgeziefer zu verstehen war, aber ich wußte, daß wir kaum eine Chance hatten, ihren Angriff zu überleben, als sie jetzt mit erhobenen Keulen und Schwertern vergnügt kichernd auf uns zu kamen.

Ich versuchte, meinen Spieß zu erreichen, aber der Hieb der Keule hatte mich zu weit zurückgeworfen. Noch während ich über das feuchte und nachfedernde Gras kroch, war mir klar, daß ein zweiter Knüppel oder ein Schwert mich treffen würde, bevor ich meine Waffe packen konnte.

Und von Bek befand sich in einer noch schlimmeren Lage als ich.

Mir fiel nichts anderes ein, als ihm eine Warnung zuzurufen.

»Lauf, Mann! Laufen Sie, von Bek! Es hat keinen Sinn, daß wir beide sterben.«

Es wurde jetzt rasch dunkel. Darum bestand die geringe Möglichkeit, daß mein Gefährte in der Nacht entkommen konnte.

Was mich selbst betraf, so hob ich instinktiv die Arme, als ein Dickicht von Waffen sich anschickte, mir den Garaus zu machen.

Kapitel zwei

Der erste Schlag traf meinen Arm und hätte ihn fast gebrochen. Ich wartete auf den zweiten und dritten. Einer würde mich wohl betäuben, und das war alles, worauf ich hoffen konnte – einen raschen und schmerzlosen Tod.

Dann vernahm ich ein unerwartetes Geräusch, das ich aber doch sogleich erkannte. Ein lauter Schußknall, gefolgt von zwei weiteren. Die vordersten meiner Bedränger fielen um, offenbar mausetot. Ohne irgendwelche Zeit mit Staunen zu vergeuden, nahm ich mir erst das eine Schwert, und dann auch noch das andere. Es waren plumpe, schwere Klingen, wie sie eher von Metzgern geschätzt wurden als von Fechtern, aber ich beschwerte mich nicht. Ich hatte jetzt eine Chance, am Leben zu bleiben!

Rückwärtsgehend wich ich zu der Stelle zurück, wo ich von Bek zuletzt gesehen hatte, und bemerkte aus den Augenwinkeln, wie er sich aus seiner knienden Haltung erhob, eine rauchende automatische Pistole in beiden Händen.

Es war lange her, seit ich eine solche Waffe gesehen oder gehört hatte. Ich empfand eine Art grimmiger Belustigung bei dem Gedanken, daß von Bek nicht ganz unvorbereitet aus seiner Welt nach Maaschanheem gekommen war. Er hatte die Geistesgegenwart besessen, etwas mitzubringen, das in einer Welt wie dieser von beträchtlichem Nutzen war!

»Geben Sie mir ein Schwert!« rief mein Gefährte. »Ich habe nur noch zwei Schuß übrig, und die möchte ich gern aufbewahren.«

Ohne ihn anzusehen, warf ich ihm eine meiner Waffen zu, und gemeinsam drangen wir auf unsere Feinde ein, die durch die unerwarteten Schüsse merklich an Eifer verloren hatten. Ganz offensichtlich waren Pistolen etwas Neues für sie.

Der Anführer knurrte und schleuderte wieder eine Keule nach mir, aber ich duckte mich rechtzeitig. Die übrigen folgten seinem Beispiel, so daß wir von einem regelrechten Hagel dieser groben Waffen überschüttet wurden, denen wir entweder auswichen oder sie abwehrten. Dann standen wir unseren Angreifern von Angesicht zu Angesicht gegenüber, was ihnen auch noch den Rest ihrer Kampfeslust zu rauben schien.

Ich hatte zwei getötet, bevor meine Gedanken mich wieder einholten. Nach einer Ewigkeit solcher Kämpfe wußte ich, daß man dabei töten oder in Kauf nehmen mußte, das eigene Leben zu verlieren. Beim dritten Gegner war ich wieder soweit bei Verstand, daß ich ihm das Schwert aus der Hand schlug. Inzwischen hatte sich von Bek, unübersehbar ein Experte mit der Klinge, wie so viele seiner Klasse, auch einiger Angreifer entledigt, bis nur noch vier oder fünf der Kerle übrig waren.

Das war für den Anführer Grund genug, uns zuzurufen, daß wir aufhören sollten.

»Ich nehme es zurück! Ihr seid doch kein Sumpfgeziefer. Wir waren im Unrecht, Euch ohne Verhandlungen zu überfallen.

Senkt Eure Schwerter, edle Herren, und laßt uns reden. Die Götter wissen, ich bin nicht einer, der sich weigert, einen Fehler einzugestehen.«

Mißtrauisch steckten wir unsere Schwerter ein, halb in Erwartung eines neuerlichen Angriffs von ihm oder seinen Männern.

Sie allerdings schoben mit viel Getue die Schwerter in die Gürtel und halfen ihren verwundeten Kameraden auf die Beine. Die Toten erleichterten sie ganz nebenbei um ihre Börsen und Waffen. Aber ihr Anführer knurrte ihnen zu, damit aufzuhören. »Wir werden sie auspacken, wenn diese Angelegenheit zu jedermanns Zufriedenheit erledigt ist. Seht, unser Heim ist schon nahe genug.«

Ich schaute in die Richtung, die er ihnen andeutete, und entdeckte zu meinem größten Erstaunen, daß das Bauwerk – oder die Stadt – zu dem von Bek und ich unterwegs gewesen waren, sich inzwischen ein gutes Stück genähert hatte. Ich konnte den Rauch aus den Schornsteinen sehen, die Fahnen auf den Zinnen, flackernde Lichter hier und dort.

»Nun, edle Herren«, sagte der Anführer. »Was ist zu tun? Ihr habt eine ganze Menge von uns getötet, also würde ich sagen, daß wir ziemlich quitt sind, wenn man bedenkt, daß wir Euch zwar überfallen haben, Ihr aber nicht ernsthaft verletzt worden seid. Auch habt Ihr zwei unserer Schwerter erbeutet, die von einigem Wert sind. Würdet Ihr eurer Wege gehen und Schwamm drüber?«

»Ermangelt es in dieser Welt so an Gesetzen, daß Ihr ein anderes menschliches Wesen einfach so angreifen könnt, ohne eine Strafe befürchten zu müssen?« fragte von Bek. »Wenn ja, ist sie keinen Deut besser als die, die ich gerade verlassen habe!«

Mir erschien es wenig sinnvoll, ein Streitgespräch über dieses Thema anzufangen. Ich hatte erfahren, daß Männer wie diese, in welcher Welt sie auch leben mochten, für so etwas wie Moral blind und taub waren. Mir wollte es scheinen, daß sie uns für eine Art Gesetzlose gehalten hatten, dann merkten, daß sie sich im Irrtum befanden, und sich jetzt, wenn auch widerwillig, bemühten, uns etwas mehr Respekt zu erweisen. Ich hielt es für das Beste, unser Glück in ihrer Stadt zu versuchen und herauszufinden, welche Dienste wir ihren Herrschern anbieten konnten.

Flüsternd sprach ich darüber zu von Bek, der nicht recht geneigt schien, die Sache auf sich beruhen zu lassen. Zweifellos war er ein Mensch mit Prinzipien (es bedurfte solcher Menschen, um sich gegen Hitlers Terror-Regime aufzulehnen), und ich respektierte ihn dafür. Aber ich bat ihn, sein Urteil über die Bewohner dieser Welt erst zu fällen, wenn wir etwas mehr über sie erfahren hatten. »Sie sind ziemlich primitiv, will mir scheinen. Wir sollten nicht zuviel von ihnen erwarten. Auch könnten sie unsere einzige Möglichkeit sein, mehr über diese Welt herauszufinden und wie wir sie, falls nötig, wieder verlassen können.«

Mit der Miene eines grollenden Wolfshundes, der nur den Wunsch hat, seinen Herrn zu schützen (oder in diesem Fall ein Ideal), gab von Bek nach. »Aber ich glaube, wir sollten die Schwerter behalten«, sagte er.

Es wurde unaufhaltsam dunkler, und im gleichen Maße wuchs die Unruhe unserer Angreifer. »Wenn das noch weiter besprochen werden muß«, meinte der Anführer, »Wäre es Euch vielleicht recht, es als unsere Gäste zu tun. Wir werden Euch heute nacht kein Leid mehr zufügen, mein Wort darauf. Betrachtet das als Bord-Versprechen.«

Letzteres schien großes Gewicht für ihn zu haben, und ich war bereit, sein Wort zu akzeptieren. In der Annahme, daß wir noch zögerten, nahm er seinen grau-grünen Helm ab und legte ihn über sein Herz.

»Wisset, edle Herren«, sagte er, »daß ich Mopher Gorb genannt werde, Kesselbewahrer bei Armiad-naam-Sliforg-ig-Vortan.« Dieses Nennen von Namen schien gleichfalls große Bedeutung zu haben.

»Wer ist dieser Armiad?« erkundigte ich mich, und bemerkte, wie ein Ausdruck beträchtlichen Erstaunens auf seine häßlichen Züge trat.

»Nun, er ist der Kapitänbaron unseres Heimatschiffes, genannt *Der Grimmige Schild*, Verantwortlicher für unseren Ankerplatz, Die Greifende Hand. Davon werdet Ihr gehört haben, wenn nicht von Armiad. Er ist der Nachfolger von Kapitänbaron Nedau-naam-Sliforg-ig-Vortan . . .«

Mit einem Stöhnen hob von Bek die Hand. »Genug. Von all diesen Namen bekomme ich Kopfschmerzen. Ich bin einverstanden, daß wir Ihre Gastfreundschaft annehmen und danke Ihnen dafür.«

Mopher Gorb aber rührte sich nicht. Er wartete auf etwas. Dann fiel mir ein, was ich tun mußte. Ich nahm meinen eigenen spitzen Helm ab und legte ihn über mein Herz. »Ich bin John Daker, genannt Erekose, ehemals Held unter König Rigenos, bis vor kurzem Fürst der Eisfestung und des Roten Fjords, und dies ist mein Schwertbruder Graf Ulrich von Bek, mit Stammsitz Bek, Fürstentum Sachsen, im Land der Deutschen . . .« In dieser Art machte ich noch weiter, bis er der Meinung zu sein schien, daß genügend Namen und Titel aufgezählt worden waren, selbst wenn er kein Wort davon verstand. Offensichtlich war dieses Hersagen von Namen und Titeln ein Zeichen, daß man gedachte, sein Wort zu halten.

Das ganze Spektakel reizte von Bek, weniger versiert in derlei Angelegenheiten und weniger anpassungsfähig als ich, so sehr zum Lachen, daß er mir nicht in die Augen sehen konnte.

Während dieses Austauschs von Höflichkeiten, war das ›Heimatschiff‹ immer noch weiter gewachsen. Es ließ sich jetzt erkennen, daß die gewaltige Masse in Bewegung begriffen war. Es war nicht so sehr eine normale Stadt oder Burg, als vielmehr ein plumpes Schiff, unglaublich groß (obwohl ich annehme, kleiner als einer unserer Transatlantik-Liner), und angetrieben von irgendeiner Art Maschine, die den Rauch erzeugte, den ich für die üblichen Anzeichen häuslichen Lebens gehalten hatte. Aber es aus der Ferne für eine mittelalterliche Festung zu halten, war ein verzeihlicher Irrtum. Die Schlote schienen willkürlich über das ganze Schiff verteilt worden zu sein. Die Zinnen, Türme, Spitzen und Erker sahen aus wie Stein, obwohl es sich wahrscheinlicher um Holz und Leisten handelte, und was ich als Fahnenstangen angesehen hatte, waren in Wirklichkeit hohe Masten, an denen Rahen, eine gewisse Menge Leinwand, ein Überfluß an Tauwerk, gleich dem Netz einer riesigen Spinne, und eine reiche Auswahl an ziemlich schmutzigen

Wimpeln angebracht waren. Der Rauch aus den Schornsteinen war gelblich grau und brachte gelegentlich einen heißen Schlackenregen mit, der anscheinend keine Bedrohung für die unteren Decks darstellte, sie aber zweifellos über und über mit Asche berieselte. Ich fragte mich, wie Menschen es aushalten konnten, in solchem Dreck zu leben.

Als das gewaltige, brüllende Fahrzeug sich langsam durch das seichte Wasser der Sümpfe vorwärtsbewegte, begriff ich, daß der Geruch unserer Angreifer für ihr Schiff charakteristisch sein mußte. Selbst aus dieser Entfernung konnte ich eine Vielzahl abscheulicher Düfte wahrnehmen, eingeschlossen den fettigen Qualm. In den Kesseln, die diese Schornsteine nährten, mußte aller mögliche Unrat und Abfall verbrannt werden.

Von Bek sah mich an und war dafür, Mopher Gorbs Gastfreundschaft abzulehnen, aber ich wußte, es war zu spät. Ich wollte mehr über diese Welt herausfinden und nicht ihre Bewohner so ernsthaft beleidigen, daß ihnen die Ehre gebot, uns zu Tode zu hetzen. Er sagte etwas zu mir, das ich nicht hören konnte über dem Rufen und Dröhnen, das von dem Schiff ausging, welches jetzt, eingerahmt von grauen Abendwolken, über uns aufragte.

Ich schüttelte den Kopf. Er zuckte die Schultern und zog ein ordentlich gefaltetes Seidentuch aus einer Tasche. Das hielt er sich gottergeben vor Mund und Nase und gab vor, soweit ich erkennen konnte, erkältet zu sein.

Überall um den gewaltigen Rumpf, der anscheinend Hunderte von Malen repariert und ausgebessert worden war, so daß er einem Flickwerk aus Holz und Metall glich, brodelte und spritzte das schlammige Wasser der Marschen nach allen Richtungen und überschüttete uns mit Gischt, Erdklumpen und nicht eben wenig Morast. Es war beinahe eine Erleichterung, als sich nahe dem hochragenden, geschwungenen Heck knapp über der Wasserlinie eine Art Zugbrücke herabsenkte und Mopher Gorb hervortrat, um jemandem im Innern einige beruhigende Worte zuzurufen.

»Sie sind kein Sumpfgeziefer. Sie sind geehrte Gäste. Ich glaube, sie kommen aus einem anderen Reich und sind unterwegs zum Großen Treffen. Wir haben Namen ausgetauscht. Laß uns in Frieden an Bord kommen!«

Ein kleiner Teil meines Gehirns war plötzlich hellwach. Da gab es ein vertrautes Wort, über dessen Bedeutung ich mir nicht ganz im klaren war.

Mopher hatte ›Das Große Treffen‹ erwähnt. Wo hatte ich diesen Ausdruck schon gehört? In welchem Traum? In welchem früheren Leben? Oder war es eine Vorahnung gewesen? Denn es war der Fluch des Ewigen Helden, sich sowohl der Zukunft, wie auch der Vergangenheit zu erinnern. Die Zeit und ihre Folgen sind für solche wie uns nicht dasselbe.

Meine angestrengten Überlegungen führten zu keinem Ergebnis, und entschlossen verbannte ich das Problem aus meinen Gedanken, während wir Mopher Gorb, Kesselbewahrer auf *Der Grimmige Schild* (offensichtlich der Name dieses Schiffes) in die dunklen, stinkenden Eingeweide seiner schwimmenden Heimatstadt folgten.

Als wir die Gangway hinaufgingen, wurde der Geruch so stark, daß ich einen heftigen Brechreiz verspürte, aber ich nahm mich zusammen. Lichter brannten im Innern des Rumpfes. Der Boden unter unseren Füßen bestand aus Latten, und durch die Ritzen dazwischen konnte ich in die unteren Teile des Schiffes sehen, wo nackte Gestalten hin und her liefen und sich an etwas zu schaffen machten, das ich für die Walzen hielt, auf denen das riesige Schiff sich bewegte. Ich konnte eine Vielzahl von Laufstegen erkennen, manche aus Metall, manche aus Holz; und bei anderen handelte es sich lediglich um Taue, die zwischen weiteren Stegen gespannt waren. Ich hörte Schreien und Rufen über dem langsamen Rumpeln der Walzen und kam zu dem Schluß, daß diese Männer und Frauen die Maschinerie säuberten und ölten, während sie sich drehte. Dann waren wir eine hölzerne Treppe hinaufgestiegen und standen in einer großen Halle voller Waffen und Rüstungen, wo wir von einem schwitzenden Individuum begrüßt wurden, das gut zwei Meter groß war und so dick, daß es einem Wunder gleichkam, daß es sich überhaupt bewegen konnte.

»Ihr habt Namen ausgetauscht und seid deshalb willkommen an Bord von *Der Grimmige Schild,* edle Herren. Mich nennt man

Drejit Uphi, Hauptwaffenmeister unseres Heimatrumpfes. Ich sehe, Ihr tragt zwei unserer Klingen und möchte bitten, sie mir zurückzugeben. Du auch, Mopher. Und die übrigen. Alle Schwerter zurück. Und die Rüstungen auch. Was ist mit dem Rest? Müssen wir die Kälbchen schicken, um sie auszupacken?«

Mopher wirkte beschämt. »Allerdings. Wir überfielen diese Gäste, in der Annahme, Sumpfgeziefer vor uns zu haben. Sie überzeugten uns vom Gegenteil. Umift, Ior, Wetch und Strote müssen ausgezogen werden. Sie taugen nur noch als Brennstoff.«

Die Erwähnung von Brennstoff in diesem Zusammenhang erklärte mir, warum der Rauch aus den Schornsteinen so besonders abscheulich war, und warum alles an Bord von einem leicht klebrigen, öligen Film überzogen zu sein schien.

Drejit Uphi zuckte die Schultern. »Meine Glückwünsche, edle Herren. Ihr seid gute Fechter. Jene Krieger waren erfahren und klug.« Er sprach so höflich, wie er nur konnte, aber es bestand kein Zweifel, daß er überaus verärgert war, sowohl über Mopher wie auch über uns.

Man dachte nicht daran, von Bek seine Pistole abzunehmen, und so fühlte ich mich ein wenig sicherer, als wir, nachdem Mopher seine Rüstung abgelegt hatte, unter der er ein schmutziges Baumwollwams und -hosen trug, dem Kesselbewahrer zu den oberen Stockwerken des Stadtschiffes folgten.

Der ganze Rumpf war dicht bevölkert, ähnlich wie eine mittelalterliche Stadt, mit Leuten in jeder Gasse, auf jedem Laufgang und Plankensteg, die Lasten trugen, sich gegenseitig zuriefen, feilschten, tratschten und stritten. Sie waren alle schmutzig, alle sehr blaß und irgendwie kränklich, und natürlich war kein einziges Kleidungsstück frei von der Asche, die überall herabrieselte und in demselben Maße unsere Atemwege verklebte, wie sie unsere Haut bedeckte. Als wir schließlich wieder in die Nachtluft hinaustraten und auf einer langen Brücke etwas überquerten, das ich an Land als einen Marktplatz bezeichnet haben würde, rangen wir beide nach Atem und wischten uns die tränenden Augen und die laufenden Nasen. Mopher bemerkte unsere Ungelegenheiten und lachte.

»Früher oder später gewöhnt der Körper sich daran«, sagte er. »Seht mich an! Man sollte kaum glauben, daß ich inzwischen den halben Unrat des Schiffes in meinen Lungen herumtrage!«

Und er lachte wieder.

Ich klammerte mich an das Geländer der Brücke, die im Wind schwankte und unter den Bewegungen des immer noch in Fahrt befindlichen Schiffes erbebte. Oben in den Rahen sah ich Gestalten, die unablässig bei der Arbeit waren, während andere die Taue hinauf- und hinunterschwärmten, allesamt beleuchtet von plötzlichen Wolken feuriger Asche aus den Schornsteinen. Die größeren Teile, bemerkte ich jetzt, wurden von Drahtnetzen um die Schlote aufgefangen und blieben entweder rund um die Öffnung liegen oder fielen wieder hinein.

Von Bek schüttelte den Kopf. »So erbärmlich und baufällig das Ganze auch sein mag, ist es doch ein Wunder verrückten Maschinenbaus. Ich nehme an, das alles wird mit Dampf betrieben.«

Mopher hatte seine Bemerkung mitangehört. »Die Folfeg sind berühmt für ihre wissenschaftlichen Geräte«, sagte er. Mein Großvater war ein Folfeg, vom Ankerplatz Verwundeter Flußkrebs. Er machte die Kessel der *Leuchtenden Mooseidechse,* die versuchte, Ilabarn Kreym über den Rand zu folgen. Als das Schiff wieder auftauchte, war, wie jeder in Maaschanheem weiß, kein einziges Mitglied der Besatzung mehr am Leben – aber ihre Maschinen waren noch intakt. Diese Maschinen brachten sie zurück zum Verwundeten Flußkrebs. In den Tagen des Großen Schiffskrieges eroberten sie vierzehn feindliche Ankerplätze, darunter Das Zerissene Banner, Der Treibende Farn, Der Befreite Hummer, Der Jagende Hai und Der Zerbrochene Spieß, und die dazugehörigen Schiffe außerdem.«

Von Bek war neugieriger als ich. »Wonach benennt ihr eure Ankerplätze?« erkundigte er sich. »Wenn ich recht verstehe, sind das die Streifen festen Landes, zwischen denen eure Schiffe segeln.«

Wieder wirkte der Kesselbewahrer verwirrt. »Ganz genau, Herr. Die Ankerplätze erhalten ihre Namen danach, womit sie auf der Karte die meiste Ähnlichkeit haben. Nach ihrer Form, Herr.«

»Natürlich«, meinte von Bek und hielt sich wieder das Taschentuch vor den Mund, so daß seine Stimme gedämpft klang. »Verzeihen Sie meine Einfältigkeit.«

»Ihr dürft uns jede Frage stellen«, erklärte Mopher, der sich sichtlich Mühe gab, ein freundlicheres Gesicht aufzusetzen, »denn wir haben Namen ausgetauscht, und nur was heilig ist, darf an Euch nicht weitergegeben werden.«

Inzwischen waren wir an das Ende der Brücke gelangt und standen vor einem Fallgitter aus Eisen, durch das wir eine schattige Halle sehen konnten, in der Laternen brannten. Auf Mophers Ruf hob sich das massive Tor, und wir gingen hindurch. Die Halle war luxuriöser ausgestattet, als alles, was wir bis jetzt zu Gesicht bekommen hatten, und außerdem bemerkte ich jetzt den feinen Schleierstoff vor dem Fallgitter. Nur sehr wenig der allgegenwärtigen Asche war in diesen Teil des Schiffes eingedrungen.

Jetzt ertönte ein Trompetenstoß (ein ziemlich unangenehmes Quietschen), und von einer nur schwach beleuchteten Galerie über unseren Köpfen verkündete eine Stimme:

»Heil unseren geehrten Gästen. Mögen sie am heutigen Abend mit dem Kapitänbaron speisen und bei uns bleiben bis zum Großen Treffen.«

Von dem Sprecher war kaum etwas zu sehen, aber offenbar war er nur ein Herold. Unsere Aufmerksamkeit richtete sich auf eine breite, offene Treppe am anderen Ende der Halle, wo ein kleiner, untersetzter Mann aufgetaucht war, mit dem Gesicht eines Preisboxers und dem Auftreten eines aggressiven Menschen, der sich bemüht, ein normalerweise aufbrausendes Temperament im Zaum zu halten.

Er drückte eine runde Kappe an seine Brust, die der kunstvollste rot-blau-goldene Brokatstoff deckte, und seine dicken Beine umflatterten Hosen, deren Säume mit dicken Kugeln aus verschiedenfarbigem Filz beschwert waren. Auf seinem Kopf thronte einer der absonderlichsten Hüte, der mir bei all meinen Wanderungen durch das Multiversum untergekommen war, und es war kein Wunder, daß er sich entschieden hatte, nicht diesen für die rituelle Bedeckung des Herzens zu nehmen. Der Hut war mindestens einen Meter hoch und erinnerte auffallend an ein altmodisches Ofenrohr, jedoch mit schmalerer Krempe. Ich nahm an, daß er von innen versteift war, aber trotzdem zeigte er die bedenkliche Tendenz, sich nach allen möglichen Richtungen zu neigen, und seine Farbe war ein so grelles Senfgelb, daß ich fürchtete, davon geblendet zu werden. Ich mußte mir die größte Mühe geben, mein Lachen zu unterdrücken.

Der Träger dieser Gewandung aber hielt sie offenbar nicht nur für durchaus passend, sondern auch für recht eindrucksvoll. Am Fuß der Treppe blieb er stehen, vollführte eine kleine Geste der Begrüßung und wandte sich dann an Mopher Gorb. »Du kannst gehen, Kesselbewahrer. Und ich bin sicher, du bist dir bewußt, daß du für diese Fahrt der Verantwortung der Brennstoffbeschaffung enthoben bist. Es zeugt für ein schlechtes Urteilsvermögen, unsere Gäste mit Sumpfgeziefer zu verwechseln. Und du hast dabei noch gute Arbeitskräfte verloren.«

Mopher Gorb verneigte sich tief. »Ich nehme die Strafe an, Kapitänbaron.«

Das Schiff erbebte plötzlich und schien tief in seinem Innern zu seufzen und zu stöhnen. Während der nächsten Augenblicke waren wir damit beschäftigt, nach allem zu greifen, was sich als Halt anbot, bis der Boden unter unseren Füßen sich wieder ruhig verhielt. Sogleich fuhr Mopher Gorb fort. »Ich werde meine Kessel dem übergeben, der zu meinem Nachfolger bestimmt ist, und bete, daß sie brauchbares Geziefer für unsere Kocher fangen.«

Wenn ich auch nicht ganz begriff, was er damit meinte, spürte ich doch wieder den gleichen Brechreiz wie vorhin.

Mopher Gorb schlurfte unter dem geöffneten Fallgitter hindurch, das hinter ihm rasch wieder herabgelassen wurde, und der Kapitänbaron stolzierte auf uns zu, während der große Hut auf seinem Kopf nach allen Seiten Verbeugungen vollführte.

»Ich bin Armiad-naam-Sliforg-ig-Vortan, Kapitänbaron dieses Schiffes, Verantwortlicher für Die Greifende Hand. Ich fühle mich hochgeehrt, Euch und Euren Freund willkommen heißen zu dürfen.« Seine Worte waren ausschließlich an mich gerichtet und hatten einen unangenehm schmeichlerischen Klang. Meine Verwunderung über sein Verhalten war so offensichtlich, daß er lächelte. »Wisset, Herr, daß die Namen, die Ihr meinem Kesselbewahrer genannt habt, bestimmt nur einige wenige Eurer Titel waren, denn Ihr würdet Euch nicht herablassen, jemandem wie ihm Euren wahren Rang und Namen mitzuteilen. Allerdings, als Kapitänbaron ist es mir erlaubt, nicht wahr, Euch mit dem Namen anzureden, der uns am geläufigsten ist, wenigstens hier in unserem Maaschanheem.«

»Ihr kennt meinen Namen, Kapitänbaron?«

»Oh, natürlich, Euer Hoheit. Ich erkenne Euer Gesicht nach Bildern aus der Literatur, die hier über Euch im Umlauf ist. Alle haben von Euren Taten gegen die Räuber aus Tynur gelesen. Von Eurer Suche nach der Alten Hündin und ihrem Kind. Vom Geheimnis der Wilden Stadt, das Ihr gelöst habt. Und vieles, vieles mehr. Für die Maaschanheemer seid Ihr ein genauso großer Held, Euer Hoheit, wie bei Euren eigenen Draachenmenschers. Ich kann nicht sagen, welch tiefe Freude ich empfinde, Euch hier bewirten zu dürfen, ohne dabei einen Vorteil für dieses Schiff oder mich selbst zu erhoffen. Nochmals möchte ich Euch versichern, daß wir uns nur zu geehrt fühlen, Euch bei uns zu haben.«

Ich konnte mir kaum das Lächeln verkneifen über die unbeholfenen und einigermaßen abstoßenden Versuche dieses unangenehmen, kleinen Mannes, gute Manieren an den Tag zu legen. Da er wohl nichts anderes von mir erwartete, entschloß ich mich für einen arroganten Tonfall.

»Wie nennt Ihr mich also, Herr?«

»Oh, Euer Hoheit!« wand er sich. »Aber Ihr seid Prinz Flamadin, Erwählter Fürst der Valadek, und ein Held in allen Sechs Reichen des Rades!«

Wie es schien, hatte ich endlich meinen Namen herausgefunden. Und wieder, fürchte ich, wurde mehr von mir erwartet, als ich geben mochte oder wünschte.

Von Bek gab sich sardonisch. »Auch von mir habt Ihr dieses große Geheimnis verborgen, Prinz Flamadin.«

Ich hatte ihn bereits über mein Schicksal aufgeklärt. Jetzt warf ich ihm einen bösen Blick zu.

»Nun, edle Herren, müßt Ihr meine Gäste sein, bei einem Festmahl, das ich für Euch vorbereiten ließ«, sagte Kapitänbaron Armiad, und deutete mit seiner runden Kappe zum entgegengesetzten Ende der Halle, wo eine Wand langsam in die Höhe glitt und den Blick auf einen hellerleuchteten Raum freigab, in dem ein großer Eichentisch mit einer Vielzahl scheußlich aussehender Speisen gedeckt war.

Wieder vermied ich es, von Bek in die Augen zu sehen und betete, daß wir wenigstens ein oder zwei Happen ausfindig machen würden, die einigermaßen genießbar waren.

»Wie ich sehe, gute Herren«, meinte Armiad, während er uns zu unseren Plätzen führte, »habt Ihr Euch entschlossen, auf unserem Schiff zu reisen, und Ihr seid auf dem Weg zum Großen Treffen.«

Da ich mehr als neugierig war, herauszufinden, was genau sich hinter diesem Begriff verbarg, nickte ich zustimmend.

»Ich muß annehmen, daß Ihr auf ein neues Abenteuer aus seid«, sagte Armiad. Sein riesiger Hut wippte gefährlich, als er sich neben mir niederließ. Wenngleich nicht ganz so aufdringlich, unterschied sich sein Geruch nicht sehr von dem seiner Untergebenen.

Ich wußte, daß dies ein Mann war, der gute Manieren nicht nur generell mißachtete, vielmehr war er kaum mit den üblichen Regeln vertraut. Außerdem war ich überzeugt, daß er, wenn er nicht glaubte, es sei seinen Zwecken dienlicher, uns als Gäste zu behandeln, uns fröhlichen Gemüts die Kehle durchgeschnitten und unsere sterblichen Überreste in seinen Kesseln und Kochern verfeuert hätte. Ich war erleichtert, daß er mich als diesen Prinz Flamadin erkannt oder mich mit ihm verwechselt hatte, und faßte den Entschluß, seine Gastfreundschaft so wenig wie möglich in Anspruch zu nehmen.

Während wir aßen, fragte ich ihn, wie lange es dauern würde, bis wir den Ort des Großen Treffens erreichten.

»Noch zwei Tage, mehr nicht. Oder ist Euch daran gelegen, dort zu sein, bevor all die anderen eintreffen? Wenn ja, können wir unsere Geschwindigkeit erhöhen. Es ist lediglich eine Frage mechanischer Regulierung und Brennstoffzufuhr . . .«

Ich schüttelte hastig den Kopf. »Zwei Tage sind ausgezeichnet. Und kommt jeder zu diesem Treffen?«

»Abgesandte aller Sechs Reiche, wie Ihr wißt, Euer Hoheit. Was irgendwelche unerwarteten Besucher betrifft, läßt sich jetzt natürlich noch nichts sagen. Wie Ihr wißt, haben wir in Maaschanheem das Große Treffen abgehalten, ob die Reiche zusammenkamen oder nicht. Jedes Jahr, seit dem Friedensschluß, als die Schiffskriege endlich vorüber waren. Es werden viele kommen, alle unter dem Schutz des Waffenstillstands, natürlich. Selbst Sumpfgeziefer, diese schrecklichen Abtrünnigen ohne Schiff oder Ankerplatz können teilnehmen, ohne in die Kessel zu wandern. Ja, es wird sich eine große Menge Volk versammeln, alles in allem. Und ich werde dafür sorgen, daß Euer Hoheit einen bevorzugten Platz zwischen den vornehmsten Schiffen bekommt. Niemand wird es wagen, sich Euch zu widersetzen. *Der Grimmige Schild* gehört Euch!«

»Ich bin Euch sehr zu Dank verpflichtet, Kapitänbaron.«

Diener kamen und gingen und hielten uns scheußliche Gerichte unter die Nase, die abzulehnen anscheinend durchaus in Ordnung war, denn niemand wirkte beleidigt. Ich stellte fest, daß von Bek sich gleich mir mit einem Salat aus einigermaßen schmackhaften Sumpfpflanzen behalf.

Von Bek meldete sich erstmals zu Wort. »Vergebt mir, Kapitänbaron. Wie Seine Hoheit zweifellos angedeutet hat, befinde ich mich in einem Zustand, der zu einem teilweisen Verlust meines Gedächtnisses führte. Von welchen anderen Reichen, außer diesem hier, ist die Rede?«

Ich bewunderte seine Direktheit und seine Art, sich so auszudrücken, daß eine peinliche Situation vermieden wurde.

»Wie Seine Hoheit weiß«, erklärte Armiad mit schlecht verhehlter Ungeduld, »sind wir Sechs Reiche, die Reiche des Rades. Da ist Maaschanheem, wo wir uns jetzt befinden. Außerdem Draachenheem, wo Prinz Flamadin regiert (wenn er nicht gerade auf Abenteuerfahrt ist!)«, ein Nicken in meine Richtung, »und Gheestenheem, das Reich der Kannibalischen Geisterfrauen. Die anderen drei Reiche sind Barganheem, Sitz der geheimnisvollen Bärenprinzen, Fluugensheem, dessen Bevölkerung von der Fliegenden Insel beschützt wird, und Rootsenheem, dessen Krieger eine Haut von leuchtendem Blut haben. Natürlich gibt es da noch das Reich der Mitte, aber von dort kommt niemand, noch reist jemand dorthin. Wir nennen es Alptroomensheem, das Reich der Alptraumsümpfe. Ist Eure Erinnerung jetzt wieder zurückgekehrt, Graf von Bek?«

»Vollkommen, Kapitänbaron. Ich danke Euch für Eure Mühe. Selbst zu den besten Zeiten habe ich ein miserables Namensgedächtnis, fürchte ich.«

Erleichtert, oder so kam es mir wenigstens vor, richtete sich der Kapitän seine streitsüchtigen, angestrengt höflichen Augen wieder auf mich. »Und wird Eure Verlobte sich bei dem Treffen zu uns gesellen, Euer Hoheit? Oder bleibt die Prinzessin Sharadim zurück, um das Reich zu schützen, während Ihr auf Abenteuer auszieht?«

»Aha«, sagte ich, wie vor den Kopf geschlagen und unfähig, meine Verwirrung zu verbergen. »Die Prinzessin Sharadim. Ich weiß noch nichts Genaues.«

Und irgendwo konnte ich sogar jetzt im Hintergrund meines Bewußtseins jenen verzweifelten Gesang hören.

– SHARADIM! SHARADIM! DER FEUERDRACHE MUSS BEFREIT WERDEN!

Wenig später schützte ich Müdigkeit vor und bat Kapitänbaron Armiad, mir meine Unterkunft zeigen zu lassen.

In meinem Quartier gesellte sich von Bek zu mir, dessen Zimmer neben den meinen lagen. »Sie scheinen sich nicht wohl zu fühlen, Herr Daker«, sagte er. »Befürchten Sie, daß der Betrug entdeckt werden könnte, und daß der wirkliche Prinz bei diesem ihrem Großen Treffen auftaucht?«

»Oh«, meinte ich, »ich hege kaum Zweifel, daß ich der richtige Prinz bin, mein Freund. Was mich erschreckt ist, daß der einzige Name, der mir seit meiner Ankunft in dieser Welt einigermaßen vertraut klingt, der Frau gehört, mit der ich anscheinend verlobt bin.«

Von Bek sagte: »Das sollte Ihnen einige Peinlichkeiten ersparen, wenn Sie ihr schließlich gegenüberstehen.«

»Vielleicht«, stimmte ich zu, aber innerlich war ich tief beunruhigt, ohne sagen zu können, warum.

In dieser Nacht schlief ich nur wenig.

Ich hatte gelernt, den Schlaf zu fürchten.

Kapitel drei

Am nächsten Morgen hatte ich keine Schwierigkeiten aufzustehen. Die Nacht war erfüllt gewesen mit Visionen und Halluzinationen, mit den singenden Frauen, den verzweifelten Kriegern, Stimmen, die nicht nur Sharadim riefen, sondern auch mich – bei tausend verschiedenen Namen.

Von Bek kam herein, als ich gerade letzte Hand an mein Äußeres legte. Wieder machte er eine Bemerkung darüber, wie krank ich aussah. »Sind diese Träume ein dauernder Bestandteil des Lebens, das Sie mir beschrieben haben?«

»Nicht dauernd«, erwiderte ich, »aber häufig.«

»Ich beneide Sie nicht, Herr Daker.«

Von Bek hatte neue Kleider erhalten. Er bewegte sich unbeholfen in dem weichen Lederhemd, den dazu passenden Hosen, dem dickeren Lederwams und den hohen Stiefeln. »Ich sehe aus wie irgendein Räuber in einem *Sturm und Drang*-Stück«, sagte er. Er fand sich mit einer Art grimmiger Belustigung in seine Lage, und ich muß zugeben, daß ich froh über seine Gesellschaft war. Sie bildete ein wohltuendes Gegengewicht zu meinem schicksalsschwangeren Vorahnungen und Träumen.

»Diese Kleider«, fuhr er fort, »sind zumindest einigermaßen sauber! Und wie ich sehe, hat man Ihnen auch heißes Wasser gebracht. Ich nehme an, wir sollten uns glücklich schätzen. Gestern nacht waren Sie so verzweifelt, daß ich vergaß, Ihnen für Ihre Hilfe zu danken.« Er streckte die Hand aus. »Ich möchte Ihnen meine Freundschaft anbieten, Herr Daker.«

Warm erwiderte ich seinen Händedruck. »Und seien Sie der meinen versichert«, sagte ich. »Ich bin froh, einen solchen Gefährten zu haben. Soviel hatte ich nicht erwartet.«

»Ich habe von vielen Wundern der Mittelmarken gelesen«, nahm er den Faden wieder auf, »aber etwas so merkwürdiges wie dieses plumpe Schiff war nicht dabei. Ich bin früh aufgestanden und habe mir die Maschinen angesehen. Sie sind sehr einfach – Dampf, natürlich – aber erfüllen ihren Zweck. Sie haben noch niemals so viele Stangen und Kolben so unterschiedlichen Alters gesehen! Das Ding muß schon beinahe eine Antiquität sein, und ich möchte annehmen, daß seit mehr als einem Jahrhundert keine Verbesserungen mehr daran vorgenommen wurden. Alles ist geflickt und ausgebessert, zusammengebunden, flüchtig geschweißt. Die Kessel und Öfen sind massiv. Und seltsam leistungsfähig. Die Tonnage entspricht zumindest der Ihrer *Queen Elizabeth,* und wird nur zu einem Teil von Wasser getragen. Natürlich ist dieses Schiff mehr auf Menschenkraft angewiesen als ein Ozeandampfer, und damit könnte es zusammenhängen. Meine Kenntnisse in dieser Richtung beschränken sich, wie ich zugeben muß, auf ein Jahr an einer Technischen Hochschule, zu dem mein Vater mich überredete. Er war ein fortschrittlicher Mann!«

»Fortschrittlicher als der meine«, sagte ich. »Ich weiß überhaupt nichts von solchen Dingen. Jetzt bedaure ich es. Nicht, daß ich auf einer der Welten, in die ich gerufen wurde, jemals in die Lage gekommen wäre, solche Fähigkeiten einzusetzen. Magie ist da eher gefragt. Oder was wir im 20. Jahrhundert als Magie bezeichneten.«

»Meine Familie«, bemerkte er mit einem ironischen Lächeln, »hat auch eine gewisse Beziehung zur Magie.«

Graf von Bek berichtete mir dann von der Geschichte seiner Familie, die bis ins 17. Jahrhundert zurückreichte. Seine Vorfahren, schien es, hatten schon immer die Gabe besessen, zwischen verschiedenen Reichen umherzureisen, und zu verschiedenen Welten, auf denen unterschiedliche Regeln galten. »Es wird behauptet, daß diesbezügliche Aufnahmen existieren«, fügte er hinzu, »aber wir haben nie etwas dergleichen gefunden, bis auf ein Papier, und das ist höchstwahrscheinlich wenigstens zum Teil eine Fälschung!« Das war der Grund gewesen, weshalb er sich für seinen Kampf gegen Hitler die Hilfe eines Wesens gesichert hatte, das er ›Satan‹ nannte. Satan hatte ihm geholfen, den Weg zu den Mittelmarken zu entdekken, und hatte gesagt, es bestünde die Hoffnung, dort ein Mittel zu finden, um den Führer zu stürzen. »Aber ob es sich bei diesem Satan um den aus dem Himmel vertriebenen Engel handelte, oder nur um eine untergeordnete Gottheit, einen gefangenen Dämon irgendeiner Art, habe ich nie herausfinden können. Aber immerhin hat er mir geholfen.«

Ich war erleichtert. Es würde nicht nötig sein, wie ich befürchtet hatte, von Bek umständlich mit Dingen vertraut zu machen, die für mich zu den gewohnten Tatsachen des Lebens zählten. Dieses Reich allerdings schien nur wenig an übernatürlichen Wundern zu besitzen, wenn man davon absah, daß man die Existenz anderer Ebenen als gegeben betrachtete. In dieser Hinsicht gefiel es mir recht gut.

Von Bek, der, wie er sagte, das Schiff schon teilweise erkundet hatte, führte mich durch die knarrenden hölzernen Gänge in dem Teil des Schiffes, von dem ich als des Kapitänbarons Palast dachte, in ein kleines Gemach, dessen gesteppte Wandbehänge zu fein gearbeitet waren, um aus dieser Welt zu stammen. Hier hatte man den Tisch für uns gedeckt. Ich kostete ein Stück salzigen, krümeligen Käse, ein bißchen hartes Brot, einen Schluck von etwas, das mich an sehr dünnen Joghurt erinnerte, und begnügte mich schließlich mit einem einigermaßen sauberen Becher lauwarmen Wassers und dem hartgekochten Ei eines mir unbekannten Vogels. Dann folgte ich von Bek durch ein weiteres Labyrinth schaukelnder, schmaler Laufstege bis zu einer fadenscheinigen Hängebrücke zwischen zwei Masten. Das Ding schaukelte so heftig, daß mir schwindelig wurde und ich mich fest an das Geländer klammern mußte. Tief unten gingen die Leute ihren Geschäften nach. Ich sah Karren, welche von Tieren gezogen wurden, die wie Ochsen aussahen, hörte die Rufe von Frauen, die sich in den windschiefen Häusern von Fenster zu Fenster unterhielten, sah Kinder in der unteren Takelage spielen, während Hunde zu ihnen hinaufbellten. Überall wogte der Rauch, manchmal so dicht, daß man überhaupt nichts mehr erkennen konnte; dann wieder, aber nur selten, wurde er vom Wind davongetragen und es war möglich, einen Atemzug frischer

Luft von weiten, glitzernden Marschen zu erhaschen, durch die *Der Grimmige Schild* sich mit einer gewissen schwerfälligen Würde hindurcharbeitete.

Obwohl flach und überwiegend grau-grün, war Maaschanheem auf seine Art großartig. Die Wolken hoben sich kaum jemals für sehr lange, doch bewirkten sie ein ständig wechselndes Licht, das den Lagunen, Marschen und schmalen Streifen Land, den ›Ankerplätzen‹ dieses Nomadenvolkes, ein immer neues Aussehen verlieh. Schwärme eigenartig schöner Vögel ließen sich auf dem Wasser treiben oder wateten durch das Röhricht. Hin und wieder stieg ein solcher Schwarm als dunkle Masse in den Himmel, zog seine Kreise unter den Wolken und verschwand in Richtung des unsichtbaren Horizonts. Fremdartige Tiere huschten durch das Gras oder hoben neugierig die Köpfe aus dem Wasser. Am meisten überraschte mich von diesen ein Geschöpf, das Ähnlichkeit mit einem Otter hatte, aber größer war als ein Seelöwe. Wie wir erfuhren, nannte man es schlicht und einfach *Vaasarhund*. Ich stellte fest, daß die Sprache, die ich fließender beherrschte als von Bek, teutonischen Ursprungs war, irgendwo zwischen Althochdeutsch, Holländisch und in geringerem Maße Englisch und Skandinavisch. Jetzt wußte ich, wovon die Rede gewesen war, als man mir sagte, diese Welt hätte größere Ähnlichkeit mit der Welt des John Daker als jede andere, die ich in der Gestalt des Ewigen Helden besucht hatte.

Die Wasserhunde waren so verspielt wie Otter, folgten dem Schiff in sicherer Entfernung, sobald es in tieferes Wasser geriet (obwohl es nie gänzlich den Bodenkontakt verlor), und bellten und sprangen nach den Happen, die die Bewohner des Schiffes ihnen zuwarfen.

An diesem Morgen kam ich auch sehr bald zu der Einsicht, daß die Menschen an Bord nicht von Natur aus düster und unfreundlich waren, obwohl es sich bei ihrem augenblicklichen Herrscher und seinen Kesselbewahrern um einen ausgesprochen unappetitlichen Haufen handelte. Sie hatten sich daran gewöhnt, mit dem Schmutz aus den Schornsteinen und dem Gestank zu leben, aber sie wirkten durchaus fröhlich und liebenswürdig, sobald sie sich überzeugt hatten, daß wir ihnen nichts Böses wollten und kein ›Sumpfgeziefer‹ waren – wie wir feststellten, ein Ausdruck für jeden, der kein Heimatschiff hatte, wegen irgendwelcher Verbrechen ausgestoßen wurde oder sich einfach entschlossen hatte, an Land zu leben. Manche dieser Banden überfielen tatsächlich Schiffe, wenn sich die Gelegenheit bot, oder verschleppten den einen oder anderen Bewohner, aber mir wollte scheinen, daß sie nicht alle von Grund auf schlecht waren oder verdienten, zu Tode gehetzt zu werden. Man erklärte uns, daß Kapitänbaron Armiad die Bestimmung eingeführt hatte, daß alle Landbewohner zu töten und ihre Leichen den Kesseln zuzuführen waren. »Als Folge davon«, sagte uns eine Frau, die damit beschäftigt war, ein Stück Leder abzuschaben, »mag jetzt kein Landbewohner mehr Handel mit *Der Grimmige Schild* treiben. Wir sind gezwungen, mit dem auszukommen, was der Ankerplatz hergibt und was die Kesselbewahrer dem Sumpfgeziefer abnehmen.« Sie zuckte die Schultern. »Das sind eben die neuen Sitten.«

Wir merkten, daß wir am schnellsten vorankamen, wenn wir die Seilbrücken zwischen den Masten benutzten. So ersparten wir uns die zeitraubenden Wege durch die gewundenen Straßen und konnten uns nicht mehr so leicht verirren. Die Masten hatten feste Leitern mit einem schützenden Gittergeflecht, so daß man kaum befürchten mußte, den Halt zu verlieren und rücklings auf die Gebäude unten zu stürzen.

Wir gerieten in eine Gruppe junger Männer und Frauen, die wohl zum Adel gehörten, obwohl sie nicht besonders gut gekleidet und beinahe so schmuddelig waren wie die normalen Bürger. Sie sprachen uns an, als wir das Dach eines Türmchens überquerten, um einen Blick auf den hinteren Teil des Schiffes und die gewaltigen Ruder zu werfen, die benutzt wurden, um die Geschwindigkeit zu verringern oder Wendemanöver durchzuführen, wobei sie sich tief in den Schlamm wühlten. Zu dieser Gruppe gehörte auch eine junge Frau von vielleicht zwanzig Jahren, mit lebhaften Augen, die in abgetragenes Leder gekleidet war, ähnlich von Beks Gewandung. Sie stellte sich als erste vor. »Ich bin Bellanda-naam-Folfag-ig-Fornster«, sagte sie und legte die Kappe über ihr Herz. »Wir wollten Euch beglückwünschen für Euren Kampf mit Mopher Gorb und seinen Sammlern. Sie hatten sich zu sehr daran gewöhnt, halb verhungerte Ausgestoßene zu jagen. Wir hoffen, sie lernen etwas aus dem, was gestern vorgefallen ist, obwohl ich eigentlich nicht glaube, daß seine Sorte überhaupt fähig ist zu lernen.«

Sie machte uns mit ihren zwei Brüdern und dem Rest der Gruppe bekannt.

»Ihr seht aus wie Studenten«, meinte von Bek. »Gibt es eine Schule an Bord?«

»Allerdings«, antwortete sie, »und wir gehen hin, wenn sie geöffnet ist. Aber seit unser neuer Kapitänbaron hier die Macht übernommen hat, steht Lernen nicht mehr hoch im Kurs. Er behauptet, es würde verweichlichen, und verachtet es zutiefst. In den letzten drei Jahren sind Künstler und Gelehrte kaum gefördert worden, und unser Schiff wird von allen gemieden. Wer über Wissen oder Fertigkeiten verfügt, um auf anderen Schiffen willkommen zu sein, hat die *Grimmiger Schild* bereits verlassen. Wir haben nichts, außer unserer Jugend und dem Willen zu lernen. Deshalb besteht für uns wenig Aussicht, den Ankerplatz wechseln zu können, wenigstens für geraume Zeit. Es hat schlimmere Tyrannen in der Geschichte der Schiffe gegeben, schlimmere Kriegshetzer, größere Narren. Aber es ist nicht angenehm zu wissen, daß man zum Gespött des gesamten Reiches geworden ist, und daß kein anständiger Mensch von einem anderen Schiff unsereins heiraten oder auch nur mit einem von uns gesehen werden möchte. Lediglich beim Großen Treffen können wir einige Kontakte knüpfen, aber das ist alles irgendwie zu steif und zu kurz.«

»Und wenn ihr das Schiff verlassen würdet . . .« begann von Bek.

»Genau – Sumpfgeziefer. Wir können nur hoffen, daß der jetzige Kapitänbaron zwischen die Walzen gerät, oder auf eine andere Art sein baldiges Ende findet! Ich bin kein Snob, hoffe ich wenigstens, aber er ist die schlimmste Art Emporkömmling.«

»Die Ränge sind bei euch nicht erblich?« fragte ich.

»Gewöhnlich schon. Aber Armiad setzte unseren alten Kapitänbaron ab. Armiad war Kapitänbaron Nedaus Proviantmeister, und wie es häufig vorkommt, wenn ein kinderloser Herrscher alt wird, übernahm er mit der Zeit viele der Pflichten seines Herrn. Wir waren darauf vorbereitet, einen neuen Kapitänbaron zu wählen, aus Nedaus engster Familie. Er ist zum Beispiel mit meiner Mutter verwandt, von der Fornster-Seite her. Auch war Arbreks Onkel«, sie deutete auf einen rothaarigen jungen Mann, der so scheu war, daß sein Gesicht mit seinem Haar um die Wette glühte, »ein Fürst der Rendeps, zwischen denen und dem damals amtierenden Herrscher ein alter Poesie-Bund bestand. Endlich war auch der Doowrehsi von den Heiligen Monicanern ein enger Blutsverwandter, wenn auch ein Eremit, Asket und Gelehrter. Alle jene standen zur Wahl. Dann, in seiner Senilität (anders läßt es sich nicht erklären), forderte unser Kapitänbaron Nedau einen Zweikampf auf Leben und Tod. Nun ist dergleichen seit dem Krieg der Schiffe nicht mehr vorgekommen, während der ganzen langen Jahre nicht, aber es steht immer noch auf dem Gesetzesmast geschrieben und muß geachtet werden. Warum Nedau Armiad herausforderte, haben wir nie erfahren, aber wir nahmen an, daß er ihn dazu getrieben hatte, vielleicht durch eine unverzeihliche Beleidigung, oder die Drohung, ein Geheimnis zu verraten. Was auch immer der Grund war, Armiad nahm die Herausforderung selbstverständlich an, und die beiden kämpften auf der großen Hängebrücke zwischen den beiden Hauptmasten. Wir alle schauten von Deck aus zu, gemäß einer Tradition, die bei uns längst in Vergessenheit geraten war, und obwohl Rauch von einem der Schornsteine die letzten Augenblicke des Kampfes verdeckte, konnte es keinen Zweifel daran geben, daß Nedau ins Herz getroffen wurde, bevor er mehr als dreißig Meter tief auf den Marktplatz stürzte. Und so, weil ein altes Gesetz nie geändert wurde, ist unser neuer Kapitänbaron ein ungehobelter, ungebildeter Tyrann.«

Von Bek meinte: »Ich kenne mich ein wenig aus mit solchen Tyrannen. Ist es nicht gefährlich, laut und in der Öffentlichkeit seine Meinung zu äußern?«

»Mag sein«, stimmte sie zu, »aber er ist als Feigling bekannt. Außerdem wurmt es ihn, daß die anderen Kapitänbarone nichts mit ihm zu tun haben wollen. Sie laden ihn nicht zu

Festen ein. Sie kommen nicht zu Besuch auf dieses Schiff. Kaum, daß wir bei den Schiffs-Zusammenkünften geduldet werden! Alles, was uns geblieben ist, ist das jährliche Große Treffen, wenn alle sich versammeln müssen und keine Ausnahmen erlaubt sind. Aber selbst dann bezeugen uns die anderen Schiffe nur die allernötigste Höflichkeit. Der *Grimmige Schild* steht in dem Ruf, ein barbarisches Fahrzeug zu sein, würdig unserer dunkelsten Vergangenheit, sogar noch vor dem Krieg der Schiffe. All das hat Armiad angerichtet, weil er sich auf ein veraltetes Gesetz berief. Weil er, wie wir alle glauben, seinen Herrn ermordete. Wenn er noch mehr Verbrechen an seinen eigenen Leuten verübte – zum Beispiel versuchte, die Verwandten des alten Kapitänbarons, zu denen ja auch wir gehören –, aus dem Weg zu räumen, würden sich seine Chancen, jemals in die Reihen der anderen Edelleute aufgenommen zu werden, noch mehr verringern. Seine Bemühungen, ihre Achtung zu erringen, waren so lächerlich und stupide, wie seine Machenschaften und Pläne durchschaubar. Mit jedem Versuch, sie für sich zu gewinnen – mittels Geschenken, Beweisen seiner Tapferkeit, mit Beispielen seiner entschlossenen Politik, wie zum Beispiel der Sache mit dem Sumpfgeziefer – treibt er sie weiter von sich weg.« Bellanda lächelte. »Das zu beobachten ist eines der wenigen Vergnügen, die uns an Bord von *Der Grimmige Schild* noch geblieben sind.«

»Und ihr habt keine Möglichkeit, euch seiner zu entledigen?«

»Nein, Prinz Flamadin. Denn nur ein Kapitänbaron kann einen Zweikampf auf Leben und Tod fordern.«

»Können die anderen Kapitänbarone euch nicht gegen ihn beistehen?« wollte von Bek wissen.

»Das Gesetz verbietet es ihnen. Es ist Teil des großen Friedensschlusses, als die Schiffskriege endlich vorüber waren. Es verbietet, sich in die inneren Angelegenheiten eines anderen Schiffes einzumischen.« Letzteres kam von einem stotternden Arbrek. »Wir sind stolz auf dieses Gesetz. Aber es ist gerade jetzt nicht zum Vorteil der *Grimmiger Schild*.«

»Jetzt begreift Ihr wohl«, meinte Bellanda mit einem kleinen

Lächeln, »warum Armiad so um Euch bemüht ist. Wir hörten, daß er beinahe vor Euch auf dem Boden kriecht, Prinz Flamadin.«

»Ich muß zugeben, es ist nicht gerade die angenehmste Erfahrung meines Lebens. Warum tut er das, wenn er es nicht einmal für nötig hält, sein eigenes Volk anständig zu behandeln?«

»Er hält uns für schwächer als sich selbst. Ihr seid stärker, nach seiner Sicht der Dinge. Aber der wirkliche Grund für seine Bemühungen um Eure Anerkennung liegt darin, möchte ich schwören, daß er hofft, die anderen Kapitänbarone beim Großen Treffen zu beeindrucken. Mit dem berühmten Prinzen Flamadin von den Valadek an seiner Seite, während wir zum Großen Treffen segeln, ist er sicher, daß sie ihn als einen der ihren anerkennen müssen.«

Von Bek war höchlichst belustigt. Er platzte beinahe vor Lachen. »Und das ist der einzige Grund?«

»Der Hauptgrund jedenfalls«, bestätigte sie und stimmte in seine Fröhlichkeit ein. »Er ist ein einfältiger Bursche, nicht wahr?«

»Je einfältiger sie sind, desto gefährlicher können sie werden«, warf ich ein. »Ich wünschte, Bellanda, wir könnten euch behilflich sein, sein Joch abzuschütteln.«

»Wir können nur hoffen, daß ihm früher oder später ein Unglück zustößt«, sagte sie. Ihre Worte klangen aufrichtig. Offenbar hatte sie nicht vor, die Anzahl der Morde an Bord ihres Schiffes weiter zu vergrößern.

Ich war Bellanda dankbar für ihre Erklärungen, und ich beschloß, ihre Hilfe noch etwas mehr in Anspruch zu nehmen. »Ich hörte von Armiad letzte Nacht«, wagte ich mich behutsam vor, »daß ich, wenigstens für manche, so eine Art Volksheld bin. Er sprach von Abenteuern, an die ich mich nicht mehr recht erinnern kann. Wißt Ihr, was er meinte?«

Sie lachte wieder. »Ihr seid bescheiden, Prinz Flamadin. Oder Ihr spielt den Bescheidenen mit viel Charme und Talent. Bestimmt ist Euch bekannt, daß in Maaschanheem und sicherlich auch in anderen Reichen des Rades jeder Geschichtenerzähler von Euren Abenteuern weiß. Überall in

Maaschanheem werden Bücher angeboten, und nicht alle stammen sie von unseren Druckerei-Schiffen, in denen beschrieben wird, wie Ihr diesen Oger besiegt oder jene Maid gerettet habt. Ihr könnt nicht behaupten, sie nie gesehen zu haben!«

»Hier«, meldete sich einer der jüngeren Männer, drängte sich nach vorn und zeigte mir ein grellbuntes Buch, das mich ein wenig an unsere viktorianischen Schauerromane oder Groschenhefte erinnerte. »Seht! Ich wollte Euch bitten, es zu signieren, Herr.«

Von Bek sagte leise: »Sie haben mir gesagt, daß Sie in Ihren zahlreichen Inkarnationen ein Held gewesen sind, Herr Daker, aber bis jetzt hatte ich keinen Beweis!«

Zu meinem größten Unbehagen nahm er dem Jungen das Buch aus der Hand und sah es sich an, bevor er es an mich weitergab. Ein nicht eben begnadeter Künstler hatte den Einband mit meinem Konterfei geschmückt. Auf einer Art Eidechsenwesen reitend, das Schwert hoch erhoben, schlug ich mich mit einem Geschöpf herum, das aussah wie eine Kreuzung zwischen den Wasserhunden und riesigen Pavianen. Hinter mir auf dem Sattel hatte ich eine verängstigte junge Frau, und im oberen Bildteil, ganz wie bei den John Daker vertrauten Pulp-Magazinen, verkündete eine Überschrift: PRINZ FLAMADIN, HELD DER SECHS WELTEN. Der Inhalt, augenscheinlich größtenteils erfunden, berichtete in farbenfroher Prosa von meinen mutigen Heldentaten, meiner edlen Gesinnung, meinem außergewöhnlich anziehenden Äußeren und so weiter. Ich war sowohl verblüfft wie auch peinlich berührt, und ertappte mich trotzdem dabei, wie ich das Buch mit einem forschen Schriftzug – Flamadin – signierte, bevor ich es zurückgab. Die Geste war automatisch gewesen. Vielleicht war ich tatsächlich in diese Person geschlüpft. Jedenfalls waren meine Reaktionen mir vertraut, wie ich auch die Sprache in Wort und Schrift beherrschte. Ich seufzte. Etwas so Gewöhnliches und gleichzeitig so Merkwürdiges war mir bisher noch nicht vorgekommen. Ich war eine Art Held auf dieser Welt – aber ein Held, dessen Taten ins Romanhafte übersteigert wurden, wie bei Jesse James, Buffalo Bill oder, in geringerem Maße, einigen der populären Sport- und Musikstars des 20. Jahrhunderts!

Von Bek traf den Nagel auf den Kopf. »Ich hatte keine Ahnung, daß ich mit jemandem befreundet bin, der so berühmt ist wie Old Shatterhand oder Sherlock Holmes«, sagte er.

»Ist das denn alles wahr?« wollte der Junge wissen. »Es ist schwer zu glauben, daß Ihr so viel Großes vollbracht habt, Herr, denn Ihr seid doch noch ziemlich jung!«

»Ihr selbst müßt entscheiden, was Ihr glauben wollt und was nicht«, erwiderte ich. »Ich möchte allerdings behaupten, daß diese Geschichten reichlich keck ausgeschmückt wurden.«

»Nun«, sagte Bellanda mit einem breiten Lächeln. »Ich bin bereit, jedes Wort zu glauben. Zwar sind eitle Gerüchte im Umlauf, die glauben machen wollen, daß Eure Schwester die eigentliche Macht ist und Ihr nichts weiter tut, als den Romanschreibern Euren Namen zur Verfügung zu stellen. Aber ich kann jetzt behaupten, nachdem ich Euch begegnet bin, Prinz Flamadin, daß Ihr ein Held seid, vom Scheitel bis zur Sohle!«

»Ihr seid sehr freundlich«, erwiderte ich mit einer Verneigung. »Aber ich bin sicher, auch meine Schwester verdient Eure Bewunderung.«

»Die Prinzessin Sharadim? Sie weigert sich, in diesen Geschichten erwähnt zu werden, hörte ich.«

»Sharadim?« Schon wieder dieser Name! Doch hatte man sie erst gestern als meine Verlobte bezeichnet.

»Ja . . .« Bellinda wirkte bestürzt. »Ich bin zu kühn gewesen, Prinz Flamadin, in der Laune des Augenblicks . . .?«

»Nein, nein. Ist Sharadim ein häufiger Name in meinem Land . . .?« Ich stellte eine dumme Frage. Jetzt hatte ich sie völlig aus der Fassung gebracht.

»Ich kann Euch nicht folgen, Herr . . .«

Von Bek kam mir erneut zur Hilfe. »Mir ist zu Ohren gekommen, die Prinzessin Sharadim wäre Prinz Flamadins zukünftige Braut . . .«

»Das ist sie allerdings, Herr«, nickte Bellanda. »Und des Prinzen Schwester. Das ist Tradition in Eurem Reich, oder nicht?« Ihre Verwirrung wurde immer größer. »Wenn ich irgendwelchen dummen Klatsch nachgeschwatzt oder diesen

Romanen zuviel Glauben geschenkt habe, möchte ich mich aufrichtig entschuldigen . . .«

Es gelang mir, mich etwas zusammenzureißen. »Nicht Ihr seid es, die sich entschuldigen muß.« Ich trat an die Einfassung des Turmes und lehnte mich dagegen. Ein Windstoß zerteilte den Qualm, tat meinen Lungen wohl, erfrischte meine Haut, half mir, meine Gedanken zu ordnen. »Ich bin erschöpft. Manchmal vergesse ich Dinge . . .«

»Kommt«, sagte von Bek mit einer entschuldigenden Handbewegung in Richtung der jungen Leute, »ich bringe Euch zu Eurem Quartier. Legt Euch eine Stunde hin. Dann werdet Ihr Euch besser fühlen.«

Ich gestattete ihm, mich von den vollkommen verdutzten Studenten wegzuführen.

Als wir unsere Kabinen erreichten, wartete dort ein Bote geduldig vor der Haupttür. »Meine edlen Herren«, sagte er, »der Kapitänbaron sendet seine respektvollsten Grüße. Er richtet sich mit der Einnahme der Mahlzeiten ganz nach Euren Wünschen.«

»Heißt das, wir sollen sobald wie möglich zu ihm kommen?« erkundigte sich von Bek.

»Wenn es Euch genehm ist, Herr.«

Wir gingen hinein, und ich ließ mich in meinem Schlafraum schwer auf die Bettkante fallen. »Ich muß mich entschuldigen, von Bek. Diese Enthüllungen sollten mich nicht so aus der Fassung bringen. Wären nicht diese Träume gewesen – diese Frauen, die mich Sharadim nannten . . .«

»Ich glaube, ich kann das verstehen«, beruhigte er mich, »aber Sie sollten versuchen, sich besser in der Gewalt zu haben. Wir wollen schließlich nicht, daß diese Leute sich gegen uns wenden. Nicht ausgerechnet jetzt, mein Freund. Ich habe den Eindruck, daß man bei den Intelligenzlern neugierig ist, ob Sie tatsächlich der Held sind, der in den Büchern beschrieben wird. Es muß ein Gerücht im Umlauf sein, daß Prinz Flamadin nur eine Marionette ist. Haben Sie das auch gespürt?«

Ich nickte. »Vielleicht rufen sie deshalb nach Sharadim.«

»Das verstehe ich nicht ganz.«

»Ein Hinweis darauf, daß eigentlich sie die Macht in Händen

hält, daß ihr Bruder – ihr Verlobter – ein Scharlatan ist. Vielleicht findet sie es nützlich, daß man ihn zu einer lebenden Legende, einem volkstümlichen Helden aufbauscht. Solche Verhältnisse sind schließlich auch in unserer Welt nicht unbekannt.«

»Soweit habe ich gar nicht gedacht, aber ich gebe zu, es ist eine Möglichkeit. Bedeutet das also, daß Sie und Flamadin von den Valadek nicht unbedingt denselben Charakter haben?«

»Die Hülle wechselt, von Bek. Geist und Charakter bleiben unverändert. Es wäre nicht das erste Mal, daß ich in dem Körper eines Helden wiedergeboren wurde, der nicht ganz das war, wofür sein Volk ihn hielt.«

»Die andere Sache, die ich an Ihrer Stelle gerne herausfinden würde, ist, warum ich überhaupt in diese Welt geschickt worden bin. Glauben Sie, daß Sie die Antwort auf diese Frage bald erfahren werden?«

»Es gibt nichts, dessen ich sicher sein kann, mein Freund.« Ich stand auf und straffte die Schultern. »Bereiten wir uns auf die scheußlichen Überraschungen vor, die das Mittagsmahl uns bieten wird.«

Als wir uns auf den Weg zu der Halle des Kapitänbarons machten, meinte von Bek: »Ich frage mich, ob die Prinzessin Sharadim bei dem Großen Treffen anwesend sein wird. Ich muß sagen, meine Neugier, sie zu sehen, wächst ständig. Wie ist es mit Ihnen?«

Ich brachte ein Lächeln zustande. »Ich fürchte mich vor dieser Begegnung, mein Freund. Ich habe das Gefühl, nichts als Elend und Schrecken werden die Folge sein.«

Von Bek schaute mir eindringlich ins Gesicht. »Ich wäre weit weniger beeindruckt«, sagte er, »hätten Sie nicht dieses ausnehmend gespenstische Grinsen auf den Lippen.«

Kapitel vier

Kapitänbaron Armiad hatte eine Bitte an mich. Eingedenk meiner Unterhaltung mit den jungen Studenten, war ich nicht überrascht, als er sich endlich aufraffte, mich zu fragen, ob ich ihm die Ehre erweisen wollte, ihn an Bord eines anderen Schiffes zu begleiten, noch vor dem Großen Treffen. »Die Schiffe nähern sich langsam dem Ort des Treffens und segeln oft viele Meilen weit Seite an Seite, bis sie den Ort erreichen. Schon jetzt hat der höchste Ausguck drei Fahrzeuge ausgemacht. Nach ihren Wimpeln sind es *Das Mädchen in Grün, Das Scharfe Skalpell* und *Der Neue Beweis,* alle von den am weitesten entfernten Ankerplätzen. Sie müssen sich beeilt haben, um jetzt schon so nahe am Ort des Treffens zu sein. Es ist Sitte bei den Kapitänbaronen, sich bei solchen Gelegenheiten Höflichkeitsbesuche abzustatten. Diese Besuche unterbleiben nur im Falle einer Krankheit an Bord oder einer anderen schwerwiegenden Krise. Ich würde gerne die Flaggen aufziehen lassen und der *Neuer Beweis* mitteilen, daß wir zu einem Besuch an Bord kommen möchten. Habt Ihr und Euer Freund Interesse daran, ein anderes Schiff kennenzulernen?«

»Wir kommen gerne mit«, sagte ich. Ich hatte nicht nur Lust, die Schiffe miteinander zu vergleichen, mir war auch daran gelegen, zu sehen, was die Standesgenossen des Kapitänbarons tatsächlich von ihm hielten. So, wie er die Bitte vorgetragen hatte, konnten wir auch kaum noch ablehnen, ohne grob unhöflich zu erscheinen. Ihm mußte wirklich sehr daran gelegen sein, seine Gäste herumzuzeigen, damit die Nachricht sich schon vor Beginn des Großen Treffens verbreitete. Dadurch hoffte er, von ihnen akzeptiert zu werden, oder wenigstens sein Ansehen zu vergrößern.

Er war unübersehbar erleichtert. Sein Schweinchengesicht entspannte sich. Er strahlte mich förmlich an. »Gut. Dann werde ich die Signale setzen lassen.«

Kurze Zeit später entschuldigte er sich, und wir waren uns selbst überlassen. Wir machten uns auf, das Stadtschiff weiter zu erkunden, und fanden uns wieder in der Gesellschaft von Bellanda und ihren Freunden. Sie waren auf jeden Fall die interessantesten Leute, die wir hier bisher getroffen hatten. Mit ihnen stiegen wir hoch auf die Masten, und sie zeigten uns den Rauch der fernen Schiffe, die sich langsam einander näherten, während sie zum Ort des Treffens segelten.

Ein blaßgesichtiger Knabe namens Jurgin hatte ein Fernglas und kannte die Flaggen sämtlicher Schiffe. Er rief sie aus, wie sie ihm vors Glas kamen: »Da ist *Der Ferne Handel,* Ankerplatz Der Schwimmende Kopf. Und das ist *Das Mädchen in Grün,* Ankerplatz Der Geborstene Krug . . .« Ich fragte ihn, woher er das alles wisse. Er reichte mir das Glas. »Ganz einfach, Euer Hoheit. Auf den Flaggen sind die Ankerplätze abgebildet, wie sie auf der Karte aussehen, und die Namen drücken aus, womit diese Umrisse die größte Ähnlichkeit haben. So, wie man auch Sternbilder benennt. Die Namen der Schiffe sind in den meisten Fällen uralt und gehörten den Segelschiffen, mit denen unsere Ahnen einst ausfuhren. Erst mit der Zeit verwandelten sie sich in die schwimmenden Städte, auf denen wir jetzt leben.«

Ich schaute durch das Glas und machte schließlich ein Banner aus, das am höchsten Mast des nächsten Schiffes flatterte. Es trug ein rotes Zeichen auf einem schwarzen Feld. »Ich würde sagen, das ist eine Art Troll.«

Jurgin lachte. »Das ist die Flagge vom Ankerplatz Der Häßliche Mann, und deshalb handelt es sich bei dem Schiff um die *Der Neue Beweis* aus dem höchsten Norden. Das ist das Schiff, das Ihr heute abend besuchen werdet, nicht wahr?«

Seine Klarsichtigkeit beeindruckte mich. »Woher wißt Ihr das? Habt Ihr Spione am Hofe?«

Er schüttelte den Kopf, immer noch lachend. »Viel einfacher als das, Euer Hoheit.« Er deutete auf unseren eigenen Hauptmast, wo ein gutes Dutzend Fahnen in dem leichten Wind wehten. »Das sagen unsere Signale. Und die *Der Neue Beweis* hat mit gebührender Höflichkeit geantwortet (wenn auch vielleicht etwas zögerlich), da auch unser großer Kapitänbaron daran beteiligt ist, daß Ihr willkommen seid, eine Stunde vor Anbruch der Dämmerung an Bord zu kommen. Was bedeutet«, fügte er grinsend hinzu, »daß Euer Besuch nicht länger als eine Stunde dauern wird; denn Armiad vermeidet es, bei Dunkelheit das Marschland zu überqueren. Vielleicht fürchtet er die Rache all des sogenannten Sumpfgeziefers, das er in den Kesseln verfeuert hat. Ganz sicher weiß man auf der *Neuer Beweis* auch darüber Bescheid!«

Ein paar Stunden später begleiteten van Bek und ich Kapitänbaron Armiad-naam-Sliforg-ig-Vortan, der sich in seine prachtvollsten (und albernsten) Gewänder geworfen hatte, auf eine Art Prahm mit kleinen Rädern. Vorwärtsgestakt von einem Dutzend Männern (gleichfalls in ziemlich farbenfreudiger Livree), schwamm und rollte es durch die Marschen und Lagunen auf die *Der Neue Beweis* zu, die unserer eigenen *Grimmiger Schild* mittlerweile ein gutes Stück nähergekommen war. Armiad konnte sich in seinem gesteppten Umhang, den wattierten Hosen, seinem gewaltigen, wippenden Hut und seinem unförmig gepolsterten Wams kaum rühren. Wie ich ihn verstand, hatte er die Vorlagen in einem alten Bilderbuch entdeckt und beschlossen, daß das die angemessene und traditionelle Gewandung eines wahren Kapitänbarons zu sein hatte. Er hatte ziemliche Schwierigkeiten, überhaupt in das Boot zu steigen, da er unter anderem mit beiden Händen seinen Hut festhalten mußte, der vom Wind ernsthaft gefährdet war. Sehr behutsam stakten uns die Männer in Richtung des anderen Schiffes, von Armiad ständig ermahnt, aufzupassen, uns nicht naßzuspritzen, und nicht so zu SCHAUKELN!

In unseren schlichten Kleidern und ohne Waffen konnten wir seine Schwierigkeiten nicht recht nachvollziehen. Unser Problem bestand hauptsächlich darin, unsere Heiterkeit zu verbergen.

Der Neue Beweis war nicht weniger zerschrammt und ausgebessert als *Der Grimmige Schild,* und sogar noch etwas älter, aber sie befand sich insgesamt in besserem Zustand als unser Schiff. Der Rauch aus ihren Schornsteinen war nicht so gelb und ölig, und die Schlote waren so angeordnet, daß im großen und ganzen nur wenig Asche auf die Decks herabrieselte. Die Fahnen wirkten sauber (obwohl sie unmöglich ganz frisch sein konnten), und die Farben überall waren leuchtender. Man hatte sich Mühe gegeben, das Schiff instandzuhalten, und es war, nehme ich an, eigens für das Große Treffen besonders sorgfältig hergerichtet worden. Es war schon eigenartig, das Armiad gar nicht merkte, daß sein eigenes Schiff hätte sauberer sein können, daß sein Zustand sowohl sein eigenes Versagen widerspiegelte als auch die flaue Moral seiner Leute und noch ein halbes Dutzend anderer Dinge außerdem.

Wir näherten uns dem Rumpf des anderen Schiffes, bis wir eine Rampe erreichten, die man für uns herabgelassen hatte. Mit einiger Mühe stakten die Männer das Boot die Rampe hinauf und in den Bauch der *Neuer Beweis*. Neugierig schaute ich mich um.

Grundsätzlich waren sich die beiden Schiffe gleich, aber hier herrschte eine Ordnung, ein Schick, neben der Armiads Schiff aussah wie ein Trampdampfer neben einem Marinekreuzer. Auch waren die Männer, die uns begrüßten, nicht viel anders gekleidet als die, mit denen wir zuerst zusammengetroffen waren; aber sie machten einen reinlichen Eindruck, und sich mit uns abgeben zu müssen, schien gar nicht nach ihrem Geschmack zu sein. Obwohl von Bek und ich auf einem Bad und auf frischer Kleidung bestanden hatten, waren wir auf dem kurzen Weg von unseren Unterkünften zum Boot wieder schmutzig geworden. Zudem war ich überzeugt, daß wir alle den Geruch unseres Schiffes mit uns herumtrugen, auch wenn wir selbst das nicht mehr wahrnahmen. Außerdem war nicht zu übersehen, daß die gesamte Besatzung der *Neuer Beweis* Armiads Kleidung ebenso lächerlich fand wie wir.

Uns wurde immer klarer, daß es den anderen Kapitänbaronen nicht nur aus Hochmut widerstrebte, Armiad an Bord zu haben. Und wenn sie Snobs waren, mußten Armiads Aufzug und Benehmen jedes ihrer Vorurteile noch erhärten.

Obwohl er sich anscheinend des Eindrucks, den er machte, gar nicht bewußt war, fühlte Armiad sich nicht ganz wohl in seiner Haut. Er spreizte sich vor dem Begrüßungskomitee, das uns förmlich willkommen hieß. Er gebärdete sich wie die personifizierte Prahlerei, als er verkündete, wen er als Gäste mit auf die *Neuer Beweis* gebracht hatte, und schien erfreut, als unsere Gastgeber mit offensichtlicher Überraschung oder sogar Erschütterung auf die Nennung meines Namens reagierten.

»Ja, in der Tat«, erklärte er den höflich Lauschenden, »Prinz

Flamadin und sein Begleiter haben sich entschlossen, auf unserem Schiff, *Der Grimmige Schild,* zum Großen Treffen zu reisen, und es für die Dauer des Festes zu ihrem Hauptquartier zu machen. Jetzt, gute Leute, führt uns zu euren Herren. Prinz Flamadin ist solche Saumseligkeiten nicht gewohnt.«

In großer Verlegenheit wegen seiner schlechten Manieren und bemüht, unsere Gastgeber merken zu lassen, daß ich mit seinen Bemerkungen nicht einverstanden war, folgte ich der Abordnung einige Rampen hinauf, die zu den äußeren Decks führten. Auch hier gab es eine blühende Stadt mit gewundenen Gassen, Treppenpassagen, Tavernen, Lebensmittelgeschäften und sogar einem Theater. Von Bek murmelte etwas, das nach Anerkennung klang, aber Armiad, der mit mir hinter ihm ging, bemerkte in lautem Flüsterton, er sei entsetzt über die Anzeichen von Dekadenz überall. Ich hatte einige Engländer gekannt, die Sauberkeit mit Dekadenz gleichsetzten und sich in ihrer Meinung durch das sichtliche Gedeihen von Kunst und Handwerk auf diesem Schiff noch bestätigt gefühlt hätten. Ich allerdings versuchte, ein Gespräch mit unseren Begleitern anzuknüpfen, bei denen es sich sämtlich um liebenswürdige junge Männer handelte, die sich aber einer auffallenden Zurückhaltung befleißigten, selbst als ich die Reinlichkeit und Schönheit ihres Schiffes lobte.

Über mehrere Laufstege gelangten wir zu einem großen, dem Anschein nach städtischen Gebäude. Hier fehlte das festungsähnliche Beiwerk von Armiads Palast, und wir traten durch hohe, spitz zulaufende Torbögen in eine Art Schloßhof, der von kunstvollen Kolonnaden begrenzt wurde. Von der linken Seite dieser Kolonnaden kam jetzt eine zweite Gruppe von Männern und Frauen auf uns zu, alle in mittleren bis fortgeschrittenen Jahren. Diese trugen lange Gewänder in kräftigen, dunklen Farben, Schlapphüte mit bunten Federbüschen und Handschuhe aus leuchtend eingefärbtem Leder. Ihre Gesichter waren hinter dünnen Schleiermasken verborgen, die sie jetzt abnahmen und vor die linke Brustseite hielten, eine leichte Abwandlung derselben Geste, die wir zuerst bei Mopher Gorb und seinen Männern beobachtet hatten. Ich war beeindruckt von ihren würdevollen Zügen, aber auch überrascht, daß sie alle bis auf zwei, einen Mann und eine Frau, braunhäutig waren. Die Mitglieder der Gruppe, die uns empfangen hatte, waren sämtlich weißer Hautfarbe gewesen.

Ihre Manieren waren tadellos und ihre Begrüßung formvollendet, doch merkte man überdeutlich, daß sie alles andere als erfreut waren, uns zu sehen. In ihrem Verhalten machten sie nicht den geringsten Unterschied zwischen von Bek und mir und Armiad (was mich natürlich schwer in meinem Stolz verletzte!) und erweckten den Eindruck von römischen Patriziern, die gezwungen sind, den Besuch eines ungehobelten Barbaren zu erdulden.

»Seid gegrüßt, verehrte Gäste von der *Grimmiger Schild.* Wir, der Rat unseres Kapitänbarons Denou Praz, Reimbruder der Toirset Larens und unser Schneebär-Beschützer, heißen Euch in seinem Namen willkommen und bitten Euch zu einer kleinen Erfrischung in unseren Empfangssaal.«

»Gerne und mit Freuden«, erwiderte Armiad mit einem gezierten Handwedeln, das er zu unterbrechen gezwungen war, um seinen Hut wieder in die richtige Stellung zu rücken. »Wir fühlen uns mehr als geehrt, Eure Gäste sein zu dürfen, Prinz Flamadin und ich.«

Wieder war ihre Reaktion auf meinen Namen in keiner Weise schmeichelhaft. Aber ihre Selbstbeherrschung war zu vollkommen, als daß ihnen ein Zeichen des Mißvergnügens entschlüpft wäre. Sie verneigten sich und führten uns unter den Torbögen hindurch zu Türen mit Scheiben aus farbigem Glas. Diese öffneten sich in einen geschmackvoll ausgestatteten Saal, wo brennende Kupferlampen von einer niedrigen Decke hingen, deren Schnitzwerk in stilisierten Bildern offenbar verschiedene Ereignisse aus der fernen Vergangenheit des Schiffes darstellte, hauptsächlich großartige Taten auf Eisschollen. Ich erinnerte mich, daß die *Neuer Beweis* aus dem Norden stammte und sich wahrscheinlich in der Nähe des Pols bewegte (falls es in diesem Reich einen Pol gab, wie ich ihn meinte!).

Sich von seinem brokatbezogenen Stuhl am Kopf eines Tisches erhebend nahm ein alter Mann seine Schleiermaske vom Gesicht und legte sie über sein Herz. Er wirkte sehr gebrechlich, und seine Stimme klang dünn, als er uns ansprach. »Kapitänbaron Armiad, Prinz Flamadin, Graf Ulrich von Bek, ich bin Kapitänbaron Denou Praz. Bitte kommt näher und setzt Euch zu mir.«

»Wir sind uns zuvor bereits ein oder zweimal begegnet, Bruder Denou Praz«, sagte Armiad in einem Ton plumper Vertraulichkeit. »Vielleicht erinnert Ihr Euch? Bei einer Schiffsberatung an Bord von *Das Auge des Leoparden,* und letztes Jahr auf der *Meine Tante Jeroldeen,* zur Beerdigung unseres Bruders Grallerif.«

»Ich erinnere mich Eurer sehr gut, Bruder Armiad. Ist Euer Schiff zufriedenstellend?«

»Außerordentlich zufriedenstellend, vielen Dank. Und das Eure?«

»Vielen Dank, wir befinden uns im Gleichgewicht, denke ich.«

Schon jetzt wurde deutlich, daß Denou Praz sich strikt auf Formalitäten zu beschränken beabsichtigte. Armiad allerdings stolperte unbekümmert von Fettnapf zu Fettnapf. »Es geschieht nicht jeden Tag, daß wir einen Erwählten Prinzen der Valadek in unserer Mitte haben.«

»In der Tat«, antwortete Denou Praz ohne sonderliche Begeisterung. »Nicht, daß der gute Herr Flamadin etwa noch ein Erwählter Prinz seines Volkes wäre.«

Das traf Armiad wie ein Schlag. Ich wußte, Denou Praz hatte mit voller Absicht gesprochen und fast die anerkannten Grenzen der Höflichkeit überschritten, aber die Bedeutung seiner Worte war mir nicht klar. »Nicht länger Erwählt?«

»Hat der gute Herr es Euch nicht gesagt?« Während Denou Praz sprach, kamen die übrigen Ratsmitglieder herbei und ließen sich in unserer Nähe nieder. Alle Blicke waren auf mich gerichtet. Ich schüttelte den Kopf. »Ich bin verwirrt. Vielleicht, Kapitänbaron Denou Praz, könntet Ihr erklären, was Ihr meint.«

»Wenn Ihr es nicht für ungastlich haltet?« Denou Praz war jetzt seinerseits überrascht. Ich nahm an, daß er eine solche Reaktion von meiner Seite nicht erwartet hatte. Aber da ich tatsächlich nicht Bescheid wußte, hatte ich die Gelegenheit ergriffen, mich von ihm aufklären zu lassen. »Die Neuigkeiten sind schon seit einiger Zeit im Umlauf. Wir haben von Eurer Verbannung durch Sharadim gehört, Eurer Zwillingsschwester, die zu heiraten Ihr Euch geweigert habt. Davon, daß Ihr all Eure Pflichten niedergelegt habt. Entschuldigt mich, guter Herr, aber ich möchte nicht fortfahren, aus Furcht die Regeln der Gastfreundschaft zu brechen . . .«

»Bitte sprecht weiter, Kapitänbaron. All das wird helfen, einige meiner eigenen Rätsel zu erklären.«

Er schien zu zögern. Es sah aus, als wäre er sich seiner Fakten nicht mehr ganz sicher. »Es heißt, daß Prinzessin Sharadim drohte, ein von Euch begangenes Verbrechen aufzudecken – oder eine Reihe von Täuschungen – und daß Ihr versucht hättet, sie zu töten. Trotzdem, hörten wir, sei sie bereit gewesen, Euch zu vergeben, unter der Bedingung, daß Ihr Euren rechtmäßigen Platz neben ihr einnehmt, als Mitregent von Draachenheem. Ihr habt abgelehnt, mit der Begründung, Ihr würdet es vorziehen, Eure Abenteuerfahrten fortzusetzen.«

»Mit anderen Worten, ich habe mich benommen wie ein verwöhnter kleiner Liebling des Volkes. Und um meine selbstsüchtigen Vergnügungen betrogen, versuchte ich, meine Schwester zu ermorden?«

»So lautet die Nachricht, die uns von Draachenheem zugeleitet wurde, guter Herr. Genaugenommen eine Erklärung, unterzeichnet von der Prinzessin Sharadim persönlich. Gemäß diesem Dokument seid Ihr nicht länger ein Erwählter Prinz, sondern ein Gesetzloser.«

»Ein Gesetzloser!« Armiad fuhr halb von seinem Stuhl auf. Wäre ihm nicht plötzlich eingefallen, wo er sich befand, hätte er wahrscheinlich auch noch mit der Faust auf den Tisch geschlagen. »Ein Gesetzloser! Davon habt Ihr nichts erwähnt, als Ihr an Bord meines Schiffes gekommen seid. Und auch nicht, als Ihr meinem Kesselbewahrer Euren Namen gesagt habt.«

»Der Name, den ich Eurem Kesselbewahrer nannte, Kapitänbaron Armiad, hatte absolut nichts mit den Valadek zu tun. Ihr wart derjenige, der den Namen zum erstenmal aufbrachte.«

»Aha! Eine gerissene Täuschung.«

Denou Praz war entsetzt über diesen Bruch der Etikette. Er hob seine zartgliedrige Hand. »Edle Herren!«

Auch der Rat war schockiert. Eine der Frauen, die uns zu Anfang begrüßt hatte, bemerkte hastig: »Wir bereuen es zutiefst, falls wir unsere Gäste beleidigt haben sollten . . .«

»Beleidigt«, sagte Armiad laut, sein häßliches Gesicht knallrot angelaufen, »wurde ich, aber nicht von Euch, gute Ratgeber, oder von Euch, Bruder Denou Praz. Meine Gutmütigkeit, mein Verstand, mein ganzes Schiff, sind von diesen Scharlatanen in den Schmutz gezogen worden. Sie hätten mir sagen müssen, wie es dazu kam, daß sie sich an unserem Ankerplatz befanden!«

»Es wurde überall bekanntgegeben«, meinte Denou Praz. »Und ich kann nicht finden, daß der edle Valadekherr sich einer wissentlichen Täuschung schuldig gemacht hat. Schließlich hat er darum gebeten, über den Inhalt dieser Berichte aufgeklärt zu werden. Hätte er darüber Bescheid gewußt, oder sie geheimhalten wollen, hätte er gewiß nicht so gehandelt.«

»Ich bitte um Vergebung, Herr«, sagte ich. »Mein Begleiter und ich hatten keineswegs die Absicht, Euer Schiff mit Schande zu bedecken, noch vorzugeben, daß wir mehr sind, als wir von Anfang an behauptet haben.«

»Ich wußte nichts davon!« bellte Armiad.

»Aber die Zeitungen . . .« suchte eine der Frauen ihn zu besänftigen. »Kaum eine ohne lange Berichte . . .«

»Ich dulde einen solchen Ramsch nicht auf meinem Schiff. Er verdirbt den Charakter.«

Jetzt war mir klar, warum eine Geschichte, die in ganz Maaschanheem bekannt war, nicht bis zu Armiad hatte vordringen können.

»Ihr seid ein Betrüger!« warf er mir an den Kopf. Unter zusammengezogenen Brauen warf er düstere Blicke in die Runde, als er begriff, daß er in der Achtung seiner Standesgenossen noch tiefer gesunken war. Er versuchte, den Mund zu halten.

»Diese guten Herren sind trotz allem Eure Gäste«, machte Denou Praz ihn aufmerksam, während er mit einer schmalen Hand sein Ziegenbärtchen kraulte. »Bis zum Großen Treffen wenigstens seid Ihr gebunden, ihnen weiter Eure Gastfreundschaft zu gewähren.«

Armiad stieß die Luft durch die Nase. Wieder riß es ihn vom Stuhl. »Gibt es keine Lücke in dem Gesetz? Kann ich nicht sagen, sie hätten falsche Namen angegeben?«

»Ihr habt den guten Herrn mit Flamadin angeredet?« erkundigte sich ein alter Mann vom unteren Ende des Tisches.

»Ich erkannte ihn. Ist das nicht begreiflich?«

»Ihr habt nicht gewartet, bis er sich selbst vorstellte, sondern ihn mit Namen angeredet. Das bedeutet, er hat sich den Aufenthalt auf Eurem Schiff nicht durch eine wissentliche Täuschung erschlichen. Es scheint, daß hier eher Selbsttäuschung vorliegt . . .«

»Ihr behauptet, es sei mein Fehler.«

Der Ratgeber schwieg. Armiad schnaufte und blies sich auf. Er starrte mich an. »Ihr hättet mir sagen müssen, daß Ihr kein Erwählter Prinz mehr seid, sondern ein Verbrecher, der in seinem eigenen Reich gesucht wird. Sumpfgeziefer, durch und durch!«

»Bitte, gute Herren!« Kapitänbaron Denou Praz hob seine dünnen braunen Finger. »Das ist nicht das passende Benehmen für Gastgeber beziehungsweise Gäste . . .«

Armiad, den es so verzweifelt nach Anerkennung seiner Standesgenossen verlangte, riß sich zusammen. »Ihr seid willkommen an Bord meines Schiffes«, sagte er zu uns, »bis das Große Treffen vorüber ist.« Er wandte sich an Denou Praz. »Vergebt diesen Bruch der guten Sitten, Bruder Denou Praz. Hätte ich gewußt, wen ich Euch da an Bord schleppe, glaubt mir, ich würde nie . . .«

Die Ratgeberin mischte sich ein. »Derlei Entschuldigungen sind weder nötig, noch gehören sie zu unseren Regeln der Höflichkeit«, sagte sie. »Namen wurden ausgetauscht und Gastfreundschaft angeboten. Das ist alles. Laßt uns, ich bitte Euch, dessen eingedenk sein.«

Der Rest des Zusammenseins verlief in angespannter Atmosphäre, um nicht mehr zu sagen. Von Bek und ich tauschten Blicke aus, ohne offen miteinander sprechen zu können, während Armiad vor sich hinmurmelte und -grummelte und kaum auf die formellen Redewendungen antwortete, die Kapitänbaron Denou Praz und seine Ratgeber immer wieder äußerten.

Armiad schien hin- und hergerissen zu sein. Er wollte nicht an einem Ort bleiben, wo er so schändlich sein Gesicht verloren hatte, wie er es sah. Und er mochte uns nicht mit sich zurücknehmen. Schließlich aber, als ihm bewußt wurde, daß es draußen dunkelte, gab er uns ein Zeichen, aufzustehen. Er verneigte sich vor Denou Praz und raffte sich auf, ihm für seine Gastlichkeit zu danken, und sich für den unangenehmen Zwischenfall zu entschuldigen. Von Bek und ich beschränkten uns auf einen knappen und formellen Abschiedsgruß, woraufhin Kapitänbaron Denou Praz mit einem gütigen Lächeln äußerte: »Es ist nicht an mir, Männer daraufhin zu verurteilen, was die Zeitungen über ihre Taten berichten. Ich vermute, daß Ihr nicht nach dem Ruhm gestrebt habt, der Euch in den Augen des Volkes zu einem Helden machte, und daß man Euch jetzt erst recht zu einem Schurken stempelt, einfach weil das Volk Euch so lange für die Personifikation von allem, was gut und edel ist, hielt. Ich hoffe, Ihr werdet mir meine Geschmacklosigkeit verzeihen, die mich dazu brachte, Euch, gute Herren, zu verurteilen, bevor ich Euch kannte oder über Eure Verhältnisse Bescheid wußte.«

»Diese Entschuldigung ist unnötig, Kapitänbaron. Ich bin Euch dankbar für Eure Freundlichkeit und Zurückhaltung. Sollte ich je wieder an Bord Eures Schiffes zurückkehren, dann hoffentlich, weil ich mich würdig erwiesen habe, die Planken der *Neuer Beweis* zu betreten.«

»Verdammtes hochtrabendes Geschwätz«, grollte Armiad, als wir über die schaukelnden Laufstege und Decks zu unserem Boot geleitet wurden. »Für einen Mann, der versucht hat, seine Schwester zu ermorden! Und warum? Weil sie drohte, der Welt die Wahrheit über ihn zu verraten. Ihr seid ein Betrüger und ein Schuft. Ich sage Euch, Ihr seid keine Sekunde länger an Bord willkommen, als das Treffen dauert. Danach ist es an Euch, bei den Ankerplätzen Euer Glück zu versuchen oder innerhalb von zwanzig Stunden auf einem Schiff anzuheuern. Wenn ein Schiff Euch aufnimmt, was ich bezweifle. Ihr seid so gut wie tot, alle beide.«

Der Prahm rollte die Rampe hinab ins Wasser. Es war schon fast Nacht, und das Röhricht schwankte und raschelte in einem kalten Wind, der über die Lagunen fegte. Armiad fröstelte. »Schneller, ihr Faulpelze!« Er schlug mit der Faust nach einem der Männer. »Ihr werdet die Gastfreundschaft keines anderen Schiffes entwürdigen. Morgen, wenn das Treffen beginnt, werden alle über Euch Bescheid wissen. Ihr könnt Euch glücklich schätzen, daß für die Dauer des Treffens jedes Blutvergießen verboten ist. Ich selbst würde Euch herausfordern, wenn ich Euch dessen für würdig hielte . . .«

»Ein Zweikampf auf Leben und Tod, mein Herr Baron?« fragte von Bek, unfähig, sich die Spitze zu versagen. Die ganze Sache belustigte ihn. »Ihr würdet Prinz Flamadin zu einem Zweikampf auf Leben und Tod fordern? Ich glaube, das ist doch das Vorrecht eines Kapitänbarons, oder nicht?«

Der Blick, den Armiad ihm zuwarf, hätte das gesamte Marschland in Brand setzen können! »Hütet Eure Zunge, Graf von Bek. Ich weiß nicht, welcher Verbrechen Ihr schuldig seid, aber zweifellos werden sie bald genug ans Tageslicht kommen. Auch Ihr werdet dafür büßen, mich hintergangen zu haben!«

Von Bek flüsterte mir zu: »Wie treffend doch der Ausspruch ist, daß nichts einen Menschen wütender macht als die Entdekkung, daß er sich selbst getäuscht hat!«

Armiad hatte gute Ohren. »Unsere Sitte der Gastfreundschaft ist an gewisse Bedingungen gebunden, Graf von Bek. Solltet Ihr dagegen verstoßen, gibt das Gesetz mir das Recht, Euch auszustoßen oder schlimmeres. Ginge es nach mir, würde ich Euch beide am Kreuzmast aufhängen. Ihr solltet diesen dekadenten und gebrechlichen alten Leutchen auf der *Neuer Beweis* dankbar sein für ihre Fürsprache. Glücklicherweise achte ich die Gesetze. Im Gegensatz zu Euch.«

Ich hörte gar nicht mehr hin. Stattdessen versank ich immer tiefer in Gedanken. Mittlerweile konnte ich mir in etwa vorstellen, weshalb Prinz Flamadin sich mutterseelenallein in Maaschanheem herumtrieb. Aber warum hatte er sich geweigert, seine Zwillingsschwester Sharadim zu heiraten, denn das war doch offenbar, was man von ihm erwartete? Und hatte er versucht, sie zu ermorden? Und war er tatsächlich ein Betrüger, den bloßzustellen sie die Macht hatte, als er sich schließlich gegen sie wandte? Kein Wunder, daß alle Welt ihn fallengelassen hatte – wenn es stimmte. Die Leute haßten es, einen Helden zu verehren und dann festzustellen, daß er ganz gewöhnliche menschliche Schwächen hatte!

Widerwillig erlaubte Armiad uns, mit ihm zu seinem Palast zurückzukehren. »Aber seht Euch vor«, warnte er. »Der kleinste Bruch der Gesetze ist mir Grund genug, um Euch vom Schiff zu jagen . . .«

Wir begaben uns in unsere Quartiere.

Kaum das wir in meinem Zimmer waren, brach von Bek in ein herzhaftes Gelächter aus. »Der arme Kapitänbaron wollte mit Ihrer Hilfe an Ansehen gewinnen und ist jetzt in der Achtung seiner Standesgenossen noch tiefer gesunken! Oh, wie liebend gern er uns ermorden würde. Ich werde heute nacht bei verriegelten Türen schlafen. Um nichts in der Welt möchte ich mir einen Schnupfen holen und in der Blüte meiner Jahre dahingerafft werden . . .«

Ich fühlte mich weniger belustigt, hauptsächlich, weil ich mich jetzt mit noch mehr Rätseln herumschlagen mußte. Ich war ganz froh gewesen, Macht und Ansehen in dieser Welt zu besitzen. Das war nun vorbei. Und wenn Sharadim die wirkliche Kraft von Draachenheem war, weshalb lebte ich dann ausgerechnet in diesem Körper?

In einer Lage wie dieser hatte ich mich noch nie befunden. Sie riefen nach Sharadim, meiner Zwillingsschwester (wer immer ›sie‹ waren!), vielleicht weil sie bereits wußten, daß sie die Macht hatte, und ich nur ein Prahlhans war, der seinen Namen für eine Reihe von reißerischen Lügengeschichten hergab. Das war durchaus logisch und glaubhaft. Aber der Ritter in Schwarz und Gold und der blinde Kapitän hatten es beide für aüßerst wichtig gehalten, daß der Ewige Held in diesem Reich Gestalt annahm.

Ich gab mir Mühe, nicht zuviel darüber nachzudenken. Stattdessen versuchte ich, mich mit unseren augenblicklichen Schwierigkeiten zu befassen. »Der Brauch der Gastfreundschaft schützt uns noch für die Dauer des Großen Treffens. Danach sind wir Gesetzlose, Freiwild für Armiads Kesselbewahrer. Darauf läuft es doch hinaus?«

»So habe ich es verstanden«, stimmte von Bek zu. »Er schien

zu glauben, daß niemand uns anheuern wird. Nicht, daß ich große Lust hätte, mir auf einem dieser Schiffe die Überfahrt zu verdienen.« Noch während er sprach, erbebte die gesamte Kabine in ihren Grundfesten, und wir wären beinahe gegen die Rückwand geschleudert worden. *Der Grimmige Schild* hatte sich wieder in Bewegung gesetzt. »Ich frage mich, ob es eine Möglichkeit gibt, in ein anderes Reich überzuwechseln. Soweit ich unterrichtet bin, ist es in der Mittelmark nicht allzu schwierig.«

»Am besten wäre es, hier abzuwarten und an dem Treffen teilzunehmen. Dort wird sich herausstellen, wer Prinz Flamadin immer noch für einen tollen Kerl hält, wer nicht an die Sharadim-Geschichte glaubt und wer mich zutiefst verabscheut.«

»Ich vermute, Sie werden im Augenblick nicht viele Freunde finden. Entweder waren Sie – als Prinz Flamadin – verantwortlich für diese Verbrechen, oder Sie sind das Opfer einer wirkungsvollen Propaganda. Ich weiß, wie es ist, über Nacht zu einem Schurken gemacht zu werden. Hitler und Göbbels sind Meister darin. Aber bei dem Treffen können Sie vielleicht beweisen, daß Sie nicht all der Dinge schuldig sind, die man Ihnen zur Last legt.«

»Wo könnte ich anfangen?«

»Das wird sich erst morgen herausstellen. In der Zwischenzeit sollten wir bleiben, wo wir sind. Haben Sie bemerkt, daß ich gleich beim Eintreten nach dem Diener geläutet habe?«

»Und niemand ist gekommen. Sonst waren sie immer schnell bei der Hand. Wie es scheint, gewährt Armiad uns nur das Minimum seiner Gastfreundschaft.«

Keiner von uns hatte Hunger. Wir wuschen uns, so gut es ging, und legten uns zu Bett. Ich wußte, daß ich Ruhe brauchte, aber die Alpträume waren außerordentlich eindringlich. Immer noch riefen die Stimmen nach Sharadim. Sie peinigten mich. Und dann, als ich tiefer und tiefer in diesen Traum hineinglitt, sah ich die Frauen, die nach meiner Zwillingsschwester riefen. Sie waren hochgewachsen und überwältigend schön von Angesicht und Gestalt. Wie vertraut waren mir der zierliche, schlanke Körperbau, das spitz zulaufende Kinn, die hohen Wangenknochen und die großen, schrägen Mandelaugen, die kleinen Ohren und das weiche Haar! Ihre Kleidung war anders, aber das war auch alles. Die Frauen, die sich hinter den bleichen Flammen zu einem Kreis zusammengefunden hatten, deren Stimmen die Dunkelheit erfüllten, waren Frauen der Alten. Sie gehörten der Rasse an, die manchmal als Vadagh bezeichnet wurde, manchmal als Melnibonéer. Einer Rasse, die eng verwandt war mit John Dakers Volk. Als der Ewige Held hatte ich beiden angehört. Als Erekose hatte ich eine solche Frau geliebt.

Und dann, plötzlich, als die weißen Flammen nicht mehr so hoch emporschlugen und ich besser über sie hinwegsehen konnte, begann ich vor Freude und Angst zu zittern, stieß einen Ruf aus, streckte die Arme aus voller Verlangen, das Gesicht zu berühren, das ich erkannt hatte.

– *Ermizhad!* rief ich. – *Oh mein Liebling! Ich bin hier. Ich bin hier. Zieh mich durch die Flammen! Ich bin hier!*

Aber die Frau, die Arm in Arm mit ihren Schwestern in dem Kreis stand, hörte mich nicht. Ihre Augen waren geschlossen. Sie fuhr fort zu singen und sich im Gleichtakt mit ihren Gefährtinnen zu wiegen. Jetzt zweifelte ich, daß sie es war. Außer, es waren die Alten, die einen der ihren zurückriefen, die Sharadim beschworen und glaubten, mich damit zu erreichen. Das Feuer wurde heller und blendete mich. Wieder erhaschte ich einen Blick auf sie. Ich war beinahe sicher, daß ich meine verlorene Liebste vor mir sah.

Aus diesem Traum wurde ich in einen anderen hineingezerrt. Diesmal hatte ich keine Ahnung, welchen Namen ich führte. Ich schaute zu einem roten Himmel auf, in dem Drachen ihre Kreise zogen. Riesige geflügelte Reptilien, die einer Gruppe von Menschen auf den geschwärzten Ruinen einer Stadt zu gehorchen schienen. Ich gehörte nicht zu dieser Gruppe, aber ich stand dabei. Auch sie glichen den Alten, aber ihre Gewänder waren sehr viel prächtiger, beinahe geckenhaft, obwohl ich nicht sicher war, wie ich das alles wissen konnte. Aber es waren Alte, daran gab es keinen Zweifel, aus einer anderen Zeit, von einem anderen Ort. Sie wirkten verzweifelt. Zwischen ihnen und den Reptilien am Himmel bestand eine Verbindung, die ich nur schwer begreifen konnte, obwohl in meinem Bewußtsein der Widerhall einer Erinnerung war (oder einer Vorahnung, was für solche wie mich ein und dasselbe ist). Ich versuchte einen meiner Gefährten anzusprechen, aber weder er noch die anderen waren sich meiner Anwesenheit bewußt. Bald darauf glitt ich von ihnen hinweg, und stand auf einer glasartigen Ebene ohne Horizont. Die Ebene veränderte ihre Farbe von Grün zu Purpur, Blau und wieder Grün, als wäre sie erst kürzlich erschaffen worden und müsse sich erst festigen. Ein Geschöpf von erstaunlicher Schönheit, mit goldener Haut und den gütigsten Augen, in die ich je gesehen hatte, sprach zu mir. Aber irgendwie war ich von Bek. Die Worte hatten für mich nicht die geringste Bedeutung, denn wieder galten sie der falschen Person. Ich versuchte diesem wunderbaren Geschöpf die Wahrheit zu sagen, aber meine Lippen wollten sich nicht bewegen. Ich war eine Statue, aus der gleichen glasartigen, sich ständig verändernden Substanz wie die Ebene.

– Wir sind die Verlorenen, wir sind die Letzten, wir sind die Lieblosen. Wir sind die Krieger am Abgrund der Zeit. Wir sind die Kalten, die Gebrechlichen, die Tauben, die Blinden. Des Schicksals erstarrte Scharen, Veteranen der geistigen Kriege . . .

Wieder erblickte ich diese verzweifelten Soldaten, aufgereiht an der zerklüfteten Kante eines hohen Berghangs, über einem unermeßlich tiefen Abgrund. Meinten sie mich, oder sprachen sie jedesmal, sobald sie die Gegenwart irgendeines Zuhörers spürten?

Ich sah einen Mann in schwarz-goldener Rüstung, der auf einem mächtigen schwarzen Streitroß einen Streifen tosenden Wassers überquerte. Ich rief ihn an, aber entweder hörte er mich nicht, oder wollte mich nicht hören.

Dann, für einen kurzen Augenblick, sah ich ein zweites Mal Ermizhads Gesicht. Hörte, für wenige Sekunden, den Gesang, diesmal viel lauter. – *SHARADIM! SHARADIM! SHARADIM! HILF UNS, SHARADIM! BEFREIE DEN FEUERDRACHEN! ERLÖSE DEN DRACHEN, SHARADIM, UND GIB UNS DIE FREIHEIT!*

– Ermizhad!

Ich riß die Augen auf und gellte ihren Namen in das Gesicht eines besorgten und verwirrten Ulrich von Bek.

»Wachen Sie auf, Mann«, sagte er. »Ich glaube, wir haben den Ort des Treffens erreicht. Kommen Sie und sehen Sie sich das an.«

Ich schüttelte den Kopf, immer noch gefangen in der Erinnerung an jene Träume.

»Sind Sie krank?« wollte er wissen. »Soll ich versuchen, einen Arzt ausfindig zu machen? Wenn es etwas dergleichen an Bord dieses gräßlichen Fahrzeugs gibt.«

Ich holte ein paarmal tief Atem. »Sie müssen entschuldigen. Ich wollte Sie nicht erschrecken. Ich hatte einen Traum.«

»Von der Frau, die Sie suchen? Der, die Sie lieben?«

»Ja.«

»Sie haben Ihren Namen gerufen. Es tut mir leid, wenn ich Sie gestört habe, mein Freund. Ich werde Sie allein lassen, damit Sie sich erholen können . . .«

»Nein, von Bek. Bitte bleiben Sie. Normale menschliche Gesellschaft ist genau das, was ich jetzt am nötigsten brauche. Sie sind schon an Deck gewesen?«

»Ich schlafe hier nicht besonders gut, wegen der Bewegung des Schiffes. Auch wegen des Gestanks. Vielleicht bin ich zu empfindlich, aber er erinnert mich ein bißchen an das Konzentrationslager, in dem ich gewesen bin.«

Das konnte ich ihm nachfühlen, und verstand jetzt auch seine Abneigung gegen Armiads Schiff etwas besser.

Bald war ich angekleidet und so sauber, wie es sich einrichten ließ, und folgte von Bek auf einen Balkon, der sich längs unserer Kabine hinzog, und einen guten Ausblick nach Steuerbord ermöglichte. Durch den Rauch, die verworrene Takelage, die Fahnen, Schornsteine und Türmchen, konnte ich erkennen, daß wir tatsächlich angelegt hatten.

Der Bug des Schiffes ruhte auf dem Strand einer beinahe kreisrunden Insel, auf deren höher gelegenem Mittelpunkt ein schlichter Monolith emporragte, wie ich ähnliche als John Daker in Cornwall gesehen hatte. An die fünfzig Schiffe waren bereits eingetroffen, und neben den gewaltigen Rümpfen wirkten die am Boden herumwimmelnden Menschen wie Zwerge. Aus den Schornsteinen quoll immer noch Rauch, aber nur in größeren Abständen. Hin und wieder gab eines der Schiffe ein lautes Zischen von sich und stieß eine Rauchsäule in die Luft, so daß ich allmählich an eine Gruppe gestrandeter Wale erinnert wurde, obwohl diese sich sicherlich nicht so ordentlich nebeneinander aufgereiht hätten. Es lag eine beeindruckende Präzision in dem beinahe exakten Abstand zwischen den einzelnen Rümpfen.

Die Schiffe bildeten einen Halbkreis um die Insel. Am jenseitigen Ende lag eine Gruppe schnittiger, eleganter Boote, ähnlich griechischen Galeeren, mit eingezogenen Rudern und verhältnismäßig wenigen Segeln an den Masten. Sie waren herrlich geschmückt und reich verziert. Meiner Meinung nach waren es Staatsschiffe einer wohlhabenden Nation. Ich zählte fünf davon. Neben ihnen befanden sich sechs kleinere Barken, die auf ihre Art ebenso eindrucksvoll waren. Sie waren weiß, vom Bug bis zum Heck. Fast alles, was nur weiß sein konnte, war auch weiß. Masten, Segel, Ruder – selbst die einzelne Flagge auf jedem Schiff war weiß, bis auf ein kleines, schwarzes Zeichen in der linken Ecke. Es schien sich dabei um ein Kreuz zu handeln, dessen vier Enden jeweils in eine Pfeilspitze ausliefen.

Als nächstes kamen drei sehr viel größere, massigere Schiffe, die anscheinend auch von Dampf angetrieben wurden, obwohl sie keine Ähnlichkeit mit irgendeinem Wasserfahrzeug hatten, dessen ich mich erinnern konnte. Sie bestanden zum größten Teil aus Holz, mit hohem Vorder- und Achterkastell, Luken für Kanonen oder Ruder, einem einzigen dicken Schornstein am Heck und vielleicht acht kleinen Schaufelrädern an jeder Seite. Man konnte meinen, jemand hätte nach einem flüchtigen Geistesblitz versucht, ein Dampfschiff zu bauen, ganz gleich, ob es funktionierte oder nicht. Aber zweifellos war es nicht an mir, ein Urteil zu fällen. Die plumpen Kähne waren aller Wahrscheinlichkeit nach durchaus brauchbar. Weiter entdeckte ich eine Anzahl tellerförmiger Schiffe, offenbar aus einem einzigen Stück Holz gefertigt (obwohl der dazu benutzte Baum unvorstellbar riesig gewesen sein mußte). Sie waren vergoldet und bemalt und hatten nur einen Flaggenmast, aber Rudergabeln rundum, für lange Ruder aus Holz. Eindeutig konnte man sich damit nur auf äußerst seichten Binnengewässern bewegen, und ich nahm an, daß die Eigentümer keinen Ozean hatten überqueren müssen, um hierherzugelangen.

Zuletzt, zwischen dem letzten maaschenheemer Schiff zu unserer Linken und den tellerförmigen Booten, lag ein Gebilde, das mehr wie eine stilisierte Arche Noah aussah als alles, was ich bisher auf dem Wasser hatte schwimmen sehen. Es war aus Holz, mit spitzem Bug und Heck; ein einzelnes, großes Haus auf Deck, völlig schmucklos, aber vier Stockwerke hoch, mit regelmäßig angeordneten Türen und Fenstern, die nicht einmal den Versuch machten, irgendwie dekorativ auszusehen. Es war das Urbild rein praktischen, einfallslosen Schiffsbaus. Was trotzdem meine Neugier weckte, waren die Türen, die beträchtlich größer zu sein schienen, als für Leute von durchschnittlichem Körperbau nötig gewesen wäre. Im Gegensatz zu den anderen Schiffen zeigte es keine Flagge, und von Bek konnte genausowenig sagen wie ich, wem es gehörte oder woher es kam.

Einige wenige Gestalten waren in der Nähe ihrer Schiffe an Land gegangen, aber Einzelheiten vermochten wir der Entfernung wegen nicht zu erkennen. Die Besatzung der weißen Boote schien von Kopf bis Fuß in Gewänder von gleichfalls makellosem Weiß gehüllt zu sein. Die Leute von den reichgeschmückten Galeeren daneben waren, wie nicht anders zu erwarten, farbenfroh gekleidet. Die Besitzer der großen, offenen Boote hatten hohe, eckige Zelte aufgebaut, und nach dem daraus aufsteigenden Rauch zu urteilen, bereiteten sie sich etwas zu essen. Von den Bewohnern der Arche war nichts zu sehen.

Ich wünschte mir Jurgins Fernglas, denn ich war überaus neugierig auf sämtliche Bewohner der sogenannten Sechs Reiche.

Wir spekulierten gerade über die Besatzung und ihre Schiffe, als über uns eine Stimme ertönte: »Genießt das Nichtstun, edle Herren! Denn damit wird es nach dem Treffen vorbei sein. Wir werden sehen, ob ein abgesetzter Prinz Valadek ebensogut laufen kann wie die durchschnittliche Sumpfmaus!«

Es war Armiad, rotgesichtig und wie immer mit feuchter Aussprache, der, in eine Art purpur- und kirschroten Morgenmantel gehüllt, an einem Balkongeländer schräg über uns lehnte und die Fäuste ballte, als wollte er das Leben aus uns herauspressen.

Wir machten eine Verbeugung, wünschten ihm einen guten Morgen und gingen hinein. Wir hatten inzwischen beschlossen, es zu wagen, unsere Unterkunft zu verlassen (obwohl wir vorsorglich all unser Eigentum mitnahmen), und machten uns auf die Suche nach unseren jungen Freunden, in der Hoffnung, daß wenigstens sie nichts gegen unsere Gesellschaft einzuwenden haben würden.

Wir entdeckten Bellanda und ihre Freunde auf einem flachen Teil des Vorderdecks, bei irgendeinem Spiel mit bunten Figuren. Sie waren ein wenig überrascht, uns zu sehen, und erhoben sich nur zögernd von ihrem Zeitvertreib.

»Wie man sieht, habt ihr die Neuigkeiten erfahren«, bemerkte ich zu Bellanda, deren junges, hübsches Gesicht aufrichtige Verlegenheit ausdrückte. »Man hat mich von einem Helden in einen Schurken verwandelt, wie es scheint. Würde Euch, für den Augenblick wenigstens, mein Wort genügen, daß ich nichts von den Verbrechen weiß, die man mir zur Last legt?«

»Ihr habt nicht die Art von jemandem, der leichthin seine Pflichten von sich wirft oder versuchen würde, seine eigene Schwester zu ermorden«, meinte Bellanda nachdenklich. Sie schaute zu mir auf. »Andererseits hätte man aus Euch nicht einen Volkshelden gemacht, würdet Ihr nicht den Eindruck vermitteln, ehrlich und aufrecht zu sein. Es ist schwer, das Herz hinter einem schönen Gesicht zu erkennen, wie wir auf der *Grimmiger Schild* sagen. Bei einem häßlichen ist es leichter . . .« Für eine Sekunde wandte sie die Augen ab, aber als sie mich wieder ansah, war ihr Blick offen. »Trotz allem, Prinz Flamadin – oder müßte es heißen Ex-Prinz? – glaube ich, sind wir uns alle einig, Euch die Gunst des Zweifels zu gewähren. Wir müssen unserem eigenen Gefühl vertrauen. Das ist besser, als entweder den Erfindungen in den Romanen Glauben zu schenken oder den Verordnungen unseres guten Kapitänbarons Armiad!« Sie lachte. »Aber warum sollte es Euch bekümmern, Held oder Schurke, was wir für eine Meinung haben? Wir können Euch weder helfen noch schaden. Hier auf der *Grimmiger Schild* befinden wir uns in einer Position vollständiger Ohnmacht.«

»Ich glaube, es ist Eure Freundschaft, an der Prinz Flamadin liegt«, sagte Ulrich von Bek leise. »Denn das wäre zumindest eine kleine Bestätigung, daß das, was wir hochschätzen, von echtem Wert ist . . .«

»Seid Ihr ein Schmeichler, mein Herr Graf?« Sie lächelte meinen Gefährten an. Jetzt war er es, der ein bißchen verwirrt aussah.

Bei einem Blick hinauf in die Salingen, sah ich Jurgin mit seinem Fernglas eines der anderen Schiffe beobachten. Nach einer kurzen Unterhaltung mit den anderen, stieg ich in die Takelage, bis ich neben Jurgin auf der Rahnock saß. »Irgendwas besonderes?« fragte ich.

Er schüttelte den Kopf. »Ich habe nur die anderen Schiffe beneidet. Wir sind das schmutzigste, ungepflegteste, ärmlichste Boot von allen. Und wir waren einmal so stolz auf unser Aussehen. Was ich nicht begreife, ist, warum Armiad nicht merkt, was mit unserem Schiff geschehen ist, seit er den alten Kapitänbaron tötete. Was hoffte er dadurch zu gewinnen?«

»Die Unzufriedenen glauben oft, daß es der Besitz von Macht um ihrer selbst willen ist, der anderen Zufriedenheit beschert hat. Sie verschaffen sich solche Macht auf viele verschiedene Arten und wundern sich dann, warum sie noch genauso unzufrieden sind wie vorher. Armiad mordete für etwas, von dem er glaubte, es würde ihn glücklich machen. Jetzt wahrscheinlich besteht seine einzige Befriedigung noch darin, daß er andere ebenso unglücklich machen kann, wie er selbst es ist!«

»Eine etwas komplizierte Theorie, Prinz Flamadin. Müssen wir Euch immer noch so anreden? Ich habe Euch mit Bellanda gesehen, und ich glaubte, die anderen so verstanden zu haben, daß sie einig sind, Eure Freunde zu bleiben. Aber da Ihr Euch selbst enterbt habt . . .«

»Nennt mich einfach Flamadin, wenn Ihr wollt. Ich bin heraufgekommen, um zu fragen, ob ich Euer Glas ausleihen kann. Besonders gerne möchte ich etwas über das große, schmucklose Schiff erfahren, und über die Leute in Weiß. Könnt Ihr mir etwas sagen?«

»Das große Schiff ist das einzige seiner Art im Besitz der Bärenprinzen. Sie kommen erst zum Vorschein, wenn das Große Treffen beginnt. Von den Frauen in Weiß behauptet man, sie wären Kannibalen. Sie sind nicht wie andere menschliche Wesen. Wenn sie Kinder bekommen, sind es Mädchen, was bedeutet, daß sie Männer von anderen Reichen kaufen oder rauben müssen. Wir nennen sie Geisterfrauen. Sie kleiden sich vom Scheitel bis zur Sohle in Rüstungen aus Elfenbein, und ihre Gesichter bekommt man nur selten zu sehen. Man lehrt uns, sie zu fürchten und ihren Schiffen fernzubleiben. Manchmal unternehmen sie Jagdzüge in andere Reiche, um Männer zu fangen. Während des Großen Treffens nehmen sie natürlich nur, was ihnen zum Kauf angeboten wird. Euer Volk treibt Handel mit ihnen, und ich glaube, auch Armiad würde davor nicht zurückschrecken, wenn er nicht befürchten müßte, von den anderen Kapitänbaronen endgültig ausgestoßen zu werden. Es ist mehrere Jahrhunderte her, daß eines unserer Schiffe mit Sklaven gehandelt hat.«

»Mein eigenes Volk, das Volk von Draachenheem, befaßt sich also mit dem Kauf und Verkauf von Menschen.«

»Wußtet Ihr das nicht, Prinz? Wir dachten, das sei allgemein bekannt. Oder beschränkt sich Euer Volk mit dieser Art Handel auf das Große Treffen?«

»Ihr müßt davon ausgehen, daß ich unter Gedächtnislücken zu leiden habe, Jurgin. Die Gebräuche der Draachenheemer sind für mich ein ebenso großes Geheimnis wie für Euch.«

»Das schlimmste dabei ist«, sagte Jurgin und reichte mir das Glas, »daß die Geisterfrauen Kannibalen sein sollen. Sie sind die weiblichen Spinnen, die ihre Männer auffressen, wenn die Arbeit getan ist.«

»Sie sind sehr reizvolle Spinnen.« Ich hatte jetzt eine Gruppe der Frauen im Blickfeld. Sie sprachen miteinander. Anscheinend fühlten sie sich nicht recht wohl in ihren Rüstungen, die, wie ich jetzt durch das Glas erkennen konnte, nicht einfach weiß waren, sondern all die Schattierungen von Hellgelb bis Braun aufwiesen, die bei Elfenbein üblich sind, wenn es zu

Kunstwerken verarbeitet wird. Sie war mit feinen Gravuren überzogen, die mich ein bißchen an Schnitzereien erinnerten. Zusammengehalten wurden die einzelnen Teile durch Knochennadeln und Lederknebel, und sie waren so wunderbar gearbeitet, daß sie den ganzen Körper einhüllten, was den Trägerinnen das Aussehen von Insekten mit ungewöhnlich gezeichneter Panzerung verlieh. Sie wirkten überdurchschnittlich groß und bewegten sich mit äußerster Anmut in der beengenden Rüstung, die ich sehr reizvoll fand. Es war schwer zu glauben, daß Menschen von solcher Schönheit Sklavenhändler und Kannibalen sein sollten.

Zwei der Frauen neigten jetzt die behelmten Köpfe zueinander, um etwas zu besprechen. Eine von ihnen schüttelte ungeduldig den Kopf, so daß die andere den Versuch machte, zu wiederholen, was sie gesagt hatte, und dann verärgert das Visier öffnete.

Jetzt konnte ich einen Teil ihres Gesichts sehen.

Sie war jung und außergewöhnlich schön. Ihre Haut war hell, und ihre Augen waren groß und dunkel. Sie hatte das längliche, dreieckige Gesicht, das ich mit den Alten in Verbindung brachte, und als sie sich in meine Richtung wandte, hätte ich beinahe das Fernglas fallen gelassen.

Ich blickte geradewegs in das Gesicht einer der Frauen, die mich in meinen Träumen verfolgten, die nach meiner Schwester Sharadim gerufen hatten, die mit solcher Verzweiflung von einem Drachen und einem Schwert sprachen . . .

Aber was mich eigentlich erschüttert hatte, war, daß ich das Gesicht erkannte.

Es war das Gesicht der Frau, nach der ich die Äonen durchsucht hatte, der Frau, mit der wieder vereint zu sein ich mich sehnte, Tag und Nacht . . .

Es war das Gesicht meiner einzig geliebten Ermizhad!

Kapitel fünf

Mir schien, daß ich eine Ewigkeit lang in dieses Gesicht starrte. Warum ich nicht von der Rahnock stürzte, ist mir ein Rätsel. Wieder und wieder sprach ich ihren Namen. Dann versuchte ich, ihr mit dem Glas zu folgen, als sie sich bewegte. Sie lächelte der anderen Frau zu, machte wohl einen kleinen Scherz, dann hob sie die Hand, um das Visier wieder zu schließen.

»Nein!« Ich wollte nicht, daß sie dieses wunderschöne Gesicht versteckte. »Ermizhad! Nein! Ich bin es, Erekose. Kannst du mich nicht hören? Ich habe so lange nach dir gesucht . . .«

Ich glaubte Hände zu spüren, die mir aus der Takelage herunterhelfen wollten. Ich versuchte sie abzuschütteln, aber es waren zu viele. Langsam wurde ich auf das Deck hinuntergelassen, wo fragende Münder wissen wollten, was denn los sei. Ich war zu nichts anderem fähig, als ihren Namen zu wiederholen und um mich zu schlagen, um freizukommen, ihr zu folgen. »Ermizhad!«

In meinem Herzen wußte ich, daß ich nicht wirklich meine Frau gesehen hatte, sondern jemanden, der ihr sehr ähnlich war. Ich wußte es, aber ich wehrte mich gegen dieses Wissen mit derselben Verbissenheit, wie ich mich gegen die Hände meiner ratlosen Gefährten aufbäumte.

»Daker! Herr Daker! Was ist denn? Eine Halluzination?« Graf von Bek hielt meinen Kopf und starrte mir in die Augen. »Sie benehmen sich wie ein Wahnsinniger!«

Ich holte tief Atem. Ich keuchte. Ich schwitzte. Ich haßte sie alle, weil sie mich festhielten. Aber ich zwang mich zur Ruhe. »Ich habe eine Frau gesehen, die Ermizhads Schwester sein könnte«, erklärte ich ihm. »Dieselbe Frau sah ich in meinem Traum letzte Nacht. Sie müssen verwandt sein. Unmöglich kann sie selbst es sein. Ich bin nicht so verrückt, daß meine Logik mich im Stich läßt. Aber ihr Anblick berührt mich so, als wäre es tatsächlich Ermizhad, die ich gesehen hätte. Ich muß zu ihr, von Bek. Ich muß sie fragen.«

Bellandas Stimme ertönte hinter mir. »Das könnt Ihr nicht. Es wäre gegen das Gesetz. Alle unsere Begegnungen unterliegen strikten Regeln. Das Große Treffen hat noch nicht richtig begonnen. Ihr müßt warten.«

»Ich kann nicht warten«, antwortete ich schlicht. »Ich habe schon zu lange gewartet.« Aber ich ließ meinen Körper sich entspannen, fühlte, wie sich ihre Griffe lockerten. »Kein anderer Mensch vermöchte sich vorzustellen, wie viele Leben ich damit verbracht habe, sie zu suchen . . .«

Ich spürte ihr erwachendes Mitgefühl. Ich schloß die Augen. Dann öffnete ich sie einen Spalt. Ich hatte einen möglichen Weg zum Strand entdeckt.

Einen Moment später war ich auf den Beinen, hechtete zur Reling, warf mich gegen die Takelage und glitt, kletterte und rutschte bis zum tiefstgelegenen äußeren Deck hinab. Während einige Arbeiter mich wütend anbrüllten, drängte ich mich durch Trupps von Männern, die Taue einholten, andere, die Fässer zu den Walzen hinunterschleppten, und noch andere, die mit Holzplatten beladen waren, wie man sie für Reparaturen gebraucht. Ohne sie zu beachten, erreichte ich den Decksrand und stellte fest, daß man Seile angebracht hatte, damit der Rumpf inspiziert werden konnte. An einem dieser Taue schwang ich mich hinab, ließ mich auf eine stark federnde Planke fallen, sprang von der Planke auf eine hohe Leiter, an der ich bis zum Boden hinunterrutschte. Dann lief ich über den weichen Grasboden der Insel auf die Boote der sogenannten Geisterfrauen zu.

Ich war auf halbem Weg zu ihrem Lager, vorbei an dem Monolith, der jetzt über mir aufragte, als die Verfolger (deren ich mir nicht bewußt gewesen war) mich einholten. Plötzlich zappelte ich in einem riesigen Netz und entdeckte durch die Maschen von Bek, Bellanda, einige der jungen Männer und eine Gruppe von Kesselbewahrern.

»Prinz Flamadin!« hörte ich Bellanda rufen. »Armiad sucht nach einer beliebigen Ausrede, um Euch töten zu können. Betretet ein anderes Lager, bevor das Treffen eröffnet wurde, und die Strafe könnte der Tod sein!«

»Das ist mir egal. Ich muß Ermizhad finden. Ich habe sie gesehen – oder jemanden, der mir sagen kann, wo sie ist. Laßt mich gehen. Ich flehe euch an, mich gehen zu lassen!«

Von Bek trat vor. »Daker! Mein Freund! Diese Männer haben den Auftrag, Sie zu töten, sollte es nötig sein. Wie der Zufall will, sind Armiads Befehle nicht nach ihrem Geschmack, aber sie haben keine andere Wahl, als ihm zu gehorchen, wenn Sie nicht vernünftig werden.«

»Begreifen Sie, was ich gesehen habe, von Bek?«

»Ich denke schon. Aber wenn Sie warten, bis das Treffen eröffnet wird, können Sie sich diesen Frauen in zivilisierter Weise nähern. Es dauert schließlich nicht mehr lange.«

Ich nickte. Mir wurde klar, daß ich Gefahr lief, völlig den Verstand zu verlieren. Auch brachte ich die, die mir ihre Freundschaft geschenkt hatten, in Gefahr. Ich zwang mich, an die Grundregeln menschlichen Anstands zu denken.

Als ich mich diesmal erhob, war ich wieder im vollen Besitz meiner Sinne. Ich entschuldigte mich reihum. Dann machte ich kehrt und begab mich auf den Rückweg zu unserem Schiff.

Vom Boden aus gesehen war die Ansammlung von Schiffen noch beeindruckender. Man hatte den Eindruck, als wären sämtliche Ozeanriesen, die Titanic eingeschlossen, hier zusammengekommen, den Bug fein säuberlich landeinwärts gerichtet, und eine vollständige, verschachtelte mittelalterliche Stadt auf dem Rücken. Dieser Anblick lenkte mich ein wenig von dem Gedanken an Ermizhad ab. Ich wußte, daß ich etwas erlebte wie eine andauernde Halluzination, eine Fortsetzung meiner Träume der vergangenen Nacht. Dennoch gab es keine Frage, daß die Frau Ähnlichkeit mit Ermizhad besaß, bis hin zu der Form ihres Mundes und der genauen Farbe ihrer Augen. Also gehörten diese Frauen der Rasse der Alten an. Aber sie stammten nicht aus derselben Zeit, vielleicht nicht einmal aus demselben Reich, aus dem man mich gegen meinen Willen herausgerissen hatte.

Ich beschloß, so bald wie möglich mit diesen Frauen Verbindung aufzunehmen. Bestimmt konnten sie mir zumindest einen Hinweis geben, wo ich Ermizhad suchen mußte. Und vielleicht fand ich auch heraus, warum sie nach Sharadim riefen.

Von Bek und ich hatten gut daran getan, unser Eigentum mitzunehmen, als wir unser Quartier verließen. Als wir vor

Armiads Fallgitter standen und den Posten anriefen, es für uns zu öffnen, antwortete uns Schweigen. Erst der dritten Aufforderung folgte eine widerwillig gebrummelte Anwort.

»Heraus damit, Mann!« rief von Bek. »Was ist los?«

Endlich schrie ein Posten von innen, das Tor sei verklemmt, und die Reparatur würde mehrere Stunden in Anspruch nehmen.

Von Bek und ich schauten uns vielsagend an und lächelten. Armiad konnte uns nicht von seinem Schiff verjagen, aber alles in seiner Macht stehende tun, um uns das Leben schwer zu machen.

Ich für meinen Teil war froh, seiner Gesellschaft ledig zu sein, und wir begaben uns zu dem Teil des Schiffes zurück, wo unsere jungen Studenten-Freunde sich gewöhnlich trafen. Einige von ihnen waren anwesend, vertieft in das uns unverständliche Spiel mit den bunten Figuren, obwohl Bellanda, wie man uns sagte, zum Unterricht bei einem Lehrer gegangen war, den man kürzlich der Schule verwiesen hatte.

Mit Jurgins bereitwilliger Unterstützung beobachteten wir weiter die Vorbereitungen für das Große Treffen. Verschiedene Buden, Gatter, Zelte und andere transportable Behausungen wurden errichtet. Jede Gruppe aus den sechs Reichen führte Waren mit, die verkauft oder eingetauscht werden sollten, wie auch Vieh, Druckerzeugnisse und neue Werkzeuge. Die Leute von Draachenheem schienen ein wenig auf die anderen herabzusehen, während die Geisterfrauen sich überhaupt abseits hielten.

Eine Gruppe schien das Ganze sehr viel geschäftsmäßiger zu betreiben. Sie hatten das harte, schlichte Aussehen eines Volkes, das gewohnt ist, regelmäßig an den verschiedensten Orten Handel zu treiben. Es kam in der Art zum Ausdruck, wie sie ihre Buden aufbauten, ihre Nachbarn beobachteten und sich miteinander unterhielten. Die einzige Überraschung für mich waren ihre unzulänglichen Boote. Wahrscheinlich führten ihre normalen Handlungsreisen sie über Land, dachte ich. Bei diesen Leuten handelte es sich um die Bewohner von Fluugensheem, die, wie ich mich erinnerte, gehört zu haben, von einer fliegenden Insel beschützt wurden. Für ein Volk mit einem so exotischen Namen wirkten sie ausnehmend gewöhnlich.

Von den Eigentümern der merkwürdigen Arche war immer noch nichts zu sehen, auch nicht von der Besatzung der drei massigen Raddampfer.

»Heute abend«, erklärte mir Jurgin, »findet die erste Zeremonie statt, bei der alle vortreten und ihre Namen nennen. Dann werdet Ihr sie sehen können, ohne Ausnahme, auch die Bärenprinzen.«

Mehr wollte er nicht verraten. Als ich ihn fragte, welchem Umstand die Bärenprinzen ihren Namen verdankten, bedachte er mich nur mit einem Grinsen. Da mein Hauptinteresse den Geisterfrauen galt, brachte mich seine Geheimnistuerei nicht sonderlich aus der Fassung.

Unnötig zu sagen, daß von Bek und ich nicht zu denen gehörten, die zu der Zeremonie eingeladen wurden, aber wir saßen als Zuschauer in der Takelage der *Grimmiger Schild,* als sich die Abgesandten der Sechs Reiche um den Monolith zu versammeln begannen. Diesen nannte man, wie uns gesagt wurde, den Begegnungsstein, und aufgestellt wurde er vor mehreren Jahrhunderten, als diese merkwürdigen Zusammenkünfte ihren Anfang nahmen. Davor, erklärte mir Bellanda, hatten die verschiedenen Reiche einander mit abergläubischer Furcht betrachtet und sich immer wieder gegenseitig bekämpft. Allmählich, mit zunehmender Vertrautheit, war man auf diese Art des Handels und Nachrichtenaustauschs verfallen. Dem Anschein nach berührten sich die Sechs Reiche alle dreizehneinhalb Monate, so daß sich für die Bewohner die Möglichkeit ergab, in jedes andere Reich überzuwechseln. Die Berührung war nur von kurzer Dauer – etwa drei Tage – aber ausreichend lang, um die anfallenden Geschäfte zu erledigen, solange man sich auf die allernotwendigsten Förmlichkeiten beschränkte.

Jetzt erschienen die gesetzten Kaufleute aus Fluugensheem, um ihren Platz an der Seite des Monolithen einzunehmen. Als nächste versammelten sich die Geisterfrauen von Gheestenheem an der anderen Seite des Begegnungssteins. Ihnen folgten sechs Kapitänbarone aus Maaschanheem, sechs prächtige Edelleute von Draachenheem und, von den merkwürdigen

Dampfern, sechs fellbedeckte und bärtige Rootsenheemer mit großen Metallhandschuhen und -masken, die die obere Hälfte ihrer Gesichter verdeckten. Aber es war die letzte Gruppe, die mir den Atem nahm.

Die Bärenprinzen trugen diesen Namen nicht grundlos. Keines der fünf großen, ansehnlichen Geschöpfe, die über eine Rampe jetzt den Boden der Insel betraten, hatte etwas Menschliches. Es waren Bären, mächtiger als Grizzlies, gekleidet in gefältete Seide und kariertes Tuch, auf den Schultern eine Art zierlichen Rahmen, in dem über ihren Köpfen ein Banner hing – zweifellos mit dem Wappen der jeweiligen Familie.

Von Bek runzelte die Stirn. »Ich bin überrascht. Es ist, als schaute ich auf die sagenhaften Gründer Berlins! Sie wissen, es gibt Legenden . . . Meine Familie kennt Geschichten über intelligente Tiere. Ich dachte, sie handelten von Wölfen, aber es müssen Bären gewesen sein. Haben Sie auf Ihren Reisen etwas wie die Bärenprinzen zu Gesicht bekommen, Daker?«

»Nicht ganz so wie sie«, antwortete ich. Ich war tief beeindruckt von ihrer Schönheit. Bald standen auch sie um den Begegnungsstein, und es gelang uns, ein paar Worte der Zeremonie aufzuschnappen. Jeder der Anwesenden nannte seinen oder ihren Namen. Jeder beschrieb seine oder ihre Pläne für dieses Treffen. Sobald das abgeschlossen war, verkündete einer der Kapitänbarone: »Bis zum Morgen!«

Die Antwort ertönte: »Bis zum Morgen!« Dann gingen sie alle ihrer Wege, zurück zu den Schiffen.

Ich hatte angestrengt zugehört, als die Geisterfrauen ihre Namen nannten, aber nichts vernommen, was auch nur entfernt wie ›Ermizhad‹ klang.

In dieser Nacht waren wir die Gäste der Studenten und schliefen in ihrer bereits überfüllten Unterkunft, gepeinigt von Asche und Zugluft, hin und her gerollt von plötzlichen Bewegungen des Schiffes, das, obwohl es vor Anker lag, in Abständen von einem merkwürdigen Zittern durchlaufen wurde, wie ein Mensch in unruhigem Schlummer. Mir kam es vor, als spiegelte *Der Grimmige Schild* meinen eigenen Seelenzustand wider.

Wieder wurde mein Schlaf von Alpträumen unterbrochen.

Ich hörte die Geisterfrauen singen, aber nicht in meinen Träumen, sondern in ihrem Lager. Ich sehnte mich danach, zu ihnen zu gehen, aber als ich mich erhob, wurde ich von Jurgin und von Bek zurückgehalten.

»Sie müssen geduldig sein«, mahnte von Bek. » Denken Sie an das Versprechen, das Sie uns gegeben haben.«

»Aber sie rufen nach Sharadim. Ich muß herausfinden, was sie wollen.«

»Wenn sie Sharadim rufen, wollen sie nicht Sie.« Von Beks Stimme klang eindringlich. »Wenn Sie jetzt hinübergehen, wird das Armiad und seinen Männern nicht verborgen bleiben. Sie werden sich berechtigt fühlen, Sie zu töten. Warum das riskieren, wenn Sie morgen im Rahmen des Treffens mit ihnen sprechen können?«

Ich gab zu, daß ich mich kindisch benommen hatte. Mich mühsam beherrschend, legte ich mich wieder hin. Durch die Lücken in der Decke schaute ich zu den gelegentlichen Wolken glühender Asche in dem grauen, kalten Himmel auf und versuchte, weder an Ermizhad noch an die Geisterfrauen zu denken. Ich schlief ein wenig, aber der Schlaf gab den Stimmen nur die Möglichkeit, um so lauter in meinen Ohren zu tönen.

»Ich bin nicht Sharadim!« rief ich endlich, als meine Widerstandskraft erschöpft war. Der Morgen dämmerte. Um mich herum regten sich die Schläfer. Bellanda kam auf mich zu. »Was ist, Flamadin?«

»Ich bin nicht Sharadim!« sagte ich zu ihr. »Sie wollen, daß ich meine Schwester bin. Was hat das zu bedeuten? Sie rufen mich – aber bei dem Namen meiner Schwester. Könnten Sharadim und Flamadin ein und dieselbe Person sein?«

»Ihr seid Zwillinge. Aber Ihr seid ein Mann, sie ist eine Frau. Man könnte euch nicht verwechseln . . .« Bellandas Stimme klang noch verschlafen. »Vergebt mir. Ich glaube, ich rede Unsinn.«

Ich berührte ihren Arm. »Nein, Bellanda, ich muß mich entschuldigen. Ich rede zur Zeit dauernd Unsinn.«

Sie lächelte. »Wenn Ihr der Meinung seid, könnt Ihr nicht völlig verrückt sein. Ihr sagt, diese Frauen riefen mit ihrem Gesang die Prinzessin Sharadim? Ich konnte es nicht so genau verstehen. Es hörte sich an wie eine Beschwörung. Glauben Sie, Sharadim wäre ein übernatürliches Geschöpf?«

»Das kann ich nicht sagen. Bis jetzt habe ich immer den Namen erkannt, den ich in meinen Träumen hörte. Ich habe darauf reagiert. Ich war Urlik Skarsol, dann eine Reihe von anderen Inkarnationen, dann wieder Skarsol und jetzt Flamadin. Tatsache ist, Bellanda, daß ich tief in meinem Innern weiß, daß sie nach mir rufen sollten!«

Aber weil sich das sehr nach den Wahnvorstellungen eines Egozentrikers anhörte (und vielleicht auch war), behielt ich alles weitere für mich. Achselzuckend legte ich mich wieder auf meine Decke. »Später«, sagte ich, »werde ich mit ihnen von Angesicht zu Angesicht sprechen können.«

Als ich wieder einschlief, träumte ich wieder, aber diesmal einen angenehmen Traum von meinem Leben mit Ermizhad, als wir Seite an Seite über das Volk der Alten herrschten.

Ich erwachte, und alle anderen waren bereits auf den Beinen. Nachdem ich mich gereckt hatte, stolperte ich zu dem gemeinsamen Waschbecken und versuchte, mich von dem öligen Aschestaub zu befreien.

Als ich dann zum Ort des Treffens hinüberschaute, war ich überrascht und beeindruckt von dem, was ich sah.

An manchen Stellen standen kleine Gruppen in lebhafter Unterhaltung zusammen. Ich entdeckte zwei Bären mit einer Geisterfrau vor am Boden ausgebreiteten Karten sitzend, und alle drei diskutierten gestenreich. Woanders machten die bunten Markisen vor den Marktbuden glauben, daß hier nichts anderes stattfand als ein ganz gewöhnlicher Jahrmarkt, bis die Täuschung dann durch den Anblick eines Pferchs offenbar wurde, in dem zwei schwerfällige und übellaunige Echsen, die auf den Hinterbeinen standen und Ähnlichkeit mit Dinosauriern hatten, mit roten Mäulern nach zwei Maaschanheemern schnappten, die mit dem Besitzer, einem Draachenheemer, über die Besonderheiten von Sattel und Zaumzeug der Tiere diskutierten. Zweifellos verdankte dieses Volk seinen Namen den dort beheimateten Echsen.

Alle möglichen Sorten merkwürdiger Geschöpfe standen zum Verkauf, ebenso wie Tiere, deren Aussehen mir vertraut war. Es gab Waren, unter denen ich mir überhaupt nichts vorstellen konnte, die aber allgemein begehrt waren.

Der Lärm, der das ganze Treiben begleitete, war beträchtlich, aber durchweg gutartig. Viele der Anwesenden hatten sich zu kleinen Gruppen zusammengefunden und erfreuten sich an dem bunten Spektakel, ohne etwas zu kaufen oder feilzubieten.

In der Nähe der großen Arche, dem Schiff der Bärenprinzen, zeigte der Tag sein weniger liebenswertes Gesicht. Dort wurden ängstliche Knaben, splitternackt und aneinandergekettet, von den Geisterfrauen gemustert. Ich mochte kaum glauben, daß die Alten sich wahrhaftig zu Sklavenhändlern und Kannibalen entwickelt hatten.

»Ist das das Volk, von dem Sie behaupten, es wäre so viel besser als der Mensch?« fragte von Bek. Seine Bemerkung sollte ironisch klingen, aber es war zu merken, daß das Geschehen ihn anwiderte. »Ich werde hier kaum Hilfe für mein Vorhaben finden, wenn derartige Sitten allgemein üblich sind.«

Bellanda gesellte sich zu uns. »Die Bärenprinzen herrschen in einem Reich, wo die Menschen Wilde sind. Sie töten und verzehren sich gegenseitig. Sie kaufen und verkaufen sich gegenseitig. Also halten die Prinzen so etwas für einen normalen Brauch bei den Menschen und sehen nicht ein, weshalb sie davon nicht profitieren sollten. Die Jungen werden gut behandelt – wenigstens von den Bären.«

»Und was tun die Frauen mit ihnen?«

»Kinder empfangen«, sagte Bellanda. Sie zuckte die Schultern. »Es ist nichts anderes als die Umkehrung einer Situation, wie sie bei uns üblich ist.«

»Mit dem Unterschied, daß wir unsere Ehefrauen nicht kochen und verspeisen«, meinte von Bek.

Bellanda schwieg.

»Trotz allem«, verkündete ich, »werde ich jetzt zu ihnen gehen. Ich möchte die Geisterfrauen ansprechen und ihnen ein paar Fragen stellen. Das ist doch bestimmt erlaubt?«

»Es ist erlaubt, Informationen auszutauschen«, nickte Bellanda. »Aber Ihr dürft kein Verkaufsgespräch unterbrechen, das noch im Gange ist.«

Wie verließen das Schiff mit einer Gruppe von anderen

Maaschanheemern, die an dem Markttreiben interessiert waren, und müßig die ausgestellten Waren betrachteten. Mit von Bek im Gefolge, eilte ich auf dem kürzesten Weg zu dem Platz bei den weißen Schiffen, wo die Geisterfrauen ihre Zelte und Einfriedungen aus festen Seidenstoffen aufgestellt hatten. Da ich draußen niemanden antraf, ging ich zu dem größten der Pavillions. Der Eingang war unbewacht. Ich trat ein und blieb stehen, einigermaßen verblüfft.

Von Bek hinter mir sagte: »Mein Gott! Ein Viehmarkt, wirklich und wahrhaftig.«

Es stank nach menschlichen Körpern. Hier hatten sich die Sklavenhändler versammelt, um ihre Ware begutachten zu lassen. Einige schämten sich wohl ihrer Tätigkeit. Andere zogen es vor, ihre Abschlüsse in weitgehender Zurückgezogenheit zu tätigen.

Im Halbdunkel unter dem Zeltdach entdeckte ich wenigstens ein Dutzend mit Stroh ausgelegter Pferche, in denen Knaben und Jünglinge untergebracht waren, von denen einige die Zeichen jeder nur denkbaren Grausamkeit am Körper trugen, während andere sich stolz aufrecht hielten, und herausfordernd in die verhüllten Gesichter der Geisterfrauen starrten, von denen sie prüfend gemustert wurden. Der überwiegende Teil verhielt sich vollkommen passiv, fügsam wie Kälber.

Aber was mich wirklich schockierte, war der Anblick von Kapitänbaron Armiad, der augenscheinlich eben im Begriff war, mit einer der in Elfenbein gekleideten Geisterfrauen handelseinig zu werden. Ein Kerl, der bestimmt nicht zur Schiffsbesatzung gehörte, beaufsichtigte sechs Jungen, die mit einer Art fortlaufenden Führungsleine um den Hals in einer Reihe aneinandergebunden waren. Armiad pries ihre Vorzüge und riß dabei Witzchen, die die Geisterfrau offenbar weder verstand noch hören wollte. Wie man sah, hatte er also eine einträgliche Methode gefunden, sich überzähliger Untertanen zu entledigen, und da die übrigen Maaschanheemer Sklavenhandel verabscheuten, fühlte er sich vor Entdeckung sicher.

An der breitesten Stelle eines schmierigen Grinsens blickte er auf, entdeckte von Bek und mich, und brüllte auf vor Wut. »Nicht nur Gesetzlose, sondern auch noch Spione! So also wollt ihr euch an mir rächen, weil ich eure Betrügereien aufgedeckt habe!«

Ich hob die Hände, um ihm begreiflich zu machen, daß ich nicht die Absicht hatte, mich in seine Angelegenheiten zu mischen. Aber er war außer sich. Er schlug seinem Mietling das Seilende aus der Hand. Er kam auf mich zu. Und er wollte einfach nicht aufhören zu brüllen.

»Behaltet die verdammten Sklaven!« schrie er die überraschte Geisterfrau an. »Verspeist sie zum Abendessen, mit meinen besten Wünschen. Komm Rooper, wir haben unsere Pläne geändert.« Als er mich erreicht hatte, blieb er stehen. Sein Gesicht war knallrot. Er stierte mir in die Augen. »Flamadin, du Renegat. Warum bist du mir gefolgt? Hofftest du, mich erpressen zu können? Mich vor den Augen der anderen Kapitänbarone noch mehr zu erniedrigen? Nun, die Wahrheit ist, daß ich diese Burschen nicht verkaufen wollte. Ich hatte die Absicht, sie zu befreien.«

»Eure Angelegenheiten interessieren mich nicht, Armiad«, erwiderte ich kühl. »Und Eure Lügen noch viel weniger.«

»Du behauptest, ich lüge?«

Ich hob die Achseln. »Ich bin hier, um mit den Geisterfrauen zu sprechen. Macht nur weiter mit Euren Geschäften. Tut, was immer Ihr tun möchtet. Ich bin froh, wenn ich nichts mehr mit Euch zu schaffen habe, Kapitänbaron.«

»Du hast immer noch einen verdammt eingebildeten Ton am Leib, für einen Möchtegern-Schwesternmörder und einen ehrlosen Verbannten.« Er ging auf mich los. Ich wich zurück. Aus den Falten seines ungewöhnlich schlichten Gewandes brachte er ein langes Messer zum Vorschein. Waffen waren während des Treffens verboten, das wußte ich. Selbst von Bek hatte seine Pistole bei Bellanda zurückgelassen. Ich versuchte, sein Handgelenk zu packen. Er sprang zurück. Geduckt stand er da, hechelnd wie ein tollwütiger Hund. Er stierte mich an. Dann warf er sich mit dem stoßbereiten Messer auf mich.

Inzwischen war in dem Zelt der Geisterfrauen ein ohrenbetäubender Tumult ausgebrochen. Ein halbes Dutzend uralter Gesetze war auf einmal gebrochen worden. Ich gab mir Mühe, Armiad abzuwehren, und rief nach von Bek um Hilfe.

Mein Freund allerdings wurde von Armiads Bundesgenossen angegriffen und hatte es seinerseits mit einem Messer zu tun.

Schritt für Schritt wurden wir rückwärts aus dem großen Zelt gedrängt und versuchten gleichzeitig, während wir um Hilfe riefen, Armiad und Rooper das Unsinnige ihres Tuns klarzumachen. Sie schadeten sich nur selbst und erregten unerwünschte Aufmerksamkeit.

Plötzlich waren ein Dutzend Männer und Frauen über uns, zerrten Armiad und seinen Genossen von uns weg und rangen ihnen die Messer aus den Händen.

»Ich habe mich verteidigt«, erklärte Armiad, »gegen diesen Schurken. Diese Messer haben sie gegen uns gezogen, das schwöre ich.«

Ich konnte nicht glauben, daß irgend jemand seine Geschichte für wahr halten würde, aber ein kräftig gebauter Draachenheemer spuckte mir vor die Füße. »Du kennst mich, Flamadin. Ich war einer von denen, die dich zu unserem Oberherrn wählten. Aber du hast uns verschmäht. Und noch Schlimmeres getan. Es ist dein Glück, Flamadin, daß hier kein Blut vergossen werden darf. Sonst würde ich selbst ein Messer an dir ausprobieren. Verräter! Scharlatan!« Und er spuckte nochmals aus.

Jetzt sahen so ziemlich alle Umstehenden mich voller Abscheu an.

Nur die Frauen, deren Gefühle hinter den Masken verborgen blieben, betrachteten mich auf andere Art. Ich hatte den Eindruck, daß sie mich plötzlich erkannten und beträchtliches Interesse für mich empfanden.

»Wenn das Treffen vorüber ist, werden wir dich schon zu finden wissen, Flamadin!« sagte der Draachenheemer. Er schritt zurück in das Zelt mit den Sklavenpferchen.

Armiad war eindeutig ebenso überrascht wie ich, daß die Leute bereit waren, seiner Geschichte Glauben zu schenken. Er raffte sein Gewand zusammen und richtete sich kerzengerade auf. Er schnaufte und räusperte sich. »Wer sonst würde es wagen, unsere alten Gesetze zu brechen?« fragte er die Umstehenden im allgemeinen.

Man konnte erkennen, daß es einige gab, die ihm nicht glaubten. Aber sie waren in der Minderzahl gegenüber denjenigen, die mich bereits haßten, und mir noch ein paar Dutzend weiterer Verbrechen zutrauten, außer denen, die schon veröffentlicht waren!

»Armiad«, versuchte ich es nochmals, »ich versichere Euch, daß ich keineswegs die Absicht hatte, mich in Eure Angelegenheiten zu mischen. Ich bin gekommen, um die Geisterfrauen zu besuchen.«

»Wer, außer einem Sklavenhändler, würde die Geisterfrauen besuchen?« fragte er wieder in die Runde.

Ein massiger alter Mann kam auf uns zu. Er trug einen Stab, der beinahe doppelt so groß war, wie er selbst, und auf seinem rotwangigen Gesicht lag der bedeutsame Ernst seines Amtes. »Kein Streit, keine Schlägereien, keine Duelle. Das sind unsere Regeln. Geht eurer Wege, gute Herren, und bereitet uns nicht noch mehr Schande.«

Die Geisterfrauen hatten für nichts mehr Augen, als nur für mich. Ich hörte, wie sie untereinander sprachen. Auch der Name ›Flamadin‹ fiel. Ich verneigte mich vor ihnen. »Ich bin hier als ein Freund der Rasse der Alten.«

Keine Antwort. Die Frauen verharrten so unbewegt wie ihre Elfenbeinmasken.

»Ich möchte mit Euch sprechen«, fuhr ich fort.

Immer noch keine Antwort. Zwei von ihnen wandten sich ab.

Armiad blähte sich immer weiter auf und beschuldigte mich, die Sache angefangen zu haben. Der alte Mann, der sich selbst als der Mittler bezeichnete, war unerbittlich. Es kam nicht darauf an, wer den Streit in Gang gebracht hatte. Es mußte dafür gesorgt werden, daß er erst nach dem Treffen weitergeführt wurde. »Ihr beide dürft bei Todesstrafe das Schiff nicht verlassen. So lautet das Gesetz.«

»Aber ich muß mit den Geisterfrauen sprechen«, begehrte ich auf. »Deshalb kam ich her. Keineswegs in der Absicht, mich mit diesem Großmaul herumzuschlagen.«

»Keine weiteren Beleidigungen!« befahl der Mittler. »Oder die Strafe wird verschärft. Kehrt zu der *Grimmiger Schild* zurück, edle Herren. Dort müßt Ihr bleiben, bis das Treffen vorüber ist.«

Von Bek murmelte: »Vor all diesen Leuten kann man nichts tun. Sie werden warten müssen bis heute nacht.«

Armiad schenkte mir ein unangenehmes Lächeln. Mein baldiges Dahinscheiden war für ihn wohl schon beschlossene Sache. Kaum jemand würde ihm einen Vorwurf machen, wenn er sich genötigt fühlte, mich einzusperren und gleich nach Beendigung des Treffens zum Tode zu verurteilen. Seine Gedanken waren so primitiv, daß man sie unschwer lesen konnte.

Nur zögernd kehrte ich zusammen mit Armiad zum Schiff zurück. Begleitet wurden wir von dem Mittler und einer gemischten Gruppe, die anscheinend von der ganzen Versammlung gewählt worden war, um für die Einhaltung der Gesetze zu sorgen. Ich konnte mir kaum vorstellen, wie es mir gelingen sollte, von dem Schiff zu fliehen und die Geisterfrauen aufzusuchen.

Ich warf einen Blick über die Schulter. Sie standen dicht zusammen und schauten mir nach. Es war klar, daß sie an meinem Besuch mehr als interessiert sein würden. Aber was sie von mir wollten und was sie mit mir zu tun gedachten, vermochte ich mir nicht vorzustellen.

Auf dem Schiff ließ Armiad uns von dem Mittler und seinen Leuten in unser ursprüngliches Quartier führen. Er grinste immer noch. Für ihn hatte sich alles bestens geregelt. Ich hatte keine Ahnung, wie das ›Verfahren‹ gegen von Bek und mich aussehen oder was man uns zur Last legen würde, aber Armiad würde sich schon etwas einfallen lassen.

Seine letzten Worte, bevor er zu seinen eigenen Gemächern stolzierte, waren ein schadenfrohes: »Nicht lange, edle Herren, und Ihr werdet Euch wünschen, die Geisterfrauen hätten Euch behalten, und würden Euch vor Euren Augen das Fleisch von den Knochen schälen, und Eure edleren Teile verspeisen, während der Rest von Euch auf kleiner Flamme schmort.«

Von Bek hob eine Braue. »Alles wäre Eurer eigenen Küche vorzuziehen, Kapitänbaron.«

Armiad runzelte die Brauen, aber die Anspielung war an ihn

verschwendet. Dann stierte er uns böse an, was ihm allmählich zur lieben Gewohnheit wurde, und verschwand.

Wenige Augenblicke später hörten wir, wie bei unseren Türen die äußeren Riegel vorgeschoben wurden. Uns blieb immer noch der Balkon, aber das bedeutete eine lange, schwierige Kletterpartie zu den unteren Decks, ohne die Gewißheit, daß Armiad uns diesen Fluchtweg nicht absichtlich offengelassen hatte, um uns in eine Falle zu locken. Es blieb uns nichts anders übrig, als sorgfältig zu planen und zu überlegen, ob es nicht noch eine weniger offensichtliche Möglichkeit zu entkommen gab. Wahrscheinlich ließ man uns diese Nacht in Ruhe, aber sicher war das auch nicht.

»Ich bezweifle, daß er so gerissen ist, wie Sie glauben«, bemerkte von Bek. Er war schon auf der Suche nach etwas, das sich als Seil verwenden ließ.

Ich für mein Teil mußte überlegen. Ich saß auf dem Bett, half ihm mechanisch, die Laken zusammenzuknoten, und dachte an die Ereignisse diese Vormittags.

»Die Geisterfrauen erkannten mich«, sagte ich.

Von Bek war belustigt. »Wie auch alle anderen. Aber Sie scheinen hier nicht eben viele Anhänger zu haben! Ihre Weigerung, den Traditionen entsprechend zu handeln, scheint für viele hier ein größeres Verbrechen zu sein als Ihr Versuch, Ihre Schwester zu töten! Ich kenne diese Art Logik. Mein eigenes Volk macht sich nur zu oft derselben Haltung schuldig. Welche Chancen glauben Sie zu haben, selbst wenn es Ihnen gelingt, dieses Schiff zu verlassen? Sämtliche Anwesenden, mit der möglichen Ausnahme der Bärenprinzen und der Geisterfrauen, werden hinter Ihnen her sein. Wohin können wir fliehen, mein Freund?«

»Ich muß zugeben, daß mir genau dieses Problem auch durch den Kopf gegangen ist.« Ich lächelte ihn an. »Ich hatte gehofft, Sie wüßten eine Lösung.«

»Zuerst müssen wir alle möglichen Fluchtwege prüfen«, sagte er. »Dann warten wir bis zum Einbruch der Nacht. Vorher können wir gar nichts tun.«

»Ich fürchte, es hat sich nicht eben zu Ihrem Vorteil ausgewirkt«, meinte ich entschuldigend, »sich mir anzuschließen.«

Er lachte. »Ich glaube nicht, daß mir sehr viele andere Möglichkeiten zur Verfügung standen, oder wie sehen Sie das, mein Freund?«

Von Bek hatte eine Art, mich aufzumuntern, für die ich ihm unsäglich dankbar war. Sobald wir das Für und Wider aller vorhandenen Fluchtwege erwogen hatten (es gab keinen, der besonders vielversprechend schien), legte ich mich auf mein Bett und versuchte zu ergründen, warum die Geisterfrauen mich so neugierig gemustert hatten. Hatten sie mich, welche Ironie des Schicksals, mit meiner Zwillingsschwester Sharadim verwechselt?

Schließlich wurde es Nacht. Wir hatten uns für unseren ursprünglichen Fluchtweg entschlossen: Über den Balkon zum nächstgelegenen Mast und von dort die Wanten hinunter. Waffen besaßen wir keine, da von Bek seine Pistole in Bellandas Obhut gegeben hatte. Wir konnten nur darauf hoffen, unseren Verfolgern zu entkommen, selbst wenn sie uns entdeckten.

So standen wir also in der kalten Nachtluft, sahen in der Ferne mehrere hundert Feuer und hörten den Lärm der Abgesandten der verschiedensten Rassen und Kulturen, manche nicht einmal menschlich, wie sie dieses seltsame Große Treffen feierten.

Aus irgendeinem hölzernen Möbelstück hatte von Bek eine Art Enterhaken gebastelt, den wir in die Takelage schleudern wollten, in der Hoffnung, daß er irgendwo Halt fand. Flüsternd gab er mir die Anweisung, mich bereitzuhalten, unser notdürftiges Seil auszulassen, sobald er es sagte, dann schwang er das Ding in die Luft. Ich hörte es auftreffen, einen Moment lang halten und dann herabfallen. Noch vier oder fünf Würfe, und es schien sich tatsächlich irgendwo verhakt zu haben. Ich ließ das Seil durch die Hände laufen, bis von Bek abwinkte. Er band das letzte Ende an die Balkonbrüstung.

»Jetzt«, murmelte er, »müssen wir auf unser Glück vertrauen. Soll ich zuerst?«

Ich schüttelte den Kopf. Da die Lage, in der wir uns befanden, eine Folge meiner ›Besessenheit‹ war, fühlte ich mich verpflichtet, wenigstens das Hauptrisiko auf mich zu nehmen. Ich kletterte über das Geländer, packte das Seil und hangelte mich Hand über Hand auf das verworrene Netz der Takelage zu.

Wie eigentlich nicht anders zu erwarten, ertönte von oben eine triumphierende Stimme.

»Die Diebe fliehen. Fangt sie, schnell!«

Das gesamte Schiff wimmelte plötzlich von Männern, die den Strahl ihrer Laternen auf von Bek richteten, der gerade im Begriff war, sich über die Brüstung zu schwingen, und auf mich, der ich hilflos an dem Seil hing und weder vor noch zurück konnte.

»Wir ergeben uns!« rief von Bek leichthin, in dem Versuch, das Beste aus der verfahrenen Situation zu machen. »Wir gehen in unser Gefängnis zurück.«

Armiads herausgezischte Antwort troff vor boshaftem Vergnügen. »Oh nein, das werdet ihr nicht, edle Herren. Ihr werdet zuerst einmal auf die Decks hinunterstürzen und ein paar Knochen brechen, bevor wir euch wieder einfangen.«

»Ihr seid ein hartherziger Bastard, und dazu noch ein ungehobelter Emporkömmling«, stellte von Bek fest. Er löste das verknotete Seil von der Brüstung. Wollte er mich umbringen? Doch er war schon gesprungen, knapp unter mir am Seil hängend, und schrie: »Halten Sie sich fest, Herr Daker!«

Mir enormem Schwung prallten wir gegen die geteerten Taue der Takelage, die unsere Gesichter und Hände zerschrammten, aber gleichzeitig schüttelten wir unsere Feinde von ihren luftigen Plätzen in unserer Nähe. Wir machten uns an den Abstieg.

Doch Armiads Bewaffnete waren überall, und wir hatten kaum den Fuß auf ein Deck gesetzt, als zwei oder drei von ihnen uns schon erspäht hatten und in vollem Lauf herbeikamen.

Wir rannten zur nächsten Balustrade und blickten hinüber. Springen war aussichtslos, und es gab auch nichts, woran wir uns hätten weiterhangeln können.

Ich hörte über mir ein eigenartiges Klappern, und als ich aufblickte, sah ich zu meinem größten Erstaunen eine hochgewachsene Frau in elfenbeinener Rüstung an einem Tau herabgleiten. Sie hatte ein Schwert unter den Arm geklemmt, an einer Schlinge um ihr Handgelenk baumelte eine Kriegsaxt. Sie landete neben uns und bewegte sich ohne zu zögern vorwärts, während sie mit ihrer Waffe anscheinend nur die leere Luft zerteilte.

Was sie den Maaschanheemern nun eigentlich antat, habe ich nie so recht herausgefunden, aber die Angreifer sanken hinter ihr zu Boden. Sie gab uns ein Zeichen, ihr zu folgen, was wir dankerfüllt taten. Jetzt entdeckten wir zumindest ein Dutzend der Geisterfrauen hier und da auf dem Schiff – und wo sie gewesen waren, stellte sich uns kein Maaschanheemer mehr in den Weg.

Ich hörte Armiad lachen. Es klang unangenehm. Er schien Schwierigkeiten beim Atmen zu haben. »Lebt wohl, ihr Hunde. Ihr verdient euer Schicksal. Es wird grausamer sein als alles, was ich mir hätte ausdenken können!«

Die Geisterfrauen bildeten eine Art lebender Barriere um uns, als sie sich rasch über das Schiff bewegten und alles vor sich niedermachten.

Innerhalb weniger Momente standen von Bek und ich auf festem Boden, und wurden von den Frauen durch das Lager zu ihren eigenen Zelten getrieben.

Ich wußte, sie hatten sämtliche alten Gesetze des Großen Treffens gebrochen.

Was konnte für sie so wichtig sein, daß sie bereit waren, derartige Gefahren auf sich zu nehmen? Ohne das Treffen würden sie es schwerhaben, Nachschub an männlichen Sklaven für ihre besonderen Zwecke herbeizuschaffen. Damit war ihre Rasse zum Untergang verurteilt!

Ich hörte von Bek mit zitternder Stimme zu mir sagen: »Ich glaube, mein Freund, wir sind eher ihre Gefangenen als ihre Gäste. Was, um alles in der Welt, können sie mit uns vorhaben?«

Eine der Frauen sagte streng: »Seid still. Unsere Zukunft, sogar unsere Existenz ist jetzt in Frage gestellt. Wir kamen, um euch zu suchen, nicht, um mit den anderen zu kämpfen. Aber da es nun einmal so gekommen ist, müssen wir sofort aufbrechen.«

»Aufbrechen?« Mein Magen krampfte sich zusammen. »Wohin bringt Ihr uns?«

»Nach Gheestenheem, natürlich.«

Von Bek stieß ein wildes Lachen aus. »Oh, das ist zuviel für mich. Ich bin Hitlers Peinigern nur entkommen, um als Weihnachtsgans zu enden. Ich hoffe, Ihr findet mich schmackhaft, meine Damen. Zur Zeit bin ich magerer, als es mir oder Euch lieb sein kann.«

Sie hatten uns zu einem ihrer schnittigen weißen Schiffe geschleppt. Jetzt wurden wir über die Reling geschoben. Ich konnte hören, wie Ruder ins Wasser tauchten.

»Nun, von Bek«, bemerkte ich zu meinem Freund. »Wenigstens haben wir die Gelegenheit, höchstpersönlich die Geheimnisse von Gheestenheem zu lüften!«

Aufrecht saß ich in dem Boot. Niemand hinderte mich, als ich, auf eine Holzbank gestützt, aufstand und über das schwarze Wasser blickte.

Hinter uns lagen die Feuer und großen Schatten am Ort des Treffens. Ich war sicher, ihn nie wiederzusehen.

Ich wandte mich an die Frau, die den Angriff auf das Schiff geführt hatte. »Warum habt Ihr alles aufs Spiel gesetzt, was Euch teuer ist? Bestimmt könnt Ihr nie wieder an einem Großen Treffen teilnehmen. Ich weiß immer noch nicht, ob ich Euch dankbar sein soll oder nicht.«

Sie löste ihre Rüstung, nahm das Helmvisier ab. »Die Frage müßt Ihr Euch selbst beantworten«, sagte sie, »sobald wir Gheestenheem erreicht haben.«

Hinter dem Visier kam ihr Gesicht zum Vorschein.

Es war die Frau, die ich zuvor schon gesehen hatte. Als ich auf ihre wunderschönen Züge starrte, erinnerte ich mich eines Traumes, den ich einst gehabt hatte. Darin sprach ich mit Ermizhad. Sie hatte mir erklärt, daß sie nicht bis in Ewigkeit wiedergeboren werden konnte, wie ich, aber wenn ihre Seele in eine andere Gestalt schlüpfte, würde diese Gestalt immer dieselbe sein. Und immer würde sie mich lieben. Ich bemerkte kein Erkennen in diesem Gesicht, dennoch traten mir die Tränen in die Augen, als ich sie ansah.

Ich sagte: »Bist du es, Ermizhad?«

Die Frau betrachtete mich überrascht. »Mein Name ist Alisaard«, antwortete sie. »Weshalb weint Ihr?«

Zweites Buch

Nicht bar jeder Erinnerung leben wir Verbannte
fern der sternenhellen Pfade:
Eine zeitlose Stunde bewahrten wir uns von der
langen Nacht endloser Tage.
Mit gemess'ner Fröhlichkeit schritten fern die Sterne
auf elbischen Hügeln zum Tanz:
Sacht atmet der Flieder im Zwielicht, gewoben aus
grünem und blauem und goldenem Glanz,
Doch war die allumfassende Nacht uns nur wie ein Tun
von fernher erklungen,
denn Einkehr hielten unsere sehnenden Herzen nach
all ihren Wanderungen:
Es rief Schönheit nach Schönheit, und auf des
Magiers Zeichen stiegen empor
Die vergangenen Stunden der Liebe, die in den
Unsterblichen brennen wie je zuvor.
Und süße, ewig junge Gesichter verbannten die
Schatten der Erde von jenem Ort,
Und flimmernd wie ein zarter Mottenflügel grüßte
deine weiße Hand – und war fort.
Oh, wer bin ich, mich kühn emporzurecken neben
dieser Göttin der Abendsonnenträume?

›A. E.‹ (George Russell), APHRODITE

Kapitel eins

Ich erinnere mich an kaum etwas von dieser Reise bis zum Anbruch des nächsten Tages. Die Sonne ging auf; rot, gewaltig, unstofflich waberte sie unter einem Schleier aus Wasserdunst und verlieh den Wogen eine Art rosa- und scharlachrote Tönung. Wind blähte das weite Segel, und das Sonnenlicht berührte auch uns, so daß wir eins waren mit den Farben des Ozeans, als wir in die Morgenhelligkeit hineinsegelten.

Dann weckte etwas Außergewöhnliches vor uns meine Aufmerksamkeit. Es sah aus, als stiegen aus dem Meer gigantische Wasserfontänen. Nach einiger Zeit stellte ich fest, daß es sich nicht um Wasser handelte, sondern um Licht. Gewaltige Lichtsäulen, die vom Himmel herabströmten und eine riesige Wasserfläche beleuchteten. Dahinter waren Nebel, Gischt und Wolken. In dem von den Säulen eingefaßten Gebiet war das Wasser ruhig.

Von Bek stand am Bug, eine Hand um ein straff gespanntes Tau, die andere schützend über die Augen gelegt. Er war aufgeregt. Schaumspritzer bedeckten seine Haut. Er sah aus, als wäre er zu neuem Leben erwacht. Auch ich war dankbar für das Salzwasser, das mir die fettige Schmutzschicht abgewaschen hatte.

»Welch ein Wunder der Natur!« rief von Bek aus. »Wie, glauben Sie, läßt es sich erklären, Daker?«

Ich schüttelte den Kopf. »Ich gehe immer davon aus, daß es sich um Magie handelt.« Dann erkannte ich das Ironische meiner Bemerkung und mußte lachen.

Ihr dunkelrotes Haar ausschüttelnd, kam Alisaard an Deck. »Ah«, meinte sie ernsthaft, »ihr habt das Tor gesehen.«

»Tor?« fragte von Bek. »Wohin?«

»Nach Gheestenheem natürlich.« Ganz augenscheinlich fand

sie seine Unbedarftheit liebenswert. Ich verspürte einen ungewollten Stich der Eifersucht. Warum sollte diese Frau nicht mögen, wen sie wollte? Sie war nicht meine Ermizhad. Aber es fiel schwer, das zu bedenken, die Ähnlichkeit war zu groß. Sie wandte sich an mich. »Habt Ihr geschlafen? Oder habt Ihr die ganze Nacht geweint, Prinz Flamadin?« Ihr Ton drückte belustigte Sympathie aus. Ich konnte einfach nicht glauben, daß diese Frauen grausame Sklavenhalter und Kannibalen waren. Allerdings hatte mich die Erfahrung gelehrt, daß oft die zivilisiertesten, liebenwürdigsten und humansten Kulturen zumindest eine Eigenart haben, die, obwohl in ihren Augen vollkommen natürlich, anderen absolut furchtbar erscheint. Wie auch immer, diese Frauen verfügten über die Anmut, die ich mit dem mir vertrauten Volk der Alten in Verbindung brachte.

»Nennt ihr euch selbst ›Geisterfrauen‹?« fragte ich sie, ebensosehr, um ihre Aufmerksamkeit auf mich zu lenken, wie aus Wißbegier.

»Nein. Aber wir haben schon vor langer Zeit herausgefunden, daß unsere beste Verteidigung darin besteht, den Aberglauben der Menschen zu unserem Vorteil auszunutzen. Die Rüstung dient mehreren praktischen Zwecken, zumal, wenn wir uns in der Nähe dieser qualmenden Schiffe aufhalten, aber sie verleiht uns auch etwas Geheimnisvolles und schreckt diejenigen ab, die uns andernfalls in jeder Weise beleidigen und bedrohen würden.«

»Mit welchem Namen bezeichnet ihr euch dann selbst?« fragte ich weiter, ohne eigentlich eine Antwort hören zu wollen.

»Wir sind die Frauen der Alten Rasse«, sagte sie.

»Und euer Volk lebt in Gheestenheem?« Mein Herz klopfte heftig.

»Die Frauen«, berichtete sie. »Sie wohnen in Gheestenheem.«

»Nur die Frauen? Ihr habt keine Männer?«

»Wir haben Männer, aber wir sind von ihnen getrennt. Es gab einen Exodus. Die Alten wurden von menschlichen Barbaren, die sich Mabden nannten, aus ihrem angestammten Reich vertrieben. Wir suchten anderswo Zuflucht, aber während dieser Suche wurden wir getrennt. Seither haben wir uns durch die Jahrhunderte mit Hilfe von Männern des Menschenvolkes fortgepflanzt. Allerdings werden aus einer solchen Verbindung stets nur Mädchen geboren. Der Bestand unseres Volkes ist gesichert, aber die Art und Weise ist durchaus zuwider.«

»Was wird aus den Männern, sobald sie ihren Zweck erfüllt haben?«

Sie lachte und warf den schmalen Kopf zurück, so daß die Sonne ihr Haar in Brand zu setzen schien. »Ihr glaubt, wir wollten Euch mästen für ein Festessen, Prinz Flamadin? Eure Frage wird sich beantworten, sobald wir Gheestenheem erreichen!«

»Warum habt ihr so viel aufs Spiel gesetzt, um uns zu retten?«

»Wir hatten gar nicht die Absicht, euch zu retten. Wir wußten gar nicht, daß euch Gefahr drohte. Wir wollten mit Euch sprechen. Dann, als wir sahen, was vor sich ging, beschlossen wir, euch zu helfen.«

»Also kamt ihr, um mich gefangenzunehmen?«

»Um zu reden. Möchtet Ihr lieber wieder auf dieses übelriechende Schiff zurückgebracht werden?«

Ich beeilte mich zu versichern, daß ich die *Grimmiger Schild* niemals mehr wiederzusehen wünschte. »Wann habt ihr denn vor, mir eine Erklärung zu liefern?«

»Sobald Gheestenheem erreicht ist«, sagte sie. »Seht!«

Die Säulen ragten jetzt hoch über uns auf, und das weiße Schiff reflektierte strahlend das gleißende Licht. Anfangs hatte ich geglaubt, auch die Säulen seien weiß wie Marmor, aber tatsächlich schillerten sie in allen Farben des Regenbogens.

Am Heck stemmten sich die Steuerfrauen hart gegen die Ruder und lenkten das Schiff vorsichtig zwischen die Säulen.

»Es ist gefährlich, sie zu berühren«, erklärte Alisaard. »Sie könnten ein Schiff wie das unsere innerhalb von Sekunden zu Asche verbrennen.«

Ich war halb geblendet von dem grellen Schein. Deshalb hatte ich nur einen vagen Eindruck von gewaltigen Brechern am Fuß der Säulen und das Gefühl, als würde das Schiff in die Höhe getragen und erst gegen einen Pfeiler aus Licht geworfen und dann gegen den nächsten. Aber unsere Besatzung war erfahren. Plötzlich waren wir hindurch und befanden uns in ruhigem Wasser, umgeben von vollkommener Stille. Ich blickte auf. Es war, als befände ich mich in einem massiven Tunnel, der sich in die Unendlichkeit erstreckte. Jedenfalls war nicht zu erkennen, wo er aufhörte. Es herrschte darin allerdings eine Atmosphäre des Friedens, die kein Angstgefühl aufkommen ließ.

Von Bek war erstaunt. »Wie herrlich! Ist es wirklich Magie?«

Alisaard meinte: »Seid Ihr so abergläubisch wie all die anderen, Graf von Bek? Das hätte ich nicht gedacht.«

»Dies hier übersteigt alles, was mir je an wissenschaftlicher Ausbildung zuteil geworden ist«, erklärte er ihr mit einem Lächeln. »Was sonst könnte es sein als Magie?«

»Wir halten es für ein durchaus natürliches Phänomen. Es bildet sich, sobald die Dimensionen unserer Reiche sich berühren. Dadurch entsteht eine Art Strudel. Auf diesem Weg, wenn ein ausreichender Grund vorhanden ist, oder Neugier, oder Mut, ist es möglich, zu den Reichen des Rades zu gelangen. Wir besitzen Karten, aus denen sich ersehen läßt, wann und wo solche Tore entstehen werden, wohin sie aller Wahrscheinlichkeit nach führen, und so weiter. Da sie sowohl regelmäßig auftauchen als auch vorhersehbar sind, würden wir sie eigentlich nicht als magisch bezeichnen. Könnt Ihr mit dieser Erklärung etwas anfangen?«

»Aber natürlich, Madame.« Von Bek hob die Augenbrauen. »Allerdings, ob ich selbst Albert Einstein von der Existenz dieses Tunnels überzeugen könnte, weiß ich nicht so recht.«

Die Anspielung sagte ihr nichts, trotzdem lächelte sie. Es gab keinen Zweifel, daß Alisaard Gefallen an von Bek fand. Bei mir gab sie sich sehr viel zurückhaltender, was ich nicht ganz verstehen konnte, es sei denn, auch sie glaubte die Geschichten über meine Verbrechen und Verrätereien. Dann ging mir ein Licht auf! Diese Frauen wollten Sharadim, meine Zwillingsschwester. Wollten sie sich mit mir, dem gesuchten Staatsfeind, ihre Hilfe erkaufen? Immerhin waren sie es gewohnt, Männer als Handelsware zu betrachten. War ich für sie vielleicht nur ein nützliches Tauschobjekt?

Aber all diese Überlegungen verloren an Bedeutung, als das Schiff plötzlich zu kreiseln begann. Wir wurden rücklings gegen die Holzbalken geworfen, während es sich drehte und drehte, um dann allmählich in die Luft zu steigen. Es schien, daß ein gewaltiger Sog uns durch den Tunnel zerrte, in die nächste Dimension! Das Schiff neigte sich, und ich war überzeugt, wir würden ins Wasser geschleudert werden, aber irgendwie blieb unsere Schwerkraft erhalten. Jetzt segelten wir in dem Tunnel entlang, als folgten wir der raschen Strömung eines Flusses. Fast erwartete ich, bewachsene Uferstreifen zu beiden Seiten zu sehen, aber da war nichts außer den glitzernden Regenbogenfarben. Wieder hätte ich beinahe geweint, aber diesmal wegen der Schönheit und Herrlichkeit dieses Erlebnisses.

»Es ist, als wären die Strahlen von mehr als einer Sonne miteinander verschmolzen«, sagte von Bek, der sich neben mich gestellt hatte. »Ich bin begierig darauf, mehr über diese Sechs Reiche zu erfahren.«

»Es gibt, so wie ich es verstehe, Dutzende von verschieden gearteten Gruppierungen im Multiversum«, erklärte ich ihm, »genauso, wie es verschiedene Arten von Sternen und Planeten gibt, die einer Vielzahl von physikalischen Gesetzen unterliegen. Für die meisten von uns auf der Erde sind sie nicht so ohne weiteres erkennbar, das ist alles. Warum das so ist, weiß ich nicht. Manchmal glaube ich, unsere Welt ist eine Art Kolonie für eine unterentwickelte, verkümmerte Rasse, da so viele andere das Multiversum als selbstverständlich betrachten.«

»Ich würde nur zu gerne in einer Welt leben, wo ein Anblick wie dieser selbstverständlich ist«, meinte von Bek.

Das Schiff glitt weiter mit beträchtlicher Geschwindigkeit durch den Tunnel. Mir fiel aber auf, daß die Steuerfrauen immer noch in wachsamer Haltung am Ruder standen. Ich fragte mich, ob noch irgendeine zusätzliche Gefahr drohte.

Dann fing das Schiff wieder an sich zu drehen und immer schneller zu sinken, bis es in undurchdringliche Finsternis hinabzustürzen schien. Die Besatzungsmitglieder riefen sich gegenseitig Anweisungen zu und bereiteten sich auf irgend etwas vor. Alisaard forderte uns auf, an der Reling festen Halt zu suchen. »Und betet, daß wir in Gheestenheem herauskommen«, sagte sie. »Diese Tunnels sind bekannt dafür, ihren Verlauf zu ändern, so daß der Reisende fern ab von seinem Ziel an einem Ort strandet, wo er bis zum nächsten Auftauchen eines Tores bleiben muß!«

Die Dunkelheit war so tief, daß ich von meinen Begleitern nichts mehr sehen konnte. Ich verspürte ein leichtes Schwindelgefühl, hörte die Planken des Schiffes ächzen, und dann wurde es sehr langsam wieder hell. Das Boot wiegte sich auf ganz alltäglichen Wellen, und wir befanden uns immer noch zwischen den leuchtenden Pfeilern, obwohl ihr Licht nicht mehr so hell war wie zu Anfang.

»Weiter! Hindurch!« rief Alisaard.

Das Schiff bockte und glitt ruckweise vorwärts, während die Steuerfrauen sich mit aller Kraft gegen die Ruder stemmten. Noch eine Welle, und auf ihrem Kamm rauschten wir hindurch, auf eine ferne Küste zu, die mich aus einem nicht näher bestimmbaren Grund an Dovers Kalkfelsen erinnerte, gekrönt von üppigem, hügeligem Grün.

Hier lag goldenes Sonnenlicht auf blauem Wasser. Kleine weiße Wolken hingen in einem blauen Himmel. Ich hatte beinahe vergessen, wie schlichtweg herrlich eine gewöhnliche Sommerlandschaft sein konnte. Es mußte, dachte ich, ein paar Ewigkeiten her sein, seit ich einen solchen Anblick genossen hatte. Seit meiner Trennung von Ermizhad nicht mehr.

»Mein Gott!« rief von Bek aus. »Das kann nur England sein. Oder Irland vielleicht?«

Seine Worte hatten für Alisaard keine Bedeutung. Sie schüttelte den Kopf. »Ihr seid ein Quell fremdartiger Namen, Graf von Bek. Bestimmt seid Ihr viel gereist?«

Das brachte ihn zum Lachen. »Jetzt seid Ihr die unwissentliche Naive, gute Lady. Ich versichere Euch, meine Reisen waren völlig bedeutungslos, verglichen mit allem, was Ihr für selbstverständlich haltet!«

»Ich nehme an, das Unbekannte erscheint stets exotischer.« Sie genoß den Wind in ihren Haaren und entledigte sich weiterer Teile ihrer Rüstung, wie ihre Gefährtinnen es auch getan hatten, um die Sonne auf ihrer Haut spüren zu können.

»Eine düstere Welt, dieses Maaschanheem. All das seichte Wasser macht sie so grau, vermute ich.« Sie schaute nach vorn. Die Felsen teilten sich an dieser Stelle und bildeten eine große Bucht. Am jenseitigen Ende der Bucht gab es eine Hafenanlage und dahinter eine Stadt, deren Häuser sich an drei Seiten einen Berghang hinaufzogen.

»Dort ist Barobanay!« Alisaard wirkte erleichtert. »Jetzt brauchen wir uns nicht mehr zu verstecken. Ich hasse diese Maskerade.« Sie schlug mit den Fingerknöcheln gegen die Brustplatte ihrer Rüstung.

Segelschiffe der verschiedensten Typen lagen im Hafen von Barobanay, aber keines glich dem unseren. Ich vermutete, daß die weißen Schiffe Teil des Schreckputzes waren, mit dem die ›Geisterfrauen‹ sich umgaben, um ihre Nachbarn auf Abstand zu halten.

Das Schiff glitt an die Mole, Ruder wurden eingezogen, junge Männer und Frauen auf der Kaimauer fingen die Haltetaue auf und machten fest. Die Frauen gehörten eindeutig zur Rasse der Alten, die Männer ebenso eindeutig zum Volk der Menschen. Keines der beiden Geschlechter legte ein sklavisches Gebaren an den Tag. Ich machte eine Bemerkung darüber zu Alisaard.

»Bis auf die Tatsache, daß ihnen gewisse besondere Rechte vorenthalten werden«, erklärte sie, »sind die Männer ganz zufrieden.«

»Es muß welche gegeben haben, die versuchten zu fliehen«, meinte von Bek sachlich, »auch wenn sie hier gut behandelt wurden.«

»Erst einmal müßten sie über unser Tor Bescheid wissen«, erwiderte Alisaard, als das Boot gegen die Hafenmauer stieß.

Wir sahen zu, wie die Gangway ausgebracht wurde. Dann folgten wir Alisaard an Land, zu einem kleinen, gepflasterten Platz und eine steile, gewundene Gasse hinauf zu einem hohen, irgendwie gotisch anmutenden Haus. Es machte den Eindruck eines öffentlichen Gebäudes.

Die Sonne schien warm auf uns herab, als wir die letzten Stufen zum Eingang hinaufstiegen.

»Unser Versammlungshaus«, erläuterte Alisaard. »Kein

architektonisches Meisterstück, aber der Sitz unserer Regierung.«

»Es hat die unaufdringliche Ausstrahlung unserer alten deutschen Rathäuser«, meinte von Bek angenehm berührt. »Und«, fügte er hinzu, »es bietet einen um ein vielfaches schöneren Anblick als alles, was uns in letzter Zeit vor Augen gekommen ist. Denken Sie nur, Daker, was einer von Armiads Kesselbewahrern aus einem Versammlungshaus wie diesem machen würde!«

Ich konnte ihm nur beipflichten.

Im Innern des Hauses war es kühl und angenehm, überall standen süß duftende Pflanzen und Blumen. Zwar bestand der Boden aus Marmor, aber er war großzügig mit Teppichen ausgelegt, und auch der grüne Obsidian der Säulen und Kamineinfassungen wirkte keineswegs frostig. An den Wänden hingen Gobelins mit nicht-gegenständlichen Mustern, und die Decken waren kunstvoll bemalt. Sämtliche Räumlichkeiten strahlten eine ruhige Würde aus, und es fiel mir immer schwerer zu glauben, daß die Frauen dieses Volkes beabsichtigten, mich als Tauschobjekt zu mißbrauchen.

Eine ältere Frau mit hochfrisiertem silbernem Haar über einem Gesicht, in welchem, wie es für diese Rasse typisch war, keine der wenig anziehenden Spuren des Alters zu erkennen waren, mit denen wir Menschen uns wohl oder übel abfinden müssen, trat aus einer kleinen Tür rechts von uns. »Also konnte man Euch überreden, uns aufzusuchen, Prinz Flamadin«, sagte sie warm. »Ich bin Euch überaus dankbar.«

Alisaard machte sie mit Ulrich von Bek bekannt und erklärte in groben Umrissen, was vorgefallen war. Die ältere Frau trug fließendes Rot und Gold. Sie hieß uns willkommen und stellte sich als die Gewählte Sprecherin Phalizaarn vor. »Aber wahrscheinlich hat Euch noch niemand erklärt, aus welchem Grund wir Euch sprechen wollen, Prinz Flamadin.«

»Ich hatte den Eindruck, Lady Phalizaarn, daß Euch eigentlich an der Hilfe meiner Schwester Sharadim gelegen war.«

Sie war überrascht. Mit einer Handbewegung forderte sie uns auf, in einen Wintergarten voll der herrlichsten Blüten zu treten. »Wie habt Ihr davon erfahren?«

»Ich habe eine Art sechsten Sinn für solche Dinge, Mylady. Stimmt es denn?«

Sie verharrte neben einem purpurnen Rhododendron. Offenbar hatte ich sie in Verlegenheit gebracht. »Es ist wahr, Prinz Flamadin, daß einige von uns versucht haben – mit ungewöhnlichen Mitteln –, Eure Schwester herbeizurufen oder sie wenigstens um Hilfe zu bitten. Es war ihnen nicht verboten, aber ihre Handlungsweise wurde allgemein mißbilligt, auch vom Rat. Es schien eine ungehörige und barbarische Art, mit der Prinzessin Sharadim Verbindung aufzunehmen.«

»Also repräsentieren diese Frauen nicht das gesamte Volk der Alten.«

»Nur eine kleine Gruppe.« Die Gewählte Sprecherin warf Alisaard einen fragenden Blick zu, woraufhin jene die Augen niederschlug. Also hatte wohl auch Alisaard zu den Frauen gehört, die auf ›barbarische‹ Art den Beistand meiner Schwester suchten. Aber warum hatte sie mich dann vor Armiad gerettet? Warum hatte sie mich überhaupt aufsuchen wollen?

Ich hielt es für gerecht, Alisaard ein wenig in Schutz zu nehmen. »Ich muß Euch sagen, Madame, daß ich an derlei Beschwörungen gewöhnt bin.« Alisaard blickte erstaunt auf, und ich lächelte ihr zu. »Es ist nicht das erste Mal, daß ich über die Grenzen der Welt hinweg gerufen wurde. Was mich wundert, ist nur, warum ich den Ruf nach Sharadim vernommen habe.«

»Weil es nicht Sharadim ist, die wir suchten«, bemerkte Alisaard schlicht. »Ich muß zugeben, bis gestern noch hätte ich auf meiner Meinung beharrt, daß kein Mann über die geistige Verbindung zu den Alten verfügen könne, die nötig ist, wenn wir Erfolg haben wollen. Natürlich wußten wir von euch beiden. Wußten, daß ihr Zwillinge wart. Wir nahmen an, das Orakel hätte von Flamadin statt von Sharadim gesprochen.«

»Es gab zahlreiche hitzige Debatten über diese Angelegenheit«, sagte Lady Phalizaarn freundlich. »In eben diesem Zimmer.«

»Vorgestern nacht«, fuhr Alisaard fort, »versuchten wir noch einmal, Sharadim zu rufen. Wir glaubten, es gäbe keinen besseren Platz dafür als den Ort des Treffens. Mittlerweile waren wir uns der Macht bewußt, die uns durchströmte. Sie war stärker als je zuvor. Wir entzündeten unser Feuer, wir bildeten einen Kreis, wir konzentrierten uns. Und zum ersten Mal sahen wir das Gesicht der Person, die wir anriefen. Ihr könnt Euch sicherlich vorstellen, wessen Gesicht es war.«

»Ihr saht Prinz Flamadin«, sagte Lady Phalizaarn, wenig erfolgreich bemüht, den befriedigten Klang ihrer Stimme zu verdecken. »Und dann trat er euch noch in Fleisch und Blut gegenüber . . .«

»Wir dachten daran, daß Ihr Steuerfrau Danifel beauftragt hattet, an Prinz Flamadin heranzutreten, sollte er am Großen Treffen teilnehmen. Also gingen wir zu ihr und gaben zu, daß wir im Irrtum gewesen waren. Gemeinsam, wie Ihr sehen könnt, machten wir uns auf, Prinz Flamadin zu besuchen. Wir waren gezwungen, es heimlich zu tun, aufgrund der besonderen Gesetze des Großen Treffens, und wegen des Scheusals von Kapitän auf dem Schiff, wo Prinz Flamadin und sein Freund sich aufhielten. Zur Überraschung stellten wir bei unserem Eintreffen fest, daß Prinz Flamadin und Graf von Bek gerade einen Fluchtversuch unternahmen. Also standen wir ihnen bei.«

»Alisaard«, tadelte Lady Phalizaarn sanft. »Dachtet Ihr daran, Prinz Flamadin nach Gheestenheem einzuladen. Habt Ihr ihm die Wahl gelassen?«

»In der herrschenden Aufregung habe ich es vergessen, Gewählte Sprecherin. Ich entschuldige mich. Wir rechneten damit, verfolgt zu werden.«

»Verfolgt?«

»Von den blutdurstigen Feinden, vor denen Alisaard uns rettete«, warf von Bek rasch ein. »Wir verdanken Euch unser Leben, Madame. Und natürlich hätten wir Eure Einladung angenommen, wäre sie ausgesprochen worden.«

Lady Phalizaarn lächelte. Auch sie war offenbar bezaubert von der altväterlichen, deutschen Höflichkeit meines Freundes. »Ihr seid ein geborener Höfling, Graf von Bek. Oder besser vielleicht noch, der geborene Diplomat.«

»Ich würde letzteres vorziehen, Mylady. Wir von Beks hatten nie eine besondere Vorliebe für Monarchen. Ein Mitglied meiner Familie diente sogar in der französischen Nationalversammlung!«

Wieder waren seine Worte ohne Bedeutung. Ich konnte ihren Sinn verstehen, aber für die anderen mußten sie wie eine Fremdsprache klingen. Eines Tages würde von Bek lernen, wie ich es gelernt hatte, eine Unterhaltung zu führen, ohne dabei unsere Erde zu erwähren oder ihr 20. Jahrhundert.

»Ich habe immer noch keine Ahnung, was hier von mir erwartet wird«, sagte ich höflich. »Ich versichere Euch, Mylady, daß ich durchaus freiwillig hier bin, in Anbetracht der Feindseligkeit, die mir sonst überall entgegengebracht wird, aber ich muß offen zu Euch sein. Ich kann mich kaum an mein Dasein als Prinz Flamadin erinnern. Erst vor ein paar Tagen schlüpfte ich in diesen Körper. Wenn Prinz Flamadin über Wissen verfügt, das Ihr benötigt, werde ich Euch höchstwahrscheinlich enttäuschen müssen.«

Bei diesen Worten glitt ein Leuchten über Lady Phalizaarns Gesicht. »Ich bin sehr erleichtert, das zu hören, Prinz Flamadin. Die Genauigkeit unseres ›Orakels‹, wie Alisaard es beharrlich nennt, wird dadurch weiter bestätigt. Ihr aber werdet eine ausführliche Erklärung erhalten, sobald der Rat zusammentritt. Es ist nicht an mir, zu sprechen, ohne die entsprechenden Anweisungen erhalten zu haben.«

»Wann tritt der Rat zusammen?« erkundigte ich mich.

»Heute nachmittag. Es steht euch frei, unsere Hauptstadt zu besichtigen, wenn ihr wollt, oder auszuruhen. Wir haben hier Gemächer für euch freigemacht. Wenn ihr etwas an Kleidung oder Speisen benötigt, laßt es uns bitte wissen. Ich bin hoch erfreut, Euch hier zu sehen, Prinz Flamadin. Beinahe dachte ich, es würde zu spät sein!«

Mit dieser rätselhaften Bemerkung wurden wir entlassen. Alisaard führte uns zu den Zimmern, die für mich vorbereitet waren. »Mit Euch konnten wir nicht rechnen, Graf von Bek, also wird es etwas dauern, bis wir für Euch etwas hergerichtet haben. Inzwischen stehen Euch und Prinz Flamadin zwei aneinandergrenzende Räume zur Verfügung und ein Bett, groß genug selbst für einen Mann Eurer Größe, Graf.«

Ich öffnete eine Tür. »Genau das brauche ich jetzt am dringendsten«, bemerkte ich erfreut. Vor mir stand eine große Badewanne, die in das viktorianische Zeitalter gepaßt haben könnte, obwohl keine Rohrleitungen zu sehen waren. »Können wir auch heißes Wasser bekommen?«

Sie deutete auf etwas, das ich irrtümlich für eine Klingelschnur gehalten hatte. »Zweimal ziehen für Heiß«, erklärte sie. »Einmal für Kalt.«

»Wie wird das Wasser in das Bad geleitet?« wollte ich wissen.

»Durch die Rohre.« Sie zeigte auf einen merkwürdigen Stöpsel an einem Ende der Wanne. »Und dadurch wieder ab.« Sie sprach zu mir wie zu einem Barbaren, der erst mit den Annehmlichkeiten der Zivilisation vertraut gemacht werden mußte.

»Danke«, sagte ich. »Bestimmt werde ich bald gelernt haben, damit umzugehen.«

Die Seife, die sie mir reichte, war eine Art Scheuerpulver, aber im Wasser fühlte sie sich recht angenehm an. Der erste Schuß heißen Wassers brachte mich beinahe um. Auf diese schmerzhafte Art erfuhr ich, daß sie vergessen hatte, mir zu sagen, daß dreimal Ziehen eine brauchbare Mischung ergab . . .

Von Bek unterhielt sich mit Alisaard, während ich badete. Als er an der Reihe war, in die Wanne zu steigen, war sie gegangen. Er konnte nun von meinem neu erworbenen Wissen Gebrauch machen, was das Wasser betraf. Während er sich einseifte, plauderte er munter weiter. »Ich habe Alisaard gefragt, ob ihre Rasse ohne weiteres mit Menschen Nachkommen zeugen kann. Sie hält es für unwahrscheinlich, obwohl sie nur aus eigener Erfahrung sprechen kann. Anscheinend ist die Methode, die sie anwenden, ziemlich kompliziert. Sie sagte, daß ›sehr viel Alchemie‹ nötig wäre. Vermutlich benutzen sie Chemikalien, andere Mittel. Eine Art künstlicher Befruchtung, vielleicht?«

»Unglücklicherweise kenne ich mich in solchen Dingen überhaupt nicht aus. Aber die Alten verfügten immer über ein beträchtliches medizinisches Wissen. Mich beschäftigt eher die Frage, wodurch die Frauen von ihren Männern getrennt wurden, und ob diese Leute tatsächlich die Nachkommen derer sind, die ich gekannt habe. Oder vielleicht auch ihre Vorfahren.«

»Jetzt fällt es mir schwer, Ihnen zu folgen«, gab von Bek zu. Er fing an, einen populären Jazz-Song seiner Zeit zu pfeifen (ich, als John Daker, hatte ein paar Jahre später gelebt).

Unsere Zimmer waren ähnlich eingerichtet wie der Rest des Versammlungshauses, mit schweren Möbeln aus geschnitztem Hartholz, Gobelins und Teppichen. Über meinem Bett lag eine große Steppdecke, die anzufertigen, nach der kunstvollen Arbeit zu urteilen, fünfzig Jahre gedauert haben mußte. Auch hier standen überall Blumen, und die Fenster schauten auf einen Hof mit kiesbestreuten Wegen, grünem Rasen und einem Springbrunnen in der Mitte. Das alles bewirkte eine Atmosphäre erholsamer Ruhe. Ich hatte das Gefühl, mich ohne weiteres bei diesen Leuten niederlassen zu können. Aber ich wußte auch, es konnte nicht sein. Wieder verspürte ich einen Stich beinahe körperlicher Qual. Wie ich mich nach meiner Ermizhad sehnte!

»Nun«, bemerkte von Bek später, während er sich abtrocknete, »hätte ich nicht etwas Dringendes mit diesem Hitler abzumachen, wäre dieses Barobanay ein ausgezeichneter Ort für einen Urlaub. Meinen Sie nicht?«

»Ja, wahrhaftig«, erwiderte ich geistesabwesend. »Allerdings glaube ich, daß wir schon bald mehr als genug zu tun haben werden. Diese Frauen scheinen unsere Ankunft mit größter Ungeduld erwartet zu haben. Dabei kann ich noch immer nicht verstehen, warum Sharadim gerufen wurde und nicht ich. Hat Alisaard noch etwas darüber gesagt?«

»Eine Sache des Prinzips, denke ich. Sie wollte nicht wahrhaben, daß ein Mann aus dem Menschengeschlecht von irgendwelchem Nutzen sein könnte! Ich nehme an, dieses Vorurteil hat seinen Ursprung in ihren traurigen Erfahrungen auf anderem Gebiet. Und dann war da natürlich noch dieser Mord – oder wahrscheinlicher Mord.«

»Was? Der Mord, den ich angeblich begangen haben soll? Glaubt man hier jetzt auch, ich hätte versucht, meine Zwillingsschwester umzubringen?«

»Nein, nein, natürlich nicht.« Von Bek rubbelte über sein

Haar. »Waren Sie nicht dabei, als Alisaard es erwähnte? Offenbar ist Prinz Flamadin mit an Sicherheit grenzender Wahrscheinlichkeit tot. Die Geschichte, die Draachenheem verbreitet hat, ist eine Umkehrung der Wahrheit. Flamadin scheint auf Anweisung seiner Schwester Sharadim ermordet worden zu sein!« Von Bek fand das amüsant. Er lachte und schlug mir auf die Schulter. »Das Schicksal treibt seltsame Blüten, nicht wahr, mein Freund?«

»Oh, ja«, stimmte ich zu, während mein Herz wieder zu schlagen begann. »Seltsame Blüten, fürwahr . . .«

Kapitel zwei

»Gleich zu Anfang sollten wir Euch sagen«, begann Lady Phalizaarn und erhob sich von ihrem Platz zwischen den versammelten Frauen, »daß wir uns in ernster Gefahr befinden. Seit vielen Jahren versuchen wir, unser eigenes Volk, die Alten, zu finden, und uns wieder mit ihm zu vereinigen. Die Art und Weise, auf die wir unsere Rasse vor dem Aussterben bewahren, ist, wie Ihr Euch vorstellen könnt, alles andere als angenehm für uns. Zugegeben, die aufgekauften Männer werden gut behandelt und erhalten fast alle Privilegien unserer Gemeinschaft, aber die ganze Angelegenheit ist unnatürlich. Wir würden uns lieber durch die Vereinigung mit denen fortpflanzen, die eine Wahl in der Sache haben. In letzter Zeit haben wir mit einer Reihe von Experimenten begonnen, die bestimmt waren, unser Volk ausfindig zu machen. Wissen wir erst, wo wir suchen müssen, werden wir auch zu ihnen gelangen können. Wie auch immer, wir machten eine Anzahl unwahrscheinlicher Entdeckungen. Außerdem wurden wir gezwungen, Kompromisse zu schließen, und einige von uns haben einen falschen Weg eingeschlagen. Zum Beispiel weiß Eure Schwester Sharadim ein Gutteil mehr, als wir ihr verraten hätten, hätten wir über ihren wahren Charakter Bescheid gewußt.«

»Darüber müßt Ihr mir Genaueres sagen«, warf ich ein. Von Bek und ich saßen mit gekreuzten Beinen vor einer Reihe der

Frauen, von denen die meisten ungefähr gleichaltrig mit Phalizaarn waren, obwohl auch einige jüngere dazugehörten und ein oder zwei ältere. Alisaard war nicht anwesend. Auch sonst keine der Frauen, die uns von Armiads Schiff gerettet hatten.

»Das werden wir«, versicherte die Gewählte Sprecherin. Aber zuerst wollte sie uns kurz über die Geschichte ihres Volkes unterrichten; wie sie, als eine Handvoll Überlebender, von den zahlreichen Streitkräften barbarischer Menschen in immer neue Verstecke getrieben wurden. Endlich beschlossen sie, in ein anderes Reich zu flüchten, wohin die Mabden ihnen nicht folgen konnten. Dort konnten sie sich ein neues Leben aufbauen. Verschiedene Welten hatten sie bereits erkundet, doch wollten sie eine finden, wo es noch keine Menschen gab. Sie entdeckten das Mittel, um soch eine Welt zu erreichen. Frühere Forschungsreisende hatten zwei riesige Geschöpfe mit zurückgebracht, die den Forschern aus Neugier gefolgt waren. Man wußte bereits, daß diese Tiere die Fähigkeit besaßen, in ihre eigene Welt zurückzukehren – ein Tor zwischen den Dimensionen zu erschaffen. Die Alten planten, die Tiere freizulassen und ihnen dann zu folgen. Die Geschöpfe hegten keine feindseligen Gefühle den Alten gegenüber. Es bestand sogar eine Art gegenseitige Achtung, die schwer zu erklären ist. Die Alten fühlten, daß es ihnen nicht schwerfallen würde, auf derselben Welt zu leben wie die Tiere. So geschah es, daß eine Gruppe dem männlichen Tier durch das Tor folgte, das es erschuf. Die zweite Gruppe, bestehend aus Frauen, sollte etwas später nachkommen, sobald die Männer sich vergewissert hatten, daß nichts zu befürchten war. Also warteten sie, und als keine Nachricht von irgendwelchen Gefahren sie erreichte, sandten sie das weibliche Tier durch das Tor. Kaum hatten sie sich allerdings angeschickt, ihm zu folgen, als es plötzlich verschwand. Die Frauen empfingen noch den Eindruck eines Kampfes, den Eindruck, daß das Tier sie vor etwas warnen wollte, und dann fanden sie sich in dieser Welt wieder. Bald stellte sich heraus, daß die Gruppe der Männer hier nicht angekommen war. Irgendwie hatte das Tier, das sie in Sicherheit bringen sollte, entweder den Weg verloren oder war entführt worden.

»Das Tor hatte seine Position verändert. Das Multiversum gleicht dem Räderwerk einer Uhr. Ein Schwingen des Pendels, und man befindet sich in einer vollkommen anderen Welt, vielleicht eine Unendlichkeit entfernt von der, die man suchte. Eben das geschah mit uns. Bis vor kurzem hatten wir keine Ahnung, was mit dem Tier geschah, das uns führen sollte. Um zu überleben, sahen wir uns gezwungen, unsere Erfahrungen in der Alchemie anzuwenden, so daß wir mit Männern, die aus von Menschen bewohnten Dimensionen hierher eingewandert waren, Kinder zeugen konnten. Schließlich fanden wir heraus, daß es möglich war, solche Männer von verschiedenen Händlern der Sechs Reiche zu kaufen. Nur zum Großen Treffen besteht eine Verbindung zwischen allen Sechs Reichen. Aber auch zu anderen Zeiten ist es nicht schwierig, eines oder vielleicht zwei davon zu besuchen, wenn die Notwendigkeit besteht. In der Zwischenzeit haben wir uns Studien darüber gewidmet, wie das Multiversum eingerichtet ist, wie und wann bestimmte Reiche die Bahn anderer schneiden. Mit Hilfe unserer Spiritisten, eben jener, die mit Euch in Verbindung traten, konnten wir einige Male mit unseren Männern Kontakt aufnehmen. Es bestand kein Zweifel, daß wir, um zu ihnen zu gelangen, das Geschöpf finden mußten, das uns damals durch das Tor bringen sollte. Dann tauchte vor einigen Jahren ein weiteres schwerwiegendes Problem auf. Wir entdeckten, daß die Kräuter, die wir brauchen, um uns fortzupflanzen, immer seltener werden. Warum, wissen wir nicht. Vielleicht aufgrund einer Klimaveränderung. Wir können sehr ähnliche Pflanzen in unseren speziellen Gärten züchten, aber diese habe nicht genau dieselben Eigenschaften. Es werden kaum noch Kinder geboren. Bald schon überhaupt keine mehr. Unsere Rasse wird aussterben. Deshalb wurde unsere Suche nach Hilfe immer verzweifelter. Dann kam einer zu uns, der sagte, er wisse, wo unsere Führerin zu finden sei, aber daß nur ein Wesen im Universum fähig und vom Schicksal dazu bestimmt sei, sie aufzuspüren. Er nannte dieses Wesen den Ewigen Helden.«

Eine andere der Frauen ergriff das Wort. »Wir wußten nicht, ob es sich dabei um Mann oder Frau handelte, Mensch oder

Angehörigen unserer Rasse. Alles was wir hatten, war der Actorios. Der Stein.«

»Er sagte uns, mit Hilfe dieses Steins könnten wir Euch ausfindig machen«, fügte Phalizaarn hinzu. Sie nahm ihn aus einem Beutel an ihrem Gürtel und hielt ihn mir auf der flachen Hand entgegen. »Erkennt Ihr ihn?«

Etwas in mir kannte den Stein, aber ich besaß keine klare Erinnerung daran. Ich machte eine hilflose Handbewegung.

Phalizaarn lächelte. »Nun, er scheint Euch zu kennen.«

Das Juwel, ganz rauchige Dunkelheit, erfüllt von ruhelosen, namenlosen Farben, schien sich auf ihrer Handfläche zu regen. Ich verspürte ein überwältigendes Verlangen danach. Ich wollte es berühren und an mich nehmen, aber ich bezwang diese Regung.

»Es gehört Euch«, sagte eine Stimme hinter mir. Sowohl von Bek wie auch ich drehten uns um. »Es gehört Euch. Nehmt es.«

Nicht länger in Schwarz und Gold, sondern in fließendes Purpur gekleidet, blickte der schwarze Riese Sepiriz mit einer Art von belustigtem Mitleid auf mich herab. »Es wird immer Euch gehören, wo Ihr ihm auch begegnet«, erklärte er. »Nehmt es. Es wird Euch helfen. Hier hat es seinen Zweck erfüllt.«

Der Stein fühlte sich warm an. Wie lebendes Fleisch. Ein Schauer überlief mich, als ich ihn mit den Fingern umschloß. Ein Strom von Kraft schien mich zu durchfließen. »Ich danke euch.« Ich verneigte mich vor der Gewählten Sprecherin und vor Sepiriz. Den Stein schob ich in meine Gürteltasche. »Seid Ihr das Orakel, Sepiriz? Hüllt Ihr sie in ein Netz von Geheimnissen, wie Ihr es mit mir tut?« Ich vermochte nicht anders, als mit Zuneigung zu sprechen.

»Dieser Actorios wird eines Tages den Ring von Königen zieren«, sagte der Riese. »Und ihr werdet ihn tragen. Aber jetzt gilt es, ein dringlicheres Spiel zu spielen. Ein Spiel, John Daker, in dem Ihr wenigstens einen Teil dessen gewinnen könnt, was Ihr am meisten ersehnt.«

»Kein sehr konkretes Versprechen, Herr Ritter.«

Er widersprach nicht. »Nur in wenigen Dingen wage ich es, konkret zu sein. Das Gleichgewicht ist zur Zeit ungewöhnlich schön ausgeglichen. Ich möchte es nicht aus der Waage bringen. Nicht in diesem Stadium. Hat Mylady Phalizaarn Euch das verschwundene Geschöpf beschrieben?«

»Ich erinnere mich sehr deutlich an die Beschwörung«, erwiderte ich. »Es war ein geflügelter Drache. Ein weibliches Tier. Und es wird gefangengehalten, soweit ich verstanden habe. Sie schienen mich – oder Sharadim – herbeirufen zu wollen, um das Geschöpf zu befreien. Befindet es sich auf einer Welt, die nur ich betreten kann?«

»Nicht ganz. Es ist in einem Gegenstand gefangen, den nur Ihr berechtigt seid zu berühren . . .«

»Dieses verdammte Schwert!« Ich trat zurück und schüttelte heftig den Kopf. »Nein! Nein, Sepiriz, ich werde es nie wieder tragen! Das Schwarze Schwert ist böse. Mir gefällt nicht, was es aus mir macht.«

»Es handelt sich nicht um dasselbe Schwert«, sagte er ruhig. »Nicht in dieser Erscheinungsform. Manche behaupten, die Zwillingsklingen seien eins. Andere behaupten, sie hätten tausend Gestalten. Ich glaube nichts davon. Die Klinge wurde geschmiedet, um aufzunehmen, was wir eine Seele nennen würden – einen Geist, einen Dämon, wie immer man will – und es war ein unglücklicher Zufall, daß der Drache angezogen wurde, um das Vakuum in der Klinge auszufüllen.«

»Diese Drachen sind in jedem Fall Ungeheuer. Und die Klinge . . .«

»Die simplen Vorgänge von Zeit und Raum sind kaum von Bedeutung für die Kräfte, von denen ich spreche und die Euch nicht ganz unbekannt sein dürften«, unterbrach mich Sepiriz und hob die Hand. »Das Schwert war gerade erst geformt worden. Die es schufen, hatten ihre Arbeit noch nicht ganz beendet. Die Klinge, um es so auszudrücken, mußte noch auskühlen. Das gesamte Multiversum geriet in Bewegung, denn Ordnung und Chaos kämpften um den Besitz der Klinge und ihres Gegenstücks. Dimensionen wurden verzerrt, die Geschichte ganzer Welten innerhalb von Augenblicken verändert, die Naturgesetze gar außer Kraft gesetzt. Und just in diesem Moment versuchte der Drache – der weibliche Drache – die Grenzen zwischen den Reichen zu überwinden und in seine eigene Welt zurückzukehren. Ein Zufall, mit dem niemand gerechnet hatte. Als Folge dieser weitreichenden Umwälzungen wurde er in dem Schwert gefangen. Keine Beschwörung konnte ihn erlösen. Die Klinge war bestimmt, eine Seele zu haben. Nun, da sie eine besaß, konnte sie das, was in ihr war, nur unter gewissen schwerwiegenden Umständen freigeben. Die Klinge wurde geschaffen, um von Euch geführt zu werden, Held. Und nur Ihr könnt den Drachen erlösen. Das Schwert ist ein Gegenstand von großer Macht, auch ohne Euch. In den falschen Händen könnte es allem Schaden zufügen, was uns teuer ist, es vielleicht sogar für immer zerstören. Sharadim glaubt an das Schwert. Sie hörte die Stimmen, die nach ihr riefen. Sie stellte bestimmte Fragen und erhielt bestimmte Antworten. Jetzt möchte sie diesen Gegenstand der Macht besitzen. Ihr Plan ist es, über alle Sechs Reiche des Rades zu herrschen. Mit dem Drachenschwert könnte ihr das ohne weiteres gelingen.«

»Wie habt Ihr herausgefunden, daß sie Böses im Schilde führt?« fragte ich Sepiriz. »Bei den Bewohnern der Sechs Reiche – oder zumindest bei den meisten von ihnen – galt sie als ein Muster an Tugend.«

Lady Phalizaarn antwortete mir. »Das ist ganz einfach. Wir machten die Entdeckung erst kürzlich, nach einer Handelsreise nach Draachenheem. Wir kauften eine Gruppe von Männern, die allesamt zum Hofstaat gehört hatten. Viele von ihnen waren Adelige. Um sie zum Schweigen zu bringen, hatte Sharadim sie an uns verschachert. Nicht selten – da man glaubt, wir würden die Männer, die wir kaufen, verspeisen – betrachtet man uns als willkommenes Mittel, unerwünschte Leute loszuwerden. Einige dieser Männer waren Augenzeugen, wie Sharadim den Wein vergiftete, den sie Euch als Willkommenstrunk zur Rückkehr nach einer Eurer Abenteuerfahrten anbot. Einige der Höflinge brachte sie durch Bestechung auf ihre Seite. Die anderen ließ sie als Verräter, Anhänger Flamadins, gefangennehmen und an uns verkaufen.«

»Aus welchem Grund wollte sie mich vergiften?«

»Ihr hattet Euch geweigert, sie zu heiraten. Ihr hegtet einen tiefen Abscheu vor ihrer Verschlagenheit und Grausamkeit. Jahrelang hatte sie Euch ermutigt, auf Abenteuer auszuziehen.

Das entsprach Eurer Veranlagung, und sie versicherte Euch, das Reich sei bei ihr in guten Händen. Mit der Zeit allerdings wurde Euch bewußt, was sie tat, wie sie alles zersetzte, was Ihr für edel hieltet, um Draachenheem auf einen Krieg mit den anderen Reichen vorzubereiten. Ihr tatet einen Schwur, beim nächsten Großen Treffen alles aufzudecken. Inzwischen verstand sie etwas von dem, was die Frauen der Alten ihr gesagt hatten. Sie erkannte, daß man zwar ihren Namen rief, aber Euch meinte. Also hatte sie mehrere Gründe, Euch aus dem Weg zu räumen.«

»Wie kann es dann sein, daß ich jetzt hier bin?«

»Das ist verwirrend, gebe ich zu. Mehrere der Männer sahen Euch tot. Steif und blutleer, sagten sie.«

»Und was wurde aus meinem Leichnam?«

»Einige glauben, daß Sharadim ihn bei sich behalten hat. Daß sie die abscheulichsten Riten damit praktiziert . . .«

»Das läßt die Frage offen, wer ich bin«, meinte ich. »Wenn nicht Prinz Flamadin.«

»Aber Ihr *seid* Prinz Flamadin«, antwortete Sepiriz. »Alle sind sich darin einig. Es ist nur rätselhaft, wie Ihr entkommen . . .«

»Also ist es Euer Wunsch, daß ich nach diesem Schwert suche. Und was dann?«

»Es muß zum Ort des Treffens geschafft werden. Die Frauen der Alten werden wissen, was zu tun ist.«

»Wißt Ihr, wo das Schwert zu finden sein könnte?«

»Es gibt nur Gerüchte. Mehr als einmal hat es den Besitzer gewechselt. Die meisten derer, die versuchten, es für ihre eigenen Zwecke zu benutzen, sind auf recht unangenehme Art ums Leben gekommen.«

»Warum dann nicht Sharadim das Schwert finden lassen? Sobald sie tot ist, kann ich es Euch bringen . . .«

»Scherze waren nie Eure starke Seite, Held«, bemerkte Sepiriz bedauernd. »Sharadim könnte über Mittel verfügen, das Schwert zu beherrschen. Vielleicht hat sie einen Weg gefunden, sich gegen den besonderen Fluch der Waffe zu schützen. Sie ist weder dumm noch unwissend. Sie wird wissen, wie sie den größten Nutzen aus dem Schwert ziehen kann, wenn sie es erst gefunden hat. Ihre Handlanger sind bereits auf der Suche.«

»Dann weiß sie mehr als Ihr, Fürst Sepiriz?«

»Sie weiß etwas. Und das ist mehr als genug.«

»Soll ich versuchen, das Schwert vor ihr zu finden? Oder soll ich versuchen, sie aufzuhalten? Ihr habt nicht recht klar gemacht, was Ihr von mir erwartet.«

Sepiriz merkte, daß ich mich ihm widersetzte. Ich hatte nicht den Wunsch, je wieder den Blick auf eine Waffe wie das Schwarze Schwert zu richten, geschweige denn, sie in die Hand zu nehmen.

»Ich erwarte von Euch, daß Ihr Euer Schicksal erfüllt, Held.«

»Und ich weigere mich.«

»Für Ewigkeit auf Ewigkeit werdet Ihr nie auch nur einen Hauch von Freiheit genießen können. Euer Leiden wird furchtbarer sein als das derer, die Ihr mit Eurer Selbstsucht zu ewigem Schrecken verurteilt. Das Chaos hat seine Hand in diesem Spiel. Habt Ihr von dem Erzherzog Balarizaaf gehört? Er ist ein besonders ehrgeiziger Lord des Chaos. Sharadim verhandelt seit kurzem mit ihm, schlägt ihm ein Bündnis vor. Wenn das Chaos die Sechs Reiche in Besitz nimmt, bedeutet das grausige Zerstörung, entsetzliche Qualen für die eroberten Völker, seien es Alte oder Menschen. Sharadim verlangt es nur nach Macht, mit deren Hilfe sie all ihre perversen Launen befriedigen kann. Sie ist wie geschaffen als Werkzeug für den Erzherzog Balarizaaf. Und er, besser noch als sie, begreift die Bedeutung des Schwertes.«

»Also ist dies ein Kampf zwischen Ordnung und Chaos?« fragte ich. »Und ich bin diesmal ausersehen, auf der Seite der Ordnung zu fechten.«

»Es ist der Wille des Gleichgewichts«, antwortete Sepiriz, mit einem Ton ungewohnter Frömmigkeit in der Stimme.

»Nun ja, ich vertraue Euch mit ebensoviel Vergnügen, wie ich den anderen von Eurer Sorte traue«, meinte ich. »Was sollte ich auch sonst tun? Aber ich werde nichts unternehmen, bis Ihr mir versprecht, daß meine Taten zum Nutzen dieser Frauen sind, denn der Rasse der Alten fühle ich mich mehr verbunden als irgendeiner großen kosmischen Macht.«

»Das Versprechen kann ich Euch geben.« Sepiriz schien

von meiner letzten Bemerkung eher beeindruckt als verärgert zu sein.

»Dann werde ich mein Bestes tun, das Drachenschwert zu finden, und die darin Gefangene zu befreien«, versicherte ich.

»Darauf habe ich jetzt Euren Eid«, sagte Sepiriz zufrieden. Er schien sich eine gedankliche Notiz zu machen. Außerdem wirkte er einigermaßen erleichtert.

Von Bek trat vor. »Verzeiht die Unterbrechung, meine Herren, aber ich wäre äußerst dankbar, wenn mir jemand sagen könnte, ob auch ich irgendein vorbestimmtes Schicksal zu erfüllen habe, oder ob ich mich jetzt damit befassen kann, aus eigener Kraft einen Weg nach Hause zu finden?«

Sepiriz legte dem Grafen aus Sachsen eine Hand auf den Arm. »Mein junger Freund, was Euch betrifft, liegt die Sache viel klarer, und ich kann offen sprechen. Wenn Ihr an dieser Suche teilnehmt und dem Helden helft, sein Schicksal zu erfüllen, werdet Ihr, das verspreche ich, erreichen, was Ihr Euch am meisten wünscht.«

»Die Vernichtung Hitlers und seiner Nazis?«

»Ich schwöre es.«

Es fiel mir schwer, den Mund zu halten. Ich wußte ja schon, daß die Nazis besiegt worden waren. Aber dann fiel mir ein, daß sie vielleicht doch Erfolg haben konnten, daß von Bek und ich selbst für die Niederwerfung der Faschisten verantwortlich gewesen waren. Langsam fing ich an zu begreifen, warum Sepiriz gezwungen war, in Rätseln zu sprechen. Er besaß mehr als das Wissen um *eine* Zukunft. Er wußte um eine Million verschiedener Zukunftsmöglichkeiten, eine Million verschiedene Welten, eine Million verschiedene Zeitalter . . .

»Sehr schön«, sagte von Bek, »dann werde ich bei diesem Unternehmen mitmachen, wenigstens vorläufig.«

»Alisaard wird Euch ebenfalls begleiten«, meldete sich Lady Phalizaarn zu Wort. »Sie hat sich freiwillig gemeldet, da sie zu denen gehörte, die Sharadim zu viel offenbart haben. Und natürlich werdet Ihr die Männer mitnehmen.«

»Die Männer? Welche Männer?« Begriffsstutzig schaute ich mich um.

»Sharadims verbannte Höflinge«, erklärte sie.

»Warum sollte ich sie bei mir haben wollen?«

»Als Zeugen«, warf Sepiriz ein. »Das es Eure erste Aufgabe ist, nach Draachenheem zu gehen und Eurer Schwester mit Eurer Anklage und den Beweisen gegenüberzutreten. Gelingt es, sie ihrer Macht zu entheben, wird Eure Aufgabe um vieles leichter sein.«

»Ihr glaubt, das könnten wir zuwege bringen? Wir drei und eine Handvoll Männer?«

»Ihr habt keine Wahl«, ermahnte Sepiriz mich ernst. »Es ist die erste Hürde bei Eurer Suche nach dem Drachenschwert. Einen besseren Ansatzpunkt gibt es nicht. Indem Ihr Eurem dunklen Gegenstück, Sharadim, gegenübertretet, bestimmt Ihr das Muster für den weiteren Verlauf Eurer Aufgabe. Erinnert Euch, Held, wir formen Zeit und Materie nach unseren Taten. Das ist eine der wenigen Konstanten im Multiversum. Wir sind es, die den Dingen Logik aufzwingen, um unseres Überlebens willen. Sorgt dafür, daß es ein gutes Muster wird, und Ihr kommt einen Schritt weiter an das Schicksal heran, das Ihr am meisten ersehnt . . .«

»Schicksal!« Mein Grinsen war freudlos. Einen Augenblick lang bäumte sich alles in mir auf. Beinahe hätte ich mich umgedreht und die Halle verlassen und Sepiriz gesagt, er könne sich seine Aufgabe an den Hut stecken. Sie standen mir bis zum Hals, seine Geheimnisse und Schicksale.

Aber dann schaute ich in die Gesichter der Frauen, und ich sah, verborgen hinter ihrer Anmut und Würde, sowohl Schmerz wie Verzweiflung. Ich hielt inne. Dies war das Volk, dem beizustehen ich einst beschlossen hatte, sogar gegen meine eigene Rasse. Ich konnte es jetzt nicht im Stich lassen.

Wegen meiner Liebe zu Ermizhad, nicht wegen Sepiriz und all seiner Redegewandheit, würde ich mich auf den Weg nach Draachenheem machen und dort das Böse bekämpfen.

»Morgen früh«, versprach ich, »brechen wir auf.«

Kapitel drei

Wir waren zwölf in dem kleinen Boot, als es zwischen die Säulen aus Licht glitt und in den Tunnel zwischen den Welten gesogen wurde. Alisaard, wieder in ihrer Elfenbeinrüstung, hielt das Steuer, während wir anderen uns an die Reling klammerten und immer noch nicht recht begreifen konnten, wie es geschah. Die übrigen neun Bootsinsassen waren Adelige aus Draachenheem. Zwei davon waren Landesprinzen, Herrscher ganzer Völker, die in der Nacht entführt worden waren, als Flamadin angeblich starb. Vier andere waren gewählte Oberherren großer Städte, und drei hatten als Knappen am Hof gelebt und gesehen, wie das Gift verabreicht wurde. »Viele andere sind tot«, erzählte mir Landesprinz Ottro, ein älterer Mann mit narbigem Gesicht. »Aber sie konnte nicht alle umbringen, also wurden wir nach Gheestenheem verkauft. Denkt nur – wir werden die ersten sein, die von dort zurückkommen.«

»Wenn auch zur Geheimhaltung verpflichtet«, erinnerte ihn der junge Federit Shaus. »Wir schulden diesen Frauen mehr als nur unser Leben.«

Alle neun stimmten darin überein. Sie hatten einen Eid geleistet, nichts über die wahren Zustände in Gheestenheem zu verraten.

Das Boot flog durch das unheimliche Regenbogenlicht, und obwohl es hin und wieder ruckte oder krängte, als wäre es gegen ein Hindernis gestoßen, verringerte es keinen Augenblick lang seine Geschwindigkeit. Ganz unvermittelt schwammen wir wieder auf blauem Wasser zwischen zwei Lichtsäulen, und dann fuhr der Wind in unser Segel und stieß uns auf ein ganz gewöhnliches Meer hinaus, einen klaren Himmel über uns und eine gute starke Brise im Rücken.

Zwei der Draachenheemer beugten sich mit Alisaard über eine Karte, um ihr Aufschluß über unsere Position zu geben. Wir befanden uns auf direktem Kurs nach Valadeka, dem Land der Valadek, Heimat von Sharadim und Flamadin. Einige der Draachenheemer hatten in ihre eigenen Länder zurückkehren wollen, um dort ein Heer zu sammeln und gegen Sharadim zu marschieren, aber Sepiriz bestand darauf, daß wir uns geradewegs nach Valadeka begaben.

Jetzt kam eine Küste in Sicht. Wir sahen gewaltige schwarze Klippen, die sich scharf von dem blassen Himmel abhoben. Sie hatten große Ähnlichkeit mit den Klippen in meinen Träumen. Wir konnten Gischt ausmachen und Felsen und nur sehr wenige Stellen, die sich als Landeplatz eigneten.

»Darin liegt Valadekas größte Stärke«, erläuterte mir Madvad von Drane, ein schwarzhaariger Bursche mit dicken Augenbrauen. »Als Insel ist sie vom Meer her so gut wie unangreifbar. Die wenigen guten Häfen werden scharf bewacht.«

»Müssen wir einen davon anlaufen?« wollte von Bek wissen.

Madvad schüttelte den Kopf. »Wir kennen eine kleine Bucht, in der man bei günstigem Wasserstand ankern kann. Danach suchen wir jetzt.«

Es war beinahe Nacht, als wir auf den kalten Steinen eines schmalen Strandes landeten, umgeben von schwarzen Granitschroffen und überragt von den Ruinen einer alten Burg. Das Boot wurde in eine Höhle geschleift, und einer der Knappen, Ruberd von Hanzo, führte uns durch eine Reihe geheimer Öffnungen und eine vom Alter gezeichnete Treppe hinauf, bis wir zwischen den verwitterten Steinen der verlassenen Festung standen.

»Eine unserer edelsten Familien lebte einst hier«, sagte Ruberd. »Eure Vorfahren, Prinz Flamadin.« Er stockte, wie von plötzlicher Verlegenheit übermannt. »Oder sollte ich einfach sagen ›Prinz Flamadins Vorfahren‹. Ihr sagt, Ihr seid es nicht, mein Fürst, trotzdem würde ich immer noch jeden Eid schwören, in Euch den Erwählten Prinzen vor mir zu haben . . .«

Ich hatte keinen Sinn darin gesehen, diese aufrichtigen Leute zu täuschen. Also hatte ich ihnen soviel von der Wahrheit erzählt, wie ich glaubte, daß sie verkraften konnten.

»Es gibt ein Dorf in der Nähe, oder nicht?« fragte Ottro. »Wir sollten uns beeilen, hinzukommen. Ich könnte etwas zu essen und einen Krug Bier gebrauchen. Es hieß doch, daß wir über Nacht ausruhen und am Morgen zu Pferd weiterziehen?«

»Am frühen Morgen.« Ich erinnerte ihn freundlich an unseren Plan. »Wir müssen morgen mittag in Rhetalik sein, wenn

Sharadim, wie Ihr uns berichtet habt, sich zur Kaiserin krönen läßt.« Rhetalik war die Hauptstadt von Valadeka.

»Natürlich, junger Quasi-Prinz«, versicherte er mir. »Ich bin mir der Dringlichkeit wohl bewußt. Aber man denkt und handelt klüger, wenn man satt und ausgeruht ist.«

Alisaard und ich hüllten uns in Umhänge, damit wir nicht unnötig die Neugierde der Dörfler erregten, und dann gingen wir in den Ort, wo wir eine Taverne fanden, die groß genug war, uns allen Raum zu bieten. Der Wirt war sogar hocherfreut über diesen unerwarteten Verdienst. Wir führten eine ausreichende Menge von Münzen der hier gültigen Währung mit und gingen freigiebig damit um. Abendessen und Zimmer waren vom Feinsten, und am Morgen konnten wir unter den besten Pferden wählen. Dann machten wir uns wieder auf den Weg nach Rhetalik.

Wir müssen den Valadekern einen seltsamen Anblick geboten haben, ich selbst in der Lederkleidung eines Marsch-Jägers, von Bek in Hemd, Jacken und Hose, die im großen und ganzen den Sachen nachgearbeitet waren, in denen ich ihn zum erstenmal gesehen hatte (angefertigt von unseren Gastgeberinnen, die ihn auch noch mit Handschuhen, Stiefeln und einem breitkrempigen Hut ausgerüstet hatten), zwei Draachenheemern in ihrer vollständigen Tracht aus vielfarbiger Seide und Wolle, vier anderen in geliehener Elfenbeinrüstung, und dreien, die sich in eine bunte Mischung von Kleidungsstücken aus den Vorräten der Alten gewandet hatten. Ich ritt an der Spitze dieses merkwürdigen kleinen Trupps, von Bek an einer Seite, Alisaard zur anderen. Sie trug ihren Helm schon aus Gewohnheit. Die Alten vermieden es, Bewohnern anderer Reiche ihr Gesicht zu zeigen. Sie hatten für mich ein Banner angefertigt, das ich an der Lanze tragen konnte, aber jetzt war es noch zusammengerollt und verpackt. Außerdem achtete ich darauf, mir die Kapuze meines Umhangs über den Kopf zu ziehen, wenn wir mit anderen Reisenden zusammentrafen. Ich wollte nicht zu diesem Zeitpunkt schon erkannt werden.

Nach und nach verbreiterte sich der ungepflasterte Weg. Ein Stück weiter war er gepflastert, mit großen Steinplatten. Mehr und mehr Leute gesellten sich zu uns, die alle in derselben

Richtung unterwegs waren. Sie schienen in Feiertagsstimmung zu sein und stammten aus allen Bereichen des Lebens. Ich sah Männer und Frauen, die sich offenbar dem Klosterleben geweiht hatten, und andere, die ebenso offensichtlich dem Weltlichen zuneigten. Männer, Frauen, Kinder, alle in ihrem besten Staat, alle in bunt gemischten Farben. Diese Draachenheemer liebten leuchtende Karos und Flickenstoffe und fanden anscheinend nichts dabei, ein Dutzend verschiedene Farben auf einmal zu tragen. Ich fand ihren Geschmack ansprechend und fühlte mich allmählich wie eine graue Maus in meiner tristen Lederkleidung.

Bald wurde die Straße an beiden Seiten von großen, vergoldeten Statuen gesäumt, zum Teil einzelne Männer- und Frauengestalten, aber es gab auch ganze Figurengruppen und Standbilder aller möglichen Tierarten; allerdings herrschten die riesigen Echsen vor, die ich zum ersten Mal bei dem Großen Treffen zu Gesicht bekommen hatte. Diese Geschöpfe konnten freilich nicht sehr verbreitet sein; denn was wir auf der Straße an Last- und Reittieren zu sehen bekamen, waren hauptsächlich Pferde, Ochsen und Esel, obwohl hin und wieder ein großes, schweineähnliches Wesen auftauchte, auf dem man unter Verwendung eines plumpen Holzsattels sowohl reiten als auch Waren transportieren konnte.

»Seht!« sagte Landesprinz Ottro zu mir, nachdem er sein Pferd an meine Seite getrieben hatte. »Wie ich sagte, jetzt ist die beste Zeit, um unbemerkt nach Rhetalik hineinzugelangen.«

Die Stadt war umschlossen von sehr hohen Mauern aus warmem, rötlichem Sandstein, mit einer Krone großer, aus Felsbrocken zusammengefügter Spitzen, ähnlich den Zinnen einer mittelalterlichen Burg, aber von gänzlich anderer Form. Jede dieser Spitzen hatte ein Loch in der Mitte, und ich schätzte, daß man von dort aus recht bequem auf etwaige Feinde schießen konnte, ohne befürchten zu müssen, selbst getroffen zu werden. Die Stadt war für Kriegszeiten gebaut, obwohl Ottro mir versicherte, daß in Draachenheem seit vielen Jahren Frieden herrschte. Im Inneren bestand sie aus ähnlich stark befestigten Gebäuden, reichen Palästen, Verkaufsarkaden, Kanälen, Tempeln, Lagerhäusern und all den anderen vielfältigen Einrichtungen einer blühenden Handelsstadt.

Rhetalik glich in der Form einer flachen Schüssel. Sämtliche schmalen Straßen führten zu einem See hinab, der den Mittelpunkt der Stadt bildete. Dort, auf einer künstlichen Insel, erhob sich ein großer Palast aus luftigem Marmor, Quarz, Ton und Kalkstein; ein Palast, der im Sonnenlicht glitzerte und schimmerte, und ein Dutzend herrlicher Farben von den ragenden Obelisken am Ufer des Sees reflektierte. Von den zentralen Türmen des Palastes wehten hundert verschiedene Banner, jedes einzelne ein Kunstwerk. Eine gewölbte, schmale Brücke spannte sich über den Graben bis zu dem fein behauenen Mauerwerk der Torpfosten, die von Wächtern in einer vollendet nutzlosen Rüstung prachtvollster Machart gehütet wurden. Der barocke Effekt dieser Rüstung wurde noch erhöht durch die massigen Geschöpfe, die mit Sattel und Zaumzeug nicht nur ebenso prächtig aufgeputzt waren wie ihre Herren, sondern auch noch eine ähnlich steife Habachtstellung eingenommen hatten. Es waren die gewaltigen Reitechsen, die ich schon einmal gesehen hatte; die Drachen, nach denen diese Welt benannt worden war. Ottro hatte erzählt, wie zahlreich diese Geschöpfe in alten Zeiten gewesen waren, und wie sein Volk mit ihnen um den Besitz des Landes kämpfen mußte.

Wir brachten unsere Pferde neben einer Mauer zum Stehen, über die hinweg man See und Palast betrachten konnte. Überall um uns herum waren die Straßen mit Fahnen geschmückt, mit schillernden Wimpeln und kleinen Spiegeln, mit polierten Schilden und Tellern, so daß die ganze Stadt in silbernem Licht erstrahlte. Die Bewohner von Valadeka feierten die Krönung ihrer Kaiserin. Wo man sich hinwandte, waren Musik und Scharen jubelnder Männer und Frauen, die in den Tavernen und Gassen beim Trunk saßen.

»Unschuldig genug, diese Festlichkeiten«, meinte von Bek, der sich im Sattel vorbeugte, um seinen Rücken zu entlasten. Es war einige Jahre her, seit er zuletzt geritten war. »Kaum zu glauben, daß sie die Krönung einer Frau feiern, die aller Wahrscheinlichkeit nach die Personifikation des Bösen ist.«

»In der Verkleidung gedeiht das Böse am besten«, bemerkte Ottro grimmig. Seine Gefährten nickten zustimmend.

»Und die beste Verkleidung ist immer der Mantel der Schlichtheit«, fügte der Jüngling, Federik Schaus, hinzu. »Aufrichtige Vaterlandsliebe. Freudiger Idealismus . . .«

»Du bist ein Zyniker, Junge.« Von Bek lächelte ihm zu. »Aber leider stützen meine eigenen Erfahrungen deine Ansicht. Zeig mir einen Mann, der schreit ›Mein Land, Recht oder Unrecht‹ und ich zeige dir einen, der im Namen der Vaterlandsliebe frisch und frei sein eigenes Volk halb auszurotten imstande ist.«

»Ich hörte einst jemanden sagen, eine Nation sei lediglich eine Entschuldigung für ein Verbrechen«, warf Ottro ein. »In diesem Fall möchte ich dem zustimmen. Sie hat die Liebe und das Vertrauen ihres Volkes mißbraucht. Sie haben sie zur Kaiserin dieses ganzen Reiches gemacht, weil sie glauben, in ihr vereinten sich die besten Eigenschaften der menschlichen Natur. Jetzt besitzt sie außerdem noch die Sympathie ihrer Untertanen. Hat nicht ihr Bruder versucht, sie zu töten? Ist es nicht bewiesen, daß sie sich jahrelang bemüht hat, sein Ansehen aufrechtzuerhalten, die Leute in dem Glauben zu lassen, er sei edel und gut, wo er doch von Anfang an ein Musterbeispiel an Selbstsucht und Feigheit war?« Ottros Stimme klang bitter.

»Nun«, meinte ich, »da ihr Bruder vermutlich tot ist, und ihr seine Opfer seid« (das war die Geschichte, die man verbreitet hatte) »denkt nur, wie überglücklich sie sein wird, festzustellen, daß sie recht daran tat, ihm zu trauen!«

»Sie wird uns auf der Stelle ermorden. Da bin ich immer noch ganz sicher.« Von Bek glaubte nicht an unseren Plan.

»Ich bezweifle, daß selbst Sepiriz mit all seinen Intrigen und seiner Verschlagenheit uns in den sicheren Tod geschickt hätte«, hielt Alisaard ihm entgegen. »Wir müssen seinem Urteil vertrauen. Es beruht auf mehr Dingen, als uns bekannt ist.«

»Es gefällt mir aber gar nicht, mich wie eine Figur in seinem Schachspiel zu fühlen«, verkündete von Bek.

»Mir auch nicht.« Ich zuckte die Schultern. »Obwohl man denken sollte, ich hätte mich daran gewöhnt. Ich glaube immer noch, daß der Wille des Einzelnen mindestens so viel erreichen kann wie diese Allianz von Menschen und Göttern, die Sepiriz so oft erwähnt. Mir ist mehr als einmal in den Sinn gekommen, sie könnten so vertieft sein in ihr Spiel, ihre kosmische Politik, daß sie ihr ursprüngliches Ziel längst aus den Augen verloren haben.«

»Dann könnt Ihr nur wenig Respekt vor Göttern und Halbgöttern haben«, sagte Alisaard mit einer raschen Handbewegung zu ihrem Gesicht, als hätte sie vergessen, daß sie unter der Kapuze des Umhangs ihren Helm trug. »Ich muß gestehen, daß auch wir in Gheestenheem nicht viel von solchen Geschöpfen halten. Zu oft klingt das, was wir von ihnen hören, wie das Gezänk kleiner Jungen beim Spiel!«

»Leider«, entgegnete ihr von Bek, »streben diese kleinen Jungen verbissener nach Macht als die meisten von uns. Und sobald sie sie in Händen haben, können sie all jene vernichten, die bei ihren Spielen nicht mitmachen wollen.«

Alverid von Prucca schob sich den Umhang von den Schultern zurück. Er war schweigsamer als die übrigen. Sein Herrschaftsbereich lag fern im Westen, wo man den Leuten nachsagte, sie redeten wenig und dächten viel. »Sei dem, wie es wolle«, ermahnte er uns. »Wir sollten nicht länger zögern. Es ist bald Mittag. Erinnern wir uns noch alle an den Plan?«

»Er ist ja nicht kompliziert«, antwortete von Bek. Er hob die Zügel seines Pferdes. »Machen wir also weiter.«

Langsam bahnten wir uns durch die fröhliche Menge einen Weg zur Brücke. Auch das diesseitige Ende wurde von abgesessenen Echsenreitern bewacht, die grüßten, als wir herankamen.

»Wir sind die geladene Abordnung der Sechs Reiche«, sagte Alisaard. »Gekommen, um eurer neuen Kaiserin zu huldigen.«

Einer der Wächter runzelte die Stirn. »Geladen, Madame?«

»Geladen. Von eurer Prinzessin Sharadim. Sollen wir hier warten wie die Lumpensammler, oder den Dienstboteneingang benutzen? Ich hatte mit einem herzlicheren Empfang von einer Schwester gerechnet . . .«

Die Männer wechselten ratlose Blicke und ließen uns ziehen. Und weil die erste Wache uns hatte passieren lassen, wurden wir auch von keinem der folgenden Posten angehalten.

»Jetzt folgt mir«, sagte Ottro und ritt voraus. Er war vertraut mit dem Palast und dem Protokoll. Er spornte sein Pferd durch einen Torbogen aus massivem Granit, der mindestens fünf Meter weit und drei Meter dick war. Dem folgte ein schöner Innenhof mit Rasenflächen und Kieswegen. Ich schaute mich um. An allen Seiten ragten die hohen Mauern des Palastes auf, gekrönt von herrlichen, fast unwirklichen Spitzen. Trotzdem hatte ich das Gefühl, in eine Falle gegangen zu sein, aus der es kein Entrinnen gab.

Ein zweiter Torbogen, dann noch einer, bis wir einer Gruppe junger Männer in grün-brauner Livree begegneten, die Ottro erkannte. »Knappen«, rief er. »Nehmt unsere Pferde. Wir kommen verspätet zu der Zeremonie.«

Die Knappen beeilten sich, seinem Befehl zu gehorchen. Wir stiegen ab, und Ottro schritt jetzt, ohne zu zögern, durch eine Tür in offenbar private Gemächer, die allerdings unbewohnt waren. »Ich kannte die Dame, deren Zimmer dies sind«, sagte er erklärend. »Beeilt euch, meine Freunde. Bis jetzt ist das Glück mit uns gewesen.«

Er öffnete die Tür, und wir standen in einem kühlen Gang mit hoher Decke und weiteren farbenfrohen Wandbehängen, wie dieses Volk sie liebte. Ein paar Knaben in derselben grünbrauen Livree, eine junge Frau in einem weißen und roten Gewand und ein alter Mann in pelzverbrämtem Wolltuch betrachteten uns mit flüchtiger Neugier, als wir zielbewußt in Ottros Gefolge dahinmarschierten, um eine Ecke, eine zweite, eine marmorne Treppenflucht hinauf, bis zu einer schweren Holztür, die er vorsichtig öffnete. Nach einem prüfenden Blick winkte er uns, ihm zu folgen.

Dieses Zimmer war dunkel und verlassen. An allen Fenstern waren die Vorhänge zugezogen. Erstickender Weihrauchduft hing zwischen den Wänden. Große, dickblättrige Pflanzen machten sich üppig breit und verliehen dem Raum die Atmosphäre eines Gewächshauses. Es herrschte eine stickige Feuchtigkeit, die an die Tropen erinnerte.

»Was ist das für ein Zimmer?« fragte von Bek schaudernd. »Es paßt überhaupt nicht zu dem, was wir bisher vom Palast gesehen haben.«

»Es ist der Raum, in dem Prinz Flamadin starb«, antwortete einer der Knappen. »Auf der Ruhebank dort drüben.« Er deutete mit dem Finger. »Es ist das Böse, was Ihr riechen könnt, Herr.«

»Warum ist es denn so abgedunkelt?« wollte ich wissen.

»Weil man sagt, daß Prinzessin Sharadin immer noch Verbindung zu der Seele ihres toten Bruders unterhält . . .«

Jetzt überlief mich ein Frösteln. Meinten sie die Seele des Körpers, in dem ich mich befand?

»Ich habe gehört, daß sie den Leichnam in diesen Gemächern bewahrt«, meinte ein anderer. »Eingefroren. Unverwest. Genau so, wie er in dem Moment aussah, als er seinen letzten Atemzug tat.«

Ich wurde ungehalten. »Das sind doch nur Gerüchte.«

»Natürlich, Euer Hoheit«, pflichtete ein Knappe mir eilfertig bei. Dann runzelte er die Stirn. Ich fühlte mit ihm. Er war nicht der einzige, der ein vages Unbehagen empfand. Immerhin war ich in diesem Zimmer ermordet worden – oder zumindest etwas, das beinahe ich war, hatte hier den Tod gefunden. Ich hielt mir die Stirn. Einen Augenblick lang schienen mich die Sinne verlassen zu wollen.

Von Bek fing mich auf. »Langsam, Mann. Gott weiß, was das für Sie bedeutet. Für mich ist es schon schlimm genug.«

Mit seiner Hilfe gelang es mir, mich wieder zu fangen. Wir folgten Ottro durch die Gemächer, ein jedes so düster und bedrückend wie das vorige. Dann kamen wir zu einer Außentür, vor der Ottro stehenblieb.

Von der anderen Seite der Tür drangen Geräusch zu uns herein. Musik. Rufe. Jubel.

Ich kannte unseren Plan, aber dennoch fiel es mir schwer zu glauben, daß wir bereits so viel erreicht hatten. Mein Herz klopfte laut. Ich nickte Ottro zu.

Mit einer ruckartigen Bewegung zog der alte Mann die Riegel der Doppeltür zurück und stieß die beiden Flügel krachend auf.

Wir starrten auf ein Meer von Farben, Metall und Seide, Gesichtern, die sich, verblüfft über den Lärm, uns neugierig zuwandten.

Wir starrten in den großen, gewölbten Thronsaal der Valadek, auf Lanzen und Banner und Rüstungen und die verschiedensten Prachtgewänder, bei denen Rosarot und Weiß, Gold und Schwarz dominierten. Durch die großen Fenster an beiden Enden des Saales strömte breit gefächertes Sonnenlicht, das uns halb blendete.

Mosaiken, Gobelins und farbiges Glas kontrastierten wundervoll mit dem hellen, behauenen Mauerwerk der Halle und schienen so angeordnet, daß das Auge unwillkürlich zur Mitte des Raumes wanderte, wo sich von einem Thron aus blauem und smaragdgrünem Obsidian eine ungewöhnlich schöne Frau erhob. Ihr Blick traf den meinen in dem Moment, als ich die erste der Stufen erreichte, die zu dem Podium mit ihrem Thronsessel hinabführten.

Neben ihr standen Männer und Frauen in schweren Roben. Es waren die religiösen Würdenträger der Valadek, ebenfalls verheiratete Geschwister, wie es seit mehr als zweitausend Jahren bei uns Sitte war. Sie trug den uralten Mantel des Sieges. Er war seit Jahrhunderten keinem Angehörigen der Valadek mehr umgelegt worden. Wir hatten ihn niemals wieder tragen wollen, denn er war ein Kriegsmantel, ein Mantel, der Eroberung durch Waffengewalt verkündete. Sie hatte ihn mir angeboten, und ich hatte ihn zurückgewiesen.

In den Händen hielt sie das Halbe Schwert, die alte zerbrochene Klinge unserer barbarischen Vorfahren, mit der angeblich das letzte Mitglied der Sippe der Anishad getötet worden war, ein Mädchen von sechs Jahren. Mit diesem Mord begann die Herrschaft unserer Familie, bis zur Reform der Monarchie, die dazu führte, daß die Prinzen und Prinzessinnen vom Volk gewählt wurden. Sharadim und Flamadin waren gewählt worden. Man hatte uns gewählt, weil wir Zwillinge waren, und weil man das für ein gutes Omen hielt. Wir sollten heiraten und Segen über die ganze Nation bringen. Die Nation wußte allerdings nicht, wie sehr Sharadim auf diese Gelegenheit gewartet hatte. Ich erinnerte mich an unsere Streitgespräche. Ich erinnerte mich an ihre Verachtung für meine – in ihren Augen – Schwäche. Ich hatte sie daran gemahnt, daß wir gewählt waren, daß alle Macht, über die wir verfügten, ein Geschenk des Volkes war, daß wir

Parlamenten und Ratsversammlungen verantwortlich waren. Sie hatte darüber gelacht.

— *Seit dreieinhalb Jahrhunderten wartet unser Blut darauf, gerächt zu werden. Seit dreieinhalb Jahrhunderten fassen die Geister unserer Familie sich in Geduld, wissend, daß der Augenblick kommen muß, wissend, daß die Narren vergessen werden – wissend, daß jene hätten tun sollen, was wir den Anishads getan haben, nämlich jeden einzelnen Sproß der Familie ihrer rechtmäßigen Herrn, der Sardatrian Bharaleen, auslöschen. Wir sind von ihrem Blut, Flamadin. Unsere Familie ruft uns, unsere Pflicht zu erfüllen . . .*

»NEIN!«

Ihre Augen weiteten sich, als ich langsam begann, die Stufen hinabzuschreiten.

»Nein, Sharadim. So leicht wirst du dir diese Macht nicht aneignen können. Laß die Welt zumindest erfahren, durch welche schurkischen Taten du sie erlangt hast. Laß sie wissen, daß du Aufruhr, Entsetzen, blutige Qualen über dieses Reich bringen wirst. Laß sie wissen, daß du vorhast, dich mit den finstersten Kräften des Chaos zu verbünden, daß du erst dieses Reich erobern willst, um dich dann selbst zur Kaiserin aller Sechs Reiche des Rades zu erheben. Laß sie wissen, daß du sogar bereit bist, die Wälle niederzureißen, die uns vor den Schrecken der Alptraum-Marschen schützen. Laß diese große Versammlung wissen, Sharadim, Schwester, daß du nur Verachtung für sie empfindest, weil sie glaubten, unser Blut wäre ruhiger geworden, während es doch durch die erzwungene Ruhe zu um so größerer Wildheit entbrannt ist. Laß sie wissen, Sharadim, die du erst versuchtest, mich zu verführen und dann, mich zu morden, was du von ihrer naiven Begeisterung und ihrem guten Willen hältst. Laß sie wissen, daß du danach strebst, unsterblich zu werden, ein Mitglied im Pantheon des Chaos!«

Ich hatte auf die Wirkung gerechnet, die meine Worte in dieser riesigen Halle haben mußten. Meine Stimme dröhnte. Meine Worte waren Messer, deren jedes einzelne sein Ziel traf. Aber bis zu diesem Moment hatte ich nicht gewußt, was ich sagen würde.

Die Erinnerung hatte ganz plötzlich eingesetzt. Für kurze

Zeit hatte ich anscheinend über Flamadins Bewußtsein verfügt und über das, war er darin von Sharadims Worten bewahrte.

Ich hatte daran gedacht, Sharadim vor dem versammelten Adel ihres Reiches anzuklagen. Aber nicht eine Sekunde lang hatte ich auch nur vermutet, daß diese Anklage so treffend und genau ausfallen würde. Angefangen hatte es damit, daß ich Prinz Flamadins Körper in Besitz nahm. Jetzt hatte Prinz Flamadin mich in Besitz genommen.

»Berichte ihnen von all deinen Plänen, Schwester!« Ich stieg die nächsten Stufen hinab. Inzwischen watete ich durch aufgehäufte Rosen, rot und rosa, und ihr süßer Duft berauschte mich fast wie eine Droge. »Sag ihnen die Wahrheit!«

Sharadim schleuderte das Halbe Schwert beiseite, das sie eben noch wie einen Liebhaber gestreichelt hatte. Ihr Gesicht glühte vor Haß und gleichzeitig wie vor überschwenglicher Freude. Es sah aus, als hätte sie eine Bewunderung für ihren Bruder wiederentdeckt, die sie vor langer Zeit aufgegeben hatte.

Einige Rosenblätter schwebten träge in den breiten Lichtstrahlen, die durch das bunte Glas fielen. Ich blieb wieder stehen, die Hände in die Hüften gestützt, mein ganzer Körper eine einzige Herausforderung. »Sag es ihnen, Sharadim, Schwester!«

In ihrer Stimme, als sie endlich sprach, klang nicht eine Spur von Unsicherheit. Statt dessen schwang darin eine kalte und erbarmungslose Autorität. Und Verachtung.

»Prinz Flamadin ist tot, Herr. Tot. Und Ihr, Herr, seid ein unverschämter Betrüger!«

Kapitel vier

Ich hatte es mir bis jetzt aufgespart, mein Gesicht zu zeigen. Aus jedem Teil des Saales ertönte ein Murmeln des Wiedererkennens. Manch einer wich furchtsam zurück, als wäre ich ein Gespenst; andere drängten rasch vorn, um mich besser sehen zu können. Und aus der Menge um den Thronsitz lösten sich auf Sharadims Zeichen ein halbes Hundert Bewaffneter mit Hellebarden, die einen Ring um sie und den Thron bildeten.

Ich deutete hinter mich. »Und wenn ich ein Betrüger bin, was sind dann jene? Meine Fürsten und Fürstinnen, erkennt ihr nicht die, die noch vor kurzem zu euch gehörten?«

Ottro, Landesprinz von Waldana, stellte sich neben mich. Ihm folgten Madvad, Graf von Drane, Halmad, Landesprinz von Ruradani und all die anderen Adeligen und Knappen.

»Dies sind die Männer, die du in die Sklaverei verkauft hast, Sharadim. Du mußt dir doch jetzt wünschen, sie getötet zu haben, wie du die anderen ermorden ließest!«

»Schwarze Magie!« rief meine Zwillingsschwester. »Truggestalten des Chaos! Meine Soldaten werden sie zerstören, keine Angst.«

Aber jetzt drängten immer mehr der Anwesenden heran. Ein hochgewachsener Mann mit einer Krone aus gefärbten Muscheln hob die Hand. »Kein Blut darf hier vergossen werden. Ich kenne Ottro von Waldana, als wäre er ein Mitglied meiner Familie. Es wurde behauptet, Ottro, du seist ausgefahren, um neue Tore zu den anderen Reichen zu suchen. War es so?«

»Ich wurde gefangengenommen, Prinz Albret, als ich mich eben nach meinem eigenen Land einschiffen wollte. Eine Woche später wurde ich mit allen, die du hier siehst, als Sklave an die Geisterfrauen verkauft.«

Wieder ging eine Welle der Unruhe durch die Menge.

»Wir kauften diese Männer in gutem Glauben«, bestätigte Alisaard, die immer noch ihren Helm trug. »Aber als wir erfuhren, wie es ihnen ergangen war, beschlossen wir, sie freizugeben.«

»Das ist die erste erbärmliche Lüge«, rief Sharadim, die sich wieder auf ihrem Thron niedergelassen hatte. »Wann haben sich die Geisterfrauen darum gekümmert, woher ihre Sklaven stammten oder was ihnen zugestoßen war? Dies ist eine Verschwörung zwischen Aufständischen aus den Reihen des Adels und ausländischen Feinden, um mich in Mißkredit zu bringen und Draachenheem zu schwächen . . .«

»Aufständisch?« Prinz Ottro ging ein oder zwei Stufen hinab, bis er unter mir stand. »Vergebt, Madame, gegen wen sollten wir aufstehen? Eure Macht ist reine Formsache, oder nicht? Und wenn nicht, warum gebt Ihr diese Tatsache nicht bekannt?«

»Ich sprach von gewöhnlichem Verrat«, sagte sie. »An unserem ganzen Reich und all seinen Nationen. Sie alle dort sind nicht verschwunden, weil sie gefangengenommen wurden, sondern weil sie ein Bündnis mit den Gheestenheemern schließen wollten. Sie sind es, die unsere Traditionen abschaffen wollen. Sie verlangt es danach, über uns alle zu herrschen.« Sharadims Gesicht war eine Studie empörter Tugend. Ihre helle Haut schien von innen heraus zu glühen vor Aufrichtigkeit, und ihre blauen Augen hatten niemals unschuldsvoller geblickt. »Ich wurde auf den Vorschlag mehrerer Barone und Landesprinzen zur Kaiserin des Reiches gewählt. Wenn das Zersplitterung statt vermehrter Einigkeit über Draachenheem bringt, werde ich die Ehre natürlich zurückweisen . . .«

Ihren Worten folgte beträchtlicher Beifall und die Aufforderung an sie, uns einfach zu ignorieren.

»Diese Frau täuschte beinahe das gesamte Reich«, fuhr Ottro fort. »Sie wird uns in Zerstörung und schwarzes Elend stürzen, das weiß ich. Sie ist eine Meisterin der Lüge. Sehr ihr diesen Knaben?« Er zog Federit Schaus zu sich heran. »Er dürfte vielen bekannt sein. Ein Knappe im Dienst von Prinz Flamadin. Er sah Prinzessin Sharadim das Gift in den Wein schütten, mit dem sie plante, ihren Bruder zu ermorden. Er sah Prinz Flamadin zu Boden sinken . . .«

»Ich ermordete meinen Bruder?« Sharadim ließ erstaunte Blicke über die Reihen der Adeligen wandern. »Ermordete ihn? Das verwirrt mich. Behauptet ihr nicht, dies wäre Prinz Flamadin?«

»Ich bin es.«

»Und seid Ihr ermordet, Herr?«

Gelächter im Saal.

»Der Versuch schlug fehl, Madame.«

»Ich habe Prinz Flamadin nicht ermordet. Prinz Flamadin wurde in die Verbannung geschickt, weil er versuchte, mich zu töten. Alle Welt weiß darüber Bescheid. Jedes einzelne der

Sechs Reiche. Viele waren der Meinung, ich hätte ihn hinrichten lassen sollen. Man hielt mich für zu milde. Wenn das Prinz Flamadin ist, zurückgekehrt aus der Verbannung, dann hat er das Gesetz gebrochen und sollte in Haft genommen werden.«

»Prinzessin Sharadim«, sagte ich. »Ihr wart zu schnell bereit, mich einen Betrüger zu nennen. Eine glaubhafte Reaktion wäre gewesen, gleich anzunehmen, ich sei Euer zurückgekehrter Bruder . . .«

»Mein Bruder hatte seine Schwächen, Herr. Aber er war nicht verrückt!«

Das brachte ihr weiteres beifälliges Gelächter aus der Menge ein. Aber viele waren schwankend geworden.

»So geht das nicht«, verschaffte sich der alte Mann mit der Muschelkrone Gehör. »Als Erbmeister der Schriften muß ich in dieser Sache meine Autorität ausüben. Alles muß den Gesetzen entsprechend untersucht werden. Jeder soll Gelegenheit haben, sich zu äußern. Ein Tag wird genügen, denke ich, um jeden anzuhören. Und dann, wenn immer noch alles in Ordnung ist, kann mit der Krönung fortgefahren werden. Was sagt Ihr, Euer Majestät? Meine Fürsten und Edeldamen? Wenn die Angelegenheit zur allgemeinen Zufriedenheit geregelt werden soll, laßt uns eine Anhörung vornehmen. Heute nachmittag, in diesem Saal.«

Sharadim konnte sich nicht weigern, und was uns betraf, so entwickelten sich die Dinge besser, als wir zu hoffen gewagt hatten. Wir stimmten sofort zu.

Ich rief: »Sharadim, werdet Ihr mir eine Privataudienz gewähren? Ihr und drei ausgewählte Begleiter. Ich und drei von den meinen?«

Sie zögerte und warf einen Blick zu einer Seite der Halle, als hoffte sie, dort Rat zu finden. Dann nickte sie. »Im Vorzimmer, in einer halben Stunde«, sagte sie. »Aber Ihr könnt mich nicht überzeugen, Herr, daß Ihr mein Bruder seid. Ihr habt doch nicht geglaubt, ich würde Euch als von meinem Fleisch und Blut anerkennen?«

»Was bin ich dann, Madame? Ein Gespenst?«

Ich sah zu, als sie und ihre Wachen in einer schäumenden Woge aus Seide und blitzendem Metall die Halle verließen, während der Meister der Schriften uns ein Zeichen gab, ihm durch eine Seitentür in ein kühles Gemach zu folgen, das von einem einzigen großen, runden Fenster hoch in der Wand erhellt wurde. Sobald er die Tür geschlossen hatte, stieß er einen tiefen Seufzer aus. »Landesprinz Ottro, ich hatte gefürchtet, Ihr wäret ermordet worden. Und Ihr gleichfalls, Prinz Flamadin. Hier und da hat es äußerst beunruhigende Gerüchte gegeben. Was mich betrifft, so bestätigen mir Eure Worte, was ich schon lange von dieser Frau vermutete. Nicht einer der Edlen, die für ihre Krönung stimmten, ist von der Art, die ich freiwillig in mein Haus einladen würde. Ehrgeizige, selbstsüchtige, einfältige Burschen allesamt, die der Ansicht sind, mehr Ansehen und Macht verdient zu haben. Das muß es sein, was sie ihnen verspricht. Natürlich taten noch andere, durchaus unschuldige Leute es ihnen gleich, aus aufrichtigem, wenn auch fehlgeleitetem Idealismus. Sie betrachten sie als eine Art lebende Göttin, die Personifikation all ihrer edelsten Träume und Hoffnungen. Ihre Schönheit, nehme ich an, hat viel damit zu tun. Wie auch immer, es bedurfte nicht Eurer dramatischen Anklagen heute, um ich zu überzeugen, daß wir nur noch um Haaresbreite von einer Tyrannei entfernt sind. Schon jetzt spricht sie (wenn auch zuckersüß) von Neidern in den anderen Reichen, und wie wir uns besser schützen müßten . . .«

»Frauen werden von Männern immer unterschätzt«, bemerkte Alisaard nicht ohne einen Anflug von Selbstgefälligkeit, »und das befähigt sie oft, größere Macht zu erwerben, als die Männer ahnen. Das ist eine Tatsache, auf die ich bei meinem Studium der Historie wie auch bei Fahrten durch die verschiedenen Reiche immer wieder gestoßen bin.«

»Glaubt mir, Madame, ich unterschätze sie nicht«, antwortete der Meister der Schriften und bedeutete uns, an einem langen Tisch aus polierter Eiche Platz zu nehmen. »Ihr werdet Euch erinnern, Prinz Flamadin, daß ich Euch warnte, vorsichtiger zu sein. Aber Ihr wolltet nicht an die Intrigen Eurer Schwester glauben, an ihre Hinterlist. Sie behandelte Euch eher wie ein bevorzugtes Kind, einen wilden Sohn, denn als Bruder. Und das gab Euch die Möglichkeit, auf der Suche nach Abenteuern durch die Welt zu ziehen, während sie mehr und mehr

Verbündete um sich sammelte. Selbst dann hättet Ihr kaum den Grad ihrer Verderbtheit erkannt, hätte sie nicht die Geduld mit Euch verloren und Euch befohlen, sie zu heiraten, um ihre Stellung zu festigen. Sie nahm, an, Euch kontrollieren oder wenigstens vom Hof fernhalten zu können. Statt dessen habt Ihr Euch gegen sie gestellt. Gegen ihren Ehrgeiz, ihre Methode, ihre ureigene Philosophie. Sie versuchte, Euch zu überzeugen, soviel weiß ich. Was geschah dann?«

»Sie versuchte mich umzubringen.«

»Und ließ ausstreuen, Ihr wäret der verhinderte Mörder. Daß Ihr all unsere Ideale und Traditionen vernichten wolltet. Es ist beinahe so, als wäre sie eine Reinkarnation von Sheralinn, jener Königin der Valadek, die den Graben dort draußen mit dem Blut derer füllen ließ, die sie für ihre Feinde hielt. Vieles von dem, was heute von Euch gesagt wurde, hatte ich bereits erraten, aber ich wäre so schnell nicht auf den Gedanken gekommen, daß sie tatsächlich vorhatte, die Herrschaft Eurer Familie wieder aufzurichten. Und Ihr sagt, sie bemüht sich um die Unterstützung des Chaos? Seit dem Krieg der Zauberer, vor mehr als tausend Jahren, hat das Chaos keinen Einlaß mehr in die Sechs Reiche gefunden. Es ist gefangen in der Nabe des Rades, in den Alptraum-Zonen. Wir leisteten einen Eid, es niemals mehr freizulassen.«

»Wie ich gehört habe, steht sie bereits mit dem Erzherzog Balarizaaf vom Chaos in Verbindung. Sie braucht seine Hilfe bei der Verwirklichung ihrer ehrgeizigen Pläne.«

»Und was würde wohl ein Erzherzog als Preis verlangen, frage ich mich?« Der Meister der Schriften war jetzt noch mehr beunruhigt.

»Einen hohen, würde ich sagen«, meinte Landesprinz Ottro ruhig. Entschlossen verschränkte er die Arme vor der Brust.

»Gibt es solche Geschöpfe tatsächlich?« erkundigte sich von Bek. »Oder sprecht Ihr nur sinnbildlich?«

»Es gibt sie«, antwortete ihm der Meister der Schriften ernst. »Unzählige von ihnen. Sie streben nach der Herrschaft über das Multiversum und wollen sich, um dieses Ziel zu erreichen, Dummheit und Boshaftigkeit der Menschen zunutze machen. Die Lords der Ordnung andererseits versuchen den Idealismus der Menschheit gegen das Chaos einzusetzen und ihre eigenen Pläne voranzutreiben. Gleichzeitig versucht das Kosmische Gleichgewicht, sie beide in der Waage zu halten. Soviel ist bekannt bei denjenigen, die um die Existenz des Multiversums wissen und die, wenigstens in gewissem Ausmaß, zwischen den Reichen umherreisen.«

»Wißt Ihr von einer Legende um ein Schwert?« fragte von Bek. »Und ein Geschöpf, das darin gefangen sein soll?«

»Der Drache im Schwert. Ja, natürlich habe ich von dem Drachenschwert gehört. Es ist eine furchtbare Waffe. Vom Chaos geschmiedet, sagt man, um das Chaos zu vernichten. Die Lords des Chaos würden viel darum geben, es in ihren Besitz zu bringen . . .«

»Könnte das der Preis des Erzherzogs sein?« schlug von Bek vor.

Ich war beeindruckt, wie rasch er sich in die Logik fand, nach der wir zur Zeit lebten.

»Wahrhaftig«, sagte der Meister der Schriften mit vor Bestürzung weit geöffneten Augen. »Es wäre möglich!«

»Das ist der Grund, warum sie es haben will. Und weshalb sie so erfreut war, von uns darüber zu hören!« Alisaard ballte ihre elfenbeinerne Faust. »Oh, was für Närrinnen wir gewesen sind, ihr so viel zu verraten! Wir hätten uns gleich denken können, daß die Person, die wir suchten, nicht so viele Fragen gestellt haben würde.«

»Ihr habt so intensiv mit ihr Verbindung aufnehmen könnten?« Ich war überrascht.

»Wir sagten ihr alles, was wir wußten.«

»Und zweifellos hatte sie auch noch eigene Informationen, die sie den Euren hinzufügen konnte«, bemerkte Ottro. »Aber gewiß sucht Ihr das Drachenschwert nicht, um mit dem Chaos einen Handel abzuschließen?«

»Wir brauchen es, um uns mit dem Rest unseres Volkes in einer fernen Welt zu vereinen. Das Volk der Alten hat mit dem Chaos nichts zu tun.«

»Gibt es noch etwas, das ich wissen sollte?« fragte der Meister der Schriften. »Bei der Anhörung müssen wir beweisen, daß Sharadim böse Absichten hat. Gelingt das nicht, fällt die

Abstimmung zu unseren Ungunsten aus, müssen wir andere Wege ersinnen, sie aufzuhalten.«

»Sicherlich werden unsere Beweise den Hof überzeugen«, meinte Alisaard.

Von Bek sah sie an, als beneidete er sie um ihre Unschuld. »Ich bin erst vor kurzem aus einer Welt gekommen«, erklärte er, »deren Herrscher Meister darin sind, Lügen in Wahrheit zu verwandeln, und die Wahrheit wie die abscheulichste Lüge erscheinen zu lassen. Es geht ganz leicht. Wir können nicht erwarten, daß man uns glaubt, nur weil wir wissen, daß wir nicht lügen.«

»Das Problem ist«, fügte der Meister der Schriften hinzu, »daß so viele in Sharadim ein Vorbild sehen *wollen.* Oft kämpfen Menschen am erbittertsten um die Erhaltung einer Illusion. Und immer wieder wird man die zum Schweigen bringen, die diese Illusion gefährden.«

Wir sprachen noch weiter über die Angelegenheit, bis der Meister der Schriften uns darauf aufmerksam machte, daß es Zeit für unser Treffen mit Sharadim war. Alisaard, von Bek, Landesprinz Ottro und ich verließen das Zimmer und wurden durch die jetzt verlassene Halle geführt, immer noch bestreut mit Rosenblüten, eine kurze Treppenflucht hinauf in eine Reihe aneinandergrenzender Räume, von denen einige als eine Art Vogelhaus eingerichtet waren, und schließlich in ein rundes Zimmer, dessen Fenster auf Blumengärten und steife Hecken und Rasenflächen hinausschauten, den inneren Hof des Palastes. Hier erwartete uns Prinzessin Sharadim. Zu ihrer Rechten stand ein langgesichtiger Bursche, mit dünnem, ungepflegtem hellem Haar. Er trug einen Waffenrock in Orange, und Wams und Beinkleider in Gelb. Zu ihrer Linken lehnte ein massiges, untersetztes Stück Mensch an ihrem Stuhl, mit ewig unruhigen Augen und den langsam mahlenden Kiefern einer widerkäuenden Geiß; er war in einen malvenfarbenen Rock mit dunkelblauem Unterzeug gekleidet. Bei dem letzten handelte es sich um einen Jüngling von so dekadenter Erscheinung, daß ich kaum meinen Augen trauen mochte. Er war beinahe ein Zerrbild dieses Typus, mit dicken, feuchten Lippen, hängenden Augenlidern, bleicher, fleckiger, ungesunder Haut, zuckenden

Muskeln und Fingern, und rötlich gelocktem Haar. Sie stellten sich selbst vor, auf eine mürrische, herausfordernde Art. Der erste war Perichost von Risphert, Graf von Orrawh im fernen Westen; der nächste Neterpino Sloch, Befehlshaber der Befeel-Garde, und schließlich Fürst Pharl Asclett, Erbprinz von Skrenaw, besser bekannt als Pharl von der Harten Hand.

»Über euch weiß ich zur Genüge Bescheid, gute Herren«, bemerkte Ottro mit kaum verhehltem Abscheu, als er unsere Namen nannte. »Ihr kennt Prinz Flamadin. Dies ist sein Freund, Graf Ulrich von Bek. Und dies Alisaard, Legionskommandantin von Gheestenheem.«

Sharadim war während dieser Förmlichkeit immer ungeduldiger geworden. Jetzt erhob sie sich von ihrem Stuhl, schob ihre Kumpane beiseite, kam geradewegs auf mich zu und schaute mir ins Gesicht. »Ihr seid ein Betrüger. Hier könnt Ihr es zugeben. Ihr wißt genausogut wie die meisten derer, die mit Euch hierhergekommen sind, daß ich Prinz Flamadin ermordete. Stimmt, sein Körper ist nicht verwest und liegt in meinen Gewölben. Aber ich war erst vor kurzem bei seiner Leiche. Sie ist noch immer da! Ich erkenne Euch als den, den man den Helden nennt, den diese einfältigen Frauen zu beschwören versuchten, wobei sie irrtümlich auf meinen Namen verfielen. Und ich kann mir denken, was Ihr mit diesem Abstecher ins Schauspielerfach erreichen wollt . . .«

»Sie hoffen, das Schwert in ihren Besitz zu bringen, bevor wir es finden«, unterbrach Pharl und kratzte sich in der Handfläche. »Und ihren eigenen Handel mit dem Erzherzog abzuschließen.«

»Seid still, Prinz Pharl«, fuhr sie ihm verächtlich über den Mund. »Eure Vorstellungskraft ist so kümmerlich wie stets. Nicht jeder nährt denselben Ehrgeiz wie Ihr!« Ohne sein Erröten zu beachten, fuhr sie fort: »Entweder habt Ihr die Absicht, mich vom Thron zu stoßen und an meiner statt zu herrschen«, sagte sie, »oder Ihr wollt nur einfach meine Pläne vereiteln. Was? Dient ihr alle der Ordnung? Hat man Euch beauftragt, das Chaos und seine Verbündeten zu bekämpfen? Ich kenne ein wenig von Eurer Geschichte, Held. Ist das nicht Eure Aufgabe?«

»Ich lasse Euch Eure Vermutungen, Madame, aber Ihr könnt nicht erwarten, daß ich sie bestätige oder leugne. Ich bin nicht hier, um Euch zu noch mehr Macht zu verhelfen.«

»Ihr seid hier, um zu rauben, was ich habe, nicht?«

»Wenn Ihr von Euren Intrigen ablaßt, wenn Ihr Euch voll und ganz von den Vertretern des Chaos zurückzieht und wenn Ihr uns sagt, was Ihr über das Drachenschwert wißt, dann habt Ihr nichts mehr von mir zu befürchten. Wenn Ihr, wie ich vermute, meine Bedingungen ablehnt, dann werde ich Euch bekämpfen müssen, Prinzessin Sharadim. Und dieser Kampf würde beinahe sicher zu Eurem Untergang führen . . .«

»Oder dem Euren«, meinte sie gelassen.

»Ich kann nicht vernichtet werden.«

»Ich habe anderes gehört.« Sie lachte. »Diese Verkleidung, dieses Fleisch, in dem Ihr Euch bewegt, kann ohne weiteres vernichtet werden. Was Ihr bewundert, kann man zerstören. Was Ihr liebt, kann man auslöschen. Kommt schon, Held, es ist unser beider nicht würdig, mit Worten zu spielen, wenn wir genau wissen, mit wem wir es zu tun haben!«

»Ich habe Euch einen guten Handel angeboten, Madame.«

»Anderswo gibt es bessere.«

»Die Lords des Chaos sind verschlagen. Ihre Diener neigen dazu, auf die gräßlichste Art den Tod zu finden . . .« Ich hob die Schultern.

»Diener? Ich bin keine Dienerin des Chaos. Ich habe mich mit einer bestimmten Gruppe verbündet.«

»Balarizaaf«, sagte ich. »Er wird Euch hintergehen, Madame.«

»Oder ich ihn.« Ihr Lächeln war voller Stolz. In der Vergangenheit hatte ich viele wie sie gesehen. Sie hielt sich für schlauer, als sie war, weil andere es für nützlich hielten, ihr diese Einbildung zu belassen.

»Ich spreche im Ernst, Prinzessin Sharadim!« Meine Befürchtungen wären geringer gewesen, wenn sie sich als klüger herausgestellt hätte. »Ich bin nicht Euer Bruder, das stimmt. Aber etwas von Eures Bruders Seele ist mit der meinen vermischt. Ich weiß, daß Ihr nicht die Kraft habt, vor dem Chaos zu bestehen, wenn es sich gegen Euch wendet.«

»Es wird sich nicht gegen mich wenden, Held. Außerdem, mein Bruder wußte nur wenig über meine Verhandlungen mit dem Chaos. Diese Information habt Ihr von anderer Stelle!«

Das verwirrte mich. Wenn nicht aus den Erinnerungen ihres Bruders, dann mußte mein Wissen aus einer anderen Quelle stammen. Mir kam der Gedanke, daß ich in einer Art telepathischen Verbindung mit Prinzessin Sharadim stand. Deshalb hatte ich gewußt, was sie tun würde. Ich fand den Gedanken abstoßend.

Immerhin waren Flamadin und Sharadim Zwillinge gewesen. Ich lebte in einem Körper, der das genaue Gegenstück zu dem Flamadins war. Daher konnte es möglich sein, daß eine Gedankenverbindung bestand. Und wenn ja, dann wußte Sharadim über meine Geheimnisse so gut Bescheid, wie ich über die ihren.

Weiter beunruhigte mich noch das Wissen, daß ein Leichnam, der mir aufs Haar glich, in Sharadims Gewölben lag. Ich hätte nicht genau zu sagen vermocht, warum mich das so sehr störte, aber mir lief ein kalter Schauer über den Rücken. Gleichzeitig stand mir plötzlich ein Bild vor Augen: eine Mauer aus hellrotem Kristall, und in der Mauer ein Schwert, das grün und schwarz erglühte und dann wieder in Flammen zu stehen schien.

»Wie willst du den Kristall zerschmettern, Sharadim?« fragte ich. »Wie willst du das Schwert aus seinem Gefängnis reißen?«

Sie runzelte die Stirn. »Ihr wißt mehr, als ich dachte. Das ist doch unsinnig. Wir sollten Verbündete sein. Alle werden glauben, daß Prinz Flamadin wieder hergestellt ist. Wir werden heiraten. Das Volk von Draachenheem wird überglücklich sein. Was für Feste! Unsere Macht würde sich augenblicklich vervielfachen. Alles, was wir gewinnen, würde uns zu gleichen Teilen gehören!«

Ich wandte mich ab. »Da sind genau dieselben Vorschläge, die Ihr Eurem Bruder gemacht habt. Als er sich weigerte, mußte er sterben. Nun, da ich mich weigere, werdet Ihr mich töten, Sharadim? Auf der Stelle? Jetzt und hier?«

Sie spuckte mir ihre Antwort fast ins Gesicht. »Sekunde für Sekunde gewinne ich an Macht. Ihr werdet von dem Sturm verschlungen werden, den ich entfessele. Man wird Euch vergessen, Held, und alle, die mit Euch sind. Ich werde über die Sechs Reiche herrschen, und zusammen mit meinen ausgewählten Freunden werde ich jede meiner Launen befriedigen. Das ist es, worauf Ihr verzichtet – Unsterblichkeit und eine Ewigkeit der Freuden! Was Ihr gewählt habt, ist andauernde Qual und der sichere Tod.«

Sie war dumm, und wegen ihrer Dummheit außerordentlich gefährlich. Das war mir nur allzu klar. Ich fürchtete mich, so sehr, wie sie sich nur wünschen konnte, aber nicht wegen ihrer Drohungen. Wenn sie sich mit Balarizaaf verbündete, war gar nicht abzusehen, in welche Gefahr wir uns bei der Suche nach dem Schwert begaben. Und wenn ihre Plätze fehlschlugen, war sie meiner Einschätzung nach genau die Sorte Mensch, die alles mit sich reißt, wenn sie fällt. Mir wäre ein Gegner mit mehr Übersicht lieber gewesen.

»Nun«, sagte von Bek hinter mir. »Wir werden sehen, was bei der Anhörung herauskommt. Vielleicht trifft das Volk die richtige Entscheidung.«

Ein Ausdruck heimlicher Berechnung glitt über Sharadims Gesicht.

»Was habt Ihr getan, Madame?« rief Landesprinz Ottro. »Seid auf der Hut, Prinz Flamadin. Ich kann schändlichsten Verrat in ihren Augen lesen!«

Seine Worte veranlaßten Prinz Pharl von der Harten Hand zu einem seltsamen Kichern.

Dann klopfte es laut und unheilverkündend an die Tür des Zimmers, und eine Stimme rief: »Euer Majestät! Mylady! Eine Nachricht von höchster Dringlichkeit!«

Sharadim nickte, und Perichost, Graf von Orrawh, trat vor und schob den Riegel zurück.

Ein verängstigter Diener stand unter der Tür, eine Hand vor dem Gesicht. »Oh, Mylady. Ein Mord ist geschehen!«

»Mord?« Sie heuchelte entsetzte Bestürzung. »Mord, sagst du?«

»Allerdings, Madame. Der Meister der Schriften, seine Gattin und zwei junge Pagen. Im Silbernen Auditorium niedergemacht!«

Mit einem Ausdruck überschwenglicher Genugtuung in den Augen, wandte Sharadim sich an mich. »Nun, Herr, es scheint, daß Gewalt und Schrecken Euch begleiten, wo immer Ihr seid. Und wir werden davon nur heimgesucht, wenn Ihr – oder derjenige, dem Ihr gleicht – unter uns weilt!«

»Ihr habt ihn getötet!« rief Ottro. Seine Hand fuhr zur Hüfte, bevor ihm einfiel, daß er, wie auch wir anderen, unbewaffnet war. »Ihr habt diesen feinen alten Mann getötet!«

»Nun?« fragte Sharadim den Diener. »Weiß man, wer für die Verbrechen verantwortlich ist?«

»Man sagt, Federit Shaus und zwei andere seien es gewesen. Auf Befehl des Landesprinzen Halmad von Ruradani.«

»Was? Die Männer, die zu dieser Gruppe gehörten?«

»So wird gesagt, Madame.«

Ich war außer mir. »Das ist Euer Plan. Innerhalb einer Stunde habt Ihr noch mehr Blut vergossen, um Euer abscheuliches Lügengebäude aufrechtzuerhalten. Weder Shaus noch Halmad noch sonst einer von uns trugen Waffen!«

»Sage uns«, forderte Sharadim den Diener mit sanfter Stimme auf, »wie sind dieser gute Mann und seine Frau ums Leben gekommen?«

»Sie wurden mit den Zeremonienschwertern niedergestochen, die in dem Auditorium aufbewahrt werden«, berichtete der Diener, dessen Blicke verwirrt zwischen mir und meinen Freunden hin und her wanderten.

»Wir hatten keinen Grund, Prinz Albret zu ermorden«, brüllte Ottro in fassungsloser Entrüstung. »Ihr habt ihn töten lassen, um ihn zum Schweigen zu bringen. Um einen Grund zu haben, gegen uns vorzugehen. Laßt uns die Anhörung durchführen. Laßt uns unsere Beweise vorlegen!«

Sie sprach leise und triumphierend. »Es wird keine Anhörung geben. Jedermann hat jetzt erkannt, daß ihr als Meuchelmörder gekommen seid, aus keinem anderen Grund.«

In diesem Augenblick sprang von Bek auf Sharadim los und packte sie von hinten, einen Arm um ihren Hals gelegt.

»Was soll uns das nützen?« rief Alisaard, verwirrt von all

dieser Niedertracht. »Wenn wir Gewalt anwenden, stellen wir uns mit ihnen auf eine Stufe. Wenn wir sie bedrohen, setzen wir sie damit ins Recht.«

Von Bek machte keine Anstalten, seinen Griff zu lockern. »Ich versichere Euch, Lady Alisaard, daß meine Tat nicht unüberlegt war.« Als Sharadim sich zu wehren begann, zwang von Bek sie, stillzuhalten. »Ich habe genug Erfahrungen mit solchen Intrigen, um zu wissen, daß alles bereits geplant ist. Man wird uns keine unvoreingenommene Anhörung gewähren. Nur mit Glück wird es uns überhaupt gelingen, diesen Raum lebend zu verlassen. Was das unbeschadete Verlassen dieses Palastes betrifft, so sehe ich bereits ziemlich schwarz.«

Ihre drei Handlanger näherten sich zögernd von Bek. Ich trat zwischen sie und meinen Freund. In meinem Kopf herrschte Aufruhr. Ich empfing eine Reihe von Bildern, von Gefühlen, von denen ich wußte, daß sie nicht von mir ausgingen. Zweifellos stammten sie von der gefangenen Prinzessin. Ich sah wieder die Kristallmauer, den Eingang zu einer Höhle. Ich hörte einen Namen, der wie *Morandi Pag* klang. Bruchstückhafte Worte. Eines war vollständig – *Armiad* –, dann *Barganheem* . . .

Ottro stellte sich neben mich, dann Alisaard. Die drei Kerle machten einige unentschlossene Bewegungen in unsere Richtung, wagten sich aber nicht näher heran. Als ich sah, wie Neterpino Sloch eine Hand unter seinen Waffenrock schob, machte ich einen plötzlichen Satz und schlug ihm hart gegen das Kinn. Er fiel um wie ein betäubtes Schwein. Ich beugte mich über ihn, wo er sich stöhnend und wimmernd auf dem Boden wälzte. Unter seinem Rock kam ein mehr als zwanzig Zentimeter langer Dolch zum Vorschein, der zwischen die doppelte Knopfreihe seines Wamses geklemmt war. Ich nahm die Waffe an mich.

Anschließend untersuchte ich die beiden anderen. Sie schnitten zornige Gesichter und beschwerten sich, unterließen aber jede Gegenwehr. Ich fand noch zwei Messer.

»Was für nichtswürdige Gestalten ihr seid!« Einen Dolch reichte ich Ottro, den anderen von Bek. »Jetzt, Sharadim, werdet Ihr diesem bedauernswerten Diener auftragen, diejenigen unserer Freunde, die noch am Leben sind, hierherzubringen.«

Vor Wut kaum ihrer Stimme mächtig, tat sie, was ich verlangte. Von Bek hielt ihr die Messerspitze an die Seite, und lockerte dafür seinen Würgegriff.

Wenige Minuten später öffneten sich die Türen. Herein trat Federit Schaus, benommen und verängstigt, gefolgt von all den anderen, die uns nach Rhetalik begleitet hatten.

»Und jetzt sendet eine Nachricht an die Wachen, daß sie im Ostflügel des Palastes suchen sollen«, befahl ich. Purpurrot im Gesicht gehorchte sie.

Zu meinen Gefährten sagte ich: »Ihr müßt in den Hof zurückgehen und anordnen, daß unsere Pferde sofort gesattelt werden. Gebt vor, flüchtende Meuchelmörder verfolgen zu wollen. Dann wartet auf uns, oder, wenn ihr es für besser haltet, reitet, wohin ihr euch sicher fühlt. Versucht, euer eigenes Volk von Sharadims üblen Machenschaften zu überzeugen. Auf ihren Befehl wurden Prinz Albret und seine Gattin ermordet, um ihn zum Schweigen zu bringen und ein Verbrechen parat zu haben, dessen sie uns beschuldigen kann. Armeen müssen gegen sie aufgestellt werden. Einige von euch müssen Erfolg haben. Unterrichtet eure Untertanen von ihren Plänen. Erhebt euch gegen sie. Reitet fort von hier, wenn ihr es wollt. Wir werden euch binnen kurzem folgen.«

»Geht«, pflichtete Prinz Ottro mir bei. »Er hat recht. Es gibt keinen anderen Weg. Ich werde bei ihnen bleiben. Betet, daß wenigstens einige von uns erfolgreich sind.«

Nachdem sie verschwunden waren, schaute Prinz Ottro mich fragend an. »Aber wie lange können wir die gesammelte Streitmacht der Valadek zurückhalten? Ich stimme dafür, sie jetzt gleich zu töten.«

Sie stöhnte laut und versuchte sich loszureißen, spürte aber die Messerspitze an den Rippen und überlegte es sich anders.

»Nein«, sagte Alisaard. »Wir können nicht dieselben Methoden anwenden wie sie. Es gibt keine Rechtfertigung für kaltblütigen Mord.«

»Stimmt«, gab ich ihr recht. »Indem wir handeln, wie sie

handeln würden, werden wir ihnen gleich. Und wenn wir nicht besser sind als sie, dann hat es wenig Sinn, daß wir uns gegen sie stellen!«

Ottro zog die Brauen zusammen. »Ein hübscher Gesichtspunkt, aber ich glaube kaum, daß wir für solche Feinheiten Zeit haben. Nicht ganz eine Stunde, und wir sind tot, wenn wir nicht bald handeln.«

»Es geht gar nicht anders«, sagte ich. »Wir müssen sie als Geisel benutzen. Wir haben keine Wahl.«

Sharadim drängte sich gegen von Bek, um dem Messer zu entkommen. »Ihr würdet mich besser jetzt gleich töten«, stieß sie hervor. »Denn sonst werde ich euch durch alle Sechs Reiche hetzen, und wenn ich euch habe, werde ich . . .« Womit sie sich in Erklärungen erging, bei denen ich fröstelte. Alisaard sah aus, als müßte sie sich gleich übergeben, und Prinz Ottros Gesicht färbte sich so weiß, wie die Rüstung der Geisterfrauen. Nur von Bek schien unbewegt. Schließlich hatte er als Insasse von Hitlers Lagern das meiste von dem, was sie uns androhte, schon mit ansehen dürfen.

Ich traf eine Entscheidung. »Also gut«, sagte ich, »wir werden Euch vielleicht töten, Prinzessin Sharadim. Mag sein, das ist der einzige Weg, um sicherzustellen, daß die Sechs Reiche nicht unter die Herrschaft des Chaos fallen. Und ich glaube, wir könnten bei Eurer Ermordung ebensoviel Phantasie entwikkeln, wir Ihr sie eben bewiesen habt.«

Sie warf mir einen durchdringenden Blick zu, ungewiß, ob ich die Wahrheit sagte. Ich lachte ihr ins Gesicht. »Oh, Madame«, belehrte ich sie, »Ihr könnt Euch gar nicht vorstellen, wieviel Blut schon an meinen Händen klebt. Ihr habt nicht einmal die Spur einer Ahnung, welche Schrecken ich geschaut habe.« Und ich öffnete ihr mein Bewußtsein. Ich überließ ihr etwas von meinen Erinnerungen, meinen ewigen Schlachten, meinen Qualen aus der Zeit, als ich unter dem Namen Erekose die Armeen der Alten zur völligen Vernichtung der menschlichen Rasse führte.

Und Sharadim schrie. Sie brach zusammen.

»Sie ist ohnmächtig«, stellte von Bek verblüfft fest.

»Jetzt können wir gehen«, sagte ich.

Kapitel fünf

Eile und Entschlossenheit waren unsere einzigen Verbündeten. Sharadims Handlanger ließen wir gefesselt und geknebelt in einer großen Truhe zurück, die besinnungslose Prinzessin nahmen wir mit. Ich hielt sie in den Armen wie eine Geliebte. Jedesmal, wenn wir auf einen Wachtposten trafen, riefen wir ihm zu, sie sei krank und würde von uns auf schnellstem Wege in den Hospitalflügel des Palastes gebracht. Und sehr bald waren wir wieder in dem Schloßhof angelangt und liefen zu unseren Pferden.

Sharadim wurde in einen Umhang gewickelt und über Prinz Ottros Sattel geworfen. Innerhalb von Minuten hatten wir die Brücke hinter uns gelassen und galoppierten durch die Stadt. Noch wurden wir nicht verfolgt. Zweifellos beherrschte den Palast die Erschütterung über den Mord an dem Meister der Schriften, und die Entführung der Prinzessin war noch gar nicht bemerkt worden.

Durch die Stadt ging es hindurch, und jetzt begann die Prinzessin zu erwachen. Ich hörte ihre gedämpften Proteste. Wir achteten nicht darauf.

Und dann hatten wir endlich wieder die offene Straße erreicht und waren unterwegs zu der Stelle, wo wir unser Boot versteckt hatten. Immer wieder warfen wir einen Blick über die Schulter, aber niemand kam uns nach. Von Bek grinste. »Ich hatte geglaubt, wir wären so gut wie tot. Erfahrung hat irgendwie ihr Gutes.«

»Und rasches Denken, um sie nutzen zu können«, fügte ich hinzu. Auch ich war überrascht, daß es uns gelungen war zu fliehen, bevor Geschrei und Tumult ausbrachen. Abgesehen von dem Mord an Prinz Albret, kam uns zugute, daß der gesamte Palast für eine friedliche Feier gerüstet gewesen war. Ganz gewöhnliche Wächter standen mehr der Form halber auf Posten. Scharen von Fremden kamen und gingen. Inzwischen würde man Neterpino Sloch, Graf Perichost und Prinz Pharl entdeckt haben, und damit beschäftigt sein, herauszufinden, was mit der Prinzessin geschehen war. Dieses Volk schien über keine Einrichtungen für die Weiterleitung von Signalen über größere Entfernungen zu verfügen. Wenn es uns gelang, rechtzeitig das Boot zu erreichen, hatten wir jetzt jede Chance, Valadeka unbehelligt zu verlassen.

»Aber was ist mit unserer Gefangenen?« fragte Prinz Ottro. »Was machen wir mit ihr? Sie mitnehmen?«

»Sie würde eine höchst unwillkommene Bürde abgeben«, sagte ich.

»Dann nehme ich an, daß wir sie töten müssen«, meinte Ottro, »wenn sie keinen Nutzen für uns hat. Und wenn wir dieses Reich vor dem Chaos retten wollen.«

Alisaard murmelte eine Einwendung. Ich sagte gar nichts. Ich wußte, daß Sharadim wieder bei Besinnung war und unsere Unterhaltung verfolgen konnte. Ich wußte auch, daß ich sie genug erschreckt hatte – wenn auch wohl nur für den Moment –, um sie noch ein bißchen weiter aushorchen zu können.

Zwei Stunden später hatten wir unsere Pferde auf einer Wiese freigelassen, und stiegen die Klippen hinab zu unserem Boot. Sharadim lag über von Beks Schulter. Ottro führte. Endlich standen wir auf dem steinigen Uferstreifen. Der Himmel war jetzt grau, und der ganze Strand wirkte tot. Selbst der Ozean hatte jeden Anschein von Lebendigkeit verloren.

»Wir könnten die Leiche mitnehmen«, schlug Ottro vor, »und sie ins Meer werfen. Damit wären wir sie für immer und ewig los. Der Adel würde die Scherben bald genug aufsammeln.«

»Oder würde man versuchen, meinen Tod zu rächen, frage ich mich?« Sharadim stand aufrecht und schüttelte ihr herrliches goldenes Haar. Ihre Augen glichen blauem Feuerstein. »Ihr könntet unser Land in einen Bürgerkrieg stürzen, Prinz Ottro. Sollte es das sein, was Ihr erreichen wollt? Ich verspreche Einigkeit.«

Er wandte ihr den Rücken zu, um den Mast loszubinden und in der Bootsmitte aufzurichten.

»Warum seid Ihr nicht selbst nach Barganheem gegangen und habt versucht, Euch das Schwert zu holen?« fragte ich sie. Ich wollte sie täuschen. Mein Wissen beschränkte sich auf die paar Worte aus ihrem Bewußtsein.

»Ihr wißt so gut wie ich, warum das eine Dummheit wäre«, antwortete sie. »Ich kann an der Spitze einer Armee in Barganheem einmarschieren, und mir nehmen, was ich haben will.«

»Würde Morandi Pag nicht Einspruch erheben?«

»Und wenn er das täte?«

»Und Armiad?«

Sie runzelte ihre makellosen Brauen. »Dieser Barbar? Dieser Wichtigtuer? Er wird tun, was man ihm sagt. Wäre er ein paar Stunden vor dem Treffen zu uns gekommen, hätten wir die Sache gleich ein- für allemal bereinigen können. Aber wir wußten nicht, wo Ihr zu finden sein würdet.«

»Ihr habt auf dem Treffen nach mir gesucht?«

»Prinz Pharl war dort. Er machte Armiad das Angebot, euch beide zu kaufen, tot oder lebend. Der Handel wäre geglückt, hätten die Geisterfrauen Euch nicht eher gefunden. Armiad ist ein erbärmlicher Bundesgenosse, aber bis jetzt mein einziger in Maaschanheem.«

Jetzt erkannte ich, daß ihre Pläne schon über die Grenzen ihres Reiches hinausgewachsen waren. Sie sammelte Verbündete, wo sie sie kriegen konnte. Und Armiad natürlich, mit seinem Haß auf mich, war mit Freuden bereit, ihr zu Diensten zu sein. Außerdem hatte ich erfahren, daß das Drachenschwert sich aller Voraussicht nach in Baganheem befand, daß jemand namens Morandi Pag den genauen Ort kannte oder sein Beschützer war und daß Sharadin ihn für mächtig genug hielt, um nur im Schutz einer Armee gegen ihn vorzugehen.

Federit Shaus, Alisaard und Prinz Halmad hatten inzwischen das Boot fertig gemacht und trafen Anstalten, es ins Wasser zu schieben. Prinz Ottro zog den langen Dolch, den ich Neterpino Sloch abgenommen hatte. »Soll ich es tun? Wir müssen es hinter uns bringen.«

»Wir können sie nicht ermorden«, wandte ich ein. »In einem Punkt hat sie recht. Wir könnten damit einen Bürgerkrieg heraufbeschwören. Wenn wir sie hier zurücklassen, wird so mancher begreifen, daß wir nicht die Mörder sind, als die sie uns hinstellt.«

»Ein Bürgerkrieg ist jetzt ohnehin unvermeidbar«, bemerkte Prinz Ottro gefühlvoll. »Mehr als ein Land wird sich weigern, sie als Kaiserin anzuerkennen.«

»Aber viele andere werden sie akzeptieren. Unsere Taten sollten Zeugnis ablegen von unserer Menschlichkeit und Aufrichtigkeit.«

Prinz Halmad und Alisaard stellten sich nachdrücklich auf meine Seite.

»Soll sie nach dem Gesetz gerichtet werden«, sagte Alisaard. »Ich für meine Person werde mich nicht mit ihr auf eine Stufe stellen. Flamadin hat recht. Viele werden sie mit anderen Augen betrachten. Vielleicht besteht ihr eigenes Volk darauf, sie vor Gericht zu stellen . . .«

»Letzteres bezweifle ich«, warf von Bek nüchtern ein. »Oder anders ausgedrückt, jene, die auf einer Anhörung bestehen, wird man bald genug zum Schweigen gebracht haben. Der Aufstieg von Tyrannen läuft nach immer dem gleichen, eintönigen Muster ab, welcher wahrscheinlich das Gesamtmuster menschlicher Dummheit widerspiegelt. Mag das auch niederschmetternd sein, wir müssen es hinnehmen.«

»Nun, man wird ihr jetzt Widerstand leisten«, schloß Ottro zufrieden. »Kommt, setzen wir Segel nach Waldana. Dort wenigstens wird man mir glauben.«

Sharadim lachte uns aus, als wir vom Ufer abstießen. Ihr wunderbares Haar flatterte im Wind, und sie zog den Umhang fest um ihren Körper. Ich stand am Heck, schaute zu ihr zurück, starrte ihr in die Augen, vielleicht getrieben von dem Wunsch, sie dazu zu bringen, von ihrem bösen Tun abzulassen. Aber sie lachte um so lauter. Ich konnte es noch hören, als das Boot die Landzunge umrundete und sie unseren Blicken entzogen wurde.

Einige große Schoner müssen uns verfolgt haben. Wir entdeckten sie am zweiten Tag, aber glücklicherweise sahen sie uns nicht. Zu dieser Zeit befanden wir uns schon nahe der Küste von Waldana. Wir setzten Ottro und die anderen bei Nacht in einem kleinen Fischerhafen an Land. Der Prinz grüßte uns. »Ich gehe, um mein Volk aufzurütteln. Wir zumindest werden Prinzessin Sharadim die Stirn bieten.«

Wir hatten keine Zeit für eine Rast.

»Nach Norden«, sagte Alisaard. Sie trug eine Art Kompaß an einem Band um den Hals. »Aber schnell. Am Morgen wird es verschwunden sein.«

Wir segelten nach Norden, während der schwarze Ozean unter unserem Kiel sich langsam silbergrau verfärbte, und dann entdeckten wir am Horizont das Tor. Bereits jetzt schien es zu verblassen. Geübt wendete Alisaard das Segel, um die ganze Kraft des Windes einzufangen. Das Boot schoß vorwärts. Von Bek und ich fühlten uns neu belebt. Begierig starrten wir auf die hohen Säulen aus weichem Licht, das von einer unsichtbaren Quelle aus zu einem unsichtbaren Ziel hinabströmte.

»Ich muß das Wagnis eingehen, es unmittelbar anzusteuern«, rief Alisaard. »Es dauert nur noch Sekunden, bis das Tor sich schließt.« Und damit lenkte sie unser kleines Boot zwischen zwei der Säulen, die so eng zusammengerückt waren, daß ich sicher glaubte, sie würden uns zermalmen. Der gesamte Tempel aus Licht war im Schrumpfen begriffen, die Säulen gerieten in Bewegung und formten einen einzigen schwachen Sonnenstrahl.

Aber wir waren durch, und obwohl dieser Tunnel beträchtlich schmaler war als der letzte, wußten wir uns in Sicherheit. Einen Augenblick lang war uns Erholung in ruhigem Wasser vergönnt, dann neigte sich das Boot und raste mit atemberaubender Geschwindigkeit den Tunnel entlang.

»Man lehrt uns Ort und Zeit des Auftauchens der Tore zwischen den Reichen«, erklärte Alisaard. »Wir haben Karten und Berechnungen. Wir können vorhersagen, wann ein Tor sich öffnet und ein anderes sich schließt. Wir wissen genau, wohin das eine führen wird und das andere nicht. Fürchtet nichts, bald werden wir in Barganheem sein. Um die Mittagszeit.«

Von Bek war müde. Er ließ sich in das Boot zurückfallen, ein mattes Lächeln auf dem Gesicht. »Ich muß Ihrem Urteil vertrauen, Herr Daker, aber ich will verdammt sein, wenn ich weiß, wie Sie auf den Gedanken gekommen sind, daß dieses Schwert in Barganheem zu finden ist.«

Ich erzählte ihm, wie ich zu dem Wissen gekommen war.

»Ich habe insofern einen Vorteil gegenüber Sharadim, daß ich bewußt etwas von dem lesen kann, was in ihren Gedanken vorgeht. Sie kann nur raten. Das heißt, sie besitzt dieselbe Fähigkeit, weiß sie aber nicht anzuwenden. Es gelang mir, ihr einen Blick in mein Bewußtsein zu ermöglichen . . .«

»Und deshalb ist sie so plötzlich in Ohnmacht gefallen? Aha! Ich bin froh, daß Sie mir nicht diese Ehre zuteil werden gelassen haben, Herr Daker!« Er gähnte. »Aber das bedeutet, wenn sie jemals hinter dieses Geheimnis kommt, wird sie auch in der Lage sein, Ihre Gedanken zu lesen. Dann hat sie denselben Vorteil.«

»Vielleicht denkt sie jetzt schon darüber nach, welchen ihrer Eingebungen sie trauen sollte. Es besteht durchaus die Möglichkeit, daß sie sich für die richtigen entscheidet.«

Das Boot erzitterte. Wir schauten nach vorn. Dort schwebte ein leuchtend grüner Klumpen Licht, fast ein Ball, wie eine Sonne. Langsam verfärbte er sich nach blau, dann grau. Dann schien der Tunnel sich bedrohlich zu verengen, und wir zogen die Köpfe ein. Es ertönte ein Geräusch wie von einer Windorgel, willkürlich, aber melodisch, und wir wurden schmerzhaft durchgeschüttelt, während das Boot über eine Fläche hüpfte, bei der es sich keinesfalls um Wasser handeln konnte.

Unter uns waren Wolken. Über uns ein blauer Himmel und eine Sonne im Zenit. Die Säulen waren verschwunden. Wir befanden uns tatsächlich nicht mehr auf einem Gewässer, sondern auf einer weichen, grünen Bergwiese. Ein kleines Stück von uns entfernt grasten hinter einer niedrigen Steinmauer drei schwarzbunte Kühe. Zwei von ihnen schauten mit milder Neugier in unsere Richtung. Die andere gab einen Laut von sich, der wohl bedeuten sollte, daß sie absolut nicht an uns interessiert war.

In allen Richtungen erstreckten sich die gleichen steilen Wiesen, Mauern und Berggipfel. Es herrschte eine seltsame, angenehme Stille. Von Bek hob ein Bein über den Bootsrand und lächelte Alisaard an. »Ist ganz Barganheem so friedvoll, Mylady?«

»Beinahe«, antwortete sie. »Die Flußkaufleute neigen zur

Streitsucht, aber sie machen sich nie die Mühe, so hoch hinauf zu steigen.«

»Und was ist mit den Bauern? Werden sie sich nicht darüber aufregen, auf einem ihrer Felder ein Boot zu finden?« Von Bek sprach mit seinem gewohnten trockenen Humor.

Alisaard nahm ihren Helm ab. Wieder, als sie ihr langes Haar ausschüttelte, war ich betroffen von ihrer Ähnlichkeit mit Ermizhad, sowohl in Gesten wie im Aussehen. Und wieder empfand ich diesen Stich der Eifersucht, als sie von Bek ein Lächeln schenkte, welches zumindest die Andeutung eines Gefühls enthielt, das über allgemeine Freundschaft hinausging. Natürlich beherrschte ich mich, denn ich hatte kein Recht, so zu fühlen. Ich war Ermizhad verbunden. Ich liebe Ermizhad mehr als mein Leben. Und dies hier, ermahnte ich das kindische Geschöpf, das in meinem Innern wimmerte, war nicht Ermizhad. Wenn Alisaard von Bek sexuell anziehend fand und er das Gefühl erwiderte, hätte das für mich ein Grund sein müssen, mich für die beiden zu freuen. Aber der kleine, peinigende Teufel ließ sich nicht verjagen. Ich hätte ihn mir mit einem weißglühenden Messer aus dem Leib geschnitten, wäre das möglich gewesen.

»Ihr werdet feststellen, daß die Bauern kein Vieh auf diese Weide getrieben haben«, erklärte Alisaard. »Sie wissen so gut wie jeder andere, daß dies, in ihren Worten, ein magischer Ort ist. Ihnen sind Kühe verschwunden, wenn die Säulen des Paradieses erschienen! Sie haben hier schon merkwürdigere Dinge gefunden als Boote. Allerdings können wir von ihnen kaum Hilfe erwarten. Sie haben keine Ahnung von den Wegen zwischen den Reichen. Derlei Abenteuer überlassen sie den Händlern in den Flußtälern weit unten.«

»Wo sollen wir anfangen, nach Morandi Pag zu suchen?« unterbrach ich ihre Rede ziemlich brüsk. »Ihr habt gesagt, der Name hätte Euch einen Hinweis gegeben, Lady Alisaard.«

Sie betrachtete mich forschend, als ahnte sie ihn mir ein Gefühl, das mit ihr zu tun hatte. »Habt Ihr Schmerzen, Prinz Flamadin?«

»Ich bin nur ungeduldig«, wies ich sie knapp zurecht. »Wir dürfen Sharadim auch nicht eine Minute schenken . . .«

»Sie glauben nicht, daß wir etwas Zeit gewonnen haben?« Von Bek befeuchtete seine Hände in dem üppigen Gras. Er rieb sich über das Gesicht und seufzte.

»Ein wenig gewonnen und ein wenig verloren«, erinnerte ich ihn. »Sie muß entweder erwägen, eine Armee nach Barganheem zu führen, oder sich einen neuen Plan ausdenken. Wenn sie so gierig nach Macht ist, wie ich glaube, dann wird sie jetzt willens sein, mehr zu riskieren als je zuvor, um als erste die Hand auf das Drachenschwert zu legen. Also, Lady Alisaard, wo schlagt Ihr vor, daß wir mit der Suche nach Morandi Pag beginnen?«

Schweigend deutete sie den steilen Hang hinab. »Unglücklicherweise müssen wir zu den Flußtälern hinabsteigen. Dieser Name hat keinen guten Klang in meinen Ohren. Aber seid gewarnt – wenn wir die Täler erreicht haben, müßt ihr das Reden mir überlassen. Seit mehreren Jahrhunderten treibt man dort Handel mit den Gheestenheemern, und wir sind die einzigen, die sie nicht zu irgendeiner Zeit mit Gewalt bedroht haben. Soweit sie Außenweltlern überhaupt vertrauen, werden sie mir vertrauen. Euch vertrauen werden sie allerdings nicht, nicht für einen Augenblick.«

»Eine fremdenfeindliche Rasse, wie?« meinte von Bek fröhlich, während er sich auf den langen Abstieg vorbereitete.

»Nicht ohne Grund«, gab Alisaard zu bedenken. »Ihr Mabden unterscheidet euch von allen anderen entwickelten Spezies. Die meisten von uns lernen, die Verschiedenartigkeit der Kulturen und Rassen anzuerkennen und zu begreifen. Eure Vergangenheit jedoch scheint eine lange Geschichte von Ausrottung und Verfolgung all dessen zu sein, was anders ist als ihr. Wie läßt sich das wohl erklären?«

»Könnte ich darauf in diesem Moment eine Antwort geben, Mylady«, sagte von Bek mit einigem Nachdruck, »wäre ich wahrscheinlich nicht hier, um dieses Problem zu diskutieren. Ich kann Euch nur versichern, daß einige von uns ›Mabden‹ über die Wahrheit, die Ihr soeben ausgesprochen habt, ebenso betroffen sind wie nur sonst jemand. Manchmal glaube ich, wir sind einem furchtbaren Alptraum entstiegen, und leben ständig in Furcht vor unserem höllischen Ursprung, so daß wir jede

Stimme zum Schweigen zu bringen versuchen, die uns daran gemahnt, was für mißgebildete Geschöpfe wir sind!«

Seine Leidenschaft beeindruckte sie offenbar. Ich wünschte mir nur, daß ich diese Gedanken geäußert hätte, und mit ebensoviel Redegewandtheit. Statt dessen zwang ich mich zu einer aufmerksamen Beobachtung der Umgebung, während wir stetig bergab wanderten, auf das stille Plateau aus Wolken zu.

»Unterhalb dieser Wolkenschicht«, sagte Alisaard, »befinden wir uns nicht mehr in dem Gebiet der Bauern. Seht, da ist eines ihrer Häuser . . .«

Es war ein ziemlich großes, kegelförmiges Gebäude mit einem Schornstein und einem fast bis zum Boden herabgezogenem Dach. In der Nähe entdeckte ich zwei oder drei Gestalten, die ihrem Tagwerk nachgingen. Mir fiel die Eigentümlichkeit einiger ihrer Bewegungen auf. Unser Weg führte uns näher an das Gehöft heran. Die Leute blickten nicht auf, als wir vorübergingen, obwohl sie uns bemerkt hatten. Anscheinend zogen sie es vor, so zu tun, als wären wir nicht da. Das erlaubte mir, sie genau zu betrachten, ohne unhöflich zu sein. Sie wirkten eigenartig verkrümmt. Zuerst schrieb ich das ihrer Beschäftigung zu oder einem besonderen Schnitt ihrer Kleidung, aber nach einem Blick in ihre Gesichter wurde mir klar, daß ich hier keine Menschen vor mir hatte. Eher fühlte ich mich an eine Art Paviane erinnert. Jetzt verstand ich auch ein bißchen besser, was Alisaard gemeint hatte. Noch ein Blick, und ich entdeckte große gespaltene Hufe anstelle menschlicher Füße. Was anderes waren diese ruhigen, harmlosen Bauern als Teufel aus den abergläubischen Geschichten von Dakers Welt? »Na«, sagte ich mit einem Lachen, »man könnte meinen, wir spazierten durch die Hölle, von Bek.«

Mein Freund schenkte mir einen sardonischen Blick. »Ich versichere Ihnen, Herr Daker, daß es in der Hölle nicht annähernd so angenehm ist.«

Alisaard rief den Bauern mit ihrer klaren, süßen Stimme einen Gruß zu. Es klang wie der Gesang eines wunderschönen Vogels. Die Bauern hoben die Köpfe. In ihren seltsamen, faltigen Gesichtern leuchtete Erkennen auf. Jetzt winkten sie und riefen uns in einem breiten Dialekt, den ich kaum verstehen konnte, etwas zu. Alisaard belehrte mich, sie hätten uns Glück gewünscht ›unter dem Meer‹. »Sie halten diese Wolkenschicht für einen Ozean, und die Lebewesen darunter sind für sie beinahe mythologische Geschöpfe. Natürlich haben sie noch nie einen richtigen Ozean gesehen. Unten gibt es große Seen, aber sie wagen sich niemals über ihre eigenen Küsten hinaus. Also ist das hier das Meer.« Gleichzeitig merkte ich, daß wir in die Wolken eingedrungen waren und daß die Sicht sich rapide verschlechterte. Ich schaute zurück. Das Bauernhaus war kaum noch auszumachen. »Jetzt«, forderte Alisaard uns auf, »fassen wir uns am besten bei den Händen. Ich werde vorangehen. Der Pfad ist mit Steinhügeln markiert, aber es kommt vor, daß sie von Tieren auseinandergescharrt werden. Und achtet auch auf die Rauchschlangen. Sie sind überwiegend dunkelgrau, und manchmal bemerkt man sie erst, wenn man schon beinahe daraufgetreten hat.«

»Was tun sie denn, diese Rauchschlangen?« Von Bek streckte Alisaard eine Hand entgegen. Mit der anderen umfaßte er meine Rechte.

»Sie wehren sich, wenn man drauftritt«, antwortete sie schlicht. »Und da wir außer den Messern keine Waffen haben, müssen wir besonders vorsichtig sein. Ich werde nach den Wegzeichen Ausschau halten. Ihr beide beobachtet den Boden. Denkt daran, sie sind dunkelgrau.«

In all diesem Weiß und Grau, mit Felsen und verfallenen Mauern, die manchmal aus dem Nebel heraustraten, fragte ich mich, wie man ein solches Geschöpf erkennen sollte. Trotzdem befolgte ich ihre Anweisungen nach bestem Vermögen. Ich vertraute Alisaard als Kamerad und Führerin. Diese Tatsache vergrößerte die Qualen meines wunden Punktes, besonders wenn man sehen mußte, wie sie von Bek wieder einen bewundernden Blick zuwarf.

Wir kamen langsamer und langsamer voran, trotzdem suchte ich den Boden weiter aufmerksam nach Rauchschlangen ab. Von Zeit zu Zeit sah ich etwas sich bewegen; etwas, das sich mit der wiegenden Trägheit einer Schlange aufrichtete, um dann wieder herabzusinken, etwas, das über eine ungeheure

Menge von Windungen zu verfügen schien, wie die Seeschlangen auf alten Karten. Ich glaubte auch ein schwaches Geräusch zu vernehmen, wie das Rauschen von Wellen an einem flachen Strand.

»Sind das die Geräusche einer Rauchschlange?« fragte ich Alisaard. Ich war erstaunt über den hallenden Effekt des Nebels. Meine eigene Stimme klang mir völlig fremd in den Ohren.

Angestrengt nach dem nächsten Steinmal Ausschau haltend, nickte sie.

Es war sehr kalt geworden, und aus unseren Kleidern tropfte die Feuchtigkeit. Ich konnte mir nicht vorstellen, daß es sehr viel wärmer sein würde, wenn wir aus dem Nebel herauskamen, denn er war dicht genug, um das meiste Sonnenlicht abzuhalten. Von Bek schien mein Unbehagen zu teilen, denn er fröstelte.

Ich blickte nach vorn und fragte mich, ob Alisaards Elfenbeinrüstung sie vor dem Nebel schützen konnte. Im selben Moment entdeckte ich einen großen, grauen, sich windenden Schatten, der sich keine zwei Meter von der Geisterfrau entfernt aufrichtete. Ich stieß einen Warnruf aus. Sie antwortete nicht darauf, blieb aber stehen. Wir alle drei sahen zu, als das Ding sich langsam in den Nebel zurückschlängelte. »Man braucht sie nicht zu fürchten, wenn sie sich so aufrichten«, erklärte mir Alisaard. »Sie beobachteten uns nur. Wenn sie uns rechtzeitig sehen können, besteht keine Gefahr. Es sind nur die jungen, die angreifen, und auch sie meistens nur, wenn sie im Schlaf gestört werden. Aber ich wiederhole – achtet darauf, nicht auf eine Rauchschlange zu treten. Sie reagieren gereizt, wenn sie aufgeschreckt werden. Diese alten Burschen haben viele Reisende gesehen und wissen, daß ihnen keine Gefahr droht. Habe ich mich klar ausgedrückt?«

Sie hörte sich ungeduldig an, als hätte sie es mit einem begriffsstutzigen Kind zu tun. Ich entschuldigte mich für mein grundloses Erschrecken. Ich sagte, ich würde an ihre Worte denken und nur auf den Boden vor mir achten.

Von Bek merkte, daß ich einen milden Rüffel erhalten hatte. Als wir uns eben wieder in Marsch setzten, drehte er sich nach mir um und blinzelte.

Und ich sah, wie sein Fuß sich auf die Spitze einer grauen Schlinge senkte.

»Von Bek!«

In seine Augen trat Entsetzen, als ihm bewußt wurde, was ich meinte. Dann verdrängte Schmerz den Schrecken. »Mein Gott«, sagte er leise. »Sie hat mich am Bein . . «

Sofort warf Alisaard sich mit gezücktem Messer zu Boden, die linke Hand weit vorgestreckt.

Die dunkelgrauen Windungen glitten langsam aber stetig am Bein meines Freundes hinauf. Ich konnte keinen Kopf sehen, kein Maul, keine Augen, dennoch wußte ich, daß das Geschöpf es auf seinen Oberkörper abgesehen hatte, seinen Kopf, das Gesicht. Ich unternahm den Versuch, das Ding von ihm loszureißen. Ein drohendes, metallisches Zischen ertönte aus dem Innern des Tieres, und von dem Hauptkörper schien sich eine weitere Schlange zu lösen, die sich um mein Handgelenk wand. Ich stieß mit dem Messer danach, aber all meine Bemühungen zeigten nicht die geringste Wirkung. Auch von Bek benutzte sein Messer. Mit gleichem Mißerfolg. Durch den Nebel konnte ich nur noch verschwommen Alisaards Gestalt wahrnehmen. Sie kniete immer noch auf dem Boden, knurrte vor sich hin, fluchte enttäuscht, als suchte sie etwas, das sie verloren hatte. Ich hörte die Elfenbeinrüstung gegen Steine klappern. Dann hatte ich den Eindruck, daß ihr Arm sich hob und senkte. Und immer noch wand sich die Rauchschlange gleichzeitig von Beks Bein und meinen Arm hinauf. Mir war übel vor Entsetzen über dieses Geschehen, und von Beks Gesicht war weißer als der es umgebende Nebel.

Ich schaute auf das Ende der Schlinge, die jetzt fast meine Schulter erreicht hatte. Jetzt glaubte ich irgendwo in dem Geschöpf eine schwache Andeutung von Gesichtszügen zu entdecken. Wie erzürnt über meine Entdeckung, stieß sie gleich darauf gegen meinen Kopf. Ich fühlte einen scharfen Schmerz an meiner Wange. Blut rann über meinen Hals. Beinahe sofort wurde an dem Kopf der Rauchschlange die Ahnung eines Maules voller langer, schmaler Zähne sichtbar, vibrierende Nüstern, eine vorschnellende Zunge.

Und dank meines Blutes schimmerte dieser Kopf nun in einem zarten und grausigen Rosa.

Kapitel sechs

Innerhalb von Sekunden hatte die Rauchschlange eine dunkelrote Farbe angenommen. Ihr zweiter Kopf erreichte von Beks Gesicht und schnellte vor, wie sie es auch bei mir tat, wobei sie winzige, beinahe zierliche Happen aus meinem Fleisch biß. Ich wußte, sie würde in dieser Art fortfahren, bis mein Kopf nur noch als weißer Totenschädel auf meinen Schultern saß. Ich glaubte, ich schrie etwas, kann mich aber an die Worte nicht mehr erinnern. Es war entsetzlich, absehen zu können, wie langsam man sterben würde. Ich bewegte das Messer vor dem Kopf, in dem jetzt starre, purpurne Augen zu erkennen waren, hin und her, in der Hoffnung, das Geschöpf abzulenken. Aber es verfügte über eine seltsame Art von Geduld. Man gewann den Eindruck, daß es wartete, bis in meiner Verteidigung eine Lücke entstand, um dann sofort zuzustoßen. Und wieder brannte in meinem Gesicht eine neue Wunde. Ich erinnerte mich an die Narben im Gesicht eines Reisenden, den ich beim Großen Treffen gesehen hatte. Und auch, daß ich mich fragte, was ihn so zugerichtet haben mochte. Dann schrie ich wieder auf. Wenigstens dachte ich, war es möglich, der Rauchschlange zu entkommen. Jenem Mann war es gelungen, wenn es ihn auch ein Auge und sein halbes Gesicht gekostet hatte.

Auch von Bek schrie. Es lag eine grauenhafte Unausweichlichkeit in den Angriffen des Tieres. Unsere Arme ermüdeten, während es durch unser Blut immer deutlicher sichtbar wurde. Im übrigen wartete es ab, umklammerte unsere Gliedmaßen, und stieß ab und zu jenes scheußliche metallische Zischen aus.

Besonders entsetzte mich, daß das Geschöpf gar nicht mehr zornig wirkte. Soweit ich das beurteilen konnte, handelte es sich bei ihm um eine recht primitive Lebensform. Es reagierte nur, wenn es sich angegriffen glaubte. Hatte es irgend etwas in seinen Schlingen gefangen, wurde dieses Etwas gekostet.

Schmeckte es gut, wurde es verzehrt. Die Rauchschlange erinnerte sich vermutlich längst nicht mehr an den ursprünglichen Grund für ihren Angriff auf von Bek. Sie hatte keinen Grund zur Eile. Sie konnte in aller Ruhe ihre Mahlzeit einnehmen.

Wieder versuchte ich, den zahnbewehrten Rachen mit dem Dolch zu treffen. Aller Logik entsprechend, mußte ein Geschöpf, das in der Lage war, solche Wunden zu verursachen, auch Wunden empfangen können. Aber dem war nicht so. Mein Dolch, mit verzweifelter Entschlossenheit geführt, fand nur kaum merklichen Widerstand, und für einen Moment umgab ein feiner, rosafarbener Staub den Kopf des Wesens wie einen Heiligenschein, bevor er wieder von dem Leib aufgesogen wurde.

All das war natürlich eine Angelegenheit von Sekunden.

In der Zwischenzeit fuhr Alisaard fort zu fluchen und zu schreien. Sehen konnte ich sie jetzt gar nicht mehr, hörte nur, wie im Hintergrund meines Bewußtseins, das Klappern ihrer Rüstung und das tierähnliche Grunzen und Heulen, das ihre offenbar vergeblichen Bemühungen begleitete.

Von Beks Gesicht sah aus, als hätte er blutige Tränen geweint. Rote Streifen zeichneten seine Wangen. Teile seines linken Ohres fehlten. Ein blutig geschwollener Biß saß mitten in seiner Stirn. Sein Atem ging hastig und schluchzend. Seine Augen verrieten nicht so sehr Angst vor dem Tod, sondern Entsetzen über die Sinnlosigkeit und Art seines Sterbens.

Dann hörte ich einen neuen Ton in Alisaards Stimme. Es war beinahe ein triumphierendes Aufheulen. Eine Art Jubelschrei. Immer noch konnte ich nichts von ihr sehen, bis auf eine weiße Hand, die nach dem phantomgleichen Hauptleib der Rauchschlange griff. Ihr Messer blitzte durch den Nebel, und ihre andere Hand zuckte nach derselben Stelle.

Die Rauchschlange bog sich zurück. Ich war sicher, daß sie es auf eines meiner Augen abgesehen hatte, und hob die Hand, um mich zu schützen. Ohne die Schlange zu sehen, hätte ich leicht glauben können, daß sie gar nicht existierte, außer in meiner Einbildung. Sie war so gut wie gewichtslos. Aber sie hielt mich fest.

Ich hörte, wie von Bek ein lautes Brüllen ausstieß. In dem

Glauben, das Geschöpf hätte ihn an einer lebensgefährlichen Stelle verletzt, warf ich mich, immer noch mit geschlossenen Augen, nach vorn, obwohl ich wußte, daß ich ihn nicht würde retten können. Aber es hatte einigen Wert, so dachte ich damals, bei einem solchen Versuch zu sterben. Für manche Seelen gibt es immer einen Trost, selbst in dem Augenblick eines höchst abscheulichen und gewaltsamen Todes.

Dann spürte ich, wie zwei Arme mich umfaßten. Ich öffnete die Augen. Die Windungen der Rauchschlange lagen nicht mehr um von Beks Körper. Ich fragte mich, ob er und ich bereits tot waren. Ob dies nur eine lindernde Illusion war, während unser Blut den Körper unseres Feindes aufblähte.

»Herr Daker!«

Ich hörte von Bek einigermaßen verblüfft sagen: »Er scheint ohnmächtig zu sein, Mylady.«

Ich lag auf dem Boden. Ich sah meine Freunde auf mich herabschauen. In ihren Gesichtern stand sowohl Belustigung als auch Angst. Ich schaute sie an. Ungeheuer erleichtert, daß sie noch lebten. Und ich spürte wieder diesen erniedrigenden Stich der Eifersucht, als ich sah, wie ihre Köpfe sich dicht nebeneinander über mich neigten. »Nein«, flüsterte ich. »Du must Ermizhad sein. Sei Ermizhad, wenn auch nur für den Augenblick, während ich sterbe . . .«

»Den Namen hat er schon einmal gesagt«, meinte Alisaard.

Sie schienen mir nicht sehr betroffen darüber zu sein, daß ihr Freund im Sterben lag. Waren sie bereits tot?

»Es ist der Name einer Frau aus der Rasse der Alten, wie Ihr selbst«, klärte von Bek sie auf. »Er liebt sie. Er suchte sie in allen Zeitläufen; suchte sie in so vielen Reichen. Er behauptet, Ihr seid dieser Frau sehr ähnlich.«

Ihre Züge wurden weicher. Sie zog einen Handschuh aus und berührte mein Gesicht. Ich bewegte die Lippen und sagte ein zweites Mal: »Ermizhad, bevor ich sterbe . . .« Aber meine Benommenheit war schon im Schwinden begriffen, und ich wußte, ich befand mich an der Grenze zur Schauspielerei, nur um diesen Moment zu verlängern, dieses Gefühl, mit wohlmeinender und aufrichtiger Sympathie bedacht zu werden, wie sie einst Ermizhad mir entgegenbrachte und wie ich sie ihr, hoffte ich, zurückgegeben hatte. Dann riß ich mich gewaltsam aus dieser unwürdigen Stimmung und sagte fest: »Vergebt mir, Mylady. Ich habe mich erholt und bin wieder ganz bei Sinnen. Vielleicht würdet Ihr so gut sein, mir zu berichten, wie es möglich ist, daß von Bek und ich noch unter den Lebenden weilen!«

Von Bek half mir, mich aufzusetzen. Der Nebel erschien jetzt weniger dicht. Ich glaubte, ein Stück weit den Berg hinabsehen zu können, wo eine große, silberne Wasserfläche uns erwartete.

Alisaard hatte sich auf einen Stein gesetzt. Vor ihren Füßen lag etwas Kleines und Häßliches auf einem flachen Felssplitter. Auch dieses Ding schien tausend Schlingen zu haben, aber hier waren sie winzig und stellten keine Bedrohung dar, es sei denn, sie enthielten ein Gift. Sie stocherte mit der Messerspitze in dem kleinen schwarzen Etwas. Es schien völlig leblos zu sein und begann unter der Berührung zu zerfallen. Teile davon verwandelten sich umgehend in feinen, schwarzen Staub.

Ungläubig sagte ich: »Das können doch nicht die Überreste der Rauchschlange sein?«

Sie schaute zu mir auf, die Unterlippe zwischen den Zähnen, die Augenbrauen hochgezogen. Sie nickte.

Von Bek starrte auf die versteinerten Bruchstücke. »Sie wurde durch die gewöhnlichste aller Substanzen in der Hand einer höchst ungewöhnlichen Frau vernichtet.«

Sein Lob freute sie. »Ich kannte nur einen Weg, eine Rauchschlange zu töten. Man muß ihren Mittelpunkt finden. Zerschneidet man ihn, entstehen so viele neue Geschöpfe, wie es Teile gibt. Also muß man dafür sorgen, daß sie blutet, und sie töten, bevor sie sich teilen kann. Durch die blutende Wunde kann das Mittel eindringen, das man benutzt, sie zu vernichten. Glücklicherweise erinnerte ich mich daran. Glücklicherweise reise ich mit meinen eigenen Vorräten, wie alle Gheestenheemer.«

»Aber was hat sie denn jetzt getötet, Lady Alisaard? Wie gelang es Euch, uns zu retten, während unsere Waffen keinerlei Wirkung erzielten?«

Von Bek kam mir zuvor. Er lachte. »Es ist eigentlich ein Witz,

Sie werden sehen. Bitte, Alisaard, spannt ihn nicht länger auf die Folter. Der arme Mann ist erschöpft!«

Alisaard zeigte mir die Fläche ihrer linken Hand. In der Mitte klebte eine dünne weiße Kruste. »Salz. Wir haben immer Salz bei uns.«

»Das Ding reagierte so schnell wie jede gewöhnliche Gartenschnecke!« Von Bek gebärdete sich geradezu überschwenglich. »Sobald sie den Mittelpunkt gefunden hatte – und dabei hat sie unglaublichen Mut bewiesen – mußte sie mit dem Messer zustechen und in genau demselben Augenblick das Salz einreiben. Der Kern schrumpfte sofort zusammen. Und wir waren gerettet.«

Er tippte gegen die kleinen schorfigen Stellen in seinem Gesicht. Die Wunden heilten bereits. Es würden kaum Spuren zurückbleiben. Ich nahm an, mich für ebenso glücklich halten zu können. »Es wird nicht anders aussehen«, bemerkte mein Freund, »als die Narben einer besonders schlimmen Akne.«

Er half mir auf die Füße. Ich wandte mich an Lady Alisaard. Jetzt war ihre Ähnlichkeit mir Ermizhad noch größer als zu Anfang. »Ich danke Euch aus tiefstem Herzen, Lady Alisaard. Ich danke Euch für mein Leben.«

»Ihr habt Eures gewagt, bei dem Versuch, Graf von Bek zu retten«, erwiderte sie sanft, indem sie die leblosen Reste der Schlange in den Nebel hinausschnippte. »Zu unserem Glück hatte ich mehr Erfahrung in diesen Dingen.« Sie betrachtete von Bek mit einer Mischung aus Belustigung und Strenge. »Und wollen wir hoffen, daß ein gewisser Herr mehr auf seine Füße achtet als auf seinen Freund, sollte er je wieder diesen Weg benutzen.«

Bei diesem Tadel verwandelte von Bek sich in einen musterhaften deutschen Edelmann. Er richtete sich auf und nahm stramme Haltung an. Er schlug die Hacken zusammen und verneigte sich, um die ihm gerechtfertigt erscheinende Rüge für sein Verhalten entgegenzunehmen.

Alisaard und mir fiel es plötzlich schwer, unsere Erheiterung über sein plötzlich so förmliches Gebaren zu verbergen.

»Kommt«, sagte sie dann, »wir müssen uns beeilen, die unteren Hänge zu erreichen. Dort sind wir sicher vor den

Rauchschlangen, und können uns ausruhen, ohne weitere Angriffe befürchten zu müssen. Es ist zu spät geworden, um noch in die Stadt zu gelangen, denn dort ist es Sitte, nach Anbruch der Dunkelheit keinen Besucher mehr einzulassen. Aber am Morgen können wir gestärkt hingehen und hoffen, daß man uns helfen wird, Morandi Pag zu finden.«

Den Nebel endlich hinter uns, dafür in der nicht viel angenehmeren Kühle der Dämmerung fröstelnd, rückten wir drei wärmesuchend zusammen, als wir uns auf dem federnden und recht bequemen Grasboden des Berghanges ausstreckten. Ich erinnerte mich, in das Tal hinuntergeblickt zu haben, wo es sich vor dem See zu einer Art Bucht erweiterte. In dieser Bucht und weiter landeinwärts, entlang dem Flußufer, konnte ich Lichter blinken sehen und loderndes Feuer. Ich glaubte, Stimmen zu hören, obwohl es sich auch um die Laute der Schwärme kohlschwarzer Aasvögel handeln konnte, die auf dem Heimweg zu ihren Nestern oben in den Felsen waren. Ich wunderte mich über die Stadt. Es waren keinerlei Gebäude zu erkennen. Ich sah auch keine Schiffe, obwohl ich meinte, einige Kais und Landungsstege am Rand des Gewässers ausgemacht zu haben. Weiter weg erstreckte sich am Seeufer ein tiefer, dichter Wald, dessen Bäume im großen und ganzen wie Eichen aussahen. Auch dort tauchten jetzt Lichter auf, als wären Waldarbeiter auf dem Weg nach Hause. Wieder hielt ich vergebens nach Häusern Ausschau. Ich fragte mich noch, während mich der tiefe Schlaf der Erschöpfung überkam, ob die Stadt und ihre Bewohner gleich den Rauchschlangen für Menschen unsichtbar waren. Mir kam etwas über ein anderes Volk in den Sinn, dessen Angehörige von denen, die sich weigerten, sie zu begreifen, ›Geister‹ genannt wurden, und ich versuchte, mich genauer daran zu erinnern. Aber wie es mir mit meinem überfüllten Hirn oft widerfuhr, ließen sich die Bilder nicht greifen. Es hatte etwas, grübelte ich, mit Ermizhad zu tun. Ich wandte den Kopf. Im letzten Dämmerlicht schaute ich geradewegs in Alisaards schlummerndes Gesicht.

Und im Schutz der Nacht , glaube ich, habe ich um Ermizhad geweint, bis der Schlaf kam, um mich weiter zu peinigen. Denn ich träumte von hundert Frauen – hundert Frauen, die betrogen worden waren von kriegerischen Männern und heroischer Dummheit, von ihren eigenen tiefsten Empfindungen, von ihrem romantischen Idealismus. Ich träumte von hundert Frauen. Und ich kannte jede einzelne beim Namen. Ich hatte jede von ihnen geliebt. Und jede war Ermizhad. Und alle hatte ich verloren.

Am Morgen erwachte ich, um zu sehen, daß sich ein kleines Stück über dem Horizont des Sees die Wolken geteilt hatten und große, rot-goldene Wellen von Sonnenlicht durch die Öffnung strömten, die eine Bahn über das Wasser zeichneten. Dieser Schwall von Helligkeit stand in scharfem Kontrast zu dem Schwarz und Grau der umliegenden Berge und Gewässer und verlieh ihnen eine zusätzliche dramatische Ausstrahlung. Beinahe rechnete ich damit, Musik zu hören, die Bewohner des Flußtales in den Morgen hinauseilen zu sehen, um den herrlichen Sonnenaufgang jubelnd zu begrüßen. Aber die einzigen Geräusche aus der Ansiedlung unter uns bestanden aus dem Klappern von Kochtöpfen, dem Kläffen eines Tieres, einer dünnen Stimme.

Ich vermochte immer noch nichts von der Stadt selbst zu sehen. Mir blieb nur die Vermutung, daß diese Leute Höhlenbewohner waren, die den Zugang zu ihren Behausungen tarnten. Das war ein durchaus häufiger Brauch in all den Reichen des Multiversums, die ich besucht hatte. Trotzdem war ich etwas überrascht, daß die Kaufleute, die das Wagnis einer Reise durch die Säulen des Paradieses nicht scheuten, um mit den benachbarten Reichen Handel zu treiben, nicht in – nach meinen Maßstäben – etwas zivilisierteren Umständen lebten.

Alisaard lächelte, als ich meine Verwunderung in Worte kleidete. Sie nahm mich beim Arm und schaute mir ins Gesicht. Sie wirkte jugendlicher als Ermizhad, und ihre Augen waren von etwas anderer Farbe, wie auch ihr Haar, aber auch diesmal war es beinahe schmerzhaft, ihr so nahe zu sein. »Alle Geheimnisse werden sich in Adelstane auflösen«, versprach sie. Dann hakte sie sich bei von Bek unter, und wie ein Schulmädchen bei einem Picknick führte sie uns den grasbewachsenen Hügel hinab zu der Ansiedlung. Ich zögerte einen Moment, bevor ich ihnen folgte. Für einen Augenblick hatte ich jede Vorstellung verloren, wo ich war, oder sogar, wer ich war. Ich glaubte, Zigarrenrauch zu riechen. Ich glaubte, einen Doppeldeckerbus in der nächsten Straße zu hören. Ich zwang mich, in den goldenen Sonnenaufgang zu starren, auf die gewaltig übereinandergetürmten Wolken am anderen Ufer des Sees. Dann endlich klärten sich meine Gedanken. Ich erinnerte mich an den Namen Flamadin. Ich erinnerte mich an Sharadim. Es durchfuhr mich wie ein kleiner elektrischer Schlag. Und dann, soweit es meinen gegenwärtigen Zweck betraf, war ich wieder voll da.

Ich holte meine Freunde ein, als sie beinahe am Fuß des Berges ein Tor in einer niedrigen Mauer durchschritten und sich umschauten, als wäre ihnen erst jetzt aufgefallen, daß ich nicht bei ihnen war.

Zusammen folgten wir einem gewundenen Weg zu einer Stelle, wo das Wasser so seicht war, daß es eine Furt bildete. Ich konnte jetzt sehen, daß es sich um ein künstliches Wehr handelte, das man gebaut hatte, um auf eine Brücke verzichten zu können, die von oben leicht zu erkennen gewesen wäre. Ich wunderte mich über diese seltsame Vorsichtsmaßnahme, während wir durch das kalte, klare Wasser wateten und schließlich am anderen Ufer vor einer Anzahl gewaltiger Öffnungen in der Felswand standen, von denen jede geschickt befestigt und dann hergerichtet worden war wie natürliches Gestein. Ich fing an zu begreifen, daß es diesen Leuten nicht an architektonischen oder baulichen Fähigkeiten mangelte.

Alisaard hatte ihren Helm wieder aufgesetzt. Jetzt legte sie die Hände an den Mund und rief zu den Öffnungen hinauf. »Freundlich gesinnte Besucher hier, um sich der Gnade von Adelstane und seinen Herren zu unterwerfen!«

Es folgte eine plötzliche Stille. Selbst die leisen Geräusche der Essenszubereitung waren verstummt.

»Wir bringen Nachrichten von allgemeinem Interesse«, rief Alisaard. »Wir haben keine Waffen, noch dienen oder folgen wir einem eurer Feinde.«

Das hörte sich nach einer formellen Erklärung an; einer notwendigen Höflichkeit, vermutete ich, um von diesen Höhlenbewohnern empfangen zu werden.

Ganz unvermittelt wurde die Stille von einem dumpfen Schlag unterbrochen. Dann noch einem. Dann ein lauteres Geräusch, wie von Metall auf Metall. Schließlich rollte das langgezogene Dröhnen eines Gongs von den höhergelegenen Eingängen der Höhlenanlage zu uns herab.

Alisaard senkte zufrieden die Hände.

Wir warteten. Von Bek setzte zum Sprechen an, aber sie bedeutete ihm, den Mund zu halten.

Das Dröhnen des Gongs erstarb. Dem folgte eine Art schnaufendes Grollen, wie der erste Versuch eines Riesen auf einer gewaltigen Trompete. Dann schien ein Teil des nächstgelegenen Höhleneingangs nach innen zu fallen, und zum Vorschein kam eine dunkle, zerklüftete Öffnung, die wie ein natürlicher Felsspalt aussah.

Alisaard ging vor uns her und schlüpfte mit einer anmutigen Bewegung durch die Öffnung. Von Bek und ich folgten weit weniger anmutig.

Dann drehten wir uns um und betrachteten staunend, was da vor uns lag.

Es war vielleicht die bezauberndste Stadt aus zierlichen Türmen und schlanken Bauwerken, die ich auf all meinen Wanderungen je zu Gesicht bekommen hatte. Sie war weiß und glänzte wie im Schein des Mondes. Sie war ein Licht in dem umgebenden Halbdunkel der riesigen Höhle. Über uns hörten wir wieder das schnaufende Geräusch und dann das Dröhnen, und wir begriffen, daß die Geräusche durch die akustischen Gegebenheiten der Höhle entstanden, deren Umfang bestimmt mehr als drei Meilen betrug, während die Decke überhaupt nicht zu erkennen war. Sie war so zart, diese Stadt, mit ihren Linien aus Marmor und Quarz und glitzerndem Granit, daß es schien, ein Lufthauch würde sie hinwegfegen. Sie hatte die Zerbrechlichkeit einer wundervollen Illusion. Ich hatte das Gefühl, daß, wenn ich die Augen schloß, sie nicht mehr da sein würde, sobald ich wieder hinsah. Ich hatte recht gehabt, der scheinbaren Primitivität nicht zu trauen, aber wie falsch war es gewesen, auch nur einen Moment zu denken, die Flußhändler wären Barbaren.

»Es ist wie eine Stadt aus Spitzenborten«, meinte von Bek beinahe flüsternd. »Tausendmal schöner als Dresden sogar.«

»Kommt«, sagte Alisaard, und setzte den Fuß auf die breiten, polierten Stufen, die zu einer Straße hinabführten, welche ihrerseits nach Adelstane führte. »Wir dürfen jetzt kein Zögern merken lassen. Die Herren dieser Stadt neigen dazu, überall Spione oder Kundschafter eines Feindes zu vermuten.«

Hinter uns brannten kleine Feuer in den Felsen. Ich sah weiße Gesichter aus den Schatten dürftiger Unterkünfte hervorlugen. Diese Leute schlurften und scharrten und brummelten vor sich hin, bis sie allmählich wieder zu ihren unterbrochenen Tätigkeiten zurückkehrten. Ich fand es äußerst schwierig, diese Wilden, die sie allem Anschein nach waren, mit den Erbauern und Bewohnern der Stadt in Zusammenhang zu bringen.

Ich fragte Alisaard, wer die Leute in den Felsen seien, und sie entschuldigte sich dafür, mir nicht mehr gesagt zu haben. »Es sind natürlich Mabden. Sie haben Angst vor der Stadt. Angst vor fast allem. Und da ihnen keine Waffen gestattet sind, um anzugreifen, wovor sie Angst haben, haben sie sich zu dem entwickelt, was Ihr hier seht. Wie es scheint, können die Mabden nur töten oder weglaufen. Mit ihren Gehirnen wissen sie nichts anzufangen.«

Von Bek hatte seine Zweifel. »Mir kommen sie vor wie die nicht nutzbaren wirtschaftlichen Einheiten eines überrigiden politischen Systems, die man hier abgeschoben hat, damit sie den anderen nicht zur Last fallen.«

Alisaard runzelte die Stirn. »Ich kann Euch nicht folgen.«

Von Bek lächelte, wie zu sich selbst. »Ihr verfügt über großes Wissen in bezug auf Magie und wissenschaftliche Wunder, Lady Alisaard, aber wie es aussieht, gibt es nur wenige wirtschaftlich komplexe Zivilisationen im Multiversum!«

Sie schien ihn zu begreifen. Ihre Stirn glättete sich. »Ah, natürlich! Ja, Eure Annahme ist mehr oder weniger richtig. Dies ist nicht die richtige Gegend für derartige Gesellschaften.«

Ich beobachtete mit heimlichem Vergnügen von Beks Gesicht, als ihm klar wurde, daß er sich nicht nur intellektueller Arroganz schuldig gemacht hatte, sondern auch noch von jemandem auf seinen Platz verwiesen wurde, der ihm geistig überlegen war.

Von Bek sah mich an und merkte, daß mir seine Reaktion nicht entgangen war. »Es ist seltsam, wie leicht wir in die Vorurteile und Dummheiten unserer eigenen Kulturen verfallen, wenn wir dem Fremden und Unerklärlichen gegenüberstehen. Wenn ich das hier überstehe und mein Vorhaben erfolgreich durchführen kann; wenn Deutschland jemals wieder frei ist von Krieg und Terror, habe ich vor, ein oder zwei Bücher über das Thema der Reaktionen der Menschheit auf das Neue und das Unwahrscheinliche zu schreiben.«

Ich schlug ihm auf den Rücken. »Sie weichen einer Falle aus und stolpern in die nächste, mein Freund. Keine Angst, wenn der Augenblick kommt, werden Sie auf solche Abhandlungen verzichten und sich weiter der Aufgabe des Lebens widmen. Es sind Beispiel und Bemühen, die unseren Haufen vielleicht anspornen, sich zu bessern, nicht ein Berg gelehrter Bücher.«

Er nahm meine Worte gut auf. »Sie sind im Herzen wahrhaftig ein einfacher Soldat, glaube ich.«

»Es dürfte wenige geben, die einfacher sind als ich«, gab ich ihm recht. »Wenige, die alltäglicher sind. Es wundert mich immer wieder, warum ich geworden bin, was ich bin.«

»Vielleicht konnte nur ein durch und durch gesundes Wesen die Menge der Erfahrungen und das Wissen verkraften, das Sie angehäuft haben«, meinte von Bek. Seine Stimme klang beinahe mitfühlend. Dann räusperte er sich. »Wie auch immer, zuviel Sentimentalität ist ebenso gefährlich wie zuviel Intellektualität, oder nicht?«

Wir waren vor dem leuchtenden, kreisrunden Tor der Stadt angelangt. Ein Ring aus Feuer schien es mir zu sein, das mit ruhiger Flamme brannte und keine Hitze ausströmte. Es war so hell, daß es uns blendete, und wir nicht in das dahinter liegende Adelstane hineinsehen konnten.

Alisaard verhielt nicht einmal den Schritt, sondern ging unerschrocken auf die große, kreisförmige Öffnung zu und trat hindurch, wo diese den felsigen Boden berührte. Es blieb uns nichts anderes übrig, als ihrem Beispiel zu folgen. Mit geschlossenen Augen trat ich in das Feuer und fand mich augenblicklich auf der anderen Seite wieder, unversehrt. Von Bek war der nächste. Er fand die ganze Sache, wie er sagte, bemerkenswert.

Alisaard erklärte: »Das Feuer brennt nur kalt für freundlich gesinnte Besucher. Die Herren von Adelstane haben uns ihr vertrauenvollstes Willkommen entboten. Wir können uns geschmeichelt fühlen.«

Jetzt entdeckten wir fünf Gestalten vor uns auf der weißen Straße, die den Feuerschein vom Tor widerspiegelten. Die Gestalten waren in fließende Gewänder gehüllt, aus schweren, dunklen Tuchen und leichteren Seidenstoffen und Spitzen, die mit der filigranen Komplexität der Architektur wetteiferten. Jeder der uns Erwartenden hielt einen Stab in der Hand, an dem ein kleines, gestärktes Leinenbanner hing. Jedes Banner zeigte ein sorgsam ausgearbeitetes Bild. Die Bilder waren extrem stilisiert, so daß ich nicht gleich erkennen konnte, was sie darstellten. Allerdings wurde meine Aufmerksamkeit rasch von den Bildern auf die Gesichter der wartenden Fünf gelenkt. Sie waren nicht menschlich. Es waren nicht einmal die Züge von Alisaards Volk. Ich hatte nicht daran gedacht, daß Barganheem das Reich war, das von diesen merkwürdigen Tieren, den Bärenprinzen, regiert wurde. Diese Geschöpfe ähnelten Bären, obwohl sich schon auf den ersten Blick viele Unterschiede erkennen ließen, besonders im Bereich der Hände und Beine. Sie hielten sich ohne die geringste Schwierigkeit aufrecht. Ihre schwarzen Augen glänzten wie feuchtes Ebenholz, aber in ihnen lag keine Drohung.

»Seid willkommen in Adelstane«, sagten sie im Chor.

Ihre Stimmen waren tief, schwingend, und auf mich wirkten sie außerdem noch beruhigend. Ich wunderte mich über jeden, der sich diese Tieren zum Feind machte. Ich hatte das Gefühl, jedem von ihnen glauben zu können, daß er genau das tun würde, was er sagte. Ich trat vor und breitete grüßend die Arme aus.

Die Bärengeschöpfe wichen einen Schritt zurück, ihre Nüstern zitterten. Sie gaben sich Mühe, ihre Beherrschung zurückzugewinnen, und man konnte ihnen ansehen, daß sie fürchteten, sich uns gegenüber unhöflich verhalten zu haben.

»Es ist unser Geruch«, flüsterte Alisaard mir ins Ohr. »Sie empfinden ihn als abstoßend.«

Kapitel sieben

Ich hatte erwartet, mich mit meinen Freunden in einem beeindruckenden Empfangssaal wiederzufinden, wo Gäste unter den Augen des Bärenprinzen und seines gesamten Hofstaats ihr Anliegen vorbringen konnten. Eine solche Zermonie wäre der Stadt würdig gewesen.

Statt dessen wurden wir von den fünf würdevollen Geschöpfen durch außerordentlich saubere Straßen geführt, die von den herrlichsten Bauten gesäumt wurden, und traten dann in einen kleinen Kuppelsaal, der mich in seiner Schlichtheit irgendwie an eine alte Baptistenkirche erinnerte. Im Innern erwarteten uns Wärme, bequeme Stühle, eine Bibliothek – all die gesammelten Schätze, mit denen sich zum Beispiel ein Universitätsdekan im Laufe eines der stillen Betrachtung der Welt gewidmeten Lebens umgibt.

»Hier verbringen wir einen großen Teil unserer Zeit«, bemerkte eines der bärenähnlichen Geschöpfe. »Natürlich haben wir auch Wohnungen. Von hier aus regeln wir unsere Geschäfte. Möchte jemand Wein? Oder ein anderes Getränk?«

»Wir sind dankbar für Eure Gastfreundschaft«, entgegnete ich unbeholfen. Ich war im Begriff hinzuzufügen, daß uns sehr daran gelegen war, mit den großen Prinzen zu sprechen, sobald sie Zeit hätten, uns zu empfangen, aber Alisaard, die zweifellos etwas ähnliches von mir erwartete, kam mir zuvor.

»Wir alle danken dafür, ihr Herren. Und wir fühlen uns geehrt, vor denen stehen zu dürfen, die in allen Sechs Reichen die Bärenprinzen genannt werden.«

Ich war überrascht. Mir kam es unpassend vor, daß zu einer so wundervoll ausgeschmückten Stadt nicht auch die kunstvollsten Zeremonien gehören sollten. Und ich hatte erwartet, daß wir von einer ganzen Schar adliger Bären gemustert werden würden. Jetzt konnte ich nur vermuten, daß diese fünf die einzigen waren. Ganz sicher die einzigen, die wir zu Gesicht bekommen würden.

Der große Raum war mit Wohlgerüchen geschwängert. Aus dem Kamin in der Mitte der linken Wand quollen dicke Weihrauchschwaden. Ich kam zu dem Schluß, daß ihnen die Ausdünstungen unserer Körper unvorstellbar zuwider sein mußten, daß sie einen derartigen Aufwand trieben, um sie zu überdecken.

»Ach, das«, sagte einer der Prinzen, ließ sich mitsamt der vielschichtigen Masse seiner Gewänder in einem breiten Armsessel nieder und deutete mit seinem Wappenstab auf das Feuer, »das ist eine Sitte bei uns. Ich hoffe, Ihr verzeiht uns unsere Marotten. Wir sind alle recht alt und haben so unsere Gewohnheiten. Ich bin Groaffer Rolm, Prinz des Nordflusses, Nachfolger der Familie Autuvi, die leider aufhörte, sich fortzupflanzen.« Er rieb sich die Schnauze und seufzte. Je genauer ich sie betrachtete, umso mehr stellte ich fest, daß sie nur oberflächlich Ähnlichkeit mit Bären hatten. Mir wollte es scheinen, daß diese Spezies schon lange vor dem Auftauchen des Bären bestand. »Und das ist Snothelifard Plare, Prinz des Großen Süd- und des kleinen Ostflusses, Erbführer der Winterkarawane.« Ein Wink, umbauscht von Seide und Spitzen, zu dem Geschöpf neben ihm. »Dort drüben Whiclar Hald-Halg, Prinz der Großen Seeschleuse, letzter Träger des Feuersteins. Glanat Khlin, Prinz der Tiefen Kanäle, Sprecher der Fledermäuse. Und schließlich meine Gattin, Faladerj Oro, Prinz der Singenden Stromschnellen und Regent der Westlichen Jahreszeiten.« Groaffer Rolm stieß ein verhaltenes, höfliches Grunzen aus. »Ich bin, fürchte ich, der einzige männliche Prinz, der noch übrig ist.«

»Ist Euer Volk von feindlichen Angriffen so dezimiert worden?« fragte von Bek mitfühlend, nachdem wir uns gleichfalls vorgestellt hatten. »Habt Ihr deshalb gezögert, Prinz, uns einzulassen?«

Prinz Groaffer Rolm hob eine Hand. »Wie es scheint, haben meine Worte zu einem Mißverständnis geführt. Bis vor kurzem herrschte in diesem Reich jahrhundertelang Frieden. Wir liebten die Abgeschiedenheit, gewiß, und wir erbauten unsere Städte fern der neidischen Augen von Mabden und anderen. Aber wir haben uns so erfolgreich vor Feinden verborgen, daß uns nur noch die Gewohnheit der Vorsicht geblieben ist!« Er gab vor, den Kopf zu wenden, um nach dem Feuer zu sehen. In Wirklichkeit atmete er in tiefen Zügen den Weihrauch ein.

Seine Gemahlin, Prinz Faladerj Oro, berichtete weiter. »Das meiste von dem, was wir aus der Erde fördern, ist zu kostbar, zu schön, um damit Handel zu treiben. Ihr seht vor euch fünf dekadente alte Geschöpfe am Abend des Zeitalters ihrer Rasse. Wir haben zu lange ohne irgendwelche Anregungen gelebt. Wir sterben.«

»Immerhin«, bemerkte eine, die ich für etwas jünger hielt, Whiclar Hald-Halg, »haben wir vier volle Zyklen des Multiversums kommen und gehen gesehen. Wenige andere überleben auch nur einen.« Ihre Stimme verriet Stolz. »Nur wenige Völker können sich einer Geschichte rühmen, die so weit zurückreicht, wie die jener, die ihr die Bärenprinzen nennt. Wir selbst nennen uns Oager Uv. Wir sind fast immer ein Flußvolk gewesen.« Sie machte Anstalten, sich hinzusetzen, wobei sie ihre Spitzen und die schweren Wollstoffe um sich raffte.

Prinz Groaffer Rolm wartete in aufmerksamem Schweigen, bis Whiclar Hald-Halg geendet hatte. »Da hört ihr es«, sagte er. »Wir haben noch ein bißchen Familie, aber das ist auch alles, was von unserer Rasse geblieben ist. Wir hatten erwartet, unsere Tage in Frieden beschließen zu können. Die Mabden belästigen uns nicht. Gelegentlich verkaufen sie uns eines ihrer Jungen für was immer sie von uns haben wollen. Wir unsererseits geben die Jungen nach Gheestenheem weiter, wo wir sicher sein können, daß ihnen nichts Böses zustoßen wird. Aber dann erreichten uns Nachrichten über diese Armee von Befreiern, die offenbar geschworen haben, die Mabden aus der Gefangenschaft hier zu erlösen. Ist es das, wovor ihr uns warnen wolltet?«

Alisaard war verwirrt. »Ich wußte nichts von einer solchen Armee. Wer führt sie an?«

»Ein Mabden. An seinen Namen kann ich mich nicht erinnern. Sie kommen durch ein Tor am Ostufer, anscheinend in großer Zahl. Es ist schon viele Jahre her, seit wir selbst dort gewesen sind. Wenn es sie nach nichts anderem als dem Land dort gelüstet, würden wir es ihnen geben. Wir wollen nichts anderes als diese Stadt und unsere Ruhe. Aber dank einer Mabden von größerer Ehrenhaftigkeit als die meisten anderen haben wir rechtzeitig von dieser Invasion erfahren. Und so werden unsere Verbündeten bald hier eintreffen, um uns in unseren letzten Jahren zu verteidigen. Ein ironisches Schicksal. Aber vertraut, nicht wahr? Die Überbleibsel einer uralten Aristokratie beschützt von denen, die einst ihre erbittertsten Feinde waren!«

Mir kam das alles nicht recht geheuer vor, und ich sah gleich, daß es Alisaard und von Bek nicht anders ging.

»Vergebung, Prinz Groaffer Rolm«, sagte Alisaard, »aber wann habt Ihr von diesem heiligen Krieg gegen Euch erfahren?«

»Vor nicht ganz dreißig Wechseln.«

»Und besinnt Ihr Euch auf den Namen der ehrenwerten Mabden, die Euch ihre Hilfe angeboten hat?«

»Aber ja. Ihr Name ist Prinzessin Sharadim von Draachenheem. Sie ist uns eine gute Freundin geworden und stellt keine Forderungen. Sie versteht unsere Prinzipien und unsere Sitten und hat es sich zur Aufgabe gemacht, unsere Geschichte zu studieren. Sie hat ein gutes Herz. Es ist ein Segen, daß all unsere anderen Städte bereits vor langer Zeit aufgegeben wurden. So braucht sie nur diese eine zu verteidigen. Wir erwarten ihre Soldaten während der nächsten Konjunktion.«

Alisaard errötete. Wie ich, wie von Bek, hatte sie keine Ahnung, wie man die Bärenprinzen am besten und am behutsamsten eines Besseren belehren konnte.

Endlich sagte von Bek geradeheraus. »Also hat sie auch Euch getäuscht. Wie so viele ihrer eigenen Untertanen. Sie hat Böses mit Euch im Sinn, Ihr Herren, und das ist sicher.«

Seine Worten folgte mehrfaches Schnüffeln, Räuspern und unüberhörbares Knacken von Gelenken.

Alisaard meldete sich leidenschaftlich zu Wort. »Es ist wahr, meine Prinzen. Diese Frau plant, sich mit dem Chaos zu verbünden und die Grenzen zwischen den Reichen niederzureißen und die Welten des Rades zu einem einzigen riesigen und gesetzlosen Tummelplatz zu machen, wo sie und ihre Bundesgenossen des Chaos eine allgewaltige Tyrannenherrschaft aufrichten wollen!«

»Chaos?« Prinz Glanat Khlin watschelte zum Feuer und atmete den Rauch ein. »Kein Mabden kann sich mit dem Chaos verbünden und überleben – zumindest nicht in seiner ursprünglichen Gestalt. Oder hofft sie darauf, selbst zu einem Lord des Chaos zu werden? Das ist manchmal der Ehrgeiz solcher Leute . . .«

»Ich möchte meine Schwester Prinz erinnern«, warf Snothelifard Plare ein, »daß wir von diesem Trio bis jetzt nur Anklagen vernommen haben. Beweise wurden uns nicht vorgelegt. Ich für mein Teil empfinde ein instinktives Vertrauen zu dieser Mabdenfrau Sharadim. Ich besitze die Gabe, ihresgleichen zu verstehen. Diese Botschafter hier könnten von denen geschickt worden sein, die gegen Adelstane marschieren!«

»Auf mein Wort«, rief Alisaard, »wir sind nicht Eure Feinde. Wir dienen weder Sharadim, noch diesem Herrn, von dem Ihr sprecht. Wir sind zu Euch gekommen, um Hilfe bei unserer eigenen Suche zu erbitten. Wir versuchen, die Ausbreitung des Bösen zu verhindern, das Chaos und seine Intrigen von unseren Reichen fernzuhalten. Wir kamen zu Euch, weil wir hofften, Morandi Pag zu finden.«

»Da habt ihr es!« Snothelifard Plare zog ihre Schnauze aus den Rauchwolken zurück und trommelte sich mit den Fingerspitzen gegen die Zähne. »Da habt ihr es!«

Alisaard schaute von einem Gesicht zum andern. »Was meint Ihr?«

Groaffer Rolm inhalierte einen gewaltigen Mund voll Rauch. Während er sprach, quollen ihm die Schwaden aus den Nasenlöchern und gesellten sich zu denen, die bereits unter der Decke hingen. »Morandi Pag ist verrückt geworden. Er war einer von uns. Ein Bärenprinz, würdet ihr sagen. Ein Prinz der Südost-Strudel und der Kalten Teiche. Ein großer Händler. Immer sein eigener Steuermann. Freund. Oh!« Und Groaffer Rolm hob die Schnauze zu der bemalten Decke und stieß ein wehmütiges Brummen aus.

»Sein Jugendfreund«, erklärte Faladerj Oro, während sie die runzlige Stirn ihres Gemahls streichelte. »Sein großer Freudenteiler.« Ein leises Wimmern entschlüpfte ihr. »Ja. Er ist bei ihnen, hat man uns mitgeteilt. Wir haben nach ihm geschickt. Wir haben ihn wissen lassen, daß er unbedingt nach Adelstane kommen soll, um uns zu sagen, daß er nicht den Mabden dient.

Aber er ist nicht gekommen. Er schickte keine Nachricht. Bei unserem Volk bedeutet das soviel wie ein Geständnis, daß die Gerüchte der Wahrheit entsprechen.«

»Morandi Pag hat einen ungewöhnlichen Verstand«, sagte Glanat Khlin. »Hatte schon immer einen ungewöhnlichen Verstand. Tatendurstig, das war er. Immer Taten, gelenkt von seiner ausgeklügelten und unergründlichen Logik. Als Händler war er der letzte der wahren Flußprinzen. Als ein Seher hatte er sich selbst ausgebildet, in tausend Zeiten und Welten hineinzuschauen. Als ein Wissenschaftler waren seine Theorien von exquisiter Feinheit. Oh, Morandi Pag war, was unsere Vorfahren einst waren. Ein ungewöhnlicher Verstand, der unvorstellbare Möglichkeiten vorhersehen konnte. Also begab er sich schließlich zu seiner Felsenburg. Aber wir wußten nicht, daß er mit unserer Behandlung der Mabden nicht einverstanden war. Er brauchte es nur auszusprechen. Wir tun lediglich, was die Mabden sagen, das sie wollen. Wir boten ihnen eine unserer schönsten Städte an, um darin zu wohnen. Sie wiesen sie zurück. Wenn wir falsche Schlüsse gezogen haben, hätte man uns darauf aufmerksam machen sollen. Wir hätten uns geändert. Wenn die Mabden in ein von Mabden bewohntes Reich zurückkehren wollen, können wir das ermöglichen. Aber sie weigerten sich, irgendeinen unserer Vorschläge in Betracht zu ziehen. Und jetzt das. Dabei haben wir, nach meiner Auffassung, nichts falsch gemacht.«

»Vielleicht haben wir etwas falsch gemacht«, warf Snothelifard Plare ein. »Wenn ja, hätte Morandi Pag von allen Prinzen uns sagen müssen, was. Aber das ist vorbei. Wir haben es mit einer Streitmacht der Barbaren zu tun, die gegen uns marschiert. Das bedeutet Blutvergießen. Wir können uns nicht verteidigen, ohne zu töten. Diese anderen Mabden kennen den Tod und wissen ihn auszuteilen. Wir haben nicht einmal Vorräte an Waffen.«

»Ja«, stimmte Groaffer Rolm zu, der allmählich seine Fassung zurückgewann. »Keine Waffen, und Sharadim hat die Mittel, sich dergleichen zu beschaffen. Sie verteidigt die Schönheit, sagt sie. Das ist etwas, das würdig ist, verteidigt zu werden, meinen wir. Aber es würde uns nicht leichtfallen zu töten.

Mabden fällt es nicht schwer zu töten, wie wir hier wohl alle wissen. Ah! Morandi Pag. Er sendet uns nicht einmal eine Nachricht. Nein. Wir wollen nichts mit den Mabden zu tun haben. Sie sind Flöhe. Ah!« Damit wandte er seinen Kopf der Feuerstelle zu, was seine Frau in hilflose Verwirrung stürzte. Mit einem Blick entschuldigte sie sich bei uns für die Bemerkung ihres Gatten über jene, die sie für unserer Rasse zugehörig hielt.

»Sie sind schlimmer als Flöhe, Prinz Faladerj Oro«, sagte ich rasch. »Zumindest sind sie die schlimmste Sorte Flöhe. Wo immer sie zustechen, hinterlassen sie Krankheit und Zerstörung. Aber ich hege den Verdacht, daß beide Mabdenheere von Sharadim geführt werden. Sie benutzt das eine, um Euch in Furcht zu versetzen, das andere, um Euch zu beruhigen. Wir wissen, daß sie plante, eine Armee in dieses Reich zu bringen. Aber wir glaubten, sie würde gegen Morandi Pag ziehen. Wie kann sie dann mit ihm verbündet sein?«

»Jemand sollte diese Felsenburg aufsuchen, wie ich angeraten habe.« Groaffer Rolm stieß wieder Rauchfahnen aus seinen Nüstern. »Wenn er tot ist oder krank, erklärt das manches. Und ich stimme mit diesen Mabden überein, prinzliche Vettern. Wir sollten Sharadim nicht länger vertrauen. Ich glaube, wir warteten so lange auf einen Mabden, der unserer Achtung würdig war, daß wir uns selbst betrogen haben . . .«

»Die Prinzessin Sharadim ist ein ehrenhaftes Geschöpf«, beharrte Prinz Snothelifard Plare. »Ich fühle es in meinen Knochen.«

»Warum habt Ihr nicht schon früher jemanden zu dieser Felsenburg geschickt?« forschte ich. »Wenn Euch der Verdacht kam, Morandi Pag könnte krank sein.«

Groaffer Rolms Schnauze wurde feucht, und er schnüffelte. Er hustete und schob seinen Kopf so weit in den Kamin, daß er beinahe darin verschwand. »Wir sind zu alt«, sagte er. »Es gibt hier niemanden, der die Reise unternehmen könnte.«

»Ist der Felsen so weit entfernt?« Von Beks Stimme klang drängend.

»Nicht so sehr weit«, antwortete Groaffer Rolm und tauchte wieder aus den Weihrauchschwaden auf. »Ungefähr fünf Meilen, nach unserer Schätzung.«

»Und fünf Meilen sind Euch zu viel?« Jetzt hörte von Bek sich verächtlich an.

»Man muß den See überqueren«, verteidigte Glanat Khlin sich und seine Gefährten. »Den See, den er selbst erforschte, auf der Suche nach dem sagenhaften Zentralen Tor, von dem man behauptet, daß es ständig zu allen Reichen auf einmal führt. Alles, was er fand, wird gesagt, war seine Felsenburg. Aber dort bildet sich oft ein Mahlstrom. Und es gibt starke Winde. Wir haben keine Boote für diese Reise. Und jetzt sind wir nicht mehr fähig, eines zu bauen.«

»Ihr, die berühmten Flußprinzen, habt keine Boote? Bei dem Großen Treffen habe ich Eure Arche gesehen.« Ich mochte nicht glauben, daß sie Lügner waren. »Ihr habt Boote.«

»Ein paar. Die Arche ist nur eine List, um unsere Kostbarkeiten vor den gierigen Blicken der Mabden zu schützen. Die Gheestenheemer halten es so ähnlich, weshalb wir immer Verbündete gewesen sind. Einige wenige kleine Boote sind noch vorhanden, ja. Aber wir sind zu alt.«

»Dann leiht uns eines davon«, schlug Alisaard vor. Zögernd legte sie Groaffer Rolm eine Hand auf den massigen Arm. »Leiht uns ein Boot, und wir werden auf den See hinausfahren, um nach Morandi Pag zu sehen. Vielleicht stellt sich heraus, daß er nicht gegen Euch arbeitet. Vielleicht war das nur eine Lüge der Mabden, wie alles andere auch.«

»Die Prinzessin Sharadim hat hellseherische Fähigkeiten«, grollte Snothelifard Plare. »Sie weiß, daß Morandi Pag unseren Untergang plant.«

»Ihr werdet doch zulassen, daß diese Behauptung überprüft wird?« Groaffer Rolm erhob sich unter vernehmlichem Rascheln und Knistern seiner Gewänder aus dem Sessel. »Ihr werdet zulassen, daß sie überprüft wird, Schwester Prinz. Was kann uns das schaden?«

Snothelifard Plare wandte sich mit vielsagender Langsamkeit dem Feuer zu, und sog mit einem langen, lauten Schnaufer die Dämpfe ein.

»Nehmt das Boot, aber seid vorsichtig.« Faladerj Oro sprach zu uns wie eine Mutter zu ihren Kindern. »Aber der Felsen liegt unter der Sonne. Es ist heiß, und die Wasser dort sind eigenartig. Morandi Pag zog sich dorthin zurück, um ungestört seinen Studien nachgehen zu können. Aber er blieb. Nur er kannte die wahren Pfade der See. Es war eine seiner goldenen Fähigkeiten. Als junge Weibchen haben wir ihn beobachtet, wie er die Witterung der in den tiefsten Tiefen verborgenen Strömungen aufnahm. Dann bestieg er sein Floß und ließ sich von ihnen tragen. Die Hälfte unserer Karten wurde vor Morandi Pags Geburt gezeichnet. Die andere Hälfte entstand, nachdem er zu uns gekommen war. Und selbst ein langlebiges Volk wie das unsere durchlebt nicht vier volle Zyklen des Multiversums. Er war unser letzter Stolz. Wäre er ein Führer gewesen, hätten wir, glaube ich, sogar einen fünften Zyklus überlebt.« Sie schien nicht sonderlich betroffen von der Aussicht auf das baldige Erlöschen ihrer Rasse. »Morandi Pag hat sein Wissen aus dem gesamten Multiversum zusammengetragen. Verglichen mit ihm sind wir anderen unwissend und beschränkt. Wir haben Boote, unten. Sie können zu der alten Mole gebracht werden. Werdet Ihr dort auf das Boot warten? Wir geben Euch Karten. Wir geben Euch Proviant. Wir werden Euch Botschaften der Freundschaft und Sorge für Morandi Pag mitgeben. Und dann, wenn er noch lebt, wird er antworten.«

Kaum eine Stunde später standen wir in der grauen Helligkeit am Fuß der ragenden Felswände, auf einem verwitterten, gemauerten Kai und sahen zu, wie aus den Tiefen ein blaßgoldenes Boot auftauchte, den Mast bereit, das Segel gegen die Nässe umwickelt; mit Rudern und kleinen wasserdichten Kästen voller süßer Pasteten und Feldfrüchte. Das Wasser strömte aus seinen Flanken, als es sich neben der Mole wiegte, bereit, uns aufzunehmen.

»Ich habe ihre Boote schon einmal gesehen«, meinte Alisaard, während sie zuversichtlich über den Bootsrand stieg und sich einen bequemen Sitz zurechtmachte. »Sie können nicht voll Wasser laufen. Es ist ein System von Röhren und Ventilen, aber so geschickt verborgen, daß nur die Bootsbauer wissen, wo sie sich befinden.«

Das Boot war sehr viel geräumiger als das, mit dem wir in Barganheem angekommen waren. Schließlich war es dafür gedacht, Masse und Gewicht des Bärenvolkes aufzunehmen. Aber es reagierte willig auf Ruder und Wind.

Die Bärenprinzen bekamen wir nicht mehr zu Gesicht, als wir den Bug in Richtung der Lücke in den Wolken drehten, aus der das Licht beinahe gewaltsam auf die Wasseroberfläche strömte, die, wie wir beim Näherkommen bemerkten, wild schäumte und gelegentlich riesige Dampffontänen aufsteigen ließ.

»Kochendes Wasser«, sagte von Bek matt. Er schien geneigt, sich geschlagen zu geben. »Damit also schützt sich Morandi Pags Felsenburg. Sehen Sie in den Karten nach, Herr Daker. Vielleicht gibt es noch einen anderen Kurs.«

Aber seine Hoffnung erfüllte sich nicht.

Bald, aus dem Zwielicht gerissen von diesem riesigen Trichter aus Sonnenschein, sahen wir durch den Dampf und die Gischt eine hohe Felsnadel, die wenigstens dreißig Meter über die Wasseroberfläche emporragte. Auf diese Spitze, jetzt eben erkennbar, befand sich ein Gebäude ähnlich denen, die wir gerade hinter uns gelassen hatten. Man hätte es für eine natürliche Formation halten können, entstanden in Tausenden von Jahren unter der Einwirkung von Wind und Wetter, aber ich wußte es besser. Es konnte nichts anderes sein als Morandi Pags Haus.

Wir verlangsamten die Fahrt des Bootes und drehten bei, bevor wir in die Gewalt der wirbelnden Strömungen gerieten. Der Dampf verströmte eine derartige Hitze, daß wir bald alle schweißgebadet waren. Noch andere Klippen, andere bedrohliche Felsspitzen umgaben die von Morandi Pag, aber keine war so hoch. Wir standen aufrecht im Boot und winkten, in der Hoffnung, daß er über irgendeine Möglichkeit verfügte, uns heranzulotsen. Aber nichts regte sich in dem filigranen Palast auf dem Felsen.

Alisaard hatte die Karten neben sich liegen. »Hier könnten wir durch«, sagte sie und zeigte mit dem Finger. »Es ist ein Felsblock, den das Wasser ausgehöhlt hat. Er bietet den besten Schutz vor den Geysiren. Sobald er hinter uns liegt, müssen wir uns zwischen den Klippen entlangtasten, aber der Karte nach ist das Wasser dort kühler. Am Fuß von Morandi Pags Felsenburg gibt es offenbar eine kleine Bucht. Die müssen wir erreichen, bevor wir an den Felsen zerschmettert werden. Wie es aussieht, haben wir nur diese Möglichkeit. Oder wir können nach Adelstane zurückkehren und berichten, daß wir erfolglos waren. Dann warten wir, bis Sharadim mit ihrer Armee eintrifft. Was also sollen wir tun?«

Sie hatte ihre Frage selbst beantwortet. Wir waren bereit, das Wagnis einzugehen. Sie wartete kaum unsere Zustimmung ab, bevor sie, die Karte zwischen den Zähnen, eine Hand am Ruder, die andere an den Segeltauen, das Boot in die brüllende, tobende Hitze hineinsteuerte.

Ich begriff kaum, was mit uns geschah in diesen wenigen Minuten, die Alisaard unser Boot steuerte. Ich hatte nur einen flüchtigen Eindruck von brausenden, gefährlichen Wellen, die uns hin und her schleuderten, von scharfen Felskanten, die nur Zentimeter entfernt an der Bootswand vorbeiglitten, von dem Wind, der an dem Segel zerrte, und von Alisaard, die ein fremdartiges, wildes Lied sang, als sie unser Boot auf die Felsnadel zu lenkte.

Die dunkle Öffnung des vom Wasser ausgewaschenen Tunnels kam in Sicht und verschluckte uns sofort. Das Meer dröhnte uns in den Ohren. Das Boot streifte erst die eine Wand, dann die andere. Alisaard fuhr fort zu singen. Es war ein herrliches Lied. Es war ein trotziges Lied. Eine Herausforderung an das gesamte Multiversum.

Dann wurden wir von einer neuen Strömung aus dem Tunnel in Richtung von Morandi Pags ragendem Felsenheim getragen. Ich blickte auf. Das grelle Sonnenlicht schien von einer Art kosmischer Linse gebündelt zu werden. Wo es am hellsten strahlte, fiel es unmittelbar auf den weißen Palast und enthüllte, daß ganze Teile davon in Trümmern lagen.

Ich wurde zornig. Ich schlug mit der Faust gegen die Bootswand. »Unser Wagnis war umsonst. Morandi Pag ist tot. Seit Jahren hat niemand mehr in diesem Palast gelebt!«

Aber Alisaard beachtete mich nicht. Mit unveränderter Genauigkeit lenkte sie das Boot auf den Felsen zu. Und dort entdeckten wir plötzlich einen Teich ruhigen Wassers, umgeben von hohen Mauern, mit nur einem schmalen Durchlaß. Dort fanden wir uns endlich wieder. Das Boot wiegte sich sanft an der Hafenmauer. Hinter dieser Mauer vernahmen wir das Donnern der Wogen, das Kreischen der Geysire, aber nur gedämpft, wie aus weiter Ferne. Alisaard beendete ihr Lied. Dann stand sie auf und jubelte.

Wir stimmten ein. Niemand hatte jemals so voller Dankbarkeit gejubelt.

Das Adrenalin kreiste immer noch in unseren Adern. Selbst Alisaard ließ kein Anzeichen der Erschöpfung merken. Schnell war sie die Sprossen an der Hafenmauer emporgestiegen und schaute uns von dort aus zu, wie wir etwas vorsichtiger das Boot verließen und uns schließlich zu ihr gesellten.

»Dort«, sagte sie und deutete auf eine Treppe und die Öffnung dahinter, »wir stehen vor dem Eingang zu Morandi Pags Burg.«

Ulrich von Bek schaute auf das gischtende Meer zurück. Er meinte leise: »Ich bete, daß dieser Pag eine bessere Art gefunden hat, seine Festung zu verlassen. Ich habe jetzt schon Angst vor unserer Rückreise!«

Alisaard ging vor uns her; aus ihrer Elfenbeinrüstung tropfte Wasser. Sie begann, Morandi Pags Namen zu rufen.

Von Bek lachte plötzlich auf. »Sie sollte hinzufügen, daß wir vom Beerdigungsinstitut sind. Dieser alte Bär ist seit Jahren tot. Man braucht sich nur anzusehen, wie verfallen hier alles ist.«

Alisaard versuchte es auf die Art, die uns Zutritt zu den Höhlen von Adelstane verschafft hatte. »Wir sind friedliche Reisende. Feinde Eurer Feinde. Wir werden Euer Heim betreten, wissend, daß Ihr uns diese Ehre nicht versagt habt.«

Sie verstummte. Keine Antwort.

Gemeinsam traten wir drei durch den geborstenen und vermoderten Torbogen, hinter dem zu unserer Überraschung eine Anzahl von Stufen in den Fels hinabführte.

Wir stiegen immer tiefer hinunter. Von draußen hörten wir das ferne Seufzen und Murmeln der Wellen. Es herrschte ein muffiger Geruch. Ich glaubte ein schnüffelndes Geräusch wahrzunehmen, von der Art, wie Groaffer Rolm es hervorgebracht hatte. Es kam von unten.

Und dann, ganz unvermittelt, mußte ich grinsen. Meinen Gefährten ging es nicht anders.

Aus der Dunkelheit zu unseren Füßen kräuselte sich dicker, grünlicher Rauch empor, dessen starker Duft uns beinahe Übelkeit verursachte.

»Ich glaube, ein Bärenprinz macht sich bereit, uns willkommen zu heißen.« Das kam von meinem deutschen Freund. Alisaard kicherte erheitert. Ich fand ihre Reaktion übertrieben.

Eingehüllt in diese Wolke gingen wir weiter, bis wir endlich einen kleinen Torbogen erreichten. Jenseits davon konnten wir Tische und andere Möbelstücke ausmachen, Bücher, Leitern, alle möglichen Musikinstrumente, mehrere unterschiedliche Planetarien, seltsames Licht von merkwürdig geformten Lampen. Und aus diesem Wust schob sich in wiegendem, irgendwie unternehmungslustigen Watschelgang, der massige Leib von Morandi Pag selbst hervor. Er trug nur wenig Kleidung – ein bißchen schmückende Spitze und Stickerei – und war beinahe gänzlich weiß. Früher einmal war sein Pelz schwarz gewesen, vermutete ich. Davon war jetzt nur noch ein Streifen eisgrauer Haare an seinem Kopf und Rücken geblieben.

In seinen großen, dunklen Augen offenbarte sich eine wache, vielleicht ironische Neugier, die bei seinen Standesgenossen fehlte. Aber es brannte auch ein seltsames Licht darin, und sein Blick neigte dazu, abzuschweifen und sich auf etwas zu richten, das für uns unsichtbar war. Seine Stimme war tief und beruhigend, aber auch unbestimmter und wandlungsfähiger als die der anderen Prinzen. Sein Benehmen war, kurz gesagt, unübersehbar geistesabwesend. Gleichzeitig hatte man den Eindruck, als leiste er dieser Eigenart Vorschub; als hätte er Angst, sich auf etwas Bestimmtes zu konzentrieren. Wir standen einer großen Intelligenz gegenüber, die aber einen gewaltigen Schock erlitten haben mußte. Ich hatte einen vergleichbaren Ausdruck auf den Gesichtern von Überlebenden eines tausendfachen Schreckens gesehen. Von Bek machte dieselbe Feststellung. Wir tauschten einen Blick.

Morandi Pag gab sich liebenswürdig. »Weitere Mabdenforscher, nicht wahr? Nun, Mabden, seid willkommen. Erkundet Ihr diese Gewässer, wie ich sie einst erkundet habe?«

»Wir sind keine Handel treibenden Abenteurer, mein Prinz«, antwortete Alisaard ruhig. »Wir sind hier, weil wir versuchen wollen, die Sechs Reiche vor dem Zugriff des Chaos zu bewahren.«

Ein flüchtiger Blitz des Begreifens in diesen sanften Augen erlosch gleich wieder. Morandi Pag nuschelte eine Melodie durch die Überbleibsel seiner Zähne. Er schlurfte zurück zu seinen Büchern und Retorten. »Ich bin alt«, sagte er, ohne uns anzusehen. »Ich bin zu alt. All das Wissen hat mich wahrscheinlich halb verrückt gemacht. Ich bin für niemand mehr von Nutzen.« Er fuhr überraschend herum und starrte mich beinahe zornig an. Und er meinte keinen anderen als mich, als er rief: »Du! Dir wird es genauso ergehen! Bald wird es dir genauso ergehen. Mein armer kleiner Mabden.« Er lehnte sich gegen eine Bank, auf der ein Dutzend Räucherschalen standen. Sie verbreiteten den schweren Duft. »Wissen hört auf, Weisheit zu sein, wenn man nicht imstande ist, zu begreifen oder zu nutzen, was man lernt. Hm? Es war vermutlich unausweichlich. Hm?«

»Prinz Morandi Pag«, sagte Alisaard drängend. »Wir haben Euch nicht belogen, was unsere Mission betrifft. Sie richtet sich gegen das Chaos und alles, was es mit sich bringt. Ihr würdet uns doch nicht etwas vorenthalten? Etwas, das für unser Vorhaben lebenswichtig ist!«

»Zum Schutz«, meinte er, und bewegte seine Schnauze bekräftigend auf und ab. »Nur deshalb. Ja.«

»Wißt Ihr, wo das Drachenschwert zu finden ist?« fragte von Bek.

»Oh ja. Das. Natürlich weiß ich es. Ihr könnt es sehen, wenn Ihr wollt. Unten.« Er seufzte tief. »Ist das alles? Das alte Höllenschwert selbst, hm? Ja, ja.« Aber seine Augen waren schon zu einem blauen Glaskrug auf seinem Tisch gewandert. Eine Art Leuchtkäfer schien darin herumzutanzen. Morandi Pag gab ein Laut stillen Behagens von sich.

Einen Moment später wandte er uns wieder seinen mächtigen Schädel zu. Fast eine Minute lang schien er zu überlegen. Dann sagte er nüchtern: »Ich habe große Angst vor dem, was geschieht. Wie kommt es, daß Ihr nicht auch Angst habt?«

»Weil, Prinz Morandi Pag, wir das alles erst noch durchleben müssen«, antwortete von Bek. Er sprach sehr sanft, wie zu einem verschreckten Pferd.

»Ah!« meinte Morandi Pag, als fände er die Antwort zufriedenstellend. »Ah, Ihr könnt Euch nicht vorstellen, nicht vorstellen . . .« Wieder schweiften seine Gedanken ab. Er fing an, Namen vor sich hinzumurmeln, Teile irgendwelcher Gleichungen, Verszeilen, und vieles davon in Sprachen, die wir nicht einmal entfernt verstanden. »La, la, la, la. Möchtet Ihr drei Euch mit mir in das Wenige teilen, was ich habe? Nahrung war niemals das Problem, wie Ihr vielleicht gehört habt. Aber . . .« Er kratzte sich am linken Ohr und schaute uns fragend an.

»Das Drachenschwert, Prinz Morandi Pag«, erinnerte Alisaard ihn.

»Ja. Ihr wollt es sehen? Ja. Es ist unten.«

»Werdet Ihr uns hinführen? Oder sollen wir allein gehen?« fragte sie langsam und deutlich. »Was sollen wir tun, Prinz Morandi Pag?«

»Sehen, was Ihr denkt.« Er hatte unser Gespräch bereits vergessen. Er trommelte auf Röhren und Flaschen. »La, la, la, la.«

Von Bek deutete auf eine Tür in der gegenüberliegenden Wand. »Wir müssen nachsehen, wohin sie führt. Es tut mir leid, wenn ich unhöflich erscheine, aber wir haben nur wenig Zeit.« Er schritt zwischen Pergamenten und dicken Schmökern hindurch, vorbei an vergessenen Instrumenten und Stapeln von Krügen, deren jeder eine geheimnisvolle Substanz enthielt, und streckte die Finger nach dem Griff aus. Bevor er ihn betätigte, blickte er noch einmal zu Morandi Pag.

Der alte Bär sprach. Wieder klang seine Stimme beherrscht, voll weiser Aufmerksamkeit. »Ihr könnt dort hineingehen und es suchen, wenn Ihr möchtet.«

Wir standen neben von Bek, als er den Griff drehte. Die Tür bestand nicht aus Holz, sondern aus pockennarbigem Fels, wie Bimsstein, nur daß er bunt gefärbt war. Man hatte Muster hineingemeißelt, die mich an die in Adelstane gesehenen Banner erinnerten. Ich konnte nicht recht erkennen, was sie darstellten.

Ohne ein Quietschen oder sonstigen Protest, schwang die Tür auf. Der Raum dahinter war klein und rund, eine Vorratskammer. Lampen flackerten darin. Auf Regalen lagen und standen Päckchen, Schriftrollen, Schachteln, Krüge, in Stroh verpackte Flaschen und eine Anzahl von Gegenständen, deren Bedeutung unklar blieb.

Wie auch immer, was an einem schweren Messinghaken von dem mittleren Balken herabhing, fesselte unsere Aufmerksamkeit. Es war ein Zierkäfig, in dem, nach den Exkrementen an Seiten und Boden zu urteilen, einst ein riesiger Vogel gesessen hatte.

Jetzt nicht mehr. Bei dem Gefangenen, der uns zwischen den engen Gitterstäben her musterte, handelte es sich um einen recht kleingewachsenen Mann. Gekleidet in eine an das Mittelalter erinnernde Tracht, schien er dankbar für unser Auftauchen zu sein. Wer konnte sagen, wie lange er schon in dem Käfig saß?

Hinter uns war Morandi Pag wieder in seinen Zustand der Geistesabwesenheit zurückgefallen.

»Ah ja«, sagte er. »Jetzt fällt mir wieder ein, wo ich den kleinen Mabden versteckt habe.«

Kapitel acht

Der Mann in dem Käfig war Jermays der Krüppel. Er erkannte mich fast sofort und lachte lauthals. »Ihr kommt wie gerufen, Meister Held! Ich bin froh, Euch zu sehen.«

Morandi Pag kam herangeschlurft, um an dem komplizierten Schloß herumzufingern. »Ich habe ihn hier hineingesteckt, als ich Euer Boot sichtete. So würde jeder Feind ihn für einen Sklaven oder ein Haustier halten, und ihn vielleicht unbehelligt lassen.«

»Hineingesteckt, wie ich hinzufügen möchte«, bemerkte Jermays ohne eine Spur von Boshaftigkeit oder Ärger, »gegen meinen Willen. Dies ist das fünfte Mal, daß Ihr mich in diesen verdammten Käfig gesperrt habt, Prinz Pag. Erinnert Ihr Euch denn nicht?«

»Habe ich Euch schon einmal hineingesperrt?«

»Ungefähr jedesmal, wenn ein Boot in Sichtweite kam.« Jermays kletterte mit seiner gewohnten Behendigkeit aus dem Käfig und ließ sich zu Boden fallen. Er schaute zu mir auf. »Glückwunsch, Meister Held. Eures ist das erste, das unbeschädigt hierhergelangte. Ihr müßt ein fähiger Steuermann sein.«

»Das Lob gebührt allein der Lady Alisaard. Sie ist eine Zauberin am Ruder.«

Jermays verbeugte sich vor der Gheestenheemerin. Der junge Zwerg mit seinen krummen Beinen und seinem dünnen, ingwerfarbenen Bart betrug sich mit einer gewissen Würde. Sie schien von ihm bezaubert zu sein. Als nächstes wandte er sich an Ulrich von Bek. Sie stellten sich gegenseitig vor.

»Ihr kennt meinen kleinen Mabden bereits?« erkundigte sich Morandi Pag in vollkommen normalem Ton. »Es wird schön für ihn sein, andere seiner Art als Gefährten zu haben. Ihr seid der Held, ich weiß. Ja, ich weiß, Ihr seid der Held. Weil . . .« Und seine Augen wurden seltsam leer. Er stand mit halbgeöffnetem Maul und starrte vor sich hin.

Jermays sprang hinzu, nahm den alten Bären am Arm und führte ihn zu seinem Stuhl. »Er hat zuviel in seinem Kopf, da passiert das manchmal.«

»Ihr kennt ihn gut?« fragte Alisaard einigermaßen erstaunt.

»Oh, in der Tat. Seit ungefähr siebzig Jahren bin ich hier seine einzige Gesellschaft. Ich hatte keine Wahl. Die augenblicklichen Umstände bewirken, daß ich mich nicht nach freiem Willen durch die einzelnen Reiche bewegen kann, wie sonst manchmal. Allerdings muß ich sagen, daß jeder einzelne Tag sehr anregend gewesen ist. Nun aber, Ihr seid auf der Suche nach etwas.« Er half Morandi Pag behutsam, sich niederzulassen. »Ich wäre gern behilflich.«

»Morandi Pag sagte, er würde uns das Drachenschwert zeigen«, klärte von Bek ihn auf.

»Aha, hat er also von dem Scharlachroten Kristall gesprochen? Ja, ich weiß, wo er zu finden ist. Ich kann Euch ohne weiteres hinführen, aber wir werden Morandi Pag mit uns nehmen müssen. Denn ich bin nutzlos, wenn es um Zaubersprüche geht. Werdet Ihr ihm etwas Ruhe gönnen?«

»Wir sind auf einer verzweifelten Suche«, meinte Alisaard leise. »Die Zeit drängt.«

»Wir gehen jetzt gleich!« Morandi Pag erhob sich plötzlich, voller Energie. »Sofort! Es ist dringend, sagt Ihr? Sehr gut. Kommt, Ihr sollt das Drachenschwert sehen!«

Es gab eine schmale Tür in der Rückwand der Vorratskammer, in der wir Jermays gefunden hatten. Dort hindurch führte uns Morandi Pag, und zwei Wendeltreppen hinunter. Um uns herum konnten wir das Meer donnern und toben hören. Es war so laut, daß wir jeden Augenblick glaubten, es würde die Felsmauern durchbrechen und uns hinwegspülen.

Jermays der Krüppel entzündete eine Fackel, bückte sich bei ihrem Licht und zog mit seinen langfingrigen Händen an einer in den feuchten Boden eingelassenen Kette. Ein Schacht tat sich auf, aus dem ein dunstiger Lichtschimmer zu uns hinaufdrang. Jermays verschwand durch die Öffnung, nachdem er uns ein Zeichen gegeben hatte, ihm zu folgen.

Morandi Pag sagte: »Geht Ihr voran. Ich werde wegen meines Alters und meines Umfangs etwas länger brauchen.«

Ich merkte, daß von Bek zögerte. Er vermutete einen Hinterhalt, doch Alisaard drängte ihn weiter. Ich folgte ihr die etwas schlüpfrige Leiter hinab.

Die Leiter führte in eine Höhle, die eigentlich ein hoher Felspfeiler war. Wir standen auf einer langen Plattform über einem wirbelnden und schäumenden Teich, dessen Zuflüsse sich rauschend durch Öffnungen ergossen, die beinahe wie Fenster aussahen, welche man in ziemlich regelmäßigen Abständen über uns in die Felswand eingesetzt hatte. Abzufließen schien das Wasser durch eine Reihe unsichtbarer Röhren am Grund. Es war ein herrliches Naturschauspiel, und wir betrachteten es schweigend, während wir uns fragten, wohin wir von hier aus überhaupt noch gehen konnten.

Ich fühlte die Tatze des Bären auf meiner Schulter. Mich herumdrehend, bermerkte ich den melancholischen Ausdruck in seinen Augen. »Zu viel Wissen«, sagte er. »Euch wird es ebenso ergehen, außer Ihr trefft Vorsorge. Unsere Gehirne sind begrenzt in ihren Fähigkeiten, Informationen aufzunehmen. Ja?«

»Ich nehme es an, Prinz Morandi Pag. Wird das Schwert mir Schaden zufügen?«

»Nicht jetzt. Der Schaden, den es Euch zugefügt hat, und der Schaden, den es noch verursachen wird, sind nicht Teil Eures gegenwärtigen Schicksals, glaube ich. Aber Taten können natürlich den Lauf der Dinge verändern. Ich bin nicht sicher . . .« Er räusperte sich. »Aber Ihr möchtet das Schwert sehen, hm? Dann müßt Ihr dort hinabsehen, in diesen Teich.«

»Sie werden es nicht sehen können, Prinz Pag«, mahnte Jermays der Krüppel mit erhobener Stimme, um das Tosen des Meeres zu übertönen. »Nicht ohne Eure Beschwörung.«

»Ach ja.« Morandi Pag machte einen zerknirschten Eindruck. Er kratzte sich die weiße Brust. Dann tätschelte er mir beruhigend den Arm. »Keine Angst. Es ist ein eigentümlich verwinkeltes Logikmuster. Eine gedankliche Gleichung, die ich aufstellen muß. Es hilft mir, etwas zu singen. Ihr verzeiht?« Er hob den Kopf und stieß ein unbeschreibliches Heulen und Grunzen aus, ein melodisches Jaulen und ein mehrfaches scharfes Bellen.

»Ist er wieder verrückt geworden?« wollte von Bek wissen.

Jermays gab ihm einen Schubs. »Tretet an den Rand. Den Rand. Schaut in das Wasser. Versucht, an gar nichts zu denken. Rasch. Er vollzieht die Beschwörung!«

Jetzt standen wir alle vier an der äußersten Kante der Felsplatte und schauten durch die Gischt in das wirbelnde graugrüne Wasser, wie es unablässig in den Teich strömte. Das Wasser hatte eine hypnotisierende Wirkung. Beinahe sofort fesselte es unsere Aufmerksamkeit und hielt sie im Bann. Ich fühlte, wie ich schwankte, fühlte, wie der kleine Jermays die Hand ausstreckte, um mich zu stützen. »Ihr dürft keine Angst haben zu fallen«, belehrte er mich. »Konzentriert Euch einfach auf den Teich.«

Mit einigem Unbehagen folgte ich seinem Rat. Ich konnte Morandi Pags Stimme mit dem Geräusch des Meeres verschmelzen hören, und aus dem Geräusch schien ein Bild zu entstehen, etwas Greifbares. Langsam begann das Wasser in einem roten Schimmer zu erglühen. Außerhalb des Turms heulte der Wind, und die Brecher schlugen gegen den Fels. Aber im Innern verhärtete sich die Gischt, verwandelte sich in winzige Quarzteilchen, reglos festgebannt an ihren Platz, und der rote Ozean war zu einer Kammer aus Kristall geworden. Und plötzlich hörte ich Morandi Pags Stimme nicht mehr, noch das Toben der Elemente außerhalb dieser Mauern. Eine gewaltige Stille hatte sich herabgesenkt.

Wir schauten in den scharlachroten Kristall, in dessen Tiefen etwas Grünes und Schwarzes eingebettet zu sein schien, wie eine Fliege in Bernstein.

»Es ist das Drachenschwert«, flüsterte Alisaard. »Genauso hat es in unseren Visionen ausgesehen!«

Schwarze Klinge, grüner Knauf, schien das Drachenschwert sich in seinem Gefängnis aus Kristall ungeduldig zu regen. Und ich glaubte, eine winzige gelbe Flamme tief in der Klinge flackern zu sehen, als wäre etwas in dem Schwert gefangen, so wie das Schwert in dem Kristall gefangen war.

»Kann ich es berühren, Morandi Pag?« fragte Alisaard leise. »Ich kenne den Zauber, um den Drachen zu erlösen. Ich muß es mit zurück nach Gheestenheem nehmen.«

Der Bärenprinz war ebenso verzückt wie wir anderen. Er schien sie nicht gehört zu haben. »Es ist sehr schön, finde ich. Aber so gefährlich.«

»Laßt es uns mitnehmen, Morandi Pag«, bat von Bek. »Wir können Gutes damit vollbringen. Es heißt, das Schwert ist nur so verderbt, wie der, der es trägt . . .«

»Schon, aber Ihr vergeßt eines. Es heißt, es erfüllt mit dem Bösen jeden, der es in Besitz nimmt. Außerdem ist es nicht an mir, zu bestimmen, ob ihr das Drachenschwert haben sollt oder nicht. Es gehört nicht mir.«

»Aber es befindet sich in Eurer Höhle. Dann befindet es sich auch in Eurem Besitz.« In Alisaards Gesicht zeigte sich ein Ausdruck des Mißtrauens.

»Ich kann es zu dieser Höhle beschwören, wegen unserer Lage im Multiversum. Oder was meine ich? Ich meine, daß ich den Schatten . . .«

Ganz unvermittelt ließ Morandi Pag sich zu Boden sinken und fiel allem Anschein nach in einen friedlichen Schlummer.

»Ist ihm nicht wohl?« fragte Alisaard erschrocken.

»Er ist müde.« Jermays beugte sich über seinen Freund. Er legte eine Hand auf die faltige Stirn des Bären, die andere auf die Herzgegend. »Einfach müde. Er hat in letzter Zeit die Gewohnheit entwickelt, den halben Tag zu verschlafen und die ganze Nacht. Von Natur aus ist er bei Nacht aktiv.«

Von Bek stieß einen drängenden Ruf aus. »Das Schwert! Das Schwert verblaßt. Die Kristallwand verschwindet!«

»Ihr habt gesagt, ihr wolltet es sehen«, sagte Jermays und hielt sich aufrecht, so gut er konnte. »Und ihr habt es gesehen. Was noch?«

»Wir müssen den Drachen aus dem Schwert befreien«, erklärte Alisaard. »Ehe die Klinge gezwungen werden kann, dem Chaos zu dienen. Der Drache will nur in seine Heimat zurückkehren. Halte es hier fest, Jermays. Gib uns Zeit, das Schwert aus seinem Gefängnis zu befreien! Bitte!«

»Aber das kann ich nicht. Und Prinz Pag ebensowenig!« Jermays wirkte ehrlich verblüfft. »Was Ihr gesehen habt, war ein Trugbild – oder vielmehr eine Vision des tatsächlichen Drachenschwertes. Die Wand aus scharlachrotem Kristall befindet sich genausowenig in dieser Höhle, wie das Drachenschwert hier zu finden ist.«

Der rote Glanz war erloschen. Die Gischt hatte sich wieder in gewöhnliche Feuchtigkeit verwandelt. Das Meer dröhnte und donnerte. Jermays bat uns, ihm zu helfen, Morandi Pag auf die Füße zu stellen. Der alte Bär kam wieder etwas zu sich, als wir ihm bis zum Fuß der Leiter geholfen hatten.

»Aber wir hatten Euch so verstanden, daß es sich tatsächlich hier befindet.« Von Bek hörte sich gekränkt an. »Morandi Pag sagte, es wäre hier.«

Alisaard berichtigte ihn. Für einen Moment lag ein sardonisches Lächeln auf ihren Zügen. »Er sagte, wir könnten es sehen«, erinnerte sie von Bek. »Das war alles. Nun, besser als nichts. Jetzt, wenn er sich ausgeruht hat, wird er uns vielleicht verraten, wo wir es suchen müssen.«

Morandi Pag murmelte etwas, als Jermays seine Schulter

unter den Allerwertesten des Bären stemmte und sich bemühte, ihn die Leiter hinaufzuschieben. Rasch stieg ich auf der anderen Seite hinauf und drehte mich dann um, so daß ich des alten Prinzen Pfote ergreifen und von oben ziehen konnte. Zu guter Letzt hatten wir ihn durch die Öffnung bugsiert, aber inzwischen gebärdete er sich wieder ganz munter. Er war es, der die Fackel ergriff und uns auf den Stufen vorausleuchtete. »Hier!« rief er. »Folgt mir. Hier geht es lang.«

Als wir alle bei ihm in seinem Arbeitszimmer standen, hatte er schon seinen Lehnsessel erreicht, sich hineinfallen lassen und schlief, als wäre er niemals aufgestanden.

Jermays betrachtete ihn liebevoll. »Wahrscheinlich schläft er jetzt den ganzen Tag.«

»Werden wir so lange warten müssen, bis wir unsere Suche wieder aufnehmen können?« fragte ich.

»Das hängt davon ab, was genau Ihr wollt«, erwiderte Jermays sachlich.

»Ihr habt gesagt, wir hätten eine Vision des Schwertes gesehen. Aber wo ist die scharlachrote Wand? Wie können wir den Ort erreichen?« verlangte Alisaard zu erfahren.

»Ich glaube, wir sind davon ausgegangen, Ihr wüßtet, wo das Schwert zu finden ist«, meinte Jermays. »Und daß Ihr Euch entschlossen hättet, nicht dorthin zu gehen.«

»Wir hatten nicht die geringste Ahnung«, versicherte Alisaard. »Wir wissen nicht einmal, in welchem Reich es verborgen liegt.«

»Ah«, bemerkte Jermays, dem bei diesen Worten etwas klar geworden zu sein schien. »Das erklärt vieles. Was, wenn ich Euch sagte, daß das Schwert in den Alptraum-Marken zu finden ist, und zwar schon beinahe so lange, wir die Gheestenheemer hier leben? Würde Euch das von Eurem Vorhaben abbringen?«

Alisaard neigte den Kopf und legte beide Hände an die Stirn. Die Neuigkeit hatte sie nicht nur verwirrt. Sie hatte sie, wenigstens vorübergehend, ihrer Entschlußkraft beraubt. »Welche Chancen haben drei Sterbliche, dort irgend etwas zu finden? Welche Chance, überhaupt nur zu überleben?«

»Sehr geringe«, stellte Jermays nüchtern fest. »Außer natürlich, wenn Ihr einen Actorios hättet. Selbst dann wäre es außerordentlich gefährlich. Ihr seid aber herzlich eingeladen, hier bei uns zu bleiben. Ich für meinen Teil wäre froh über die zusätzliche Gesellschaft. Es gibt nur wenige interessante Kartenspiele für zwei. Und Morandi Pag neigt in letzter Zeit zu Unkonzentriertheit, selbst bei einer Partie ›Schnapp‹.«

»Warum sollte der Besitz eines Actorios uns in den Alptraum-Marken von Vorteil sein?« fragte ich ihn. Noch während ich sprach, griff ich in meine Gürteltasche und berührte den warmen, fast lebendig wirkenden Stein, den mir die Gewählte Sprecherin Phalizaarn in Gheestenheem überreicht hatte, und dessen Schicksal nach Sepiriz' Worten aufs engste mit dem meinem verbunden war.

»Er hat einiges mit einem Runenstab gemeinsam«, erklärte mir Jermays. »Er kann Auswirkungen auf seine Umgebung haben. Nur in geringem Ausmaß natürlich, verglichen mit anderen Artefakten. Er kann stabilisieren, was das Chaos berührt hat. Mehr noch, es besteht eine gewisse gegenseitige Anziehungskraft zwischen ihm und diesen Schwertern. Er könnte helfen, Euch zu der Klinge zu führen, die Ihr sucht . . .« Er zuckte seine verkrümmten Schultern. »Aber was hättet Ihr davon? Gar nichts, nehme ich an. Und da das kosmische Pendel noch reichlich oft hin und her schwingen wird, bevor Ihr in den Besitz eines Actorios gelangt, Held, hat dieses Wenn und Aber nicht den geringsten Sinn.«

Ich nahm den pulsierenden Stein aus dem Beutel und zeigte ihn ihm auf der flachen Hand.

Eine Zeitlang betrachtete er ihn schweigend. Plötzlich scheu, beinahe ängstlich.

»Nun«, sagte er schließlich, Ihr habt also solch einen Stein. Aha.«

»Ändert das Eure Einschätzung unserer Chancen in den Alptraum-Marken, Meister Jermays?« fragte von Bek.

Jermays der Krüppel warf mir einen eigenartig mitfühlenden Blick zu. Er drehte sich um und gab vor, ungemein an Morandi Pags Sammlung alchemistischer Gläser interessiert zu sein. »Eine Birne wäre jetzt nicht schlecht«, meinte er. »Ich habe richtig Lust darauf. Zur Not täte es auch ein Apfel. Frische

Lebensmittel sind hier rar. Außer, man mag Fisch. Ich habe das Gefühl, daß ich bald in der Lage sein werde, mir etwas zu beschaffen. Das Gleichgewicht gerät ins Schwanken. Die Götter erwachen. Und wenn sie ihr Spiel beginnen, werde ich wieder herumgestoßen, wie üblich. Hierhin und dorthin. Aber was wird aus Morandi Pag?«

»Es ist ein Heer auf dem Marsch«, sagte Alisaard. »Entweder, um ihm durch Folter Informationen zu entlocken, oder um ihn zu vernichten, wir wissen es nicht genau. Prinzessin Sharadim wird das Heer anführen.«

»Sharadim?« Wieder schaute Jermays mich an. Er war blitzschnell herumgefahren. »Eure Schwester, Held?«

»Wie man's nimmt, Jermays. Wie können wir in die Alptraum-Marken eindringen?«

Er schlenkerte mit seinen unnatürlich langen Armen und trat an die Seite des schlafenden Bärenprinzen. »Niemand hält Euch auf«, antwortete er. »Die Schwierigkeit liegt gewöhnlich nicht darin, daß die Alptraum-Marken Besuchern den Zutritt verwehren. Die meisten Besucher dieser Marken sind, gelinde gesagt, unfreiwillig dorthin geraten. Der Ort wird vom Chaos regiert, seit es nach den alten Kriegen des Rades dorthin verbannt wurde, vor so vielen Jahrhunderten, daß kaum jemand noch davon weiß. Es könnte am Anfang dieses Zyklus' gewesen sein. Ich kann mich nicht erinnern. Die Alptraum-Marken liegen an der Nabe des Rades, gefangen von denselben Kräften, die für das Bestehen der Sechs Reiche verantwortlich sind, beinahe wie von einer Art Schwerkraft zusammengepreßt. Ist es nicht Sharadim, die versuchen will, diese Kräfte loszulassen? Die sich vorgenommen hat, den Herrscher der Alptraum-Marken, Erzherzog Balarizaaf, zu befreien? Warum zu ihm gehen, wo er doch bald zu Euch kommen könnte?« Und Jermays fröstelte.

»Ihr kennt Sharadims Pläne?« erkundigte Alisaard sich eifrig. »Ihr könnt vorhersagen, was sie tun wird?«

»Meine Vorhersagen sind niemals genau«, meinte Jermays. »Sie sind keinem von Nutzen. Ich bin mal hier, mal dort. Ich sehe ein bißchen von dem, ein bißchen von jenem. Aber ich sehe weder den Verstand noch das Bedürfnis, irgend etwas zusammenzusetzen. Das könnte der Grund sein, warum die Götter mir erlauben, nach Belieben herumzuwandern. Die meiste Zeit, Lady, bin ich ein Schattenwesen. Ihr erlebt mich gerade in einer meiner dauerhaftesten Rollen. Und ich weiß, es wird sich bald ändern. Sharadim hat große und furchtbare Pläne, das weiß ich. Aber nichts was ich sage, wird Euch helfen, dagegen anzugehen. Das Muster, wie immer es aussieht, könnte schon festgelegt sein. Sie sucht das Drachenschwert, hm? Und wird mit dessen Hilfe dem Chaos-Lord zu größter Macht verhelfen, vielleicht. Ja . . .«

Dann grunzte Morandi Pag plötzlich im Schlaf, schüttelte seinen riesigen Kopf, plusterte seinen Schnurrbart und öffnete schließlich hellwache, klare Augen. »Prinzessin Sharadim führt eine Armee gegen mein Volk. Das ist es, was ihr mir zu sagen habt, hm? Sie bedroht was? Adelstane? Die anderen Reiche? Mit dem Chaos verbündet? Ich kann sie hören. Wo ist sie? *— Nun, Flamadin, mein falscher Bruder, du wirst mich nicht besiegen. Meine Macht vergrößert sich in dem Maße, wie deine abnimmt.* Nimmt sie an, daß ich mich immer noch in Adelstane aufhalte? Es scheint so. Sie wird versuchen, unsere Tore zu stürmen. Wird es ihr gelingen? Wer weiß. Meine Schwestern sind dort! Mein Bruder. Mein alter Freund Groaffer Rolm ist dort! Haben sie Euch geschickt, mich zu suchen?«

»Sie sandten eine Botschaft, Prinz Morandi Pag, daß sie um Euch besorgt sind. Und daß sie sich in Gefahr befinden und Eurer Hilfe bedürfen. Sie werden von Mabden angegriffen. In größerer Zahl, als sie ahnen.«

»Nicht von Euch?«

»Auf Gedeih und Verderb, Prinz, sind wir Eure Verbündeten gegen einen gemeinsamen Feind.«

»Dann muß ich überlegen, was zu tun ist.«

Und er hatte die Augen geschlossen und schlief wieder ein.

»Wißt Ihr, wie wir zu den Alptraum-Marken gelangen können, Jermays?« fragte von Bek. »Werdet Ihr es uns sagen?«

Jermays der Krüppel nickte geistesabwesend und kramte auf Morandi Pags Tisch herum. Dann bückte er sich unter den Tisch und fing an, in alten Pergamenten zu wühlen, daß es nur so staubte. Schließlich krabbelte er über den Boden und öffnete eine Truhe. In der Truhe lagen Dutzende säuberlich zusammengerollter Pergamente, numeriert, soweit ich sehen konnte. Er warf einen Blick darauf und strahlte. Dann suchte er mit spitzen Fingern eines heraus, sorgsam darauf bedacht, keine Unordnung anzurichten. »Das sind Morandi Pags Karten. Karten von so vielen Reichen. So vielen Sternbildern und Komplexen, Konjunktionen und Umlaufbahnen.« Er entrollte das Pergament. »Das ist die Tabelle, die ich zu finden hoffte.« Er ließ den Finger darüber gleiten. »Ja. Wie es aussieht, wird sich demnächst im Norden ein Tor öffnen. Nahe dem Goradyn-Berg. Das könntet Ihr benutzen. Es bringt Euch nach Maaschanheem. Dort müßtet Ihr dann zum Verwundeten Flußkrebs gehen und auf das Tor warten, das in das Reich der Blutweiner führt. Gut. Dort, im Innern des Vulkans, den sie Tortacanuzoo nennen, gibt es einen direkten Weg in die Alptraum-Marken. Glaube ich wenigstens. Allerdings, wenn es Euch nichts ausmacht, fünf Tage, sieben Stunden und zwölf Sekunden zu warten, könntet Ihr durch ein Tor in der Nähe von Adelstane gehen, nach Draachenheem, durch Fluugensheem, und würdet immer noch zu ungefähr der gleichen Zeit am Verwundeten Flußkrebs sein, als hättet Ihr den Weg über Goradyn genommen. Oder Ihr könnt in die Berge zurückkehren, die Finsternis der Geschäftigen Stadt abwarten, die überdies ziemlich selten ist und die Erfahrung wert, und auf diese Art direkt nach Rootsenheem gelangen.«

Alisaard gelang es schließlich, ihn zu unterbrechen. »Wann gibt es ein Tor direkt von Maaschanheem aus?«

Er versenkte sich in die Tabellen wie ein Mann des 20. Jahrhunderts, der den Zugfahrplan studiert. »Direkt? Von Maschanheem? In ungefähr zwölf Jahren . . .«

»Also bleibt uns nichts anderes übrig, als es mit dem Ankerplatz Der Verwundeten Flußkrebse zu versuchen?«

»Anscheinend nicht. Obwohl, wenn Ihr zu dem Zerissenen Hemd aufbrecht . . .«

»Es scheint in Eurer Welt nicht anders zu sein, als in meiner«, bemerkte von Bek trocken. »Es wird immer schwieriger, in die Hölle zu kommen.«

Alisaard beachtete ihn nicht. Sie war damit beschäftigt, sich

Jermays Worte einzuprägen. »Verwundeter Flußkrebs – Rootsenheem – Tortacanuzoo. Das ist der kürzeste Weg, oder?«

»Es sieht so aus. Allerdings will mir scheinen, daß Fluugensheem noch berührt wird, wenn auch nur kurz. Vielleicht wird es umgangen. Es wird erzählt, daß es dort eine Kreuzung gibt. Habt Ihr sie je entdeckt?«

Alisaard schüttelte den Kopf. »Wir navigieren ziemlich einfach. Das Wagnis, sehr große Entfernungen in einem Sprung zu überwinden, gehen wir nicht mehr ein. Nicht, seit wir unsere Männer verloren haben. Nun, Meister Jermays, könnt Ihr uns auch noch sagen, wo in den Alptraum-Marken das Drachenschwert zu finden ist?«

»Mitten in ihrem Herzen, wo sonst!« Das war Morandi Pag, der seine Leibesmassen aus dem Sessel wuchtete. »An einem Ort, genannt Der Anfang der Welt. Das ist das Herz der Alptraum-Marken. Und das Schwert gibt ihnen Bestand. Aber es kann nur von jemandem Eures Blutes geführt werden, Held. Jemandem Eures Blutes.«

»Sharadim ist nicht von meinem Blut.«

»Genug, um Balarizaaf bei seinen Plänen nützlich zu sein. Wenn sie nur lange genug am leben bleibt, um das Schwert aus seinem Kristallgefängnis zu befreien, würde das schon ausreichen.«

»Ihr meint, niemand kann es aus dem Kristall herausholen?«

»Ihr könnt es, Held. Und sie auch. Außerdem möchte ich annehmen, daß sie weiß, welches Risiko sie eingeht. Es erwartet sie nicht nur einfach der Tod. Sie könnte Erfolg haben. Ist das der Fall, steigt sie in die Reihen der Unsterblichen auf, als eine Fürstin der Hölle. Ebenso mächtig wie Königin Xiombarg oder Mabelode der Gesichtslose oder Alt Slortar selbst. Deshalb wagt sie so viel. Die Belohnung ist die höchste, die sie sich vorstellen kann.« Er legte die Tatzen an die Stirn. »Aber jetzt gerinnen die Zeitalter sämtlich zu einem einzigen Klumpen. Mein armes Hirn. Ihr versteht es, ich weiß, Held. Oder Ihr werdet. Kommt, wir müssen diesen Ort nun doch noch verlassen. Wir müssen zum Festland zurückkehren. Nach Adelstane. Ich habe meine Pflichten. Und Ihr habt natürlich Eure.«

»Wir können das Boot nehmen«, sagte Alisaard. »Ich glaube, ich kann es zwischen den Klippen hindurchsteuern.«

Prinz Morandi Pags Kichern verriet ungekünstelten Humor. »Ihr werdet mich das Ruder nehmen lassen, hoffe ich. Es wird mir gut tun, wieder die Strömungen zu wittern und uns sicher nach Adelstane zu bringen.«

Kapitel neun

»Manche sagen, es gäbe nicht mehr als sechsundvierzig einzelne Falten in dem Aufbau der Wellen«, erklärte Morandi Pag, während er sich schwer in dem Boot niederließ. »Aber diese Behauptung stammt von jenen, die, wie die herrschaftlichen Inselbewohner des Ostens, Einfachheit und eine Art unheiliger Ordnung höher schätzen als Komplexität und scheinbare Unordnung. Ich behaupte, es gibt so viele Falten, wie es Wellen gibt. Einst war es mein Stolz, daß ich sie alle wittern konnte. Die Wellen und das Multiversum sind, meiner Meinung nach, eins. Wie auch immer, das Geheimnis, einen Kurs zu steuern, ganz gleich wohin, liegt darin, jeden Aspekt wie frisch geprägt und völlig neu zu behandeln. Zu verallgemeinern bedeutet meiner Ansicht nach unterzugehen. Die Falten sind unendlich. Die Falten besitzen eine Persönlichkeit.« Seine Nüstern bebten. »Könnt ihr die Strömungen nicht riechen? Und all die ineinander übergreifenden Wirklichkeiten, all die tausenden Reiche des Multiversums. Welch ein Wunder das alles ist! Und dennoch tat ich nicht falsch daran, mich zu fürchten.« Damit gab er Alisaard das Zeichen, die Leine loszumachen, veränderte die Segelstellung ein wenig, bewegte ein bißchen das Ruder, und wir ritten wieder auf den tosenden Wellen in Richtung des hohen Felsens, durch den wir hierhergelangt waren.

Nicht einen Augenblick lang hatte jemand von uns das Gefühl, in Gefahr zu sein. Das Boot tanzte leicht über die sich gewaltig aufbäumenden Wasser. Es schwang sich anmutig vorwärts wie ein Vogel im Flug, jetzt auf den Wellenkämmen, dann in den Tälern, während es manchmal seitlich zu den riesigen Brechern zu liegen schien. Gischt und Wind peitschten unsere Gesichter, als wir durch die Öffnung in das Halbdunkel des Tunnels glitten. Morandi Pag brüllte vor Lachen, beinahe laut genug, um das Toben des Meeres zu übertönen, und steuerte das Boot durch die Felsröhre in das relativ ruhige Wasser des eigentlichen Ozeans.

Jermays der Krüppel hüpfte vor Vergnügen auf und ab. Er stand am Bug und drückte springend und hüpfend seine Begeisterung über jede kleine Kursänderung aus.

Morandi Pag verzog eigentümlich die Schnauze, wie um Zufriedenheit mit seinen eigenen Fähigkeiten auszudrücken. »Es ist zu lange her«, meinte er. »Ich bin nicht mehr jung genug für so etwas. Jetzt nahmen wir Kurs auf Adelstane.«

Wir kamen rasch voran, während um uns die hohen schwarzen Berge emporwuchsen. Der kleine Hafen wurde erreicht und das Boot festgemacht. Danach war es nur noch eine Sache weniger Minuten, zu dem Tor zu gehen, durch das wir beim erstenmal eingelassen worden waren.

Nicht ganz eine Viertelstunde später standen wir wieder in der gemütlichen Bibliothek, eingehüllt in Weihrauchdämpfe, während die Bärenprinzen ihren verlorengeglaubten Freund begrüßten. Es war ein rührender Anblick. Wir alle waren gezwungen, uns Tränen aus den Augen zu wischen. Diese Geschöpfe hatten eine wunderbar herzliche Art, miteinander umzugehen.

Groaffer Rolm, immer noch sehr bewegt, konnte nicht genug tun, uns zu danken, daß wir ihm seinen lang entbehrten Bruder zurückgebracht hatten, aber schließlich sagte er: »Wir haben von Prinzessin Sharadim gehört. Ihre Armee wartet nur noch auf das Öffnen des Tores. Woraufhin es in unser Reich einmaschieren wird, nicht ganz eine Meile von Adelstane entfernt. Das andere Heer, berichtet man uns, ist gleichfalls auf dem Marsch, entlang unserer alten Kanalpfade, und wird binnen eines Tages hier anlangen. »Ich denke, Morandi Pag, daß du mit diesen Mabden einer Meinung bist. Sharadim ist unser Feind.«

»Diese Mabden sprechen die Wahrheit«, bestätigte Morandi Pag. »Aber sie haben eine eigene Aufgabe zu erfüllen. Sie müssen nach Maaschanheem gehen. Und von dort über Rootstenheem und Fluugensheem zu den Alptraum-Marken.«

»Den Alptraum-Marken!« Faladerj Oro war aufrichtig entsetzt. »Wer würde sich freiwillig dorthin begeben?«

»Es geht darum, alle Sechs Reiche vor Sharadim und ihren Verbündeten zu retten«, erklärte von Bek. »Wir haben keine Wahl.«

»Ihr seid in der Tat Helden«, meinte Whiclar Hald-Halg. Sie lachte vor sich hin. »Mabdenhelden! Welche Ironie . . .«

»Ich selbst werde euch zu dem ersten Tor begleiten«, sagte Morandi Pag.

»Aber was ist mit Sharadim und ihren Truppen? Was werdet ihr gegen sie unternehmen?«

Groaffer Rolm zuckte die Schultern. »Wir sind jetzt alle zusammen. Und wir haben unseren Feuerkreis. Es wird ihnen schwerfallen, den zu überwinden. Und sollten sie Adelstanes Befestigungen stürmen, müssen sie uns erst finden. Es gibt viele Möglichkeiten, sie aufzuhalten.«

Jermays der Krüppel bediente sich aus einem Krug mit Wein. »Aber sie vergiftet sämtliche Reiche«, gab er zu bedenken. »Sie kann ihre Persönlichkeit so verändern, daß sie jeder Kultur liebenswert erscheint. Was in diesem Reich geschieht, geschieht auch, in veränderter Form, anderenorts. Wie kann man das verhindern?«

»Das ist nicht unsere Sache, und wir haben auch nicht die Mittel, um die Kämpfe anderer Reiche auszufechten«, sagte Groaffer Rolm. »Wir können nur hoffen, sie an der Eroberung Adelstanes zu hindern. Aber wenn das Chaos seine Grenzen niederbricht und sich mit ihr verbündet, sind wir verloren, denke ich.«

Wir verabschiedeten uns von den Bärenprinzen, und Morandi Pag führte uns an dem uralten Kanal des breiten, trägen Flusses entlang, hinauf in die schweren Schatten der an allen Seiten aufragenden Gebirgswälle. Hier schließlich blieb er stehen und machte Anstalten, etwas zu sagen, als die Berge in ihrem Kern erschauerten und die Dunkelheit sich mit einem weißen Leuchten füllte, das in allen Regenbogenfarben zu schimmern begann. Allmählich nahmen auf der Lichtung am Flußufer sechs Pfeiler Gestalt an, die einen vollkommenen Kreis bildeten und an einen lichten Tempel erinnerten.

»Es ist ein Wunder«, sagte von Bek. »Ich bin immer wieder erstaunt.«

Morandi Pag strich sich mit einer weißen Tatze über die Stirn. »Ihr müßt euch beeilen«, drängte er. »Ich kann fühlen, wie die Mabdenheere sich Adelstane nähern. Wirst du sie begleiten, Jermays?«

»Laßt mich hierbleiben«, antwortete Jermays. »Ich muß herausfinden, ob meine alte Gabe des Reisens zurückgekommen ist. Wenn ja, kann ich Euch von hier aus besser nützen. Lebt wohl, Held. Lebt wohl, wunderschöne Dame. Graf von Bek, lebt wohl.«

Dann standen wir in dem Raum zwischen den Säulen und schauten nach oben. Beinahe sofort setzten wir uns in Bewegung.

Ohne die greifbare Festigkeit eines Bootes wirkte der ganze Vorgang noch seltsamer. Wir fühlten uns nicht gewichtslos. Eher hatte man den Eindruck, von einer Wasserströmung getragen zu werden, allerdings Wasser, worin man nicht versinken konnte.

Vor uns konnte ich ein verschwommenes, graues Licht erkennen. In meinem Kopf breitete sich ein Schwindelgefühl aus, und für kurze Zeit hatte ich das Empfinden, von einer gigantischen, aber sanften Hand aufgehoben worden zu sein. Sekunden später stand ich auf festem Boden, wenn auch immer noch in dem Kreis der Säulen aus Licht. Alisaard stand neben mir und, ein kleines Stück entfernt, ein faszinierter von Bek. Der deutsche Graf schüttelte wieder verwundert den Kopf. »Faszinierend. Warum gibt es keine Tore wie diese zwischen meiner Welt und den Mittelmarken?«

»Verschiedene Welten haben auch verschiedene Arten von Toren«, erklärte Alisaard. »Diese Art ist den Welten des Rades zu eigen.«

Wir traten aus dem Kreis heraus und fanden uns in der vertrauten, verhangenen Landschaft Maaschanheems wieder.

Überall nur hartes Gras, Schilf, Wassertümpel, glänzende Marschen. Fahle Wasservögel kreisten am Himmel. Soweit wir sehen konnten, erstreckten sich ebener Grund und seichte Gewässer.

Alisaard griff in ihren Beutel und brachte eine kleine Mappe mit zusammengefalteten Karten zum Vorschein. Sie hockte sich hin und breitete eine davon auf dem verhältnismäßig trockenen Boden aus. »Wir müssen zu dem Ankerplatz Der Verwundete Flußkrebs. Dies hier ist Der Lachende Speer. Es bleibt uns nichts anderes übrig, als uns zu Fuß auf den Weg zu machen. Nach dieser Karte ist es möglich. Es gibt Pfade durch den Sumpf.«

»Wie weit ist Der Verwundete Flußkrebs von hier entfernt?« erkundigte sich von Bek.

»Siebenundfünfzig Meilen«, gab sie Auskunft.

Einigermaßen niedergeschlagen trotteten wir nordwärts.

Wir hatten nicht mehr als vielleicht fünfzehn Meilen zurückgelegt, als wir vor uns an dem niedrigen Horizont die Umrisse eines großen Schiffes entdeckten. Es schien mehr Dampf auszustoßen als üblich, dennoch war kein Fortkommen festzustellen. Die Vermutung lag nahe, daß es sich in Schwierigkeiten befand. Ich war dafür, dem Schiff aus dem Weg zu gehen, aber Alisaard meinte, wir hätten wenigstens eine kleine Chance, dort Unterstützung irgendwelcher Art zu finden.

»Die meisten Leute sind geneigt, uns Gheestenheemern zu vertrauen«, sagte sie.

»Habt Ihr vergessen, was an Bord der *Grimmiger Schild* vorgefallen ist?« erinnerte ich sie. »Damit, daß Ihr von Bek und mir geholfen habt, habt Ihr die heiligsten Abkommen des Großen Treffens verletzt. Ich bin ziemlich sicher, daß Angehörige Eures Volkes hier nirgendwo mehr willkommen sind. Sharadim wird den Zwischenfall für sich ausgenutzt haben; sie hat ja nur darauf gewartet, sich hier Verbündete zu schaffen und Gheestenheem in Mißkredit zu bringen. Was uns betrifft, wir sind vermutlich Freiwild für jeden Trupp Kesselbewahrer, der uns zu Gesicht bekommt. Ich bin dagegen, das Schiff anzurufen.«

Von Bek starrte angestrengt voraus. »Ich habe das Gefühl, daß es keine Gefahr für uns darstellt«, meinte er. »Seht. Das ist kein Rauch aus ihren Schornsteinen. Es brennt! Es wurde angegriffen und zerstört!«

Alisaard wirkte stärker betroffen, als von Bek oder ich. »Sie führen Krieg untereinander! Das hat es seit Jahrhunderten nicht mehr gegeben. Was kann das bedeuten?«

Wir liefen über den weichen, unebenen Boden in Richtung des vermutlichen Wracks.

Lange bevor wir es erreicht hatten, konnten wir schon erkennen, was geschehen war. Feuer hatte in der schwimmenden Stadt gewütet. Schwarze Leiber in allen Stellungen des Todeskampfes lagen an der verkohlten Reling, auf den rauchenden Decks. Sie hingen gleich zerbrochenen Puppen in den zerschmetterten Rahen. Und überall wogte der Gestank des Todes. Aasvögel watschelten durch diesen Überfluß an Fleisch, fett wie Mastgänse. Männer und Frauen, Kinder und Säuglinge, alle hatten den Tod gefunden. Der Rumpf lag halb auf der Seite, gestrandet, geplündert.

Ungefähr fünfzig Meter von den Resten des großen Schiffes erhoben sich einige Gestalten aus dem Röhricht und bewegten sich von uns fort. Einige waren blind und mußten von den übrigen geführt werden, deshalb kamen sie so langsam voran. Ich rief ihnen nach:

»Wir wollen Euch nichts tun. Welches Schiff war das?«

Die Überlebenden wandten uns bleiche, furchtsame Gesichter zu. Sie waren in Lumpen gekleidet – eingewickelt in alles, was sie aus dem Wrack hatten retten können. Sie sahen halb verhungert aus. Es handelte sich zumeist um ältere Frauen, aber auch ein paar Mädchen und Knaben gehörten zu dem Trupp.

Alisaard trug ihren Elfenbeinhelm, wie es ihre Gewohnheit war. Jetzt lüftete sie das Visier und sagte beruhigend: »Wir sind euch freundlich gesinnt, gute Leute. Wir möchten euch unsere Namen nennen.«

Eine hochgewachsene alte Frau entgegnete mit überraschender Festigkeit: »Wir kennen Euch. Alle drei. Ihr seid Flamadin, von Bek und die abtrünnige Geisterfrau. Gesetzlose allesamt. Feinde unserer Feinde vielleicht, aber wir haben keinen Grund, Euch als Freunde zu betrachten. Nicht jetzt, da die Welt alles verrät, was uns teuer ist. Prinzessin Sharadim sucht Euch, nicht wahr? Und auch dieser mordgierige Emporkömmling Armiad, ihr grausamster Verbündeter . . .«

Von Bek war ungeduldig. Er tat einen Schritt nach vorn. »Wer seid Ihr? Was ist hier vorgefallen?«

Die alte Frau hob die Hand. »Ihr seid nicht willkommen hier. Ihr habt das Böse in unser Reich gebracht. Das Böse, das wir für immer verbannt geglaubt hatten. Jetzt ist wieder Krieg zwischen den Schiffen.«

»Wir sind uns schon einmal begegnet«, warf ich plötzlich ein. »Aber wo?«

Sie zuckte die Achseln. »Ich war Praz Oniad, Gemahlin des Schneebär-Beschützers. Mitkapitän und Reimschwester der Toirset Larens. Und was Ihr vor Euch seht, ist alles, was von unserem Heimatschiff geblieben ist, der *Neuer Beweis*, und alles, was von unseren Familien noch lebt. Es gibt einen zweiten Krieg der Schiffe, angezettelt von Armiad. Und obwohl Ihr diesen Krieg nicht begonnen habt, habt Ihr doch einen Teil des Vorwandes dafür geliefert. Durch den Bruch der Gesetze beim Großen Treffen wurde allgemeine Unsicherheit hervorgerufen.«

»Aber man kann uns doch nicht für Armiads Ehrgeiz verantwortlich machen!« rief Alisaard. »Er war schon vorhanden, bevor wir taten, was wir taten.«

»Ich sagte ›Vorwand‹«, berichtigte Praz Oniad. »Armiad behauptete, andere Schiffe hätten den Geisterfrauen bei dem Angriff auf sein Fahrzeug Vorschub geleistet. Er behauptete es einfach. Und als nächstes führte er an, daß er sich schützen müsse. Also kamen Verbündete aus Draachenheem. Erfahrene Kämpfer, die wußten, wie man tötet, wie man Krieg führt. Nicht lange, und er hatte natürlich auch Bundesgenossen unter den anderen Schiffen, die seine Macht fürchteten und nicht so enden wollten wie wir und viele andere. Armiad befehligt jetzt dreißig Schiffe, und sie entweihen den Ort des Treffens, indem sie ihn als Heerlager mißbrauchen, als ihre Festung, zusammen mit ihren Verbündeten aus Draachenheem. Alle anderen Schiffe müssen Tributzahlungen leisten und Armiad als Königadmiral anerkennen, ein Titel, den wir vor hundert Jahren abgeschafft haben.«

»Wie konnte das alles in so kurzer Zeit passieren?« flüsterte von Bek mir zu.

»Sie vergessen«, erklärte ich ihm, »daß die Zeit nicht in allen Reichen gleich abläuft. Wie es scheint, sind mehrere Monate vergangen, seit wir das Große Treffen verließen.«

»Wir hoffen, Prinzessin Sharadim und ihre Bundesgenossen aufhalten zu können«, teilte ich der alten Frau mit. »Ihre Pläne, und die von Armiad, entstanden lange, bevor wir davon erfuhren. Sie wollen uns töten, weil wie eine Möglichkeit kennen, sie zu besiegen.«

Die alte Frau musterte uns zweifelnd, aber ein wenig Hoffnung zeigte sich in ihren ausgemergelten Zügen.« »Es ist nicht Vergeltung, nach denen wir von der *Neuer Beweis* streben«, meinte sie. »Wir würden mit Freuden sterben, wenn dadurch dieser furchtbare Krieg aufhörte.«

»Alle Sechs Reiche sind von diesem Krieg bedroht.« Alisaard war zu ihr getreten und nahm jetzt freundlich ihre Hand. »Gute Frau, das hier ist alles Sharadims Tun. Als ihr Bruder sich weigerte, sie zu unterstützen, brachte sie ihn in Verruf und erklärte ihn zum Ausgestoßenen.«

Die alte Frau betrachtete mich mißtrauisch. »Man sagt, dies wäre gar nicht Prinz Flamadin, sondern ein Doppelgänger. Es wird behauptet, er sei in Wirklichkeit der Erzherzog Balarizaaf vom Chaos, der menschliche Gestalt angenommen habe, und daß bald in allen Reichen des Rades das Chaos herrschen werde.«

»Ein Teil von dem, was Ihr gehört habt, entspricht der Wahrheit«, sagte ich. »Aber ich versichere Euch, ich bin kein Freund des Chaos. Wir versuchen das Chaos zu besiegen. Und wir hoffen, durch diesen Sieg den Sechs Reichen wieder Frieden zu bringen. Zu diesem Zweck sind wir auf dem Weg zu den Alptraum-Marken.«

Praz Oniad stieß ein scharfes, bitteres Lachen aus. »Kein Mensch setzt freiwillig seinen Fuß in jenes Reich. Sind das noch mehr Lügen? Ihr würdet nicht überleben. Euer Bewußtsein würde schmelzen. Kein Sterblicher kann die Trugbilder in jenem Reich ertragen, ohne verrückt zu werden.«

»Es gibt keine andere Möglichkeit, Sharadim und all ihre

Verbündeten zu besiegen«, sagte Alisaard. »Zu diesen Verbündeten, das stimmt, gehört der Erzherzog Balarizaaf.«

Die alte Frau seufzte. »Was für eine Möglichkeit ist das schon«, meinte sie. »Euer Unterfangen ist eine sinnlose Verzweiflungstat.«

»Wir sind unterwegs zu dem Verwundeten Flußkrebs, um ein Tor zu finden«, mischte von Bek sich ein. »Welcher Ankerplatz ist dies, gute Frau?«

»Der Überfließende Brunnen«, antwortete sie. »Ankerplatz von *Ein Erdachter Fisch,* die gleichfalls von Armiads Feuerschleudern zerstört wurde, eben jenen, die er von Sharadim erhalten hat. Wir haben keine Waffen. Er inzwischen viele. Der Verwundete Flußkrebs ist Meilen von hier entfernt. Wie seid ihr denn unterwegs?«

»Zu Fuß«, erwiderte Alisaard. »Es ging nicht anders, gute Frau.«

Die alte Frau runzelte die Stirn und wog irgendein Für und Wider gegeneinander ab. Dann sagte sie: »Wir haben einen Prahm. Uns nützt er nichts. Wenn ihr die Wahrheit sagt, und das glaube ich, seid ihr unsere Hoffnung. Eine erbärmliche Hoffnung ist besser, als überhaupt keine. Nehmt den Prahm. Damit könnt ihr die Wasserwege benutzen und morgen am Verwundeten Flußkrebs sein.«

Sie zogen das flache Boot aus dem verbrannten Schiffsrumpf. Es stank nach Feuer und Zerstörung, war aber unversehrt und schwamm leicht auf dem nahen Wasser. Man gab uns Stangen und belehrte uns, wie damit umzugehen war. Und dann blieb das armselige kleine Häuflein am Ufer zurück, während wir unseren Kahn in Richtung des Verwundeten Flußkrebses stakten.

»Seid vorsichtig«, rief Lady Praz Oniad, »denn Armiads Mordgesellen sind jetzt überall. Sie haben Schiffe nach Art der Draachenheemer, die viel schneller sind als die unseren.«

Wachsam setzten wir unsere Reise fort und ruhten abwechselnd, während wir uns mit den Stangen durch die Nacht schoben. Schließlich warf Alisaard einen Blick auf ihre Karte und deutete nach vorn. In der Morgendämmerung entdeckten wir einen Schimmer weißen Lichts.

Das Tor hatte bereits Gestalt angenommen.

Aber davor ragte der massige Rumpf eines weiteren Schiffes auf. Und dies war ganz und gar nicht beschädigt, sondern über alle Toppen geflaggt.

»Wenn die nicht kampfbereit sind«, bemerkte von Bek mit einem harten Grinsen.

»Könnten Armiad oder Sharadim Wind von unserem Vorhaben bekommen und dieses Schiff beauftragt haben, uns aufzuhalten?« fragte ich Alisaard.

Sie schüttelte stumm den Kopf. Sie wußte es auch nicht. Wir waren schon erschöpft von der Anstrengung, den Prahm vorwärts zu staken, und verfügten über keine Mittel, diesen übermächtigen Feind zu bekämpfen.

Als einzige Möglichkeit blieb uns, das Boot ans Ufer zu schieben und zu Fuß unser Glück zu versuchen. Das taten wir dann auch; stolpernd und mit den Armen rudernd kämpften wir uns weiter, bis zu den Knien im Morast, ganz zu schweigen von den längelangen Stürzen, wenn wir uns mit den Füßen in irgendwelchen Wurzeln verhedderten. Langsam rückte das Tor näher. Aber man hatte uns gesehen. Rufe ertönten auf dem Schiff. Ich sah Gestalten nahe dem Tor an Land gehen. Sie trugen dunkelgrüne und gelbe Rüstungen und waren mit Schwertern und Spießen bewaffnet. Mit so gut wie leeren Händen hatten wir gegen sie keine Chance.

Trotzdem stapften wir weiter auf das Tor zu, mit wild schlagenden Herzen und keuchendem Atem, in der Hoffnung auf irgendeinen glücklichen Zufall, der es uns ermöglichen mochte, das Tor vor den schwer bewaffneten Soldaten zu erreichen, die sich jetzt durch Zurufe verständigten und in einer auseinandergezogenen Linie auf uns zukamen.

Innerhalb von Augenblicken waren wir eingekreist. Wir machten uns bereit, mit bloßen Händen den Kampf aufzunehmen.

Rüstungen wie die ihren hatte ich in Maaschanheem noch nicht zu Gesicht bekommen. Sie erinnerten mich an Draachenheem. Als der Anführer vortrat, unbeholfen in all dem steifen Metall und Leder, und seinen Helm abnahm, wußte ich auch, warum.

Das schwitzende, verderbte Gesicht, das zum Vorschein kam, war mir nur zu vertraut. Ich hatte Armiad oder einen seiner Kesselbewahrer erwartet. Statt dessen stand ich Lord Pharl Asclett gegenüber, den wir bei unserer Flucht aus dem Palast gefesselt in Sharadims Gemächern zurückgelassen hatten. Seine Züge waren zu einer Art zähnefletschendem Grinsen verzogen.

»Ich bin höchst erfreut, Euch wiederzusehen«, sagte er. »Ich habe eine Einladung von der Prinzessin Sharadim zu überbringen. Sie wäre glücklich, Euch bei ihrer bevorstehenden Hochzeit begrüßen zu dürfen.«

»Also ist sie Kaiserin, wie?« Alisaards Augen huschten umher, auf der Suche nach einer schwachen Stelle in dem Kreis der Soldaten.

»Hattet ihr nicht damit gerechnet?« Prinz Pharls Gesicht drückte verschlagene Überheblichkeit aus.

»Und wen heiratet die Dame?« Auch von Bek versuchte Zeit zu schinden. »Euch vielleicht, Pharl von der Harten Hand? Ich hörte, Ihr hättet keine Vorliebe für das schöne Geschlecht. Oder für irgendeines, was das betrifft.«

Der Prinz von Skrenaw starrte ihn gehässig an. »Ich würde mich geehrt fühlen, meiner Kaiserin in allen Dingen zu Diensten zu sein. Selbst in dieser Sache. Nein, Herr, sie heiratet Prinz Flamadin. Habt Ihr nicht davon gehört? Sogar in Fluugensheem werden Feiern abgehalten. Sie haben die Kaiserin und ihren Gemahl zu ihren Herrschern gewählt, nachdem der König der Fliegenden Stadt in einer trunkenen Laune sein Kommando niederlegte. Wollt Ihr uns nicht begleiten, zurück zu unserem Schiff? Wir warten bereits seit fünf Tagen auf euch . . .«

»Wie habt Ihr erfahren, wo wir zu finden sein würden?« fragte ich.

»Die Kaiserin hat mächtige, übernatürliche Verbündete. Auch ist sie selbst eine große Seherin. Außerdem hat sie an vielen Toren von Maaschanheem und Draachenheem Posten stationiert. Dieses hier wurde zu jenen gerechnet, bei denen Ihr mit größter Wahrscheinlichkeit auftauchen würdet, obwohl ich zugeben muß, daß ich Euch bei dem Tor in . . .«

Ein Geräusch wie ferner Donner veranlaßte ihn, sich zu unterbrechen. Er wandte seinen abscheulichen Kopf und starrte mit einem fassungslosen Ächzen auf den Anblick, der sich ihm bot.

Wir verrenkten uns die Hälse, um etwas zu sehen. Das riesige Schiff versuchte ein Wendemanöver, aber es schien in einem ungeheuren Netz gefangen zu sein. Von einem seiner Decks stieg eine funkensprühende Feuerkugel auf und wurde von dem Netz zurückgeschleudert. Jetzt entdeckte ich eine Anzahl leichter Segelschiffe, wie ich sie ähnlich in Gheestenheem gesehen hatte, die die schwimmende Festung einkreisten. Sie waren die Angreifer. Das Geräusch hatte von den Sprengladungen hergerührt, mit denen das Gewirr von Netzen über das gesamte Schiff geschossen worden war.

Ehe Prinz Pharl einen Befehl geben konnte, erhob sich plötzlich eine Woge von Kriegern vom Boden und griff unsere Bewacher an. Geführt wurden sie von einer kleinen Gestalt, die nur Helm und Brustpanzer trug, dazu einen Fischhaken, der doppelt so lang war wie sie selbst, und am Rand des Getümmels herumsprang, die Waffe schwenkte und die Männer anfeuerte, die sämtlich in die grau-grüne Rüstung Maaschanheems gekleidet waren. Die Gestalt grinste mich an. Es war Jermays der Krüppel.

»Auch wir haben einen Hinterhalt gelegt!« rief er. Er kicherte, als seine Kämpfer auf Prinz Pharls Soldaten eindrangen und sie im Nu überwältigten. Pharl selbst wurde gefangengenommen. Rasend vor Wut stierte er uns an. Als unsere Retter die Visiere ihrer Helme öffneten, und die Gesichter sowohl von Geisterfrauen als auch von Maaschanheemern zum Vorschein kamen, war er den Tränen nahe.

Jermays kam herangetrabt wie ein glücklicher Hund. »Bewohner mehrerer Reiche haben sich jetzt gegen Sharadim und ihre Handlanger zusammengetan. Leider sind wir in der Minderzahl. Ihr müßt euch beeilen. Das Tor wird bald wieder verschwunden sein. Sharadim herrscht in Draachenheem. Ottro wurde im Kampf getötet. Prinz Halmad leistet der Kaiserin immer noch Widerstand. Neterpino Sloch verlor die Schlacht bei Fancil Sepaht und zahlte den Preis. Er ging beider

Beine verlustig. Sharadim hat Mabden aus diesem Reich nach Gheestenheem gesandt, und den Alten droht jetzt Krieg. In der Zwischenzeit sucht sie ihre Stellung in Fluugensheem zu festigen, und Rootsenheem ist in ihrer Hand. Aldestane wird von ihren Geschöpfen belagert, da die Bärenprinzen nicht auf ihre Hinterlist hereingefallen sind. Ihr seht, wie viel von Euch abhängt. Ihre Macht ist beinahe groß genug, um das Chaos herbeizurufen, die eroberten Reiche mit dem Balarizaafs zu vereinen! Rasch – rasch – durch das Tor!«

»Aber es führt nach Rootsenheem!« rief ich. »Wenn sie dort herrscht, wie kann unser Plan gelingen?«

»Nennt falsche Namen!« lautete Jermays ziemlich unverständlicher Rat.

Und so liefen wir auf die Lichtsäulen zu, sprangen in den Kreis und ließen uns wieder in einen Tunnel ziehen. Für kurze Zeit wußten wir, was die Vögel empfinden, wenn sie sich von den Luftströmungen tragen lassen, und dann sahen wir blendende, gelbe Helligkeit vor uns. Nach wenigen Sekunden standen wir in warmem Sand und schauten auf eine gewaltige Zikkurat, deren gemeißelte Steinquader älter zu sein schienen als das Multiversum.

Alisaard gab uns leise Anweisungen. »Wir befinden uns tatsächlich in dem Reich der Blutweiner. Ihr seid Farkos, aus Fluugensheem. Ihr, Graf von Bek, Mederic von Draachenheem. Ich bin Amelar aus dem Volk der Alten. Kein Wort mehr. Sie kommen.« Und sie zeigte auf den Turm.

Schon hatte sich eine Öffnung im Sockel der Zikkurat aufgetan. Heraus trat eine Gruppe von Männern in seltsamer Aufmachung, wie ich sie schon bei dem Großen Treffen beobachtet hatte.

Mit langen Bärten, gekleidet in eigentümliche Gewänder – eine Art Seidenstoff, welcher über ein ausladendes Gerüst gespannt war, so daß er kaum ihre Haut berührte, lange Handschuhe, Helme aus leichtem Holz, die von einem quer über die Schultern liegenden Joch getragen wurden – blieben sie einige Meter von uns entfernt stehen und hoben grüßend die Arme.

Ich rechnete schon fast damit, erneut angegriffen zu werden, aber die Männer sprachen mit klangvoller Ernsthaftigkeit. »Ihr seid in das Reich der Blutweiner gekommen, Habt Ihr die Schwelle aus Versehen oder mit Absicht überschritten? Wir sind die durch Erbfolge bestimmten Wächter der Schwelle und müssen diese Frage stellen, bevor wir Euch erlauben können, weiterzugehen.«

Alisaard trat vor. Sie nannte unsere falschen Namen. »Wir sind mit voller Absicht gekommen, edle Meister. Aber wir sind keine Händler. Wir erbitten demütig Eure Erlaubnis, den Weg durch Euer Reich bis zur nächsten Schwelle nehmen zu dürfen.«

Ich konnte die Gesichter der Männer jetzt besser erkennen. Ihre Augen waren groß und rotgerändert. Die Helme beschatteten ihre Züge, aber ich konnte sehen, daß unter jedem Auge an einer Vorrichtung aus Draht eine kleine Schale hing. Mit einem Anflug von Ekel bemerkte ich, daß ihre Augen ständig eine klebrige, rote Flüssigkeit absonderten, eine Art Schleim, und daß die Männer uns anschauten, ohne uns sehen zu können. Sie waren blind.

»Aus welchem Grund seid Ihr dann unterwegs, edle Dame?« fragte einer der Blutweiner.

»Wir sind auf der Suche nach Wissen.«

»Und für welche Zwecke wird dieses Wissen genutzt werden?«

»Wir fertigen Karten über die Pfade zwischen den Reichen an. Das Wissen wird allen Sechs Reichen zugute kommen, das schwöre ich.«

»Ihr werdet uns kein Leid zufügen? Ihr werdet nichts aus diesem Reich mitnehmen, das Euch nicht aus freiem Willen angeboten wurde?«

»Wir schwören.« Sie gab uns ein Zeichen, ihre Worte nachzusprechen.

»Euer Herzschlag verrät eure Furcht«, bemerkte einer der anderen Weiner. »Vor was fürchtet Ihr Euch?«

»In Maaschanheem mußten wir vor Piraten fliehen«, erklärte Alisaard. »Überall lauern Gefahren in diesen Tagen.«

»Welche Gefahr droht?«

»Bürgerkrieg, und die Eroberung unserer Reiche durch das Chaos.«

»Dann«, sagte wieder ein anderer, »müßt Ihr Eure Reise schnell fortsetzen. Wir haben keine solchen Befürchtungen in Rootsenheem, denn wir haben unsere Göttin, die und schützt – möge ihr Segen mit Euch sein!«

»Möge ihr Segen mit Euch sein«, wiederholten die übrigen im Chor.

Mich überfiel ein instinktives Mißtrauen. »Sagt, edle Meister, wie nennt man Eure Göttin?« forschte ich.

»Es ist Sharadim die Weise.«

Nun wußten wir, warum Rootsenheem von Krieg und Elend unberührt geblieben war. Das Reich war bereits erobert, und befand sich vermutlich seit vielen Jahren in Sharadims Hand. Man konnte sich unschwer vorstellen, wie leicht es gewesen war, dieses alte, fast senile Volk zu täuschen. Wenn sie das Reich der Blutweiner dem Chaos überlieferte, würden vermutlich nur wenige sich dagegen wehren oder überhaupt begreifen, wie ihnen geschah.

Dieses Wissen allerdings verlieh unserer Mission noch größere Dringlichkeit. Alisaard fragte: »Wir suchen den Ort, den Ihr Tortacanuzoo nennt. Wo ist er zu finden, edle Meister?«

»Ihr müßt die Wüste durchqueren, in westlicher Richtung. Aber Ihr werdet ein Reittier brauchen. Wir werden Euch eines bringen lassen. Sobald Ihr am Ziel seid, wird es aus eigenem Antrieb zu uns zurückkehren.«

Und so, auf einer hölzernen Plattform, die auf dem Rücken eines Tieres befestigt war, das in Größe und Gestalt an ein Rhinozeros erinnerte, begannen wir die Durchquerung der großen Wüste.

»Schon bald wird Sharadim alle Reiche kontrollieren außer Gheestenheem«, bemerkte Alisaard sorgenvoll. »Und selbst Gheestenheem könnte fallen, so sehr vergrößert sich ihre Macht. Sie befehligt inzwischen Millionen von Kriegern. Und es scheint, daß sie den Leichnam ihres toten Bruders wiederbelebt hat, um die Bewohner von Fluugensheem zu beeindrucken.«

»Das ist etwas, was ich nicht verstehe«, sagte ich schaudernd. »Wißt Ihr, was sie vorhat?«

»Ich glaube schon. Fluugensheems Legenden und Mythen

haben viel mit dem Thema der Dualität zu tun. Sie blicken auf ein Goldenes Zeitalter zurück, als sie von einem König und einer Königin regiert wurden, und alle ihre Städte am Himmel schwebten. Jetzt gibt es nur noch eine davon, und diese wird alt, denn das Wissen, neue Schiffe zu bauen, haben sie verloren. Auch sie, scheint es, kamen ursprünglich aus einem anderen Reich. Wenn Sharadim in der Lage war, den Leichnam von Flamadin mit einem Scheinleben zu erfüllen, dann bedeutet das auch, daß ihre vom Chaos bezogene Macht größer ist als jemals zuvor. Zweifellos hat sie es fertiggebracht, die Fluugensheemer zu überzeugen, daß die Geschichten betreffs Flamadins Verbannung falsch waren. Sie ist geübt darin, sich den Eigentümlichkeiten all derer, die sie zu beeinflussen wünscht, anzupassen. Jedem der Sechs Reiche zeigt sie ein völlig anderes Gesicht – was immer die jeweiligen Bewohner in ihrem Idealismus und ihrer heimlichen Sehnsucht nach Ordnung und Frieden am meisten in ihr zu sehen wünschen . . .«

»Sie ist, mit anderen Worten, ein klassischer Demagoge«, bemerkte von Bek und klammerte sich an den Rand der Plattform, als das Tier ins Stolpern geriet und sich mit einem lauten, von übelriechendem Atem begleiteten Schnaufen wieder fing. »Es war Hitlers Geheimnis, daß er für eine Gruppe dies zu sein schien, und für eine andere etwas vollkommen anderes. Dadurch steigen Demagogen so rasch auf. Diese Wesen sind bizarr. Sie können tatsächlich Farbe und Gestalt verändern. Genaugenommen sind sie eine formlose Masse, aber gleichzeitig haben sie einen erbarmungslosen Willen, über andere zu herrschen, der fast ihre einzige beständige Eigenschaft ist, ihre einzige Wirklichkeit.«

Alisaard war beeindruckt. »Ihr habt die Geschichte Eurer Welt studiert?« fragte sie. »Ihr wißt über Tyrannen Bescheid?«

»Ich bin das Opfer eines solchen«, antwortete von Bek. »Und wie es aussieht, werde ich auch noch das eines zweiten sein, wenn wir keinen Erfolg haben!«

Sie griff nach seiner Hand. »Ihr müßt Euren Mut bewahren, Graf von Bek. Er ist beträchtlich und hat Euch bereits sehr geholfen. Ich habe nur wenige gekannt, die so tapfer waren wie Ihr.«

Ich sah, wie seine Finger sich um ihre Hand schlossen.

Und wieder spürte ich diesen furchtbaren, ungerechtfertigten, ungewollten Stich der Eifersucht, als hätte meine Ermizhad ihre Zuneigung einem Rivalen geschenkt. Als machte dieser Rivale der einzigen Frau den Hof, die ich je wirklich geliebt hatte!

Sie merkten, daß mit mir etwas nicht stimmte und stellten besorgte Fragen. Ich wehrte ab und behauptete, die Hitze der alten, roten Sonne über uns würde mir zu schaffen machen. Dann schützte ich Müdigkeit vor, bettete den Kopf auf die gekreuzten Arme und versuchte zu schlafen, die abstoßenden Gedanken und Gefühle zu vertreiben, die mich durchtobten.

Gegen abend hörte ich von Bek einen Ruf ausstoßen. Ich hob den Kopf und sah, daß sein Arm jetzt um Alisaards Schultern lag. Er deutete auf den Horizont, wo jetzt die Sonne im Sand der Wüste zu versinken schien, als würde sie aufgesogen wie Blut. Vor dieser purpurnen Halbkugel erhoben sich die schwarzen Umrisse eines einzelnen Berges.

»Das kann nur Tortacanuzoo sein«, meinte Alisaard. Ihre Stimme zitterte, aber ob der Grund dafür von Beks Nähe war oder Erregung über das Wagnis, das zu unternehmen wir im Begriff standen, vermochte ich nicht zu sagen.

Jeder in seine eigenen Gedanken versunken, starrten wir drei schweigend auf das Tor zu dem Reich des Erzherzogs Balarizaaf. So nah vor dem Ziel wurden wir uns erst der Ungeheuerlichkeit unseres Abenteuers bewußt, und wie gering unsere Chancen waren, es zu überleben.

Unser Reittier trottete weiter in Richtung von Tortacanuzoo. Dann, wie zum Gruß, stieß der uralte Berg ein beinahe menschliches Brüllen aus. Das Tier blieb stehen und hob seinen Kopf, um zu antworten. Die beiden Geräusche klangen beinahe vollkommen gleich. Es war unheimlich.

Kleine Flammenzungen stiegen plötzlich aus dem Gipfel, ein paar Streifen grauen Rauches schwebten träge über das Angesicht der untergehenden Sonne.

Ein furchtbares Gefühl des Schreckens zog mir den Magen zusammen, und ich wünschte von ganzem Herzen, daß wir vor dem Tor nach Rootsenheem von Prinz Pharl gefangengenommen worden wären, oder bei dem Kampf mit der Rauchschlange den Tod gefunden hätten.

Die anderen verfügten über keine unmittelbaren Erfahrungen mit dem Chaos. Auch ich, soweit ich mich erinnern konnte, war niemals so direkt mit dem Chaos in Berührung gekommen, wie wir es jetzt vorhatten. Sie allerdings waren ahnungslose Kinder im Vergleich zu mir selbst. Ich zumindest wußte ein wenig Bescheid über die verzerrende, ewig auf Veränderung bedachte Macht der Fürsten der Unbeständigkeit, der übernatürlichen Wesenheiten, die man auf John Dakers Welt als Erzdämonen bezeichnen würde, als Fürsten der Hölle. Ich wußte, daß sie sich zunutze machten, was uns an Tugenden und Gefühlen besonders viel bedeutete. Daß sie beinahe jeder Täuschung fähig waren. Und daß alles, was sie davon abhielt, aus ihrer Festung hervorzubrechen und die anderen Reiche des Multiversums zu überschwemmen, lediglich ihre Vorsicht, ihre fehlende Bereitschaft oder ihr fehlender Wille waren, sich auf einen Krieg mit den Mächten der Ordnung einzulassen. Aber wenn wir Menschen sie in unsere Welt einluden, würden sie kommen.

Sie würden kommen, sobald sie Beweise menschlicher Loyalität mit ihrer Sache erhalten hatten. Beweise, die ihnen Sharadim eben jetzt mit jedem ihrer Siege lieferte.

Ich fröstelte, als der alte Vulkan murmelte und qualmte. Es war nicht schwer, in dem Berg den Eingang zu den Tiefen der Hölle zu sehen.

Dann hatte ich mich selbst überwunden. Ich kletterte von der Plattform und begann durch den knöcheltiefen Sand zu waten.

Den Liebenden, die noch zögerten, rief ich zu: »Kommt, meine Freunde! Wir haben eine Verabredung mit dem Erzherzog Balarizaaf. Ich vermag keinen Vorteil darin zu erkennen, ihn warten zu lassen.«

Es war von Bek, der mir antwortete, und seine Stimme klang verwirrt. »Herr Daker! Herr Daker! Können Sie sie nicht sehen? Schauen Sie hin, Mann! Es ist Kaiserin Sharadim selbst!«

Kapitel zehn

Es war Sharadim.

Zu Pferde, umgeben von einem Trupp farbenfreudig gekleideter Höflinge. Sie machten ganz und gar den Eindruck einer Gesellschaft von Adeligen bei einem Picknick oder einem Jagdausflug, während sie den Berg vor uns hinaufritten. Jetzt, über der Stimme des Vulkans, konnte ich Bruchstücke ihrer Unterhaltung und Gelächter vernehmen.

»Sie haben uns nicht gesehen!« rief Alisaard leise und winkte mich zu unserem Reittier zurück. Sie und von Bek kauerten neben einem seiner massiven Schenkel.

»Sie sind von ihrer Macht berauscht und rechnen in einem Reich, wo Sharadim als Göttin verehrt wird, nicht mir Gefahren«, sagte Alisaard. »Wenn sie hinter dieser Biegung verschwunden sind, müssen wir uns beeilen, die Stufen zu erreichen, die dort in den Fuß des Berges gehauen sind.«

Es wurde jetzt rasch dunkel. Ich erkannte den Sinn ihres Vorgehens und nickte zustimmend. Kurze Zeit später umrundeten die letzten von Sharadims fröhlichem Trupp die Biegung und waren außer Sicht. Hinter Alisaard stürmten wir zu den Stufen und befanden uns im Schutz des Berges, lange bevor Sharadim auf der anderen Seite wieder zum Vorschein kam. Wachsam begannen wir, die Stufen hinaufzusteigen, im Gefolge unseres gefährlichsten Feindes.

Als wir an die Biegung kamen, entdeckte ich unter uns eine Reihe kostbarer Zelte. Ein Diener fütterte die Lasttiere. Es war Sharadims Lager, beinahe schon ein selbständiges Dorf. Aber bestimmt hatte sie nicht die Absicht, geradewegs in die Hölle zu reiten. Trotz ihres Stolzes und ihrer Siege, konnte sie sich noch nicht für so unverwundbar halten!

Die Gangart der Pferde wurde langsamer, als sie sich dem Gipfel näherten, während wir, auf den Stufen oberhalb des Reitpfades, in der Lage waren, uns verhältnismäßig rasch fortzubewegen, bis wir Sharadim ein Stück voraus, aber noch in Hörweite waren.

Ihre Stimmen klangen jetzt lauter. Ich erkannte Kapitänbaron Armiad von Maaschanheem, Graf Perichost aus Draachenheem sowie einige Höflinge aus dem Palast. Außerdem gehörten zu dem Trupp schmalgesichtige Mabden mit dem wölfischen Aussehen barbarischer Raubmörder, Männer in schwarzen, wattierten Uniformen ausländischer Machart. Repräsentanten aller Kulturen der Sechs Reiche schienen vertreten, bis auf das Volk der Alten und die Bärenprinzen.

Ich fing an, Sharadims Absicht zu begreifen. Dies war als eine Demonstration ihrer Macht gedacht. Ein Mittel, sicherzustellen, daß ihre Verbündeten ihren Drohungen und Versprechen vollen Glauben schenkten.

Neben ihr ritt einer, den ich nicht erkennen konnte, in einen Kapuzenumhang gehüllt. Er machte den Eindruck eines Priesters. Sie war in Festtagsstimmung, lachte und scherzte mit allen, die sie umringten. Wieder beeindruckte mich ihre unglaubliche Schönheit. Es war nicht schwer zu sehen, wie es ihr gelang, so viele von ihrer engelhaften Unschuld zu überzeugen. Immerhin hatte sie sogar die blinden Weiner überzeugen können, daß sie eine Göttin war, und jene waren nicht einmal in der Lage, ihr Gesicht zu sehen.

Wir gelangten jetzt zu einer Art großem Amphitheater auf der Kuppe des Vulkans. In der Mitte der aufgeworfenen Schlacke glühte rot eine halbfeste Substanz, die hin und wieder eine dünne Feuersäule und etwas Rauch ausstieß. Der Vulkan schien sich in seiner Erkaltungsphase zu befinden, und so hatte ich seinetwegen keine Befürchtungen. Viel mehr interessierten mich die stufenförmig aufsteigenden Sitzreihen an einer Seite des Kraters, die man über einen Damm erreichte, der gleichfalls aus behauenen Steinen bestand. Über diesen Damm, fast wie Reisende, die an Bord eines Schiffes gehen wollen, ritten Sharadim und ihre Begleiter.

Mit einem Wink ihrer Hand, befahl Sharadim ihren Höflingen, abzusteigen und sich auf den Sitzreihen niederzulassen. Sie blieb im Sattel, beugte sich vor und legte ihrem vermummten Gefährten eine Hand auf die Schulter, woraufhin er sein Pferd neben das ihre trieb.

Sharadims Stimme erhob sich über das Grollen des Vulkans.

»Einige von euch haben Zweifel daran geäußert, daß das Chaos uns in dem letzten Stadium unserer Eroberungen behilflich sein kann. Ihr habt Beweise dafür verlangt, daß die Belohnungen für eure Treue tatsächlich so gut wie unbeschränkt sein werden. Nun, bald werde ich einen der mächtigsten Fürsten des gesamten Chaos heraufbeschwören, Erzherzog Balarizaaf selbst! Von seinen Lippen werdet ihr hören, was ihr mir nicht glauben wolltet. Wer dem Chaos loyal ergeben ist, wer nicht vor Taten zurückschreckt, die geringere Geschöpfe für abscheulich und grausam halten, wird über alles andere erhoben werden, mit der Ausnahme meiner selbst. Ihr werdet jede Laune ausleben können, jeden heimlichen Traum, jedes dunkle Verlangen. Ihr werdet eine vollkommene Erfüllung kennen, die der Schwache sich nicht einmal vorstellen kann. Binnen kurzem werdet ihr das Gesicht von Balarizaaf schauen, Erzherzog des Chaos, und ihr werdet wissen, was es bedeutet, stark zu sein. Ich spreche von Kraft, die fähig ist, die Wirklichkeit nach dem Willen des Einzelnen zu formen. Kraft, die ganze Universen zerstören kann. Kraft, die mit Unsterblichkeit einhergeht. Unsterblichkeit bedeutet die Verwirklichung auch der flüchtigsten Laune. Wir werden Götter sein! Das Chaos verspricht unendliche Möglichkeiten, frei von den kleinlichen Beschränkungen der Ordnung!«

Dann wandte sie sich mit erhobenen Armen dem Innern des Vulkans zu. Ihre Stimme tönte süß und klar durch die stille Abendluft:

»LORD BALARIZAAF, ERZHERZOG DES CHAOS, FÜRST DER HÖLLE, DEINE DIENER RUFEN DICH! WIR BRINGEN EUCH WELTEN ALS GESCHENK. WIR BRINGEN EUCH UNSEREN TRIBUT. WIR BRINGEN EUCH MILLIONEN VON SEELEN! WIR BRINGEN EUCH BLUT UND SCHRECKEN! WIR BRINGEN EUCH ALLES SCHWACHE ZUM OPFER! WIR BRINGEN EUCH UNSERE STÄRKE! STEHT UNS BEI, LORD BALARIZAAF. KOMMT ZU UNS, LORD BALARIZAAF. FÜHRT DAS CHAOS ZUM KRIEG UND BESIEGT DIE ORDNUNG FÜR ALLE EWIGKEIT!«

Ein Flackern grellroten Lichts im Herzen des Vulkans schien zu antworten. Sie fuhr fort, auf diese Art zu singen, und bald stimmten ihre Höflinge mit ein. Ihre Stimmen vergifteten die Nacht, während die Sonne langsam versank und der Vulkan die einzige Helligkeit verbreitete.

»Steht uns bei, Lord Balarizaaf!«

Dann, als wären sie durch eine unsichtbare Decke geborsten, erschien erst ein Lichtstrahl, dann ein zweiter. Sie waren nicht weiß wie die Tore, die wir bis jetzt benutzt hatten. In ihnen schien sich das Glutrot der Flammen widerzuspiegeln. Sie glühten. Sie ähnelten Säulen aus lebendem, blutigem Fleisch.

Einer nach dem anderen nahmen diese Pfeiler an Breite und Leuchtkraft zu, bis schließlich dreizehn davon zwischen Vulkan und Himmel emporragten, und man unmöglich erkennen konnte, wo sie begannen und endeten.

Während Sharadims Gesicht und Hände rot in dem Licht der Säulen erstrahlten, summte sie und sang. Sie rief Obszönitäten und beschwörende Versprechungen. Sie bot ihrem Gott alles dar, was er sich nur wünschen mochte.

»Balarizaaf. Lord Balarizaaf! Wir laden Euch ein in unser Reich!«

Der Vulkan bebte.

Ich fühlte, wie sich der Boden unter meinen Füßen bewegte. Alisaard, von Bek und ich schauten uns unsicher an. Das Tor war offen. Es führte in das Chaos, kein Zweifel. Aber was würde mit uns geschehen, wenn wir jetzt hindurchgingen?

»BALARIZAAF! UNSER ALLER HERR! KOMM ZU UNS!«

Ein Sturm kam auf. Blitze zuckten auf dem Kraterrand. Wieder zitterte der Berg, und wir wurden beinahe von unserer Treppe hinab auf den Damm unter uns geschleudert.

Die Säulen aus grellrotem Licht pulsierten, als wären sie lebendige Organe. Ein unheiliges Heulen ertönte wie aus weiter Ferne, und ich wußte, es kam von den Säulen.

»BALARIZAAF! STEH UNS BEI!«

Das Heulen wurde ein Kreischen, das Kreischen verwandelte sich in ein Lachen, das das Blut in den Adern gerinnen ließ, und dann, umhüllt von schwarzem und gelbrotem Feuer, mit fließenden, verschwimmenden Gesichtszügen, jede Sekunde die Gestalt verändernd, stand dort ein Geschöpf, nicht größer als ein Mensch, von dessen Lippen aber eine donnernde Stimme ertönte:

»BIST DU ES, KLEINE SHARADIM, DIE BALARIZAAF VON

SEINEM SPIEL ABRUFT? IST DIE ZEIT GEKOMMEN? SOLL ICH DICH ZU DEM SCHWERT FÜHREN?«

»Die Zeit ist beinahe reif, Lord Balarizaaf. Bald werden wir sämtliche Sechs Reiche erobert haben. Sie alle sollen dann zu einem Reich zusammengefügt werden. Einem Reich des Chaos. Und meine Belohnung soll das Schwert sein, und durch das Schwert erhalte ich . . .«

»Unbegrenzte Macht. Das Recht, dich zu den Schwertherrschern zählen zu dürfen. Ein Fürst des Chaos. Denn nur du oder er, der der Held genannt wird, kann diese Klinge führen und leben. Was sonst muß ich noch wiederholen, kleine Sharadim?«

»Nichts mehr, Lord.«

»Gut, denn es ist qualvoll für mich, in diesem Reich zu sein, bevor es ganz und gar mein ist. Das Schwert wird es endgültig in meine Hand geben. Komm bald zu mir, kleine Sharadim!«

Meiner Auffassung nach hatte Balarizaaf nur ziemlich armselige Garantien zu bieten. Aber die Aussicht auf grenzenlose Macht blendete diese Leute so sehr, daß sie bereit waren, alles zu glauben, was man ihnen sagte.

Balarizaaf war plötzlich verschwunden.

Sharadims Höflinge flüsterten untereinander. An ihrer absoluten Treue konnte es keinen Zweifel mehr geben. Ein oder zwei knieten bereits vor ihr.

Sharadim streckte die Hand nach ihrem vermummten Begleiter aus, und schob ihm die Kapuze vom Kopf. Sie enthüllte ein Gesicht, das mir nur zu vertraut war!

Es war ein graues Gesicht, ein lebloses Gesicht, in dem bleifarbene Augen stumpf geradeaus stierten. Es war mein Gesicht. Ich schaute auf meinen Doppelgänger hinab.

Und während ich ihn noch anstarrte, begegneten seine toten Augen meinem Blick. Langsam füllten sie sich mit einem Anschein von Lebendigkeit. Die Lippen bewegten sich. Eine hohle Stimme sagte:

»Er ist hier, Herrin. Was du mir versprochen hast, ist hier. Gib ihn mir. Gib mir seine Seele. Gib mir sein Leben . . .«

Alisaard brüllte mich an. Von Bek zerrte an mir. Gemeinsam schleiften sie mich auf den Damm. An dessen anderem Ende, bei den steinernen Sitzreihen, wandten sich die Köpfe.

Wir hasteten über den Damm, glatte Felsen hinab, bis auf den Boden des Kraters. Und dann rannten wir in Richtung der Säulen aus Blut.

»Flamadin!« hörte ich meine angebliche Schwester schreien.

Sie heulten wie Schakale, als sie sich an die Verfolgung machten. Aber sie zögerten, dem Tor zu nahe zu kommen, denn sie wußten, daß es geradewegs in die Hölle führte.

Wir drei erreichten die rot leuchtenden Säulen und verharrten. Sharadim und ihre Höflinge waren immer noch hinter uns her. Ich bemerkte die marionettenhaften Bewegungen ihres Geschöpfes. »Sein Leben gehört mir, Herrin!«

Von Bek keuchte. »Mein Gott, Herr Daker. Das Ding hat mehr Ähnlichkeit mit einem Zombie, als alles, was ich bisher gesehen habe. Was ist es?«

»Mein Doppelgänger«, antwortete ich. »Sie hat den Leichnam Flamadins durch das Versprechen einer neuen Seele zum Leben erweckt!«

Dann hatte von Bek mich in den Säulenkreis gezogen, und wir blickten in das brodelnde Herz des Vulkans.

Langsam schien sich die Kruste aus geschmolzenem und wieder erstarrtem Fels auseinanderzuschieben. Pulsierende, grausame Hitze stieg empor, ein Duft, der gleichzeitig süß und abstoßend war. Und dann wurden wir in die Tiefe gesogen. Durch die Tore der Hölle in ein Reich, dessen oberster Herrscher Lord Balarizaaf war, das Geschöpf, das wir soeben gesehen hatten.

Ich glaube, wir haben alle geschrien, als wir durch den Tunnel aus Feuer schwebten. Der Übergang schien eine Ewigkeit zu dauern, während die gelben und roten Flammen an allen Seiten an uns vorüberglitten.

Dann spürte ich wieder festen Boden unter den Füßen. Zutiefst erleichtert bemerkte ich, daß er ganz und gar nicht unnormal aussah. Es war gewöhnliche Erde. Sie schlug keine Wellen. Sie brannte nicht. Sie drohte nicht, mich zu verschlingen. Und sie roch wie gewöhnliche Erde.

Jenseits der Lichtpfeiler, die jetzt eine zartrosa Färbung angenommen hatten, konnte ich blauen Himmel und die Umrisse eines Waldes ausmachen, und ich hörte Vögel singen.

Zusammen mit meinen Freunden trat ich langsam aus dem Säulenkreis auf eine Lichtung, deren grasbewachsene Hügel mit Gänseblümchen und Butterblumen überzogen waren. Der Wald bestand hauptsächlich aus mächtigen Eichen in vollem Saft, und ein schmaler silberner Fluß fügte seine Melodie dem Gesang der prachtvoll gefiederten Vögel hinzu, die an einem friedvollen Himmel ihre Bahnen zogen oder sich auf den Ästen naher Bäume niederließen.

Wir hielten Umschau, wie staunende Kinder. Alisaard begann zu lächeln. Ich war es zufrieden, den süßen Duft der Blumen und Gräser einzuatmen.

Wir setzten uns an das Ufer des kleinen Flusses. Wir lächelten einander zu. Dies war ein Idyll aus unseren unschuldigsten Träumen.

Von Bek ergriff als erster das Wort. »Seht doch!« rief er beglückt. »Das kann nicht die Hölle sein, meine Freunde. Das ist das vollkommene Paradies!«

Aber in mir breitete sich Mißtrauen aus. Als ich den Kopf wandte, waren die Säulen aus Blut verschwunden. Statt dessen sah ich eine Landschaft, die sich kaum von unserer Umgebung unterschied. Ich stand auf und ging zurück zu der Stelle, an der sich das Tor befunden hatte. Es war nicht lange genug bestehen geblieben, hatte ich das Gefühl. Mein Mißtrauen wuchs. Es war etwas Merkwürdiges an der Atmosphäre dieses Ortes, etwas Unnatürliches. Instinktiv streckte ich die Hand aus. Sie berührte eine harte, glatte Mauer – eine Mauer, die dieses Paradies widerspiegelte, aber nicht uns!

Ich rief meine Freunde. Sie lachten und redeten, versunken in ihre innigen Gefühle. Ich wurde ungeduldig. Dies war nicht die Zeit für meine Verbündeten, sich zu einem turtelnden Liebespärchen zusammenzutun, dachte ich.

»Lady Alisaard! Von Bek! Seid auf der Hut!«

Endlich blickten sie auf. »Was ist los, Mann?« Von Bek war gereizt über die Störung.

»Dieser Ort ist nicht nur einfach ein Trugbild«, sagte ich.

»Ich vermute, es ist ein Trugbild, hinter dem sich etwas weit weniger Angenehmes verbirgt. Kommt und seht.«

Zögernd, Hand in Hand, kamen sie über das weiche Gras dieses Arkadien auf mich zugelaufen.

Als ich näher an die Mauer herantrat, glaubte ich durch das Trugbild hindurch die andere Seite erkennen zu können, wo verschwommene Gestalten sich bewegten, furchtbare Gesichter flehten oder drohten, mißgestaltete Hände sich nach uns ausstreckten.

»Dort sind die wahren Bewohner dieses Reiches«, sagte ich.

Aber meine Freunde sahen nichts.

»Es ist Ihr eigenes Bewußtsein, das Ihnen vorspiegelt, was Sie fürchten«, meinte von Bek. »Es ist ebensosehr eine Sinnestäuschung wie dies hier. Ich will zugeben, dieser Ort ist etwas unwahrscheinlich und zweifellos künstlich. Trotzdem ist es sehr hübsch. Sicherlich besteht das Chaos doch nicht ausnahmslos aus Schrecken und Häßlichkeit?«

»Keinesfalls«, stimmte ich ihm zu. »Und das ist Teil seiner Anziehungskraft. Das Chaos ist fähig, unvergleichliche Schönheit hervorzubringen. Aber im Reich des Chaos hat nichts einfach nur eine Seite. Chaos ist Vielschichtigkeit. Illusionen verhüllen Illusionen. Es gibt keine wirkliche Einfachheit im Chaos, nur den Anschein von Einfachheit.« Ich zog den Actorios aus meiner Gürteltasche. Dann hielt ich ihn hoch, so daß seine seltsame, dunkle Strahlung sich ungehindert ausbreiten konnte. »Seht ihr?«

Ich richtete den Actorios auf die Spiegelwand, und ganz unvermittelt klärte sich das Trugbild und ließ erkennen, was hinter der Wand lauerte.

Von Bek und Alisaard wichen beide unwillkürlich zurück. Ihre Gesichter waren bleich.

Geschöpfe, weder Mensch noch Tier, schlurften gebückt und verkrümmt zwischen verwahrlosten Hütten umher, die aus verschmolzenem Feuerstein zu bestehen schienen. Manche preßten groteske Gesichter an die Mauer, auf denen ein Ausdruck verzweifelter Niedergeschlagenheit lag. Die anderen bewegten sich gleichgültig durch das Dorf und gingen verschiedenen Beschäftigungen nach. Nicht einer von ihnen ging ohne zu hinken oder war frei von jeglicher Mißbildung.

»Wie nennt man dieses Volk?« flüsterte von Bek entsetzt. »Sie sehen aus, wie einem mittelalterlichen Gemälde entsprungen! Was sind sie, Herr Daker?«

»Sie waren einst Menschen«, erwiderte Alisaard leise. »Aber indem sie dem Chaos Treue schworen, unterwarfen sie sich der Logik des Chaos. Chaos erträgt keine Beständigkeit. Es verändert sich immerfort. Und was ihr hier seht, sind die Veränderungen, die das Chaos an menschlichen Wesen hervorbringt. Das ist, was Sharadim den Sechs Reichen anbietet. Oh, natürlich, einige von ihnen werden für eine gewisse Zeit über gewaltige Macht verfügen. Aber am Ende werden sie alle werden wie diese hier.«

»Arme Teufel!« murmelte von Bek.

»Arme Teufel«, sagte ich zu ihm, »ist die treffendste Beschreibung für sie . . .«

»Würden sie uns angreifen, wenn die Mauer nicht wäre?« fragte von Bek.

»Nur wenn sie uns für schwächer hielten, als sie selbst es sind. Sie sind nicht zu vergleichen mit den kriegerischen Geschöpfen, die Sharadim befehligt. Diese hier traten nur in die Dienste des Chaos, weil sie sich davon irgendeinen Vorteil versprachen.«

Alisaard wandte sich ab. Sie holte tief Atem und stieß ihn dann plötzlich wieder aus, als hätte sie erkannt, daß die Luft verunreinigt war.

»Wir haben eine Dummheit begangen«, sagte sie. »Eine riesige Dummheit. Man hat uns aufgetragen, das Zentrum zu suchen und dort das Schwert zu finden. Aber wir befinden uns im Reich des Chaos. Da hier nichts Bestand hat, gibt es keine Möglichkeit herauszufinden, welchen Weg wir einschlagen müssen.«

Von Bek tröstete sie. Ich stand beiseite und mußte mich wieder zwingen, meine Gefühle in den Griff zu bekommen. Die Eifersucht wollte mich nicht aus ihren Klauen lassen.

»Wir sollten uns glücklich schätzen«, machte ich sie aufmerksam, »daß Balarizaaf noch nichts von unserer Anwesenheit bemerkt hat. Wir sollten uns beeilen, und soviel Abstand zwischen uns und dieses Tor legen wie möglich. Nehmen wir den Weg durch diese Wälder.«

»Aber wenn Balarizaaf hier regiert, wird er uns entdecken, sobald er sich die Mühe macht, Umschau zu halten«, wandte Alisaard ein.

Ich schüttelte den Kopf. »Nicht unbedingt. Er ist hier so gut wie allmächtig, aber er ist nicht allwissend. Wir haben eine geringe Chance, unser Ziel zu erreichen, bevor er auf uns aufmerksam wird.«

»Das ist wahrer Optimismus!« Von Bek schlug mir auf den Rücken und lachte, während er vermied, den Blick auf das Dorf zu richten, das nur noch vage zu erkennen war. Wir hatten uns erst ein kurzes Stück entfernt, da lag es wieder hinter der Spiegelwand verborgen.

»Wir sollten uns vor diesem Wald in acht nehmen«, meinte von Bek. »Aber ich vermute, wir haben keine andere Wahl. Er ist dicht, hm? Wie einer dieser alten Wälder aus den deutschen Märchen. Wenn wir Glück haben, treffen wir vielleicht einen Holzfäller, der uns den rechten Weg zeigt und uns noch drei Wünsche freigibt.«

Alisaard lächelte, ihre niedergeschlagene Stimmung verflog. »Ihr redet so merkwürdig, Graf von Bek. Aber in diesem Unsinn liegt eine Musik, die mir gefällt.«

Ich für meinen Teil fand seine Scherze gar nicht bemerkenswert.

Dieser Eichenwald verbreitete eine Atmosphäre der Dauer, als stünde er hier schon seit tausend Jahren oder mehr. In den kühlen, grünen Schatten sahen wir Kaninchen und Eichhörnchen, und die Stimmung der Ruhe an diesem Ort war betörend. Aber auch ohne meinen Actorios zu befragen wußte ich, daß er nicht sein konnte, was er zu sein schien. Das war eine der wenigen Regeln des Chaos.

Wir waren erst ein oder zwei Meter weit in den Wald eingedrungen, als wir hinter einem breit gefächerten Strahl dunstigen Sonnenlichts eine hochgewachsene, gepanzerte Gestalt stehen sahen. Sie war von Kopf bis Fuß in schwarzes und gelbes Eisenzeug gehüllt.

Zuerst war ich erleichtert, Sepiriz hier zu treffen. Aber dann kam mir der Gedanke, daß auch er ein Trugbild sein konnte. Ich blieb stehen. Von Bek und Alisaard folgten meinem Beispiel.

»Seid Ihr es, Herr Ritter in Schwarz und Gold?« fragte ich ihn und faltete die Hände über dem Actorios. »Wie kommt es, daß wir Euch im Reich des Chaos finden? Oder dient Ihr jetzt dem Chaos?«

Der gepanzerte Mann trat in den Lichtschein. Seine glänzende Rüstung schien aus sich heraus zu leuchten. Er lüftete den Helm und enthüllte die beeindruckenden ebenholzschwarzen Züge, die keinem anderen gehören konnten als Sepiriz, dem Diener des Gleichgewichts. Er war über mein Mißtrauen belustigt, aber auch voller Anerkennung.

»Ihr tut recht daran, alles in diesem Reich in Frage zu stellen«, sagte er. Er gähnte und reckte sich in seiner Metallhülle. »Vergebt mir, ich habe geschlafen, während ich auf Euch wartete. Ich bin froh, daß Ihr den Eingang gefunden habt. Ich bin froh, daß Ihr den Mut hattet, ihn zu durchschreiten. Aber nun müßt Ihr größeren Mut beweisen als jemals zuvor. Hier in den Alptraum-Marken könnt Ihr unvorstellbaren Schrecken oder auch ein Mittel zur Rettung der Sechs Reiche finden – und mehr! Aber das Chaos hat mannigfaltige Waffen in seinem Arsenal, und nicht alle sind leicht zu erkennen. Eben jetzt bereitet Sharadim ihr Geschöpf darauf vor, Eure Seele aufzunehmen, Held. Begreift Ihr, was das zu bedeuten hat?«

Er konnte sehen, daß ich es nicht begriff.

Er zögerte und fuhr dann fort: »Der Leichnam, den sie wiederbelebt hat, wird in der Lage sein, das Drachenschwert zu ergreifen – wenn er im Besitz Eurer Lebenskraft ist, John Daker. Sharadim kontrolliert diesen Schein-Flamadin, und damit ist er ihr willenloses Werkzeug. Sie riskiert weitaus weniger, als wenn sie selbst das Schwert in Besitz nehmen würde.«

»Dann versucht sie also, ihren Verbündeten, Erzherzog Balarizaaf, zu hintergehen, der glaubt, daß sie das Schwert für ihn führen wird?«

»Ihm ist es gleich, wer schließlich das Schwert beansprucht –

solange es in seinem Sinne geführt wird. Deshalb sähe er Euch lieber als Verbündeten, denn als Feind, Held. Das ist wert, sich daran zu erinnern. Und bedenkt auch dies – nicht der Tod ist es, den man in den Alptraum-Marken zu fürchten hat. Der Tod als solcher existiert hier kaum. Aber in dieser Welt unsterblich zu sein ist das furchtbarste Los von allen! Und Ihr müßt gleichfalls bedenken, daß Ihr hier Verbündete habt. Ein Hase wird Euch zu einer Schale führen. Die Schale wird Euch den Weg zu einem gehörnten Pferd weisen. Das gehörnte Pferd wird Euch zu einer Mauer bringen. Und in dieser Mauer werdet Ihr das Schwert finden.«

»Wie können solche Geschöpfe in einer Welt leben, die von der Tyrannei des Chaos beherrscht wird?« verwunderte sich Lady Alisaard.

Sepiriz schaute auf sie herab, und sein Lächeln war sanft. »Selbst im Reich des Chaos gibt es einige Wesen von so vollkommener Reinheit und Lauterkeit, daß nichts sie berühren kann. Oft ist es gerade das Herz des Chaos, das die mit der größten Kraft, ihm zu widerstehen, sich als Aufenthaltsort erwählen. Ein Widerspruch, der den Lords des Chaos durchaus Vergnügen bereitet. Eine Ironie, an der selbst die ernsten Lords der Ordnung ihre Freude haben.«

»Und weil Ihr diese Reinheit besitzt, seid Ihr fähig, in den Alptraum-Marken zu kommen und zu gehen, Lord Sepiriz?« erkundigte sich von Bek.

»Ihr habt recht, mich das zu fragen, Graf von Bek. Nein, meine Zeit in diesem Reich ist begrenzt. Wäre es anders, würde ich mich zweifellos selbst auf die Suche nach dem Drachenschwert begeben!« Er lächelte wieder. »Als einem Abgesandten des Gleichgewichts wird mir mehr Bewegungsfreiheit zugestanden als anderen Geschöpfen. Aber sie ist keineswegs unbegrenzt, diese Freiheit. Meine Zeit hier läuft ab. Auf keinen Fall möchte ich Balarizaafs Aufmerksamkeit auf euch lenken. Noch nicht.«

»Wird Sharadim eine Möglichkeit finden, dem Chaosherrscher mitzuteilen, daß wir uns in seinem Reich aufhalten?« fragte ich.

»Sie kann nicht nach Belieben mit ihrem Verbündeten sprechen«, teilte Sepiriz mir mit. »Aber sie könnte sich entschließen, selbst die Alptraum-Marken zu betreten. Das würde euch in die größte Gefahr bringen.«

»Dann können wir also nicht erwarten, hier Bundesgenossen zu finden«, meinte von Bek nüchtern.

»Nur die Verlorenen Krieger«, bemerkte Sepiriz. »Jene, die am Abgrund der Zeit warten. Und ihre Hilfe kann man nur einmal in Anspruch nehmen. Und nur dann, wenn es keinen anderen Ausweg mehr gibt. Diese Krieger dürfen in jedem Zyklus des Multiversums nur einmal kämpfen. Wenn sie ihre Schwerter entblößen, hat das unausweichliche Konsequenzen zur Folge. Aber das wißt Ihr bereits, nicht wahr, Held?«

»Ich habe die Stimmen der Verlorenen Krieger gehört«, nickte ich. »Sie sprachen zu mir in meinen Träumen.«

»Wie kann man diese Krieger herbeirufen?« wollte von Bek wissen.

»Indem man den Actorios in Stücke bricht«, antwortete Sepiriz.

»Aber den Stein kann man nicht zerbrechen. Er ist unzerstörbar.« Alisaard war außer sich. »Ihr treibt ein Spiel mit uns, Lord Sepiriz!«

»Der Stein kann zerschmettert werden. Durch einen Schlag mit dem Drachenschwert. Soviel weiß ich.«

Und Sepiriz hob die Hände und schloß seinen Helm.

Von Bek stieß ein verzweifeltes Lachen aus. »Wir befinden uns wahrhaftig im Chaos. Wenn das nicht ein interessanter Widerspruch ist! Wir können nur Verbündete herbeirufen, wenn das Drachenschwert bereits unser ist! Wenn wir sie nicht mehr brauchen!«

»Das wird sich herausstellen, wenn die Zeit gekommen ist.« Sepiriz' Stimme klang hohl und gedämpft, als wäre er weit entfernt, obwohl er doch zum Greifen nahe vor uns stand. »Bedenkt – eure stärksten Waffen sind euer Mut und euer Verstand. Beeilt euch, diesen Wald zu durchqueren. Es gibt einen Pfad, den der Actorios euch zeigen wird. Ihm folgt. Wie alle Pfade im Chaos führt er am Ende zu dem Ort, den man hier den Anfang der Welt nennt . . .«

Jetzt begann die Rüstung sich aufzulösen, zu verblassen, mit den tanzenden Stäubchen in den Sonnenstrahlen zu verschmelzen.

»Rasch, rasch. Mit jeder Stunde gewinnt das Chaos an Boden. Und gleichzeitig sammelt es eine Streitmacht von Seelen, die ihm zu dienen geschworen haben. Eure Welten werden bald kaum mehr als eine Erinnerung sein, außer ihr findet das Drachenschwert . . .«

Die Rüstung verschwand. Alles, was von dem Ritter in Schwarz und Gold blieb, war der Widerhall eines Flüsterns. Dann verstummte auch das.

Ich zog den Actorios heraus, hielt ihn vor mich und drehte mich langsam in verschiedene Richtungen. Erleichtert hielt ich inne. Sehr schwach erstreckte sich vor unseren Füßen, nur ein paar Meter weit, der schimmernde Geist eines Pfades.

Wir hatten die Straße gefunden, die zu dem Drachenschwert führte.

Drittes Buch

Hierher, hierher, trink auf einen Zug
Die Warnung, oder Schluck für Schluck,
Durchbrause die Wälder wie junger Wein,
Jauchzend, heil dem klaren Licht!
        Doch hab' acht.
In dir selber kann verborgen sein
Was dir hier den Nacken bricht.
Hier scheint das unverfälschte Licht,
Hier kennt das Geheimnis Heimliches nicht.
Verneinst du, wie des Lindwurms Brut,
Was jenseits deiner Grenzen steht;
Neigst du zu denen ohne Mut,
Verdammend, was man nicht versteht;
Greifst du mit des Lindwurms Krallen;
Regierst mit Schwert und Todesfallen;
Haßt auch nur der Echtheit Schein;
Verloren bist du in Westermain:
Auf Schwingen von Aas stößt die Sonne hinab,
Nachtwärts in ihr fauliges Grab;
Neigt Schierlingsbecher sich vor dem,
Der keine Augen hat zu seh'n:
Blumen auf schwankendem Felsengrund
Tropfen Bilsen und Teufelsmund:
Schönheit, ihrer Locken bar,
Kreischt als Mänade der Natur;
Abscheulichkeit mit Haut und Haar,
Folgt töricht kläffend ihrer Spur:
Verhärmte Weisheit, groß zuvor,
Stiert nur wunderlich und nickt:
Allegorie pocht an das Tor,

Gottlosigkeit knabberzwickt:
Kobold der tanzt, Kobold der springt,
Balg des Dämonenliebchens voran!
Schon bist du vom Koboldreigen umringt,
Und in tollem Wirbel drehst du dich dann,
Wo's tobend sich ergießt aus dem,
Der keine Augen hat zu seh'n:
Scharen um Scharen mannigfalt,
Suhlend in brodelndem Höllenschleim:
Und du fragst, wo magst du sein,
    Derweil du über dein Schicksal klagst;
In welch Ungeheuers Gewalt,
    Doch sie sagen's, eh' du noch fragst.
Tritt ein in diesen verzauberten Wald,
    Der du es wagst.

George Meredith, DIE WÄLDER VON WESTERMAIN

Kapitel eins

Wir waren vielleicht fünf Meilen weit gekommen, da begann der Wald um uns aufgeregt zu rauschen, als würde er bedroht. Wir hatten nur den Schattenpfad, um uns danach zu richten. Unbeirrt, trotz der rasch zunehmenden Unruhe, marschierten wir in Einerreihe weiter. Alisaard war dicht hinter mir. Sie flüsterte: »Es kommt mir vor, als spürte der Wald unsere Anwesenheit und wäre beunruhigt.«

Dann, eine nach der anderen, verwandelten die Eichen sich in Stein, der Stein zerfloß, und innerhalb eines Lidschlags hatte die gesamte Landschaft sich verändert. Der Pfad blieb weiterhin sichtbar, aber wir waren von riesenhaften grünen Stengeln umgeben, an deren Spitzen, hoch über unseren Köpfen, die gelben Blüten gigantischer Narzissen nickten.

»Ist das, was hinter der Illusion verborgen liegt?« fragte von Bek ehrfürchtig.

»Dies ist ebensosehr Wirklichkeit wie Illusion«, erklärte ich ihm. »Das Chaos hat seine Stimmungen und Launen, das ist alles. Wie ich Ihnen gesagt habe, es kennt keine Dauerhaftigkeit. Es ist seine Natur, sich ständig zu verändern.«

»Während es in der Natur der Ordnung liegt«, fügte Alisaard hinzu, »sich ewig gleich zu bleiben. Das Gleichgewicht ist da, um sicherzustellen, daß weder Ordnung noch Chaos je die völlige Vorherrschaft erringen, denn das eine führt zu Unfruchtbarkeit, während das andere sich in ziellosem Wechsel erschöpft.«

»Und dieser Kampf zwischen den beiden, wiederholt er sich in jedem einzelnen Reich des Multiversums?« forschte von Bek. Er betrachtete die wippenden Blüten. Ihr Duft war betäubend.

»Auf jeder Ebene, auf dieser oder jener Stufe, in dieser oder jener Gestalt. Es ist der endlose Krieg. Und es gibt einen

Helden, sagt man, der verurteilt ist, in jedem Aspekt dieses Krieges zu kämpfen, für alle Ewigkeit . . .«

»Bitte, Lady Alisaard«, unterbrach ich sie. »Ich möchte lieber nicht an das Schicksal des Ewigen Helden erinnert werden!« Es war mir ernst.

Alisaard entschuldigte sich. Schweigend legten wir die nächste Meile zurück, bis die Landschaft erzitterte und sich ein zweites Mal veränderte. Galgen nahmen die Stelle der Narzissen ein. An jedem Galgen hing ein Käfig, und in jedem Käfig flehte ein grindiges, sterbendes menschliches Wesen um Hilfe.

Ich riet meinen Begleitern, den Gefangenen keine Beachtung zu schenken und auf dem Pfad zu bleiben. »Und das? Ist das auch nur eine Illusion?« rief von Bek hinter mir. Ihm kamen beinahe die Tränen.

»Ein Trugbild, das versichere ich Ihnen. Es wird verschwinden, wie die anderen verschwunden sind.«

Plötzlich saßen riesige Finken in den Käfigen und bettelten um Futter. Dann lösten sich die Galgen auf, die Finken flogen davon, und wir waren, soweit das Auge reichte, von hohen Gebäuden aus Glas umgeben. Diese Gebäude waren von unterschiedlichster Bauweise, aber instabil. Alle paar Sekunden stürzte eines davon klirrend zusammen, und riß nicht selten eines oder mehrere der benachbarten Bauwerke mit. Um dem Pfad zu folgen, waren wir gezwungen, durch die Scherben zu waten, was ein weithin hörbares Knirschen und Splittern zur Folge hatte. Aus den Gebäuden ertönten Stimmen, obwohl wir sehen konnten, daß sich niemand darinnen befand. Kreischendes Gelächter, Schmerzensschreie. Furchtbare schluchzende Laute. Das Stöhnen Gefolterter. Langsam begann das Glas zu schmelzen und verformte sich zu gemarterten Gesichtern. Und diese Gesichter hatten immer noch die Ausmaße von Häusern!

»Oh, das muß die Hölle sein«, schrie von Bek. »Und das sind die Seelen der Verdammten!«

Die Gesichter flossen in die Höhe und verwandelten sich zu riesigen Farnwedeln aus Metall.

Und immer noch folgten wir dem Schattenweg. Ich zwang mich, nur an unser Ziel zu denken, das Drachenschwert, das die Frauen der alten Rasse in ihre Heimat führen konnte, das nicht in die Hände des Chaos fallen durfte. Ich fragte mich, zu welchen Mitteln Sharadim greifen würde, um uns aus dem Feld zu schlagen. Wie lange vermochte sie dem Leichnam ihres Bruders, meinem Doppelgänger, sein Scheinleben zu erhalten?

Ein Windstoß heulte durch die metallenen Blätter. Sie klirrten und summten, daß es mir kalt den Rücken hinunterlief. Eine Gefahr bildeten sie allerdings nicht. Das Chaos war nicht eigentlich bösartig. Nur gereichten seine Absichten sowohl der menschlichen wie auch der Rasse der Alten und allen anderen Völkerschaften des Mulitversums zum Schaden.

Einmal glaubte ich in diesem Metallurwald Gestalten zu erkennen, die sich parallel zu uns fortbewegten. Ich hob den Actorios. Es gehörte zu seinen Fähigkeiten, Lebewesen aus Fleisch und Blut aufzuspüren. Aber wenn uns jemand verfolgte, befand er sich jetzt außerhalb der Reichweite des Steins.

Binnen Sekunden wurden aus dem Farn erstarrte Schlangen; dann erwachten die Schlangen zum Leben. Als nächstes begannen die Schlangen sich gegenseitig zu verspeisen. Wir wanderten durch ein allgegenwärtiges Winden, Schlängeln und Zischen, das den Eindruck erweckte, der Pfad würde auf beiden Seiten von einer verfilzten Hecke aus Schlangenleibern gesäumt. Ich hielt Alisaards zitternde Hand umfaßt. »Denkt daran, sie werden uns nicht angreifen, außer sie erhalten den Befehl. Man kann sie kaum als wirklich bezeichnen.«

Aber trotz meiner beruhigenden Worte war ich mir bewußt, daß die Schöpfungen des Chaos durchaus wirklich genug waren, um uns während der kurzen Spanne ihrer Existenz Schaden zuzufügen.

Aber inzwischen hatten sich die Schlangen in ein ländliches Brombeergestrüpp verwandelt, und unser Pfad war ein sandiger Feldweg, der zum fernen Meer führte.

Meine Lebensgeister hoben sich, trotzdem ich wußte, wie trügerisch dieses Gefühl der Sicherheit war. Und ich hatte kaum zu pfeifen begonnen, als ich um eine Biegung des Pfades kam und sah, daß ein Reitertrupp uns den Weg versperrte. Allen voran unser alter Feind, Kapitänbaron Armiad von der *Der Grimmige Schild*. Seine Gesichtszüge hatten sich seit unserer letzten Begegnung noch stärker verändert. Seine Nasenlöcher waren jetzt so groß, daß sie an einen Schweinsrüssel gemahnten. Haarbüschel sprossen ihm aus Gesicht und Hals, und als er sprach, wurde ich an das Muhen einer Kuh erinnert.

Das waren also Sharadims Anhänger. Dieselben, die wir hinter uns gelassen hatten, als wir durch das Tor in dieses Reich stürmten. Offenbar hatten sie keine Zeit verloren, uns zu folgen.

Wir besaßen immer noch keine Waffen. Ein Kampf war also unmöglich. Die Dornenhecken waren so gut wie undurchdringlich, was eine Flucht in dieser Richtung ausschloß. Wir konnten den Weg zurücklaufen, den wir gekommen waren, aber unseren Verfolgern würde es ein Leichtes sein, uns niederzureiten.

»Wo ist Eure Herrin, Baron Mastschwein?« rief ich, ohne auch nur einen Schritt zu weichen. »Hatte sie nicht den Mut, selbst das Reich des Chaos zu betreten?«

Armiads engstehende Augen schoben sich noch dichter zusammen. Er grunzte und schnaufte. Seine Nase und Augen schienen dauernd Feuchtigkeit abzusondern.

»Die Kaiserin Sharadim hat wichtigere Geschäfte, als hinter Ungeziefer herzujagen, wenn es um die kostbarste Beute geht, die man sich nur denken kann.«

Armiads Bemerkung fand den Beifall seiner Kameraden, der sich in einem Chor von Schnarch- und Grunzlauten äußerte. Bei ihnen allen hatte die Parteinahme für die Sache des Chaos Spuren an Gesicht und Körper hinterlassen. Ich fragte mich, ob sie diese Veränderungen bemerkt hatten oder ob ihre Gehirne genauso davon betroffen waren wie ihre äußere Erscheinung. Einige von ihnen waren kaum noch zu erkennen. Graf Perichosts schmales, unangenehmes Gesicht hatte jetzt bemerkenswerte Ähnlichkeit mit einem ausgehungerten Hamster. Ich hätte gerne gewußt, wie lange, relativ gesehen, sie sich schon hier befanden.

»Und was ist diese kostbarste Beute, die man sich nur denken kann?« fragte von Bek. Wieder redeten wir, in der Hoffnung, daß die nächste Veränderung der Landschaft uns zum Vorteil gereichte.

»Das wißt Ihr genau!« brüllte Armiad, dessen Rüssel vor Wut

zuckte und sich rot färbte. »Denn auch Ihr seid auf der Suche danach. Versucht nicht, das zu leugnen!«

»Aber wißt Ihr, worum es sich handelt, Kapitänbaron Armiad?« stichelte Alisaard. »Hat die Kaiserin Euch ins Vertrauen gezogen? Ziemlich unwahrscheinlich, denn als sie letztens von Euch sprach, nannte sie Euch ein erbärmliches Werkzeug. Auch sagte sie, man würde sich Eurer entledigen, sobald Ihr Euren Zweck erfüllt hättet. Ist er jetzt erfüllt, was denkt Ihr, Herr Kapitänbaron? Oder hat man Euch gegeben, was Ihr immer so gerne haben wolltet? Werdet Ihr endlich von Euren Standesgenossen respektiert? Jubeln sie ihrem Königadmiral zu, wann immer sein Schiff vorüberfährt? Oder schweigen sie, weil die *Grimmiger Schild* noch genauso schmutzig und abstoßend ist wie je, aber inzwischen eines der letzten Schiffe, die noch durch Maaschanheem rollen?«

Sie verspottete ihn. Sie reizte ihn. Und stellte ihn auf die Probe. Ich merkte, daß sie dabei war, herauszufinden, wie Sharadims Anweisungen gelautet hatten. Und aus Armiads Zurückhaltung ließ sich ersehen, daß ihm befohlen worden war, uns lebend abzuliefern.

In seinen winzigen Augen glühte Mord, aber seine Hände umklammerten das Sattelhorn.

Er öffnete gerade den Mund, um etwas zu sagen, als von Bek dazwischenfuhr. »Ihr seid ein dummer, einfältiger, gieriger Mann, Kapitänbaron. Könnt Ihr nicht sehen, daß sie sich von unerwünschten Verbündeten befreit hat? Sie sandte Euch in das Reich des Chaos. Mittlerweile vervollständigt sie ihre Eroberung der Sechs Reiche. Wo ist sie jetzt? Kämpft sie gegen die Frauen der Rasse der Alten? Fegt sie die Blutweiner hinweg?«

Armiad hob triumphierend den Rüssel und gab etwas von sich, das man als Lachen bezeichnen konnte. »Weshalb sollte sie die Frauen bekämpfen? Sie sind fort. Sie haben Gheestenheem verlassen. Sind vor unserer Flotte geflohen. Gheestenheem ist in unserer Hand!«

Alisaard glaubte ihm. Man konnte sehen, daß er nicht log. Obgleich sie blaß im Gesicht war und zitterte, gelang es ihr dennoch, sich zu beherrschen. »Wohin sind sie geflohen? Ich wüßte keinen Ort, an den sie hätten gehen können.«

»Was blieb ihnen übrig, als ihre Verbündeten von alters her um Asyl zu bitten? Sie sind nach Adelstane geflüchtet und hocken mit den Bärenprinzen hinter deren Befestigungen, die von der Armee meiner Kaiserin belagert werden. Ihre Niederlage ist unvermeidlich. Ein paar kämpfen noch weiter, zusammen mit den Piraten aus meinem eigenen Reich, aber die meisten verstecken sich in Adelstane und warten auf den Tod.«

»Sie haben das Tor zwischen Barobanay und der Bärenfestung benutzt«, murmelte Alisaard. »Es war die einzig mögliche Taktik gegen solche Streitkräfte, wie Sharadim sie befehligt.«

Wieder hob Kapitänbaron Armiad seinen Rüssel zu einer Art Lachen. »Die Eroberung der Sechs Reiche ging rasch vonstatten. Jahrelang hat meine Herrin ihre Pläne geschmiedet. Und als die Zeit kam, sie in die Tat umzusetzen, wie herrlich gelang es ihr dann, ihre Absichten zu verwirklichen!«

»Nur weil wenige vernünftige Menschen sich eine solche Gier nach Macht überhaupt vorstellen können«, bemerkte von Bek mit Nachdruck. »Es gibt nichts, das kindischer wäre als das Hirn eines Tyrannen.«

»Und nichts, das erschreckender wäre«, fügte ich für mich hinzu.

Die Dornenhecke schlängelte sich nach oben und bildete Spiralen aus Seidenstoff in tausend verschiedenen Farben.

Ohne ein Wort sprangen Alisaard, von Bek und ich von dem Pfad weg in das Gewirr aus raschelnden Tuchen, verfolgt von der brüllenden, schwerfälligen Horde, die von den grotesken Mißbildungen ihrer Leiber noch zusätzlich behindert wurde. Aber sie waren beritten, was ihnen einen Vorteil verschaffte.

Wir hatten den Schattenpfad verloren. Wir huschten von einer Deckung zur anderen. Baron Armiad und seine Gesellen stolperten heulend und grölend hinter uns her. Es hörte sich an, als würden wir von allem Viehzeug verfolgt, das sich gewöhnlich auf einem Bauernhof herumtreibt.

Allerdings hatte die Sache gar nichts Komisches. Zwar sah es so aus, als hätte Sharadim befohlen, uns lebendig zu fangen, aber in ihrer blinden Dummheit konnten diese Geschöpfe uns rein zufällig umbringen!

Verzweifelt suchte ich mit dem Actorios nach einem anderen Schattenpfad.

Aus den wehenden Seidenbändern wurden große Wasserfontänen, die hoch gen Himmel stiegen. Zwischen diesen versuchten wir uns jetzt zu verstecken. Dann hatte Graf Perichost Alisaard entdeckt, zog mit einem siegesgewissen Schnaufen sein Schwert und drang auf sie ein. Ich sah von Bek kehrtmachen, um ihr beizustehen. Aber ich war näher bei ihr. Ich sprang hoch, packte das Handgelenk des Draachenheemers und entriß das Schwert seiner Hand, die jetzt mehr einer Tatze glich. Alisaard bückte sich nach der Klinge, während ich mich gegen Perichost warf, und ihn vom Pferd herab und auf den Boden zwang.

»Von Bek!« rief ich. »In den Sattel, Mann.« Ich drückte Alisaard den Actorios in die Hand, den sie verdutzt entgegennahm. Weitere der Chaosgeschöpfe waren unserer ansichtig geworden und kamen in einem Haufen auf uns zu.

Von Bek schwang sich in den Sattel und zog Alisaard hinter sich. Ich lief ein Stück neben dem Pferd her und rief ihnen zu, sie sollten vorausreiten und einen neuen Weg suchen. Ich würde mein Bestes tun, wieder zu ihnen zu stoßen.

Dann wirbelte ich herum, um den Angriff eines Mabdenkriegers abzufangen, dessen Lanze direkt auf meinen Bauch zielte. Ich wich aus und packte den Schaft, in der Hoffnung, daß der Mabden dumm genug war, sich daran festzuhalten.

Er rutschte so glatt vom Pferd, als wäre der Sattel eingeölt gewesen. Und jetzt hatte ich seine Lanze.

Binnen Sekunden hatte ich den Platz des Barbaren auf dem Pferderücken eingenommen und ritt hinter meinen Freunden her. Sowohl von Bek wie auch ich waren bessere Reiter als die Krieger, die uns verfolgten. Auf einem Zickzackkurs zwischen den Wasserfontänen ließen wir Baron Armiad und seine Horde allmählich hinter uns. Dann entstand eine zweite Spiegelwand zwischen ihnen und uns. Verschwommen konnten wir sie noch auf der anderen Seite erkennen. Es gab keinen besonderen Grund für die Wand, gerade an dieser Stelle Gestalt anzunehmen. Wir verdankten unserer Rettung einer zufälligen Laune des Chaos. Uns konnte es nur recht sein, als wir schwitzend unsere Pferde zügelten.

Ich sah, wie von Bek sich im Sattel drehte und Alisaard küßte. Sie reagierte leidenschaftlich, umschlang ihn mit beiden Armen, den Actorios in einer wunderschönen Hand.

Und es war Ermizhad, die meinen Freund küßte. Es war Ermizhad, die mich betrog. Der einzige Betrug, den ich für unmöglich gehalten hatte!

Jetzt wußte ich mit Sicherheit, daß sie es war. Die ganze Zeit hatte sie mich getäuscht. Ganze Völker hatte ich hingemetzelt, wegen meiner Liebe zu ihr. Hatte in tausend Kriegen gekämpft. Und so vergalt sie meine Treue?

Und noch schlimmer, von Bek, in dem ich einen Kameraden gesehen hatte, schien nicht die mindesten Skrupel zu haben. Sie stellten sich regelrecht zur Schau. Ihre Umarmung verhöhnte alles, was mir teuer war. Wie hatte ich ihnen nur trauen können?

Ich wußte, daß ich keine andere Wahl hatte, als sie für den Schmerz zu strafen, den sie mir verursachten.

Mein Pferd beruhigend, hob ich die Lanze, die ich dem Mabden abgenommen hatte. Ich wog sie in der Hand. Ich war in dem Gebrauch solcher Waffen geübt und war sicher, sie alle beide mit einem Wurf durchbohren zu können. Im Tode vereint. Eine gerechte Belohnung für ihren Verrat.

»Ermizhad! Wie kann das sein!«

Mein Arm bog sich zum Wurf zurück. Ich sah, wie von Beks feige Augen sich in ungläubigem Entsetzen weiteten. Ich sah, wie Ermizhad sich umdrehte, und der Richtung seines Blickes folgte.

Ich fing an zu lachen.

Mein Gelächter fand einen Widerhall. Es schien das gesamte Reich zu erfüllen.

Von Bek schrie. Ermizhad schrie. Zweifellos flehten sie um Gnade. Die sie von mir nicht zu erwarten hatten. Das Lachen wurde lauter und lauter. Es war nicht nur mein eigenes Lachen, das ich hörte. Da war noch eine andere Stimme.

Ich zögerte.

Ein leiser Ruf von Beks. »Herr Daker! Sind Sie besessen? Was ist los?«

Ich beachtete ihn nicht. Mir war klar geworden, wie er mich

hinters Licht geführt, wie er sich absichtlich um meine Freundschaft bemüht hatte, um ein Verhältnis mit meiner Frau anfangen zu können. Und hatte Ermizhad ihn bei diesem Plan unterstützt? Wahrscheinlich. Weshalb hatte ich dies alles nicht eher durchschaut? Meine Gedanken waren von anderen, weniger wichtigen Dingen abgelenkt gewesen. Ich brauchte kein Drachenschwert. Ich schuldete den Sechs Reichen nichts. Weshalb sollte ich mich mit diesen Problemen beschäftigen, wenn meine eigene Frau mich vor meinen Augen lächerlich machte?

Ich hörte auf zu lachen. Ich hielt die Lanze wurfbereit.

Und dann wurde mir bewußt, daß das Gelächter fortdauerte. Es war nicht mein Gelächter.

Ich schaute zur Seite und sah dort einen Mann stehen. Er trug lange Gewänder in Schwarz und Dunkelblau. Sein Gesicht hatte etwas Vertrautes, das ich nicht einzuordnen vermochte. Er machte den Eindruck eines weisen, gesetzten Staatsmannes in mittleren Jahren. Nur das ausgelassene Lachen paßte nicht in dieses Bild.

Ich wußte, daß ich den Herrscher dieses Reiches vor mir sah, Erzherzog Balarizaaf in eigener Person.

Und ohne erst zu überlegen, schleuderte ich ihm die Lanze mit aller Kraft ins Herz.

Er fuhr fort zu lachen, selbst als er auf den Schaft hinunterblickte, der aus seinem Körper ragte.

»Oh, das ist ein feiner Spaß«, meinte er schließlich. »Sehr viel unterhaltsamer, Held, als Welten erobern und Völker versklaven, findet Ihr nicht?«

Und ich begriff im letzten Moment, daß ich ein Opfer der sinnesverwirrenden Einflüsse dieses Reiches geworden war. Beinahe hätte ich in meiner Umnachtung meine zwei besten Freunde getötet.

Dann war Erzherzog Balarizaaf verschwunden, und Alisaard lenkte mit einem Ruf meine Aufmerksamkeit auf sich. Mit Hilfe des Actorios hatte sie einen anderen Schattenpfad ausfindig gemacht, dessen verschwommene Umrisse sich vor uns erstreckten. Aber noch weit interessanter war der große braune Hase, der darauf entlanghoppelte.

»Wir müssen ihm folgen«, sagte ich, während ich im nachhinein vor Entsetzen über das, was ich beinahe getan hätte, zu zittern begann. »Denkt daran, was Sepiriz uns gesagt hat. Der Hase ist unser erstes Verbindungsglied mit dem Schwert!«

Von Bek schenkte mir einen mißtrauischen Blick. »Sind Sie wieder ganz bei Sinnen, mein Freund?«

»Ich hoffe es«, antwortete ich. Ich ritt jetzt voran, dem Hasen nach, der uns mit charakteristischer Unbekümmertheit den Schattenpfad entlangführte.

Bald wurde der Weg schmaler, und die Pferde stolperten über loses Geröll. Ich stieg ab und führte mein Tier am Zügel. Von Bek und Alisaard folgten meinem Beispiel.

Der Hase schien geduldig auf uns zu warten. Dann hoppelte er unbeirrt weiter.

Endlich verharrte das Tierchen an einer Stelle, wo der Pfad in massiven Fels hineinzuführen schien. Unter uns konnten wir ein weites Tal sehen, einen Fluß, der so breit wirkte wie der Mississippi, und eine wuchtige Festung, die ganz aus Silber zu bestehen schien. Immer noch zu Fuß, näherten wir uns dem Hasen und der Felswand. Ich streckte die Hand nach dem Tier aus, aber es sprang davon. Und dann, ganz plötzlich, stürzte ich in Schwärze, durch die niederschmetternde Leere des kosmischen Abgrunds. Und es kam mir vor, als hörte ich wieder Balarizaafs Gelächter. Waren wir doch noch in eine Falle des Erzherzogs des Chaos geraten?

Waren wir für alle Ewigkeit zu einem Leben im Limbus verdammt?

Kapitel zwei

Ich hatte den Eindruck, schon seit Monaten zu fallen, vielleicht seit Jahren, bis ich merkte, daß das Gefühl der Bewegung verschwunden war und ich auf festem Boden stand, wenn auch in völliger Dunkelheit.

Von irgendwoher ertönte eine Stimme: »John Daker, sind Sie hier?«

»Ich bin hier, von Bek, wo immer das sein mag. Und Alisaard?«

»Bei Graf von Bek«, antwortete sie.

Nach und nach brachten wir es fertig, uns aufeinanderzuzutasten und bei den Händen zu fassen.

»Was ist das für ein Ort?« wunderte sich von Bek. »Irgendeine Falle Balarizaafs?«

»Kann sein«, meinte ich. »Obwohl es mir so vorkam, als hätte der Hase uns hergeführt.«

Von Bek fing an zu lachen. »Aha, dann sind wir wie Alice in ein Karnickelloch gefallen, wie?«

Ich mußte lächeln. Alisaard schwieg, offensichtlich verwirrt über die Bemerkung. Schließlich sagte sie: »In den Reichen des Chaos gibt es viele Stellen, und andere, an denen Welten sich willkürlich berühren. Man kann sie nicht auflisten, wie es bei unseren Toren möglich ist, aber manchmal bestehen sie jahrhundertelang an ein und demselben Ort. Es könnte sein, daß wir durch eine dieser Öffnungen in dem Gewebe gefallen sind. Wir könnten überall im Multiversum sein . . .«

»Oder nirgendwo, vielleicht?« vollendete von Bek.

»Oder nirgendwo«, stimmte sie zu.

Ich beharrte auf der Ansicht, daß der Hase uns absichtlich hergeführt hatte. »Man sagte uns, wir würden einen Kelch finden, der Kelch würde uns zu einem gehörnten Pferd führen, und das gehörnte Pferd zu dem Schwert. Ich vertraue Sepiriz' hellseherischen Fähigkeiten. Wir sind hier, um diesen Kelch zu finden.«

»Selbst wenn er hier wäre, der Kelch«, gab von Bek zu bedenken, »könnten wir ihn kaum sehen, nicht wahr, mein Freund?«

Ich bückte mich und berührte den Boden. Er war feucht. Der ganze Ort hatte einen modrigen Geruch. Als ich meine Hand weitergleiten ließ, bestätigte sich meine Vermutung, daß wir auf alten, abgenutzten Steinplatten standen. »Wo immer wir sind, es wurde von Menschen erbaut«, sagte ich. »Und ich nehme an, wir befinden uns in einer Art unterirdischer Kammer. Was bedeutet, daß es Wände geben muß. Und in den Wänden entdecken wir vielleicht eine Tür. Kommt«, und ich führte sie langsam durch die Dunkelheit, bis meine Finger schließlich einen schmierigen Steinblock ertasteten. Das Zeug fühlte sich eklig an, aber ich hatte bald festgestellt, daß es sich tatsächlich um eine Mauer handelte. Wir folgten ihr, erst bis zu einer Ecke, dann zur nächsten. Das Gelaß war ungefähr sechs Meter breit. In die dritte Wand war eine hölzerne Tür mit Eisenscharnieren und einem großen altmodischen Schloß eingelassen. Ich griff nach dem Ring und drehte vorsichtig. Die Verriegelung gab nach, wie frisch geölt. Ich zog. Hinter der Tür brannte Licht. Behutsam öffnete ich sie noch ein oder zwei Zentimeter und lugte in einen Gang hinein.

Der Gang hatte eine niedrige, gewölbte Decke und schien ebenso alt zu sein wie die Kammer. Aber er war mit ganz gewöhnlichen Glühbirnen des 20. Jahrhunderts ausgestattet, die sich an offen liegenden Leitungen entlang der Wände hinzogen, als handle es sich um eine nur vorübergehende Einrichtung. Rechts von mir endete der Gang vor einer anderen Tür, aber links erstreckte er sich ein ganzes Stück weiter, bis zu einer Biegung. Einigermaßen verwirrt runzelte ich die Stirn.

»Wir scheinen in den Kellergewölben einer mittelalterlichen Burg gelandet zu sein«, teilte ich von Bek flüsternd mit, »aber es gibt elektrische Beleuchtung. Schauen Sie es sich selber an.«

Schon einen Augenblick später zog er den Kopf wieder zurück und schloß die Tür. Ich hörte ihn schwer atmen, aber er sagte nichts.

»Was ist los?« fragte ich ihn.

»Nichts, mein Freund. Nennen Sie es eine Ahnung. Wir könnten überall sein, ich weiß, aber ich habe das Gefühl, daß ich diesen Gang wiedererkenne. Was, wie Sie zugeben werden, ziemlich unwahrscheinlich ist. Solche alten Kästen sehen doch alle gleich aus. Nun, sollen wir einen Erkundungsgang wagen?«

»Wenn Sie sich dazu in der Lage fühlen«, bemerkte ich.

Er stieß ein nicht sehr überzeugendes Lachen aus. »Natürlich. Die Ereignisse der letzten Zeit haben mich ein wenig durcheinandergebracht, das ist alles.«

Also traten wir auf den Gang hinaus. Wir boten einen merkwürdigen Anblick, Alisaard in ihrer Elfenbeinrüstung, ich in der maaschanheemer Lederkluft, und von Bek in der Nachahmung eines modernen Anzugs. Vorsichtig näherten wir uns der Biegung des Ganges. Er schien verlassen, aber die Lichter wiesen darauf hin, daß er benutzt wurde. Ich betrachtete eine der Birnen etwas genauer. Form und Machart waren mir fremd, aber sie funktionierten nach dem üblichen Prinzip.

Wir waren so mit der Erforschung des Korridors beschäftigt, daß uns keine Zeit mehr blieb, nach einem Versteck zu suchen, als eine der Türen sich öffnete und ein Mann heraustrat. Obwohl seine Umrisse ein wenig verschwommen wirkten, sah er doch wirklich genug aus. Der Anblick seiner Kleidung allerdings war geeignet, mir einen Schock zu versetzen, und was von Bek betraf, so rang dieser laut nach Atem.

Wir standen Auge in Auge mit einem Stabsoffizier der Nazi-SS! Er war in einige Papiere vertieft, die er in der Hand hielt, aber als er aufblickte, starrte er uns voll ins Gesicht. Wir sagten kein Wort. Er runzelte die Stirn, schaute nochmals, dann überlief ihn ein Schauer und er machte vor sich hinmurmelnd kehrt. Während er sich in entgegengesetzter Richtung entfernte, rieb er sich die Augen.

Alisaard kicherte. »Unsere Lage hat sichtlich ihre Vorteile«, meinte sie.

»Warum hat er uns nicht angesprochen?« wunderte sich von Bek.

»Wir sind nur Schatten in seiner Welt. Ich habe mehrmals davon gehört, es aber nie selbst erlebt. Wir verfügen hier nicht über unsere volle Substanz.« Sie lachte wieder. »Wir sind das, als was man die Rasse der Alten in den Sechs Reichen bezeichnet. Wir sind Geister, meine Freunde! Dieser Mann glaubte, das Opfer einer Sinnestäuschung gewesen zu sein!«

»Werden alle anderen dasselbe annehmen?« erkundigte sich von Bek beunruhigt. Für einen Geist schwitzte er ziemlich stark. Er wußte besser Bescheid als ich, was es bedeutete, in die Hände dieser Leute zu fallen.

»Die Hoffnung ist nicht unbegründet«, antwortete sie. Aber ganz sicher war sie nicht. »Der Anblick dieses Mannes hat Euch entsetzt, Graf von Bek! Er hätte vor Euch Angst haben sollen!«

»Ich fange an zu begreifen«, warf ich ein. »Und ich glaube,

Sepiriz hat einen Weg gefunden, sein Versprechen an Graf von Bek zu halten und gleichzeitig seinen eigenen Zwecken zu dienen. Sie haben angedeutet, daß Sie diesen Ort hier wiederzuerkennen meinen, von Bek. Fällt Ihnen jetzt ein, wann Sie schon einmal hiergewesen sind?«

Er senkte den Kopf und rieb sich mit der Hand den Nacken. Dann entschuldigte er sich für seinen Zustand, straffte den Rücken und nickte. »Ja. Vor ein paar Jahren. Ein entfernter Vetter brachte mich her. Er war ein Nazi mit Leib und Seele, und wollte mich mit der, wie er es nannte, Wiedererstehung der alten germanischen Kultur beeindrucken. Wir befinden uns in den sogenannten geheimen Gewölben der großen Festung zu Nürnberg. Wir stehen genau im Mittelpunkt dessen, was die Nazis als ihr geistiges Bollwerk bezeichnen. Natürlich wäre es einem Außenseiter inzwischen unmöglich, hier einzudringen, aber damals war ihre Zahl noch geringer, sie waren weniger angesehen, weniger mächtig. Diese Gewölbe sollen angeblich noch aus der Zeit der gotischen Erbauer stammen, die vor den Römern hier ansässig waren. Sie liegen unter dem Berg, auf dem die Festung erbaut ist, und wurden erst in jüngerer Zeit wieder ausgegraben. Als ich herkam, gab es viel Gerede über diese Entdeckung der ›Fundamente‹ des wahren Deutschland. Aber ich war schon an derlei Blödsinn gewöhnt. Mir behagte der Ort nicht, weil mein Nazi-Vetter ihn für so überaus bedeutend hielt. Sehr bald nach meinem Besuch hörte ich, daß der Zugang nur noch den ranghöchsten Mitgliedern der Nazi-Hierarchie gestattet war. Warum, weiß ich nicht. Es gab die üblichen Gerüchte, von Hitlers schwarzen Zauberriten und all dem, aber ich glaubte nicht daran. Meine Theorie war, daß hier irgendeine Art von militärischen Einrichtungen gebaut wurden. In jenen Tagen sahen sich die Nazis noch genötigt, so zu tun, als achteten sie die Rüstungsabkommen.«

»Aber Sepiriz sagte, der Hase würde uns zu einem Kelch führen«, bemerkte ich einigermaßen ratlos. »Was für eine Art Kelch könnte denn in Nürnberg zu finden sein?«

»Ich bin sicher, das werden wir zu gegebener Zeit herausfinden.« Alisaard hatte unser Gespräch mit steigender Ungeduld verfolgt. »Laßt uns weitergehen. Denkt daran, daß immer noch sehr viel von uns abhängt. Wir halten das Schicksal der Sechs Reiche in der Hand.«

Von Bek schaute sich um. »Ich erinnere mich, daß es ein Hauptgewölbe gab. Eine Art Andachtsraum, dem mein Cousin eine Art beinahe mystischer Bedeutung zuzuschreiben schien. Er nannte ihn den Nabel germanischen Geistes. Irgendsoein Unsinn. Ich muß zugeben, sein Geschwätz langweilte mich beinahe ebensosehr, wie es mir Übelkeit verursachte. Aber vielleicht ist es dieser Raum, nach dem wir suchen sollten?«

»Können Sie sich an den Weg erinnern?« fragte ich.

Er überlegte einen Moment und streckte dann den Arm aus. »Die Richtung, in die wir ohnehin gehen wollten. Jene Tür am anderen Ende. Ich bin ziemlich sicher, daß sie in das Hauptgewölbe führt.«

Wir folgten ihm. Zwei weitere Nazis gingen an uns vorbei, aber nur einer bemerkte uns aus dem Augenwinkel, und wieder konnte es keinen Zweifel geben, daß er seinen Sinnen nicht traute. Wenn das hier die Zeit war, aus der auch von Bek stammte, konnte ich mir vorstellen, daß die meisten dieser Leute an Schlafmangel litten und sich schon daran gewöhnt hatten, von diesen oder jenen Halluzinationen geplagt zu werden. Wäre ich Mitglied der SS gewesen, hätte ich wahrscheinlich auch in allen Ecken Gespenster gesehen.

Von Bek blieb vor einer Tür stehen, die ganz eindeutig erst vor kurzem angefertigt worden war, wenn auch in dem römisch angehauchten Stil, der hier vorherrschte. »Ich glaube, das ist der Raum, von dem ich gesprochen haben.« Er zögerte. »Soll ich sie öffnen?«

Unser Schweigen für Zustimmung nehmend, griff er nach dem großen Eisenring und versuchte ihn zu drehen. Er bewegte sich nicht. Er stemmte die Schulter gegen die Eichentür und drückte. Dann schüttelte er den Kopf. »Sie ist abgeschlossen. Ich vermute, auf der anderen Seite gibt es ein modernes Schloß. Sie gibt kaum nach.«

»Könnte es sein, da wir hier nur ›Geister‹ sind, daß wir nicht genug Masse haben, um die Tür zu öffnen?« fragte ich Alisaard.

Aber auch sie wußte über dieses Phänomen nicht allzu gut

Bescheid. Ihr Vorschlag lautete, abzuwarten und zu beobachten, wie andere die Tür öffneten. »Vielleicht gibt es einen Trick dabei.«

Also zogen wir uns in einen nahen Alkoven zurück und sahen aus den Schatten heraus zu, wie mehrere Offiziere in dem Korridor kamen und gingen. Waffentragende Soldaten gab es hier nicht, was zu dem Schluß führte, daß die Nazis sich hier sicher fühlten.

Wir warteten vielleicht seit einer Stunde und verloren allmählich die Geduld, als ein hochgewachsener grauhaariger Mann in schwarzen und silbernen Gewändern, die den Uniformen der SS ähnelten, um die Ecke bog und auf uns zukam. Er sah aus wie ein amtierender Geistlicher, denn er trug einen kleinen Kasten in der Hand. Vor der fraglichen Tür stehenbleibend, öffnete er den Kasten und nahm einen Schlüssel heraus, den er in das Schloß steckte. Wir hörten das Klacken der Verriegelung. Die Tür schwang auf. Ein muffiger Geruch strömte aus dem dahinterliegenden Raum.

Lautlos folgten wir dem grauhaarigen Mann auf dem Fuße. Offensichtlich bereitete er den Raum für irgendwelche Riten vor, so wie ein Priester die Kirche vorbereitet. Er steckte einen Fidibus an, mit dem er große Kerzen entzündete. Die Steine des Gewölbes waren ganz offensichtlich uralt. Die Decke ruhte auf Dutzenden von Säulenbögen, so daß es unmöglich war, die tatsächlichen Ausmaße zu schätzen. Die Kerzenflammen belebten den Raum mit tanzenden Schatten. Es war nicht schwer, sich zu verstecken. Als der Priester seine Arbeit getan hatte, verließ er den Raum und schloß und verriegelte die Tür hinter sich.

Jetzt konnten wir uns ungehindert bewegen. Wir stellten fest, daß der Raum vor nicht allzulanger Zeit als Tempel hergerichtet worden war. Am jenseitigen Ende gab es einen Altar. An der Wand dahinter war das Schwarz, Rot und Weiß des Hakenkreuzes zu sehen, umrahmt von gleichermaßen barbarischen Insignien, Abwandlungen alter teutonischer Symbole. Auf dem Altar selbst standen ein stilisierter silberner Baum und ein Stier aus massivem Gold.

»Das sind die Dinge, die einige Nazis in unseren Kirchen

aufstellen wollten«, flüsterte von Bek. »Heidnische Objekte, von denen sie behaupten, sie seien die Symbole einer wahrhaft deutschen Religion. Die Nazis sind fast ebenso antichristlich, wie antisemitisch. Es ist, als haßten sie jede geistige Strömung, die ihren eigenen Mischmasch aus Pseudophilosophie und mystischem Klimbim in Frage stellt!« Er betrachtete den Altar voller Abscheu. »Sie sind die schlimmste Sorte Nihilisten. Sie merken nicht einmal, daß sie alles zerstören und nichts aufbauen. Ihre Schöpfung ist so inhaltslos wie die Schöpfungen des Chaos, die ich gesehen habe. Sie hat keinen echten geschichtlichen Hintergrund, keine Substanz, keine Tiefe, keine intellektuelle Aussage. Sie ist lediglich eine Verneinung, ein brutales Leugnen aller deutschen Tugenden.« Wieder war er den Tränen nahe. Alisaard nahm seine Hand. Sie verstand nicht, wovon er sprach, aber sie fühlte mit ihm.

»Versuch dich auf unser Vorhaben hier zu konzentrieren«, sagte sie leise. »Zu deinem eigenen Besten, Liebster.«

Zum ersten Mal hörte ich sie ein solches Kosewort aussprechen. Und die quälende Eifersucht erwachte erneut. Oh, wie ich mich nach den Tröstungen einer solchen Frau sehnte, einer, die meiner Ermizhad so ähnlich war, daß ich mir leicht einreden konnte, sie in den Armen zu halten. Aber diesmal gelang es mir, mich zu beherrschen. Die Erinnerung an den Wahnsinn, der mich erst vor kurzem befallen hatte, war noch zu frisch.

Von Bek war dankbar für ihre Besorgnis und dafür, daß sie ihn an den Grund unseres Hierseins erinnert hate. »Ein Kelch – der Gral – gehört zu dem Drum und Dran dieses Kultes«, sagte er. »Aber ich kann ihn nirgendwo entdecken.«

»Der Gral? Haben Sie mir bei unserer ersten Begegnung nicht erzählt, Ihre Familie hätte eine gewisse Beziehung zu dem Heiligen Gral?«

»Eine Legende, sonst nichts. Von einigen meiner Vorfahren wurde behauptet, sie hätten ihn gesehen. Andere sollen ihn sogar bewahrt haben. Aber die Geschichte wurde dann zu phantastisch, denke ich. Eine Legende besagte sogar, wir hätten ihn nicht für Gott, sondern für Satan bewahrt! Ich las das alles, während ich versuchte, etwas über die alten Gänge zu erfahren, durch die ich Bek verlassen konnte, ohne von den Nazis bemerkt zu werden. Dabei stieß ich dann auch auf die Bücher und Karten, die über die Mittelmarken . . .« Er verstummte, als draußen im Gang ein Geräusch ertönte. Rasch zogen wir uns in die dunklen Schatten eines der Säulenbögen zurück.

Durch die sich öffnende Tür fiel ein Strahl des elektrischen Lichts in den Raum. Drei Gestalten standen dort. Keine war besonders groß, und wegen der hohen, steifen Kragen konnten wir ihre Gesichter nicht sehen. Die Umhänge hatten Ähnlichkeit mit den Mänteln mancher kriegerischer Orden, wie zum Beispiel der Tempelritter, und tatsächlich hielten diese Männer große Breitschwerter in den Händen, und unter den Armen trugen sie schwere Eisenhelme, die aussahen, als wären sie in grauer Vorzeit geschmiedet worden. Den drei Gestalten haftete ein Ausdruck barbarischer Kraft an, der allein von ihrer Kleidung herrührte. Als sie sich, nachdem sie die Tür geschlossen und verriegelt hatten, dem Altar näherten, merkte ich, daß einer sehr dünn war und leicht hinkte; ein anderer war rundlich und schnaufte beim Gehen, während der dritte sich mit einer merkwürdigen, angestrengten Steifheit bewegte und die Schultern nach hinten drückte, in der Art eines kleines Mannes, der größer erscheinen will, als er ist. Ich legte von Bek eine Hand auf den Arm. Er zitterte. Ich war nicht überrascht.

Es konnte kaum ein Zweifel daran bestehen, daß wir uns in der Gegenwart dreier der Erzschurken des 20. Jahrhunderts befanden. Die drei Männer waren Goebbels, Göring und Hitler, und alles, was ich je über ihre bizarren, mystischen Überzeugungen gelesen hatte, ihren Glauben an übernatürliche Vorzeichen, ihre Bereitschaft, die seltsamsten und unwahrscheinlichsten Vorfälle anzunehmen, fand hier schließlich seine Bestätigung.

In dem Glauben, unbeobachtet zu sein, begannen sie in einem singenden Tonfall Verse von Goethe aufzusagen. Aus ihrem Munde klangen die Worte besudelt und entsetzlich verzerrt. Wie so viele andere romantische Vorstellungen, mißbrauchten sie die Ideen des Dichters für ihre eigenen unwürdigen Zwecke. Sie hätten ebensogut die Beschwörungen einer

Schwarzen Messe singen, oder eine Synagoge mit ihrem Unrat beschmutzen können, die Wirkung war ungefähr dieselbe.

»Allen Gewalten
Zum Trutz sich erhalten,
Nimmer sich beugen,
Kräftig sich zeigen,
Rufet die Arme
Der Götter herbei.«

Sie schändeten diese Worte, wie sie alle Worte schändeten, all die reinsten Gedanken und Gefühle des deutschen Volkes, und verwandelten sie in Werkzeuge für den Bau ihrer eigenen erbärmlich unzulänglichen Ideologie. Ich wäre nicht überrascht gewesen, Goethes Geist neben mir stehen zu sehen, bereit, sich an denen zu rächen, die sein Werk so rüde mißbrauchten.

Jetzt trat Goebbels vor, um zwei dicke rote Kerzen an den Schmalseiten des Altars zu entzünden.

Neben mir konnte ich fühlen, wie von Bek sich mit letzter Kraft beherrschte, diesen Kreaturen nicht an den Hals zu springen. Schweigend hielt ich ihn zurück. Wir mußten warten. Wir mußten sehen, was uns enthüllt werden würde. Sepiriz hatte gewollt, daß wir hierher kamen. Er hatte den Hasen geschickt, um uns zu führen. Wir mußten abwarten, wie das Ritual weiterging.

Es erstaunte mich, wie banal ihre eigenen Worte waren. Voller Bitten an uralte Götter, an Wotan und an die Geister von Eiche, Eisen und Feuer. Der Schein der Kerzen beleuchtete ihre Gesichter – Goebbels, eine Maske verzerrter, rattenhafter Freude, sah aus wie ein ungezogener Schuljunge, der sich an seiner eigenen Boshaftigkeit ergötzt; Göring, dicklich und ernsthaft, glaubte offenbar jedes seiner Worte und war außerdem fast bis zur Besinnungslosigkeit betrunken oder mit Drogen vollgestopft; und Adolf Hitler, Kanzler des Dritten Reiches, seine Augen dunkle Spiegel, das fahle Gesicht von einem ungesunden Leuchten erfüllt, schien irgendwelchen Göttern seinen Willen aufzwingen zu wollen, wie er versuchte, den Rest der Welt dazu zu zwingen, seinen abscheulichen Wahn als allein heilbringend anzuerkennen.

Es war eine beeindruckende Szene – und eine, wie ich sie hoffentlich nie wieder miterleben muß. Dies war menschliche Perversion, die die schlimmsten Auswüchse des Chaos noch übertraf. Das hier war so viel näher an meinen Erfahrungen, meiner eigenen Zeit, daß ich von Beks Empfindungen nur zu gut verstehen konnte, der aus erster Hand den Schrecken erlebt hatte, den diese drei über sein Volk brachten, und der nun mit sich kämpfte wie ein Hund an der Kette, der nur noch töten will. Sein einziger Beweggrund, sich mir anzuschließen, war damals der Wunsch gewesen, diese Männer zu vernichten und die Welt von ihrem bösen Einfluß zu befreien.

Ich schaute auf Alisaard. Selbst sie empfand die unheilige Macht dieser Geschöpfe.

»Möge unserem Deutschland in dieser seiner Schicksalsstunde, der Stunde der Entscheidung, die Kraft unserer alten Stammesgötter, der Götter, die auch den Eroberern Roms zur Seite standen, gewährt sein.« Das war Goebbels, der offensichtlich nicht recht glaubte, was er da sagte, aber wußte, daß Hitler und Göring seine Zweifel nicht teilten. »Möge die mystische Macht der großen Götter der Alten Welt mit uns sein, möge sie uns erfüllen mit jener dunklen, natürlichen Kraft, die die schwachen Gefolgsleute der jüdisch-christlichen Möchtegern-Eroberer besiegte. Möge unser Blut, das reine, ungemischte Blut jener furchtlosen Ahnen, wieder mit derselben süßen Erregung durch unsere Adern fließen wie in den Tagen, ehe unsere redlichen, schuldlosen Ahnen von fremden, orientalischen Religionen verdorben wurden. Möge Deutschland eine Rückkehr zu seinem wahren, ungeschmälerten Selbst erleben!«

Es kam noch mehr von diesem Unsinn, während von Bek immer unruhiger und Alisaard und ich zunehmend gelangweilt und ungeduldig wurden.

»Jetzt rufen wir den Kelch, das Gefäß unserer geistigen Substanz, denselben Kelch, den Parsifal suchte; den Kelch der Weisheit, den die Christen uns gestohlen und als Heiligen Gral in ihre eigene Mythologie aufgenommen haben!« leierte Goebbels, der von einem Fuß auf den anderen trat, wie ein aufgeregter, mißgestalter Zwerg. »Wir rufen den Kelch, auf daß er uns erfülle mit der Weisheit, nach der wir streben!«

Hitler und Göring wiederholten seine Worte.

»Kniet nieder!« rief Goebbels, der sichtlich jeden Augenblick seiner Macht über die anderen beiden auskostete.

Gehorsam gingen die zwei Naziführer in die Knie, nur Goebbels blieb stehen und breitete die Arme aus, während er sich dem Altar zuwandte.

»Hier, an diesem altehrwürdigsten aller Orte, der den Kelch bewahrte seit Anbeginn der Zeit, möge uns eine Vision vergönnt sein. Mögen wir dieser Weisheit teilhaftig werden. Möge uns die Macht unserer alten Götter zuteil werden, das Wissen unseres alten Blutes, die Sicherheit unserer alten Kraft. Wir müssen wissen, welchen Weg wir einschlagen sollen. Wir müssen wissen, ob wir unsere Kräfte darauf verwenden sollen, die Macht des Atoms freizusetzen, oder darauf, die Bedrohung aus dem Osten abzuwehren. Wir bitten um ein Zeichen, ihr Götter. Wir bitten um ein Zeichen!«

Ich werde nie erfahren, ob Goebbels nur für seine weniger skeptischen Begleiter Theater spielte, oder ob er tatsächlich den Blödsinn glaubte, der von seinen dünnen Lippen strömte. Ich weiß auch nicht, ob seine beschwörenden Sprüche etwas damit zu tun hatten, was als nächstes geschah, oder ob von Beks Anwesenheit in dem Gewölbe der Grund für die Erscheinung war. Seine Familie hatte eine Verbindung mit dem Gral, so wie ich, in jeder Gestalt, mit dem Schwert verbunden war. Und das war vielleicht der Grund, warum das Schicksal uns zusammengeführt hatte, da es ein großer und wichtiger Kampf war, den wir jetzt auszufechten hatten. Was für eine Rolle Sepiriz spielte und wieviel er wußte, vermag ich immer noch nicht zu sagen, aber es ist offensichtlich, daß er seine seherischen und prophetischen Gaben nutzte, um sicherzustellen, daß wir in genau dem richtigen Moment an genau dem richtigen Ort sein würden.

Denn jetzt trat etwas ein, das alle drei überraschte, am meisten Goebbels. Die süßeste Musik erfüllte das Gewölbe, begleitet von einem Duft wie Rosen. Die Musik erinnerte an Kirchen und Weihrauch, und stand in scharfem Gegensatz zu unserer düsteren Umgebung und dem heidnischen Gerümpel des Nazi-Triumvirats. Dann erschien ein weißes, blendendes Licht. Ein Licht von solcher Zartheit, daß wir nach dem ersten Moment der Überraschung hineinschauen konnten, ohne daß es schmerzte. Denn in der Mitte dieses weißen Schimmers, der Quelle der Musik und des Duftes, schwebte ein schlichter Kelch, eine goldene Schüssel, wie ich sie nur einmal zuvor gesehen hatte.

Dies war der Gegenstand, den die christlichen Legenden als den Heiligen Gral bezeichnen und den die Kelten den Kessel der Weisheit nannten. Es gab ihn von Anbeginn an, unter vielen Namen, wie das Schwert, das wir suchten, und wie mich, den Ewigen Helden. Durch den Glanz hindurch sah ich Goebbels und Hitler und Göring, die jetzt alle auf den Knien lagen und in sprachlosem Erstaunen auf die unerwartete Erscheinung starrten.

Ich hörte Hitler wieder und wieder denselben nichtssagenden Fluch murmeln. Göring hatte den Schluckauf und machte vergebliche Anstalten, seinen feisten Körper vom Boden zu erheben. Goebbels grinste, wieder ähnlich einem unartigen Knaben, der eine ganz tolle Entdeckung gemacht hat. Er lachte beinahe.

»Es ist wahr! Es ist wahr!« rief er dann aus, als Antwort auf seine eigenen Zweifel. »Es ist wahr. Wir haben ein Zeichen erhalten! Was sollen wir tun? Uns zuerst von der Bedrohung im Osten befreien, bevor wir uns damit befassen, eine Atombombe zu bauen? Oder sollen wir uns bemühen, unsere Eroberungen zu festigen und den Wissenschaftlern das andere überlassen? Wie lange wird es dauern, bis Rußland uns angreift? Oder Amerika und England eine Invasion versuchen? Was sollen wir tun? Unsere Siege kamen so plötzlich, daß uns kaum Zeit zum Überlegen blieb. Wir brauchen Rat. Bist du wirklich ein Zeichen der Alten Götter? Werden sie uns tatsächlich auf den rechten Pfad führen, um die Vorherrschaft Deutschlands über die ganze Welt zu erreichen?«

»Der Kelch kann nicht zu uns sprechen, Herr Doktor!« Adolf Hitler gab sich auf einmal verächtlich, weil er die Verunsicherung seines Ministers im Angesicht dieses Ereignisses spürte.

»Man muß ihn in die Hand nehmen. Dann wird die Wahrheit enthüllt. So wird das doch gemacht?«

»Nein, nein, nein!« Göring kam endlich auf die Füße, er atmete schwer. Seine Augen waren rot, seine Nase lief, und dünne Speichelfäden klebten an seinen Lippen. Er holte tief und zitternd Atem. »Es gehört noch ein Mädchen dazu. Ein Mädchen, das den Gral bewahrt. Eine Rheinmaid, he? Ich weiß. Wagner, he?« Und er kicherte.

Ich mochte kaum glauben, daß dies die Männer waren, die den Lauf der Geschichte meiner Welt so stark beeinflußt hatten. Man konnte wohl davon ausgehen, daß sie alle unter Drogen standen. Sie benahmen sich wie alberne Kinder. Und doch glaube ich, ich hätte begreifen müssen, daß es in der Natur aller derartigen Kreaturen liegt, im Herzen kindisch zu sein. Nur Kinder glauben, gewaltige Macht an sich reißen zu können, ohne den Preis dafür bezahlen zu müssen. Und der Preis ist sehr oft die geistige Gesundheit desjenigen, der sich die Macht angeeignet hat. In gewisser Weise waren diese drei Männer in noch größerem Maße die Zerrbilder ihres früheren Selbst als die armseligen, mißgestalteten Geschöpfe des Chaos, die uns verfolgten. Waren sie sich dessen bewußt? Und förderte dieses Bewußtsein ihre Bereitschaft, sich immer noch tiefer in Korruption und schließlich in Wahnsinn zu stürzen?

»Ja«, bemerkte Adolf Hitler mit beinahe lächerlicher Dünkelhaftigkeit. »Rheinmaiden. Walküren. Wotan persönlich. Dieser Kelch ist lediglich ein Zeichen ihrer Gegenwart.«

In diesem Ton ging es weiter. Ich glaube, sie hatten diese Erscheinung nie gewollt. Die Rituale, die sie abhielten, dienten lediglich zur Befriedigung ihres Bedürfnisses, an die Richtigkeit ihrer Taten glauben zu können. Dieses Gewölbe unterhalb der Nürnberger Festung, die Gewänder, die Beschwörungen, waren ein Mittel, ihre nachlassenden, drogenabhängigen Energien anzufachen, ein Weg, sich selbst von ihrem mystischen Schicksal zu überzeugen.

Und jetzt dämmerte mir, daß der Gral nicht als Antwort auf Doktor Goebbels' Beschwörungen erschienen war. Er war erschienen, weil wir uns hier befanden – oder, genauer, weil von Bek sich hier befand. Ich schaute zu meinem Freund. Ein verzauberter Ausdruck lag auf seinem Gesicht, als er den Gral betrachtete. Offenbar war ihm trotz der Legenden seiner Familie noch nicht der Gedanke gekommen, daß die goldene Schale in einer besonderen Beziehung zu ihm stand.

Hitler trat vor; sein sonderbares kleines Gesicht war plötzlich nüchtern, als er seine zitternden Hände nach dem Gral ausstreckte. Das Leuchten der Schale betonte die Blässe seiner Haut, das Ungesunde seiner Erscheinung. Ich konnte nicht glauben, daß einem derart verderbten Wesen gestattet sein würde, den Gral auch nur anzusehen, geschweige denn, ihn zu berühren.

Diese zu Krallen gebogenen Finger, an denen schon das Blut von Millionen klebte, griffen nach dem singenden Kelch. Die Augen reflektierten den Glanz, funkelten wie kleine Glasmurmeln; die feuchten Lippen öffneten sich, die Gesichtsmuskeln zuckten.

»Ihr begreift wohl, meine Freunde, daß dies die Quelle der Energie ist, die wir suchen. Dies ist die Macht, die uns ermöglichen wird, jeden Feind in die Knie zu zwingen. Die Juden suchen wie üblich in der falschen Richtung nach Mitteln, eine Atombombe zu bauen. Wir aber haben diese Mittel gefunden, hier in Nürnberg. Mitten im Herzen unserer geistigen Festung! Hier ist Energie, um den ganzen Erdball zu zerstören, oder ihn so wieder aufzubauen, wie es uns vorschwebt! Wie erbärmlich ist das Ding, das man Wissenschaft nennt. Wir besitzen etwas viel Besseres. Glauben. Wir haben hier eine Kraft, die größer ist als die Vernunft! Wir haben Weisheit, die über einfaches Wissen hinausgeht. Wir haben den Heiligen Gral. Den Kelch grenzenloser Macht!« Und seine Hände griffen wie schwarze Klauen in das reine Licht, reckten sich nach dem Gral, kurz davor, etwas von so wunderbarer Heiligkeit zu besudeln, daß mir bei dem Gedanken schon übel wurde.

Aber die Musik des Grals wurde lauter. Es war beinahe wie ein Ruf des Schreckens über Hitlers Absicht. Der Klang verkündete eine deutliche Warnung. Trotzdem machte der Diktator Anstalten, ihn zu fassen. Seine Finger berührten das schimmernde Gold.

Und Adolf Hitlers Aufschrei war lauter als der des Kelchs. Er zuckte zurück. Er schluchzte. Er starrte auf seine Finger. Sie schimmerten schwärzlich, als wäre die Haut bis auf die Knochen versengt. Dann, wie ein kleines Kind, steckte er die Finger in den Mund und setzte sich plumpsend auf den Steinboden des uralten Gewölbes.

Goebbels runzelte die Brauen. Auch er streckte die Hand aus, aber mit größerer Vorsicht. Wieder sang der Gral seine Warnung. Göring war bereits auf dem Rückzug, schützte sein Gesicht mit dem Arm und schrie: »Nein, nein! Ich bin nicht dein Feind!«

Im Tonfall beschwichtigender Vernunft erklärte Josef Goebbels: »Es war nicht unsere Absicht, diesem Kelch Gewalt anzutun. Es verlangt uns nur nach seiner Weisheit.«

Er hatte Angst. Er schaute sich um, als suchte er nach einer Möglichkeit zur Flucht, als wäre er entsetzt über was immer es war, das er durch Zufall herbeigerufen hatte. Inzwischen saß sein Herr und Meister auf dem Boden, lutschte an seinen Fingern und murmelte von Zeit zu Zeit etwas vor sich hin.

In der Befürchtung, der Kelch würde ebenso unvermutet wieder verschwinden, wie er aufgetaucht war, beugte ich mich vor, um ihn zu ergreifen. Zu spät merkte ich, daß ich in dem Lichtschimmer jetzt für die anderen sichtbar war. Besonders Hitler hatte mich ins Auge gefaßt und hob die Hand gegen die Helligkeit, um mich besser sehen zu können. Mir kam ein anderer Gedanke. Ich sagte zu von Bek: »Schnell, Mann. Ich bin sicher, daß nur Sie in der Lage sind, ihn anzufassen. Nehmen Sie ihn. Er ist unser Schlüssel zu dem Drachenschwert. Nehmen Sie ihn, von Bek!«

Die drei Nazis kamen wieder näher, vermutlich fasziniert von den drei schattenhaften Gestalten, die sie da vor sich sahen, und noch immer nicht ganz sicher, ob das, was sie erlebten, Wirklichkeit war.

Alisaard trat zwischen sie und den Gral und hob die Hand. »Nicht weiter!« rief sie. »Dieser Kelch ist nicht für euch bestimmt. Er gehört uns. Wir brauchen ihn, um die Sechs Reiche vor dem Chaos zu schützen!« Sie sprach zu ihnen wie zu vernünftigen Menschen, da sie nicht wissen konnte, wer sie waren und was sie repräsentierten.

Hermann Göring zumindest war jetzt fest überzeugt, seine Rheinmaid gesehen zu haben. Hitler schüttelte den Kopf, wie um sich von einer Halluzination zu befreien, während Goebbels nur grinste, vielleicht überzeugt und fasziniert von seinem eigenen Wahnsinn.

»Hört doch!« rief Göring. »Erkennt ihr es? Sie spricht Althochdeutsch! Wir haben ein ganzes Pantheon beschworen!«

Hitler nagte an seiner Unterlippe und versuchte zu einer Entscheidung zu kommen. Er blickte von uns auf seine Finger und wieder zurück. »Was soll ich tun?« fragte er.

Alisaard verstand ihn nicht. Sie zeigte auf die Tür. »Geht! Geht! Dieser Kelch gehört uns. Seinetwegen sind wir hierhergekommen.«

»Ich könnte schwören, es ist Althochdeutsch«, wiederholte Göring, aber man merkte, daß er sie kaum besser verstehen konnte, als sie ihn. »Sie versucht uns die richtige Entscheidung mitzuteilen. Ihre Hand! Sie deutet nach Osten!«

»Nehmen Sie den Kelch, Mann«, drängte ich von Bek. Ich wagte nicht, mir vorzustellen, was mit uns geschehen würde, wenn wir noch länger hierblieben. Die Nazis waren nicht ganz bei Sinnen. Wenn sie die Flucht ergriffen und den Raum hinter sich verriegelten, waren wir vielleicht Hungers gestorben, bevor sie es wagten, die Tür wieder zu öffnen.

Von Bek reagierte schließlich auf meine Rufe. Ganz langsam streckte er die Hände nach dem herrlichen Kelch aus, der sich in seinen Griff zu schmiegen schien, als wäre er seit jeher sein Eigentum. Die Musik wurde noch lieblicher, das Leuchten weicher, der Duft stärker. Von Beks Züge wurden von dem Glanz des Kelchs beleuchtet. Er wirkte zugleich heldenhaft und rein, ganz wie die Ritter der Artussage denen vorgekommen sein müssen, die sie auf ihrer Suche nach dem Gral begleiteten.

Ich führte ihn und Alisaard an den zögernden Nazis vorbei und zur Tür des Gewölbes. Den Kelch nahmen wir mit uns. Sie machten keinen Versuch, uns aufzuhalten, waren sich aber nicht ganz sicher, ob sie bleiben oder uns folgen sollten.

Ich sprach zu ihnen, wie man einen Hund anredet. »Bleibt«, sagte ich. »Bleibt hier.« Alisaard schob den Riegel zurück.

»Ja«, murmelte Göring. »Wir haben unser Zeichen.«

»Aber der Gral«, meinte Hitler, »er ist die Quelle unserer Macht . . .«

»Wir werden ihn wiederfinden«, beruhigte ihn Goebbels. Er klang träumerisch. Ich hatte den Eindruck, daß er nicht den geringsten Wert darauf legte, uns oder den Gral jemals wieder zu Gesicht zu bekommen. Wir bedrohten die eigentümliche Gewalt, die er über seine Genossen hatte, besonders über Hitler. Von den drei Männern in dem Gewölbe war nur Goebbels aufrichtig froh, uns gehen zu sehen.

Wir schlossen die Tür hinter uns. Wir hätten sie verriegelt, hätten wir gewußt, wie.

»Jetzt«, sagte ich, »müssen wir so schnell wie möglich zu dem Raum zurück, aus dem wir kamen. Ich vermute, daß wir dort den Rückweg ins Reich des Chaos finden.«

Wie in Trance hielt von Bek den Kelch in beiden Händen, und obwohl er mit uns ging, war seine ganze Aufmerksamkeit ausschließlich auf den Gral gerichtet.

Alisaard betrachtete ihn liebevoll und hielt ihn sanft beim Arm. Diesmal wichen die SS-Männer, die uns entgegenkamen, geblendet zurück. Wir erreichten unser Ziel ohne Schwierigkeiten. Ich drehte den Griff der Tür, und sie öffnete sich in die Dunkelheit. Vorsichtig trat ich ein, gefolgt von Alisaard, die wiederum von Bek führte, der den Blick nicht von dem Gralskelch wandte. Ein Ausdruck verzückter Hingabe stand auf seinem Gesicht. Aus irgendeinem unbekannten Grund war ich darüber beunruhigt.

Dann hatte Alisaard die Tür geschlossen, und das Leuchten des Grals erfüllte den Raum. Wir alle waren dunkle Schatten in seinem Licht.

Allerdings zählte ich jetzt drei Schatten, außer meinem eigenen!

Der kleinste davon schob sich dichter an mich heran. Er grinste zu mir hinauf und grüßte.

Jermays der Krüppel hatte die Rüstung eines Maaschanheemers wieder mit seinem alltäglichen Gewand vertauscht. »Ich stelle fest, daß ihr kürzlich erlebt habt, war mir ganz vertraut ist.« Er verbeugte sich. »Und nun wißt, wie angenehm und wie enttäuschend es sein kann, als Geist zu leben!«

Ich nahm seine dargebotene Hand. »Warum seid Ihr hier, Jermays? Bringt Ihr Neuigkeiten aus Maaschanheem?«

»Ich stehe zur Zeit im Dienst der Ordnung. Ich bringe eine Botschaft von Sepiriz.« Sein Gesicht verdunkelte sich. Er fügte langsam hinzu: »Ja, und Nachrichten aus Maaschanheem. Schlechte Nachrichten.«

»Adelstane?« Alisaard trat vor. Sie strich sich einzelne Haarsträhnen aus ihrem lieblichen Gesicht. »Ist Adelstane gefallen?«

»Noch nicht«, antwortete der Zwerg bedrückt, »aber man hat Maaschanheem aufgegeben. Die Überlebenden haben sich in die Bärenfestung gerettet. Aber Sharadim sendet sogar die größten Schiffe durch die Säulen des Paradieses, um sie zu verfolgen! Kein Reich ist von Invasionen unberührt. Überall herrscht Gewalt. Die Blutweiner in Rootsenheem sind unterworfen, schwören dem Chaos Treue oder werden getötet. Dasselbe gilt für Fluugensheem und natürlich auch für Draachenheem. Gheestenheem ist verlassen, bis auf Sharadims Truppen. Die Menschen sind besiegt. Die Alten und die Bärenprinzen leisten weiterhin Widerstand, aber Adelstande ist nicht mehr sehr viel länger zu halten, fürchte ich. Ich komme gerade von dort. Die Lady Phalizaarn, Prinz Morandi Pag und Prinz Groaffer Rolm senden euch ihre besten Wünsche und beten für euren Erfolg. Wenn Sharadim oder ihr Geschöpf das Drachenschwert vor euch erreichen, kann es nicht mehr lange dauern, bis das Chaos seine Grenzen niederreißt und Adelstane überschwemmt wird. Außerdem werden die Frauen der alten Rasse nie wieder mit dem Rest ihres Volkes vereint sein . . .«

Ich war entsetzt. »Aber wißt Ihr etwas über Sharadim und ihren toten Bruder?«

»Ich habe nichts gehört, außer daß sie aus dem Reich des Chaos zurückgekommen sind, ohne ein geplantes Vorhaben zu Ende führen zu können.«

»Dann müssen wir versuchen, auch zum Chaos zurückzukehren«, sagte ich. »Wir haben den Kelch, von dem Sepiriz gesprochen hat. Jetzt suchen wir das gehörnte Pferd. Aber wie finden wir den Rückweg, Jermays? Wißt Ihr es?«

»Aber ihr seid schon dort«, erwiderte Jermays der Krüppel einigermaßen erstaunt und öffnete die Tür. Tageslicht strömte herein und ein satter, exotischer Geruch, und beschattet von dunklen, fleischigen Blättern führte ein Pfad in einen Tropenwald.

Wir traten hinaus, und im selben Augenblick waren Jermays, die Tür und jede Spur der Nürnberger Burgverliese verschwunden.

Plötzlich ließ von Bek den Kelch sinken, einen verzweifelten Ausdruck im Gesicht. »Ich habe versagt! Ich habe versagt! Oh, warum habt ihr zugelassen, daß ich einfach so gegangen bin!«

»Was ist denn?« rief Alisaard überrascht. »Was ist los, mein Liebster?«

»Ich hatte die Gelegenheit, sie zu töten, und ließ sie ungenutzt vorübergehen!«

»Glauben Sie, Sie hätten sie in Anwesenheit dieses Kelches ermorden können?« versuchte ich ihn zur Vernunft zu bringen. »Abgesehen von der Tatsache, daß Sie gar keine Waffe haben.«

Er beruhigte sich ein wenig. »Aber es war meine einzige Gelegenheit, sie zu töten. Millionen zu retten. Bestimmt erhalte ich keine zweite Chance!«

»Sie haben Ihr Ziel erreicht«, erklärte ich ihm. »Aber auf indirekte Art, gemäß den Methoden des Gleichgewichts. Ich kann Ihnen versprechen, daß sie sich jetzt selbst vernichten werden, als Folge dessen, was heute in jenem Gewölbe vorgefallen ist. Glauben Sie mir, von Bek, sie sind ebenso gewiß zum Untergang verurteilt, wie irgendeines ihrer Opfer.«

»Ist das die Wahrheit?« Er schaute von mir zu dem Kelch. Der Schimmer der goldenen Schale war erloschen, aber sie besaß immer noch unvorstellbare Macht.

»Es ist die Wahrheit, ich schwöre es.«

»Ich wußte nicht, daß sie über die Gabe der Hellseherei verfügen, Herr Daker.«

»In diesem Fall schon. Sie werden nur noch kurze Zeit überdauern. Dann sterben sie alle drei von eigener Hand, und ihre Tyrannei bricht zusammen.«

»Deutschland und die ganze Welt werden von ihnen befreit sein?«

»Frei von dem Bösen, das sie verkörpern, ich verspreche es.

Frei von allem, außer der Erinnerung an ihre Grausamkeit und Barbarei.«

Er holte tief und stockend Atem. »Ich glaube Ihnen. Dann hat Sepiriz also sein Wort gehalten?«

»Er hielt sein Wort auf die bei ihm übliche Art«, antwortete ich. »Indem er sicherstellte, daß Ihre Absichten mit seinen übereinstimmten. Indem er sich etwas verschaffte, was seinen geheimnisvollen Zielen dienlich ist und dadurch wieder den unseren. All unsere Taten greifen ineinander, unser aller Schicksale haben etwas gemeinsam. Eine Tat, vollbracht auf einer Ebene des Multiversums, kann Auswirkungen haben auf einer völlig anderen Ebene, vielleicht tausend Jahre (wer kennt die Art der Entfernung?) von der ersten getrennt. Sepiriz spielt das Spiel des Gleichgewichts. Eine Reihe von Überprüfungen, Feinabstimmungen, neuen Zügen, alles zu dem Zweck, vollkommene Ausgewogenheit zu erreichen. Er ist nur einer der Diener des Gleichgewichts. Es gibt mehrere, soweit ich weiß, die hier und dort zwischen all den unzähligen Ebenen und Zyklen des Multiversums unterwegs sind. Keiner von uns ist in der Lage, das ganze Muster zu begreifen oder den wahren Anfang oder das tatsächliche Ende zu entdecken. Es gibt Kreise innerhalb von Kreisen, Muster innerhalb von Mustern. Vielleicht ist es endlich, aber uns Sterblichen erscheint es unendlich. Und ich bezweifle, ob selbst Sepiriz das ganze Spiel überschaut. Er tut nur, was er kann, um dafür zu sorgen, daß weder Ordnung noch Chaos zu übermächtig werden.«

»Und was ist mit den Fürsten der Höheren Welten?« fragte Alisaard, die bereits etwas in solchen Dingen Bescheid wußte. »Können sie den ganzen Plan erkennen?«

»Ich glaube nicht«, gab ich zur Antwort. »Ihr Sichtbereich ist in gewissem Sinne vielleicht noch begrenzter, als der unsere. Immer wieder ist es doch der Handlanger, der mehr wahrnimmt als der König oder die Königin, vielleicht weil für ihn weniger auf dem Spiel steht.«

Von Bek schüttelte den Kopf. Still murmelte er: »Und ich frage mich, ob es je eine Zeit geben wird, wenn all diese Götter und Göttinnen und Halbgötter von ihren Kriegen ablassen? Vielleicht sogar aufhören zu existieren.«

»Es mag solche Perioden in den Zeitläufen der Myriaden Welten geben«, sagte ich. »All dieses könnte ein Ende nehmen, wenn es die Fürsten der Höheren Welten und die gesamte Maschinerie der kosmischen Geheimnisse nicht mehr gibt. Und vielleicht ist das der Grund, warum sie uns Sterbliche so sehr fürchten. Das Geheimnis ihrer Vernichtung liegt, vermute ich, in uns, nur müssen wir uns unserer Macht erst noch bewußt werden.«

»Und habt Ihr eine Ahnung, wie diese Macht beschaffen sein könnte, Ewiger Held?« fragte Alisaard.

Ich lächelte. »Ich denke, es ist einfach die Gabe, sich ein Multiversum vorzustellen, das des Übernatürlichen nicht bedarf, ja, es sogar abschaffen könnte, wenn es wollte!«

Und in diesem Augenblick bäumte sich der Urwald auf und verwandelte sich in einen Ozean aus geschmolzenem Glas, das uns dennoch irgendwie nicht versengte.

Von Bek schrie auf und verlor den Halt, drückte aber den Kelch fest an die Brust. Alisaard bekam ihn zu fassen und versuchte ihm aufzuhelfen. Ein lärmender Wind blies. Ich watete zu meinen Gefährten. Von Bek stand wieder auf den Füßen. »Benutzt den Actorios!« rief ich Alisaard zu, die den Stein immer noch in Verwahrung hatte. »Sucht den Schattenpfad!«

Aber kaum, daß sie nach dem Beutel gegriffen hatte, um den Stein hervorzuholen, begann der Gral zu singen. Sein Tönen hatte einen anderen Klang als zuvor in dem Gewölbe. Es war sanfter, ruhiger. Dennoch verströmte es eine erstaunliche Autorität. Und die glasigen Wellen glätteten sich. Die spiegelglatten Hügel aus Obsidian erstarrten. Und wir konnten einen Pfad erkennen, der zwischen ihnen hindurchführte. Am Ende des Pfades erstreckte sich ein sandiger Strand.

Den Kelch in beiden Händen vor sich haltend, führte von Bek uns in Richtung dieses Ufers. Hier war eine Macht am Werk, erkannte ich, die weit stärker war als der Actorios. Eine Macht der Ordnung und Ausgewogenheit, die in der Lage war, unglaublichen Einfluß auf ihre Umgebung auszuüben. Mir dämmerte, daß vieles von dem, was geschehen war, nicht von Sepiriz und seinesgleichen gelenkt worden sein konnte. Ich hatte bereits gesehen, daß Bek eine Beziehung zu dem Gral hatte, ähnlich wie ich zu dem Schwert. Man hatte von Bek gebraucht, um den Gral zu finden. Und jetzt brachte er ihn in dieses Reich, in die Nähe des Ortes, den man den Anfang der Welt nannte. Lag darin eine besondere Bedeutung verborgen?

Wir hatten den Strand erreicht. Über uns waren grasbewachsene Dünen und dahinter ein Horizont. Wir stiegen auf die Dünen hinauf und überschauten von dort eine Ebene, die kein Ende zu haben schien. Sie erstreckte sich vor uns, eine Unendlichkeit wogender Gräser und Wildblumen, ohne einen einzigen Baum oder Hügel, um die Monotonie zu beleben. Ein unauffälliger Duft breitete sich um uns aus, und als wir zurückblickten, war der Glasozean verschwunden, und die Ebene erstreckte sich jetzt auch in dieser Richtung.

Ich sah einen Mann auf uns zukommen. Er schritt gemächlich durch das hohe Gras. Ein leichter Wind zupfte an seinen Kleidern. Er trug Schwarz und Silber. Einen atemlosen Moment glaubte ich, Hitler oder einer seiner Henker wäre uns in dieses Reich gefolgt, aber dann erkannte ich das graue Haar, die patriarchalischen Züge. Es war Erzherzog Balarizaaf. Fast im gleichen Augenblick, wie ich ihn erkannte, blieb er stehen und hob die Hand zum Gruß.

»Ich werde nicht näherkommen, wenn ihr entschuldigen möchtet, Sterbliche. Der Gegenstand, den ihr bei euch habt, wäre mir in meiner gegenwärtigen Verfassung schädlich.« Er lächelte, wie aus Belustigung über sich selbst. »Und ich muß zugeben, daß mir seine Anwesenheit in meinem Reich nicht willkommen ist. Ich bin gekommen, um einen Handel mit euch zu schließen, wenn ihr mich anhören wollt.«

»Ich treibe keinen Handel mit dem Chaos«, erwiderte ich. »Das werdet Ihr doch gewiß verstehen?«

Er kicherte. »Oh, Held, wie wenig Ihr über Euch selbst Bescheid wißt. Es hat Zeiten gegeben und wird sie wieder geben, daß Ihr nur dem Chaos ergeben seid.«

Ich hatte nicht die Absicht, mich von ihm beschwatzen zu lassen. Widerborstig sagte ich: »Nun, Erzherzog Balarizaaf, ich kann Euch versichern, im Moment keine derartige Treue zu empfinden. Ich bin mein eigenes Geschöpf, so gut es eben geht.«

»Das seid Ihr immer gewesen, Held, ganz gleich, welcher Seite Ihr scheinbar gedient habt. Das ist das Geheimnis Eures Überlebens, nehme ich an. Glaubt mir, ich verspüre nichts als Bewunderung . . .« Er hüstelte, als hätte er sich bei einer Unhöflichkeit ertappt. »Ich respektiere jedes Eurer Worte, Held. Aber ich biete Euch die Möglichkeit, den Verlauf wenigstens eines vollen Zyklus des Multiversums zu beeinflussen, Euer eigenes Schicksal zu ändern, Euch vielleicht vor all den Schmerzen zu retten, die Ihr bis jetzt schon erduldet habt. Ich versichere Euch, wenn Ihr Euren jetzigen Kurs weiter verfolgt, wird es Euch noch mehr Schmerzen einbringen, noch mehr Bedauern.«

»Mir wurde gesagt, er würde mir zumindest etwas Frieden bescheren, und die Möglichkeit eines Wiedersehens mit Ermizhad.« Ich sprach mit Nachdruck. Ich verschloß mich seinen Argumenten, trotz all ihrer scheinbaren Logik und Sicherheit.

»Eine kurze Ruhepause, nicht mehr. Dient mir, und Ihr werdet fast alles besitzen, was Ihr Euch wünscht. Augenblicklich.«

»Ermizhad?«

»Eine, die ihr so ähnlich ist, daß Ihr keinen Unterschied bemerken würdet. Eine von sogar noch größerer Schönheit. Die Euch anbetet, wie noch kein Mann angebetet worden ist.«

Ich lachte ihm ins Gesicht, zu seiner unübersehbaren Überraschung.

»Ihr seid wahrhaftig ein Lord des Chaos, Erzherzog Balarizaaf. Ihr habt keine sehr weitreichende Phantasie. Ihr geht davon aus, daß ein Sterblicher sich nichts anderes wünscht als die Macht, die Ihr besitzt. Ich liebte ein Geschöpf in all seiner Vielfalt. Das wurde mir immer klarer, seit ich den Sinnestäuschungen ausgesetzt bin, die dieser Ort dem menschlichen Gehirn aufzwingt. Wenn ich nicht die Frau haben kann, die ich liebe, verzichte ich auf einen unechten Ersatz. Was kümmert es mich, ob sie mich anbetet oder nicht? Ich liebe sie um ihrer selbst willen. Meine Gedanken erfreuen sich nicht daran, sie zu beherrschen, sondern daran, daß es sie gibt. Ich hatte keinen

Teil an ihrer Erschaffung. Ich preise sie nur. Und ich würde in Ewigkeit fortfahren, sie zu preisen, wäre ich auch in Ewigkeit von ihr getrennt. Und gäbe es eine Wiedervereinigung, selbst nur für kurze Zeit, wäre das Lohn genug für die Qualen, die ich erdulde. Ihr habt ausgesprochen, deutlicher als ich, wofür das Chaos steht, Lord Erzherzog, und warum ich Euch bekämpfe!«

Balarizaaf zuckte die Achseln und schien mir meine Worte nicht übelzunehmen. »Dann gibt es vielleicht etwas anderes, das Ihr Euch von mir wünscht? Ich verlange nicht mehr von Euch, als daß Ihr das Drachenschwert in meinem Namen in Besitz nehmt. Die Frauen der alten Rasse sind so gut wie besiegt. Sharadim und Flamadin herrschen über die Sechs Reiche des Rades. Wenn Ihr mir diesen geringen Dienst erweist, so daß ich diesen kleinen Teil des Multiversums in meiner Hand vereinen kann, dann werde ich alles in meiner Macht stehende tun, um Euch zu Eurer Ermizhad zurückzubringen. Dieses Spiel hier ist vorüber, Held. Wir haben gewonnen. Was könntet Ihr noch tun? Euch bietet sich jetzt die Gelegenheit, etwas für Euch selbst zu tun. Ihr könnt Euch doch unmöglich wünschen, für immer und ewig der Narr des Schicksals zu sein?«

Die Versuchung war groß, und doch fiel es mir nicht schwer, ihr zu widerstehen, als ich in Alisaards verzweifeltes Gesicht blickte. Aus Loyalität zu den Eldren hatte ich den Kampf aufgenommen, bei diesem Teil des Spiels mitgespielt. Wenn ich dieser Loyalität zuwiderhandelte, verlor ich damit das Recht, wieder mit der Frau vereint zu sein, die ich liebte. Also schüttelte ich den Kopf und bemerkte statt dessen zu Graf Ulrich von Bek: »Mein Freund, würden Sie so gut sein und den Kelch ein paar Schritte näher an den Erzherzog herantragen, damit er ihn sich betrachten kann?«

Und mit einem Aufschrei, einem so bösartigen und schrekkenerregenden Laut, daß er den süßen Klang seiner vorherigen Worte Lügen strafte, wich Erzherzog Balarizaaf zurück, und seine innerste Substanz begann sich zu verwandeln, als von Bek sich ihm näherte. Sein Fleisch schien zu brodeln, und seine Knochen schienen sich zu verformen. Innerhalb von

Sekunden zeigte er tausend verschiedene Gesichter, die wenigsten von ihnen auch nur entfernt menschenähnlich.

Und dann war er verschwunden.

Zitternd und weinend sank ich auf die Knie. Erst jetzt wurde mir bewußt, was ich abgelehnt hatte, wie sehr sein Angebot und seine Versprechungen mich in Versuchung geführt hatten. Alle Kraft hatte mich verlassen.

Meine Freunde halfen mir auf.

Der kühle Wind strich durch das Gras, und mir kam es vor, als wäre diese Landschaft kein Produkt des Chaos. Dies war, zeitweilig wenigstens, das Ergebnis der Macht des Grals. Wieder einmal beeindruckte mich die Kraft des Kelches, selbst im Herzen des Chaos die Ordnung triumphieren zu lassen!

Alisaard sagte leise etwas zu mir. »Es ist hier«, meinte sie. »Das gehörnte Pferd ist hier.«

Durch das Gras trabend, den Kopf erhoben, als es ein Wiehern der Begrüßung ausstieß, näherte sich ein Geschöpf, dessen Fell jetzt silbern schimmerte, dann wiederum wie Gold. Aus seiner Stirn wuchs ein einzelnes Horn. Wie der Gral hatte es eine seltsame Ähnlichkeit mit etwas aus der Mythologie meiner Erde. Alisaard lächelte beglückt, als es auf sie zukam und ihre Hand beschnupperte.

Hinter uns ertönte eine Stimme. Es war eine vertraute Stimme, aber nicht die des Erzherzogs Balarizaaf.

»Ich werde den Kelch jetzt nehmen«, sagte sie.

Sepiriz stand dort. Etwas in seinen Augen verriet Schmerz. Er streckte von Bek seine große schwarze Hand entgegen. »Den Kelch, wenn Ihr so gut sein wollt.«

Von Bek zögerte. »Er gehört mir«, sagte er .

Sepiriz wirkte einen Augenblick lang zornig, was ich bei ihm noch nicht erlebt hatte. »Dieser Kelch gehört niemandem«, murmelte er. »Nur sich selbst. Er ist ein einzigartiger Gegenstand der Macht. Alle, die versuchen, ihn in Besitz zu nehmen, werden ein Opfer ihrer Dummheit und Gier. Von Euch hatte ich das nicht zu hören erwartet, Graf von Bek!«

Betroffen senkte von Bek den Kopf. »Vergebt mir. Herr Daker sagt, daß Ihr es mir ermöglicht habt, den Anstoß zur Selbstvernichtung der Nazis zu geben.«

»Dem ist so. Sie ist jetzt in das Muster ihres Schicksals eingewoben, durch Eure mutigen Taten hier, und das, was sich ereignete, während Ihr den Gral suchtet. Ihr habt viel für Euer Volk erreicht, von Bek, das kann ich Euch versichern.«

Und mit einem tiefen Seufzer überreichte von Bek Sepiriz den Gral. »Ich danke Euch, Herr. Dann ist vollbracht, was ich erreichen wollte.«

»Ja. Wenn Ihr es wünscht, könnt Ihr auf Eure eigene Ebene und in Eure eigene Zeit zurückkehren. Ihr habt mir gegenüber keine Verpflichtungen.«

Aber von Bek warf Alisaard einen zärtlichen Blick zu und lächelte mich an. »Ich denke, ich werde bleiben und die Sache zu Ende bringen, so oder so. Ich möchte zu gerne wissen, wie gerade dieser Abschnitt Eures Spiels ausgeht, Lord Sepiriz.«

Sepiriz schien erfreut, obwohl seine Augen immer noch eine geheime Furcht verrieten. »Dann müßt ihr diesem Pferd folgen«, sagte er. »Es führt euch zu dem Drachenschwert. Die Mächte des Bösen sammeln sich in immer noch größerer Zahl. Es wird nicht mehr lange dauern, bis die Reiche des Rades endgültig zusammenbrechen und sich in den Stoff verwandeln, aus dem das Chaos ist. Denn dieses Reich erhält seine Festigkeit, soweit man überhaupt von Festigkeit sprechen kann, durch die, von denen es umgeben ist. Werden sie verschlungen, wird als Folge davon das reine Chaos entstehen. Ein Klumpen gräßlichster Obszönität, von dem diese Alptraum-Marken nur eine Andeutung sind. Nichts wird mehr seine ursprüngliche Gestalt haben. Und ihr werdet für immer darin gefangen sein. Für immer die Opfer der Launen eines Balarizaaf, tausendfach mächtiger, als er es jetzt ist!« Er hielt inne und atmete tief. »Ist es immer noch Euer Wunsch, hierzubleiben, Graf von Bek?«

»Natürlich«, antwortete mein Freund mit charakteristischer und beinahe komisch wirkender aristokratischer Selbstsicherheit. »Es gibt immer noch ein paar Deutsche auf der Welt, die zwischen Gut und Böse unterscheiden können und wissen, was ihre Pflicht ist.«

»So sei es«, schloß Sepiriz. Er barg den Kelch in seinem Gewand und war verschwunden.

Ohne zu wissen, was uns am Ziel erwarten würde, folgten wir dem Einhorn. Der Einfluß des Grals schwand bereits. Das Gras nahm erst einen merkwürdig gelben Schimmer an, färbte sich dann Orange und schließlich Rot.

Das Einhorn watete durch ein seichtes Meer aus Blut.

Bis zur Hüfte darin versinkend und schaudernd vor Entsetzen eilten wir weiter.

Es war, als wateten wir durch das Blut all derer, die bis jetzt durch Sharadims Gier nach einer perversen und unvergänglichen Macht den Tod gefunden hatten.

Kapitel drei

Dieser furchtbare See erstreckte sich in allen Richtungen bis zum Horizont. Bis auf das Einhorn, das vorauslief, und uns drei, schien es nichts und niemanden sonst im Reich des Chaos zu geben.

Aus irgendeinem Grund konnte ich mich des Eindrucks nicht erwehren, daß wir tatsächlich durch das Blut zahlloser gemordeter Seelen wateten. Und als die Zeit verging, kam mir der Gedanke, daß dieser See vielleicht gar nicht von den Untaten Sharadims und der Lords des Chaos zeugte. Ebensogut konnte es das Blut sein, das ich als der Ewige Held vergossen hatte. Ich hatte die Menschheit ausgerottet. Ich war verantwortlich für den Tod so vieler anderer, in all meinen Myriaden von Gestalten. Konnte es sein, daß selbst diese ungeheure Ebene nur einen Teil des Blutes faßte, das durch mich geflossen war?

Wieder hatten meine beiden Freunde sich bei der Hand gefaßt, wie Liebende es tun. Ich ging ein paar Schritte vor ihnen. Langsam begann ich Spiegelbilder in der roten Flüssigkeit wahrzunehmen. Ich sah mein Gesicht als John Daker, als Erekose, als Urlik Skarsol, als Clen von Clen Gar. Und das Wehen des kühlen Windes schien Worte heranzutragen.

»Du bist Elric, den sie den Frauentöter nennen werden. Elric, der seine Rasse betrog, wie Erekose die seine. Du bist Corum, ermordet von einer Mabden-Frau, die du liebtest. Erinnerst du dich an Zarozi-

nia? Erinnere dich an Medheb. Erinnere dich an all jene, die du betrogen hast, und die dich betrogen. Erinnere dich an all die Schlachten, die du geschlagen hast. Erinnere dich an Graf Brass und Yisselda. Du bist der Ewige Held, auf ewig verdammt, in allen Kriegen der Menschheit zu kämpfen, und in allen Kriegen der Rasse der Alten, gerecht oder ungerecht. Wie sinnlos deine Taten sind. Die Edlen werden die Unedlen. Die Unreinen werden die Reinen. Alles ist auswechselbar. Alles verändert sich. Nichts ist von Dauer in den Plänen von Menschen oder Göttern. Doch du durchwanderst die Äonen, ziehst von Daseinsebene zu Daseinsebene, und läßt dich mißbrauchen als eine Figur in einem sinnlosen kosmischen Spiel . . .«

»Nein«, sagte ich zu mir selbst. *»Es hat einen Sinn. Ich muß tätige Buße tun in meiner Reue. Ich muß wiedergutmachen. Und diese Wiedergutmachung wird mir zu innerem Frieden verhelfen. Dann endlich werde ich meine Ermizhad wiederfinden. Ich werde ein wenig Freiheit erleben . . .«*

»Du bist Ghardas Valabasian, Eroberer der Fernen Sonnen, und du brauchst niemanden . . .«

»Ich bin der Ewige Held, mit kosmischen Ketten an eine Pflicht gebunden, die noch nicht erfüllt ist!«

»Du bist M'v Okom Sebpt O'Reily, Gewehrträger der Qui-Lors-Glücksritter, du bist Alivale, und du bist Artos. Du bist Dorian, Jeremiah, Asquiol, Goldberg, Franik . . .« Und die Reihe von Namen ging weiter und weiter und weiter. Sie tönten in meinen Ohren wie Glocken. Sie dröhnten in meinem Kopf wie Trommeln. Sie klirrten wie Kriegsgerät. Kriegsgerät, das meine Augen mit Blut füllte. Eine Million Gesichter drangen auf mich ein. Eine Million ermordeter Lebewesen.

»Du bist der Ewige Held, verurteilt zu kämpfen und niemals zu ruhen. Der Krieg nimmt kein Ende. Ordnung und Chaos sind unversöhnliche Feinde. Es wird niemals Frieden geben. Das Gleichgewicht verlangt zu viel von dir, Held. Du wirst schwach in seinem Dienst . . .«

»Ich habe keine Wahl. Ich tue, was mir bestimmt ist zu tun. Wir alle müssen unser Schicksal erfüllen. Es gibt keine andere Wahl. Keine Wahl . . .«

»Du kannst wählen, für wen du kämpfen möchtest. Du kannst dich gegen das Schicksal auflehnen. Du kannst es ändern.«

»Aber ich kann mich nicht gänzlich davon freimachen. Ich bin der Ewige Held, und ich habe kein Schicksal außer diesem Schicksal, kein Leben außer diesem Leben, keinen Schmerz außer diesem Schmerz. Oh Ermizhad, meine Ermizhad . . .«

Der Rhythmus meiner Schritte schien der gleiche zu sein wie der Rhythmus der Worte in meinem Kopf. Ich sprach jetzt laut vor mich hin. »Ich bin der Ewige Held, und ich folge einem Kosmischen Schicksal. Ich bin der Ewige Held, und mein Schicksal ist mir vorbestimmt, mein Schicksal ist Krieg und Tod, mein Schicksal ist Furcht . . .«

Die Stimme, die zu mir sprach, war meine eigene Stimme. Tränen strömten aus meinen Augen, aber ich wischte sie ab. Ich kämpfte mich weiter. Ich watete durch diesen furchtbaren See aus Blut.

Ich fühlte eine Hand auf meiner Schulter. Ich schüttelte sie ab. »Ich bin der Ewige Held. Ich habe kein anderes Leben außer diesem. Ich habe keine Möglichkeit, zu ändern, was ich bin. Ich bin der Held. Ich bin der Held von tausend Welten und habe nicht einmal einen eigenen Namen . . .«

»Daker! Daker, Mann! Was ist mit Ihnen? Was reden Sie denn?« Es war von Beks Stimme, fern und besorgt.

»Ich bin vom Schicksal verfolgt. Ich bin das Spielzeug des Schicksals. Der Chaoslord sprach darin wahr. Dennoch werde ich nicht nachgeben. Ich werde ihm nicht dienen. Ich bin der Ewige Held. Meine Reue ist vollkommen, meine Schuld ist so groß, mein Urteil ist bereits gesprochen . . .«

»Daker! Reißen Sie sich zusammen!«

Aber ich war in meiner Selbstversunkenheit verloren. Ich konnte an nichts anderes denken als an die Ironie meiner ausweglosen Lage. Ich war ein Halbgott in den Sechs Reichen, ein legendärer Held auf allen Ebenen des Multiversums, ein hehrer Mythos für Millionen. Doch kannte ich nichts als Trauer und Angst.

»Mein Gott, Mann, Sie werden noch ganz und gar verrückt! Hören Sie mir zu! Ohne Sie sind Alisaard und ich verloren. Wir wissen nicht, wo wir sind, oder was wir tun sollen. Das Einhorn führt uns zu dem Schwert. Erinnern Sie sich? Herr Daker, können Sie sich erinnern? Das Drachenschwert. Das von uns dreien nur Sie tragen können, so wie nur ich den Gral berühren konnte.«

Aber die Kriegstrommeln hallten immer noch in meinen Ohren. Mein Bewußtsein war erfüllt von dem Klirren von Metall. Mein Herz wurde verzehrt von Niedergeschlagenheit über mein furchtbares Schicksal.

Von Beks Stimme drang wieder in meine Gedanken. »Erinnern Sie sich, wo Sie sind, Mann! Erinnern Sie sich daran, was Sie tun müssen! Herr Daker!«

Ich sah nur Blut vor mir, Blut hinter mir, überall Blut.

»Herr Daker! John!«

»Ich bin Erekose, der die menschliche Rasse ausrottete. Ich bin Urlik Skarsol, der gegen Belphig kämpfte. Ich bin Elric von Melniboné, und ich werde noch so viele andere sein . . .«

»Nein, Mann! Besinnen Sie sich darauf, wer Sie wirklich sind. Es gab eine Zeit, von der Sie mir erzählt haben. Eine Zeit, ohne Erinnerung an ein Dasein als der Ewige Held. War das eine Art Anfang? Warum nennt man Sie immer noch John Daker? Das ist Ihre erste Identität. Bevor Sie gerufen wurden. Bevor man Sie den Helden nannte.«

»Ah, wie viele endlose Zyklen des Multiversums sind seither vergangen!«

»John Daker, nehmen Sie sich zusammen. Um unser aller willen!« Von Bek schrie, aber seine Stimme klang weit entfernt.

»Du bist der Held, der das Schwarze Schwert trägt. Du bist der Kämpfer, der Held der Tausendmeilen-Linie . . .«

Das Blut wogte um meine Brust. Irgendwie sank ich tiefer und tiefer. Ich war im Begriff zu ertrinken, in all dem Blut, das ich vergossen hatte.

»Herr Daker! Kommen Sie zurück zu uns. Kommen Sie wieder zu sich selbst!«

Ich konnte mir keiner Identität mehr sicher sein. Ich hatte so viele. Oder waren sie doch alle gleich? Was für ein armseliges, unerfülltes Leben, immerfort so zu kämpfen. Ich hatte niemals kämpfen wollen. Ich hatte von Schwertern nichts gewußt, bis König Rigenos mich als Retter der Menschheit herbeirief . . .

Das Blut erreichte mein Kinn. Ich grinste. Was sollte ich mich aufregen? Es paßte alles zusammen.

Eine kalte, leise Stimme sprach zu mir. »John Daker, das wird Ihr einziger wirklicher Verrat sein, dieser Verrat an Ihrer Identität. An Ihrem eigentlichen Selbst.« Von Bek wieder. Ich versuchte die Stimme zu verdrängen.

»Sie werden sterben«, hörte ich ihn sagen, »nicht wegen Ihrer menschlichen Schwäche, sondern wegen Ihrer unmenschlichen Stärke. Vergessen Sie, daß Sie der Ewige Held gewesen sind. Erinnern Sie sich an Ihre Sterblichkeit!«

Das Blut drang über meine Lippen. Ich fing an zu lachen. »Seht! Ich ertrinke in dieser greifbaren Mahnung an meine Schuld!«

»Dann sind Sie ein Narr, Herr Daker. Es war falsch von uns, Ihnen als einem Freund zu vertrauen. Und falsch von den Frauen der Alten Rasse. Und falsch von den Bärenprinzen. Und es war dumm von Ermizhad, Ihnen ihr Vertrauen und ihre Liebe zu schenken. Es war John Daker, den sie liebte, nicht Erekose, das unheimliche Werkzeug des Schicksals . . .«

Das Blut quoll in meinen Mund. Ich spuckte es aus. Nach Atem ringend stand ich auf. Ich hatte auf den Knien gelegen. Nicht der Spiegel des Sees war gestiegen. Ich war gefallen. Einen Moment lang starrte ich wie blind auf von Bek und Alisaard. Sie hielten mich, schüttelten mich.

»Sie sind John Daker«, hörte ich ihn abermals sagen. »Es war John Daker, den sie geliebt hat. Nicht jenen erbarmungslosen Schwertschwinger!«

Ich hustete. Ich konnte ihn kaum verstehen. Aber dann begriff ich allmählich, daß das, was er sagte, einen Sinn ergab. Und als dieser Sinn klarer hervortrat, dachte ich, daß er vielleicht die Wahrheit aussprach.

»Ermizhad liebte Erekose«, wandte ich ein.

»Sie mag Sie so genannt haben, denn das war der Name, den König Rigenos Ihnen gegeben hat. Aber wen sie tatsächlich liebte, war John Daker, der gewöhnliche, anständige Sterbliche, der in einem Gewebe von Haß und einem grausamen Schicksal gefangen war. Sie können nicht ändern, was mit Ihnen geschehen ist, aber Sie können ändern, was aus Ihnen geworden ist, John Daker! Begreifen Sie das nicht? *Sie können ändern,* was aus Ihnen geworden ist!«

In diesem Moment schienen mir das die weisesten Worte zu sein, die ich seit vielen Jahren gehört hatte. Ich wischte mir die Flüssigkeit aus dem Gesicht. Es war überhaupt kein Blut. Ich schüttelte die Tropfen aus meinen Augen, von meinen Händen.

Vor uns wartete geduldig das Einhorn. Mir wurde bewußt, daß ich wieder einmal die Verbindung zur Wirklichkeit verloren hatte. Aber es ließ sich auch nicht leugnen, daß ich während all meiner kosmischen Abenteuer einen Teil meiner wahren Identität verloren hatte. Ich war unzufrieden gewesen als John Daker. Meine Welt war mir grau vorgekommen. Aber in mancher Beziehung war sie reicher gewesen als alle die unbeschreiblichen, phantastischen Reiche, die ich besucht hatte . . .

Impulsiv schüttelte ich von Bek die Hand. Ich lächelte ihn an. »Vielen Dank, mein Freund. Sie sind der beste Kamerad, den ich jemals hatte.«

Er lächelte gleichfalls. Wir drei standen da mitten in dem blutroten See und umarmten uns, während über uns der Himmel zu brodeln und zu schwelen begann und sich zu einem ebenso zornigen Rot verfärbte wie das Wasser.

Dann schien es so, daß der Ozean aus Blut sich dem Himmel entgegenwölbte, wie eine ungeheure Wand aus glitzernd rotem Kristall.

Wir schauten nach dem Einhorn aus, aber es war verschwunden. Vor uns gab es nur noch diese gewaltige rötlich schimmernde Mauer. Und dann erinnerte ich mich an die Vision in Morandi Pags Felsenburg. Ich starrte auf die Mauer und sah, eingebettet wie ein Insekt in Bernstein, eine grün-schwarze Klinge, in der ein winziges gelbes Flämmchen zuckte.

»Dort ist es«, sagte ich. »Dort ist das Drachenschwert.«

Meine Freunde schwiegen.

Erst dann bemerkte ich, daß die Flüssigkeit sich verfestigt hatte. Unsere Beine waren ebenso unwiderruflich in kristallinem Fels gefangen wie das Schwert.

Ich vernahm das Geräusch von Hufschlägen. Die felsige Masse um meine Beine zitterte, als die Pferde näherkamen. Ich warf einen Blick über die Schulter.

Zwei Gestalten auf genau gleichen Pferden ritten auf uns zu.

Auf glänzenden, schwarzen Pferden. Sie trugen bunte Festtagskleidung, die gleichen Waffenröcke und Umhänge, die gleichen Schwerter und Wimpel. Und die eine war Sharadim, Kaiserin der Sechs Reiche. Und die andere war ihr toter Bruder, Flamadin, der meine Seele trinken und sie zu seiner eigenen machen wollte.

Am Fuß der roten Kristallwand stehend, verschränkte Erzherzog Balarizaaf, wieder in der Gestalt eines ehrbaren Patriziers, die Arme und wartete. Er lächelte. Mir schenkte er keinen Blick. Statt dessen grüßte er Sharadim und Flamadin. »Willkommen, ihr treuen Diener. Ich habe mein Versprechen gehalten. Hier kleben die drei kleinen Leckerbissen wie die Fliegen im Honig und harren dessen, war ihr mit ihnen zu tun gedenkt!«

Flamadin warf den ausgemergelten, grauen Kopf zurück, und ein hohles Lachen brach über seine Lippen. Seine Stimme klang, wenn überhaupt möglich, noch lebloser als in dem Krater des Vulkans in Rootsenheem, wo ich sie zum erstenmal gehört hatte. »Endlich! Ich werde wieder vollständig sein. Und ich habe gelernt, klug zu sein. Ich habe gelernt, daß es Dummheit ist, einem anderen Herrn als dem Chaos zu dienen!«

Ich forschte nach einem Anzeichen selbständiger Intelligenz in diesem armen, toten Gesicht, aber ich fand keines.

Dennoch hatte ich das Gefühl, auf meine eigenen Züge zu blicken. Es war beinahe, als wäre Flamadin ein Zerrbild, das mir vor Augen führte, wozu ich als Ewiger Held mich zu entwickeln drohte.

Ich empfand Mitleid mit diesem Geschöpf. Aber gleichzeitig auch eine tiefe Furcht.

Die beiden zügelten ihre Pferde und näherten sich uns in langsamem Schritt. Sharadim betrachtete Alisaard und lächelte hämisch. »Habt Ihr es schon gehört, meine Liebe? Die Frauen deiner Rasse wurden aus ihrem Reich vertrieben. Sie verbergen sich gleich Ratten in den Höhlen des alten Bärenvolkes.«

Alisaard erwiderte ihren Blick mit Festigkeit. »Diese Nachricht erfuhren wir von Eurem Lakai Armiad. Er gleicht jetzt auch äußerlich dem Schwein, das er immer war. Entdecke ich etwa eine ähnliche Veränderung in Euren Zügen, hohe Frau?

Wie lange wird es dauern, bis der vertraute Umgang mit dem Chaos auch Eure Gestalt prägt?«

Sharadims Gesicht verzog sich böse, und sie spornte ihr Pferd. Von Bek lächelte Alisaard zu. Offenbar hatte sie einen wunden Punkt berührt. Er sagte nichts und ignorierte die beiden Reiter, so weit es möglich war. Sharadim stieß ein ärgerliches Zischen aus und lenkte ihr Pferd zu mir.

»Seid gegrüßt, guter Held«, sagte sie. »Was ist die Welt doch voller Betrug und Täuschung. Aber das müßtet Ihr wohl am besten wissen, da Ihr Euch als mein toter Bruder Flamadin ausgegeben habt. Wißt Ihr, daß es bereits eine Legende in den Sechs Reichen gibt, bei den wenigen, die bisher Tod oder Gefangennahme entrinnen konnten? Sie glauben, Flamadin, der frühere Flamadin aus den Geschichten, wird zurückkehren, um ihnen gegen mich beizustehen. Aber Flamadin ist endlich mit seiner Schwester vereint. Wir sind vermählt. Wußtet Ihr das? Und wir herrschen als Ebenbürtige.« Sie lächelte. Es war ein furchtbares und böses Lächeln.

Wie von Bek beschloß ich, ihr keine Beachtung zu schenken.

Sie trieb ihr Pferd zu der Kristallwand und starrte in den Fels. Sie leckte sich die Lippen. »Dieses Schwert wird bald unser sein«, meinte sie. »Freust du dich schon darauf, es in beiden Händen halten zu können, Bruder?«

»In beiden Händen«, sagte Flamadin. Seine Augen waren leer. Er schaute ins Nichts. »In beiden Händen.«

»Er ist hungrig«, erklärte uns Sharadim in höhnisch entschuldigendem Ton. »Er ist sehr hungrig, müßt ihr wissen. Es verlangt ihn nach seiner Seele.« Und sie blickte mit boshafter, lächelnder Grausamkeit direkt in meine Augen. Ich hatte ein Gefühl, als würden mir Dolche in den Kopf gestoßen. Dennoch zwang ich mich, ihren Blick zu erwidern. Ich dachte: *»Ich bin John Daker. Geboren 1941 in London, während eines Luftangriffs. Der Name meiner Mutter war Helen. Mein Vater hieß Paul. Ich hatte keine Brüder. Keine Schwestern. Ich besuchte die Schule . . .«* Aber ich konnte mich nicht erinnern, wo ich eingeschult worden war. Ich versuchte, nachzudenken. Das Bild einer weißen Vorstadtstraße stand mir vor Augen. Nach dem Bombardement waren wir nach Südlondon gezogen. Norwood, oder? Aber die Schule? Wie hieß die Schule?

Sharadim war verwirrt. Vielleicht ahnte sie, daß meine Gedanken woanders waren. Vielleicht fürchtete sie, ich könne über eine verborgene Macht verfügen, eine Möglichkeit zur Flucht.

Sie sagte: »Ich nehme an, wir brauchen nicht noch weitere Zeit zu verschwenden, Lord Balarizaaf.«

»Deine Kreatur«, erwiderte er, »muß des Helden Seele in sich aufnehmen, wenn auch nur für kurze Zeit. Sollte das nicht gelingen, Sharadim, dann mußt du dein gegebenes Wort halten und selbst das Schwert ergreifen. So lautet unsere Abmachung.«

»Und Euer Teil der Abmachung, Lord, sollte ich erfolgreich sein?« Für den Augenblick wenigstens besaß sie eine geringe Macht über diesen Gott.

»Nun, daß du in das Pantheon des Chaos erhoben wirst. Um einer der großen Schwertherrscher zu werden, anstelle von einem, der verbannt wurde.«

Balarizaaf schaute mich an, als bedauerte er, daß ich sein Angebot abgelehnt hatte. Offenbar wäre ihm lieber gewesen, ich hätte getan, was getan werden mußte. »Ihr seid ein mächtiger Gegner«, sagte er sinnend, »in jeder Gestalt. Erinnert Ihr Euch, Lord Corum, wie Ihr gegen meine Brüder und Schwestern gekämpft habt? Erinnert Ihr Euch Eures gewaltigen Krieges gegen die Götter?«

Ich war nicht Corum. Ich war John Daker. Niemand sonst.

»Ihr habt meinen Namen vergessen, glaube ich«, lautete meine einzige Antwort. »Ich bin John Daker.«

Er zuckte die Achseln. »Ist es wichtig, welchen Namen Ihr Euch wählt, Held? Ihr hättet ein Universum regieren können, unter jedem Eurer vielen, vielen Namen.«

»Ich habe nur einen«, sagte ich.

Das machte ihn stutzig. Auch Sharadim war aufmerksam geworden. Dank meiner kürzlichen Erlebnisse und der Hilfe meiner Freunde war ich imstande, mit Nachdruck zu sprechen.

Ich war entschlossen, mich als einen gewöhnlichen Sterblichen, mit nur einem Namen und einem Leben zu betrachten. Ich ahnte, das war der Schlüssel zu meiner Erlösung und derer, die ich liebte. Ich schaute in Balarizaafs Augen und blickte in einen Abgrund. Ich sah zu Sharadim und entdeckte in ihrem Gesicht dieselbe Leere, von der der Lord des Chaos besessen war. Flamadins erbarmungswürdiges, leeres Stieren war nichts im Vergleich zu dem, was ich in ihnen erkannte.

»Ihr werdet nicht leugnen, hoffe ich, daß Ihr der Ewige Held seid«, bemerkte Sharadim ätzend. »Denn wir wissen, daß Ihr es seid.«

»Ich bin nur John Daker«, beharrte ich.

»Er ist John Daker«, warf von Bek ein. »Aus London. Das ist eine Stadt in England. In welchem Teil des Multiversums das liegt, weiß ich leider nicht. Vielleicht wäret Ihr in der Lage, das herauszufinden, Lady Sharadim?« Er stand mir bei, und ich war ihm dankbar.

»Das ist ein unsinniger Zeitvertreib«, sagte Sharadim und stieg vom Pferd. »Flamadin muß seinen Hunger stillen. Dann wird er das Schwert ergreifen. Dann kann er den Schlag führen, der das Chaos aus seinen Grenzen befreit!«

»Solltet Ihr nicht noch ein wenig warten, hohe Frau«, gab von Bek kühl zu bedenken, »so daß Eure Anhänger diesem Ereignis beiwohnen können. Ihr habt ihnen ein Schauspiel versprochen, kann ich mich erinnern . . .«

»Jene Schafe!« wehrte sie verächtlich ab. Sie grinste, als sie ihre nächsten Worte an Alisaard richtete. »Sie haben sich hier als nutzlos erwiesen. Ich sandte sie nach Adelstane. Dort rennen sie gegen die Mauern an und sind glücklich. Bald werden diejenigen, die am Leben bleiben, sich mit Euren Schwestern vergnügen! Nun Flamadin, geliebter toter Bruder. Du wirst absteigen. Du weißt noch, was du tun mußt?«

»Ich weiß.«

Ich ließ ihn nicht aus den Augen, während er aus dem Sattel glitt und die ersten schlurfenden Schritte in meine Richtung tat. Ganz am Rande nahm ich wahr, daß Alisaard etwas an von Bek weiterreichte, der mir am nächsten stand. Sharadim hatte nichts bemerkt. Ihre ganze Aufmerksamkeit galt dem wiedererstandenen Leichnam des Bruders, den sie ermordet hatte. Als er näher kam, fiel mir der Verwesungsgeruch auf, den er verströmte. War das der Körper, der meine Seele aufnehmen sollte?

Von Beks Hand berührte meine Finger. Ich umfaßte die pulsierende Wärme des Actorios. Dieser Stein war unser einziger Schild gegen die Magie in diesem Reich.

Flamadins tote Finger tasteten nach meinem Gesicht. Ich hob abwehrend die Arme, immer noch unfähig, meine Beine aus dem sie umgebenden Fels zu befreien. Ein merkwürdiges, ausdrucksloses Lächeln verzog Flamadins Lippen, mehr eine im Tod erstarrte Grimasse als ein Ausdruck der Freude. Der Atem aus seinem Mund stank.

»Gib mir deine Seele, Held. Ich muß sie trinken, und dann werde ich wieder vollständig sein . . .«

Ohne zu überlegen hob ich den Actorios und schmetterte ihn gegen diese halb verweste Stirn. Er schien sich in das Fleisch einzubrennen. Flamadin blieb stehen, wo er war, und gab eine Art schluckendes Geräusch von sich. An seiner Stirn war ein leuchtendes Mal, wo der Stein ihn berührt hatte.

»Was ist das? Was ist das?« schrie Balarizaaf mit einer Stimme, in der enttäuschte Bösartigkeit schwang. »Es darf keine Verzögerungen geben! Nicht jetzt. Eile! Tu, was getan werden muß!«

Wieder griff Flamadin nach mir. Ich machte mich bereit, einen zweiten Schlag zu führen, aber dann kam mir ein anderer Gedanke. Mit dem pulsierenden Actorios beschrieb ich um mich herum einen Kreis auf dem roten Kristall.

»Nein!« schrie Sharadim. »Ah, der Actorios. Er hat einen Actorios! Das wußte ich nicht!«

Der Fels um meine Beine fing an zu brodeln und Wellen zu schlagen, wobei er ein rosiges Licht verströmte. Ich machte mich frei und stand auf festem Boden. Dann warf ich von Bek den Actorios zu, mit dem Rat, es mir gleichzutun, und rannte auf die rote Mauer zu. Hinter mir stolperte Flamadin, während Sharadim kreischte: »Lord Balarizaaf! Haltet ihn auf! Er wird das Schwert erreichen!«

Balarizaaf antwortete ungerührt: »Mir ist es gleich, wer von euch es ergreift, solange es in meinem Sinne geführt wird.«

Das ließ mich innehalten. Tappte ich unabsichtlich in eine

Falle des Chaoslords? Ich drehte mich um. Meine Freunde kamen auf mich zugelaufen, aber Flamadin war ihnen voraus. Erneut reckten sich seine Finger nach meinem Gesicht. »Ich muß trinken«, sagte er. »Ich muß deine Seele haben. Keine sonst kann mir nützen.«

Diesmal hatte ich keinen Actorios zur Verfügung. Mit bloßen Händen wehrte ich mich gegen seinen kalten Leib, versuchte ihn wegzustoßen. Aber bei jeder Berührung fühlte ich etwas aus mir hinausströmen, das von ihm aufgesaugt wurde. Ich versuchte zurückzuweichen, aber die Kristallmauer war in meinem Rücken.

»Held«, sagte Flamadin gierig. In seinen Augen zeigte sich ein Schimmer von Leben. »Held. Ich werde wieder ein Held sein . . . Ich werde besitzen, was von Rechts wegen mein ist . . .«

Noch während ich mit ihm rang, wurde mir meine Kraft entzogen. Meine Freunde hatten uns erreicht. Sie mühten sich, ihn wegzuziehen, aber er klebte an mir wie ein Blutegel. Ich hörte Sharadim lachen. Dann drückte Alisaard den Actorios gegen Flamadins Hals. Er stieß ein würgendes Brüllen aus und versuchte sie abzuschütteln. Feuer schien meinen eigenen Hals zu verbrennen. Ich war entsetzt über den Grad der Symbiose, die ich erlebte. Schluchzend kämpfte ich darum, von ihm loszukommen.

Flamadins totes Fleisch glühte mit meiner Lebenskraft. Mein Blick wurde trüb. Flüchtig erblickte ich mich selbst mit Flamadins Augen.

»Ich bin John Daker!« schrie ich. »Ich bin John Daker!«

Das half mir, ein wenig von mir selbst zurückzugewinnen. Aber wo immer Alisaard in ihrer Ratlosigkeit Flamadin mit dem Actorios berührte, empfand ich einen brennenden Schmerz.

Schließlich sank ich zu Boden, völlig erschöpft. Meine Freunde machten Anstalten, mich von den Geschöpfen des Chaos wegzuziehen, aber ich bat sie, Flamadin aufzuhalten. Schon preßte er sich gegen die Kristallmauer, nahe der Stelle, wo das Schwert eingebettet lag. Ich konnte sehen, wie er Millimeter für Millimeter von dem Fels aufgenommen wurde. Dann befand er sich zur Gänze darinnen. Ich hatte das Gefühl, selbst durch den roten Kristall zu waten. Ich sah meine eigene Hand sich nach dem Knauf des riesigen grünen und schwarzen Schwertes ausstrecken, mit seiner runenbedeckten Klinge, der flackernden gelben Flamme.

Gleichzeitig sah ich mit John Dakers Augen Balarizaafs Lächeln. Er war zufrieden mit dem Verlauf der Dinge und machte keine Anstalten einzugreifen.

Nur Sharadim war unsicher. Sie konnte nicht beurteilen, wie viel von mir in meinen Doppelgänger eingeströmt war. Mein eigener Blickwinkel verschob sich hin und her. Zum Teil war ich Flamadin, der nach der gewaltigen Klinge griff. Zum Teil war ich John Daker, dem seine Freunde aufzustehen halfen, während sie verzweifelt nach einer Fluchtmöglichkeit Ausschau hielten oder wenigstens nach einer Waffe, um sich zu verteidigen. Wir hatten den Actorios. Mir kam es vor, als hätten weder Sharadim noch Balarizaaf große Lust, sich uns zu nähern, solange wir diesen Stein besaßen.

Schritt für Schritt watete Flamadin durch den roten Kristall. Ich wand mich in grausamen Qualen. Immer und immer wieder murmelte ich vor mich hin, daß ich John Daker war, und nur John Daker. Und doch griffen meine verdorrten Finger nach dem Schwert und machten mir klar, daß ich auch in Flamadin lebte. Ich stöhnte. Ich hatte das Gefühl, mich übergeben zu müssen. In meinem Kopf tönte eine Art flüsterndes Echo, von dem ich glaubte, daß es Flamadins Bewußtsein war, das um Leben rang und sich einiger Worte erinnerte, die ihm vielleicht seine Schwester einzuprägen versucht hatte, bevor sie Zuflucht zu einem Mord nahm.

Das Schwert kann das Böse mit der Wurzel ausrotten . . . Das Schwert kann Eintracht bringen . . . Das Schwert ist eine segensreiche Waffe . . . Aber nicht in den falschen Händen . . . Das Schwert, wenn zur Verteidigung gebraucht, tut Gutes . . .

»Nein!« rief ich, ansprechend, was immer von dem ursprünglichen Flamadin noch vorhanden sein mochte. »Das ist eine Täuschung. Das Schwert ist immer noch ein Schwert. Das Schwert, Flamadin, ist immer noch ein Schwert! Berühre diese Klinge, Prinz Flamadin von den Valadek, und du bist für immer zum Limbus verdammt . . .«

Ich hörte, wie Sharadim ihn anfeuerte. Ich sah, mit John Dakers Augen, wie sie einen Schritt auf die Kristallwand zutat. Flamadins Hände lagen jetzt beinahe um den Griff des Schwertes.

Im Innern dieses gräßlichen Körpers kämpfte ich darum, diese Hand zurückzuhalten. Aber ich traf auf einen verzweifelten Willen. Was einmal Flamadin gewesen war, hungerte nach Leben, nach den Belohnungen, die man ihm versprochen hatte.

Ich war eingehüllt von dem glühenden, roten Licht. Überall um mich herum waren Splitter, Bruchstücke, Reflektionen. Ich hatte das Gefühl, mich selbst in tausendfacher Gestalt zu erblicken.

Ich wurde schwächer.

»Ich bin John Daker«, stöhnte ich. »Ich bin nur John Daker . . .«

Flamadin berührte das Schwert. Die Klinge seufzte leise, als erkenne sie einen alten Freund. Er umfaßte den Griff, der sich nicht gegen ihn sträubte. Er strafte ihn nicht mit Schmerz für die Berührung. Jetzt war ich beinahe gänzlich Flamadin, frohlockend über diese Macht, diese merkwürdige Art von Leben, die mich erfüllte.

Ich hob das Schwert. Ich zeigte es jenen, die in den Kristall schauten und mich beobachteten.

Als John Daker starb ich langsam, während meine Seele mit der Flamadins verschmolz.

Ich riß mich los von diesem Bewußtsein. Wimmernd und weinend griff ich nach dem Actorios, den Alisaard immer noch hielt. »Ich bin John Daker. Dies ist meine Wirklichkeit.« Dieselbe Hand, die das Drachenschwert umfaßte, umfaßte jetzt auch den Actorios. Ich vernahm Schreie. Es waren meine Schreie. Flamadins. John Dakers. Ich war beide. Ich wurde in zwei Teile gerissen.

Jetzt unternahm John Daker eine gewaltige Anstrengung, seine Seele aus dem Leib Flamadins herauszureißen. Ich dachte an meine Kindheit zurück, meinen ersten Job, meine Ferien. Wir hatten ein strohgedecktes Häuschen in Somerset gemietet, nicht weit vom Meer. Welches Jahr war das noch gewesen?

Flamadins Kraft ließ ein wenig nach. Vor seine Augen legte sich ein Schleier, während John Daker wieder deutlicher sehen konnte. Indem ich mir bewußt machte, daß ich ein gewöhnlicher Mensch war, indem ich die Rolle des Helden zurückwies, verschaffte ich mir die Chance, mich von der Last zu befreien, die man mir aufgebürdet hatte. Und indem ich mich selbst befreite, konnte ich möglicherweise anderen helfen.

Ich war sicher, daß John Daker den Kampf gewinnen würde, aber jetzt griff Sharadim in das Geschehen ein, und Balarizaaf gleichfalls. Ich hörte, wie sie Flamadin drängten, das Schwert zu gebrauchen, zu tun, was zu tun er geschworen hatte.

Ich kämpfte gegen ihn an. Aber sein Arm bog sich zurück. Selbst dann noch versuchte ich ihn aufzuhalten. Sein Arm schwang nach vorn, das Drachenschwert schnitt durch die Kristallwand. Er schuf ein Tor für das Chaos!

Ich stöhnte in meiner Hilflosigkeit als John Daker. Hatte ich Flamadin meine Seele entrissen, bemühte ich mich jetzt, in ihn zurückzukehren, um verhindern zu können, was er vorhatte.

Erneut hob sich das Drachenschwert. Abermals drang es in die Mauer aus Kristall. Rosiger Lichtschein flammte auf. Strahlen zuckten nach allen Seiten. Und durch den Riß, den das Schwert verursacht hatte, sah ich Dunkelheit. Und in der Dunkelheit eine andere Welt. Eine Welt, von der ich einen Blick auf weiß schimmernde Türme erhaschen konnte. Eine vertraute Welt.

Sie hatten alles genau geplant! Das neu geschaffene Tor des Chaos führte in die riesige Höhle Adelstanes, wo Sharadims Armee die letzten Verteidiger der Sechs Reiche belagerte!

Ich schrie mein Entsetzen hinaus. Ich hörte Sharadims Gelächter. Als John Daker drehte ich mich um und sah Balarizaaf zu doppelter Größe anwachsen, einen Ausdruck höchster Befriedigung auf seinen Zügen.

»Er schafft einen Zugang nach Adelstane!« sagte ich meinen Freunden. »Wir müssen ihn aufhalten.«

Was immer Flamadin jetzt mit Leben erfüllte, es war nicht meine Seele. Ich hatte sie mir vollständig zurückerobert. Aber noch während ich das Zunehmen meiner Kräfte spürte, sah ich den roten Kristall zerfließen und sich ausbreiten, bis sein

Leuchten wieder den Himmel erfüllte und, wie vorher das rote Meer, sich um uns breitete. Und dieser unheilige Schimmer ergoß sich durch das Tor in die gewaltige Höhle.

Ohne zu überlegen, stürzte ich hinter Flamadin her, um ihn doch noch aufzuhalten. Aber er war bereits durch die schmale Öffnung getreten, die er geschaffen hatte. Ich sah ihn dorthin eilen, wo auf dem Boden der Höhle Sharadims Truppen ihr Lager aufgeschlagen hatten. Sie hausten in Steinhütten und Zelten, und hier und da ragten die massigen Schiffe Maaschanheems auf, gepreßt zum Kriegsdienst gegen Adelstane.

Alisaard und von Bek folgten mir, als wir über Felsgestein in die Höhle hinabkletterten. Flamadin rief den Kriegern etwas zu, von denen viele schon sichtbar vom Chaos gezeichnet waren. Sie hatten die verzerrten, viehischen Züge, wie ich sie zuvor bei Armiad und den anderen gesehen hatte.

»Für das Chaos! Für das Chaos!« rief Flamadin. »Ich bin zurückgekehrt. Jetzt werde ich euch gegen unsere Feinde führen. Jetzt werden wir den vollkommenen Sieg erstreiten!«

Ich war halb überzeugt, daß Flamadin seine Kraft aus dem Schwert bezog!

Die Truppen waren geblendet und verwirrt von dem purpurnen Licht, das plötzlich in die Höhle strömte. Sharadim und Balarizaaf hatten den Eingang noch nicht durchschritten. Ich wußte, daß sich die Öffnung bald erweitern und die volle Macht des Chaos hindurchlassen würde, um sich wie eine Seuche erst in Baarganheem und dann über die gesamten Sechs Reiche auszubreiten. Und ich sah keinen Weg, diesen Übergriff zu verhindern.

»ES IST GELUNGEN! OH, ES IST GELUNGEN!«

Das war Sharadims Stimme hinter mir. Sie hatte sich wieder auf ihr schwarzes Streitroß geschwungen und ihr eigenes Schwert gezogen. Siegesgewiß ritt sie hinter uns her.

Flamadin, stolpernd und mit den Armen wedelnd wie eine Vogelscheuche, näherte sich dem nächstliegenden Schiff. Es strömte einen entsetzlichen Gestank aus, und der Rauch aus den Schloten war, wenn möglich, noch ekelerregender als zuvor.

Sharadims toter Bruder kletterte die Bordwand hinauf,

schwenkte die Drachenklinge und stieß eine Art Kriegsruf aus. Männer eilten herbei, um ihm über die Reling zu helfen.

Mein einziger Gedanke war, ihn einzuholen, bevor Sharadim bei ihm war, ihm das Schwert zu entreißen und alles in meiner Macht Stehende zu versuchen, um die Überlebenden in Adelstane zu retten. Ich wußte, das war auch die Absicht meiner Freunde. Gemeinsam machten wir uns daran, das Schiff zu ersteigen, krampfhaft die von dem Gestank verursachte Übelkeit hinunterwürgend. Die Streitkräfte des Chaos gerieten jetzt in Bewegung, grunzten, brüllten und deuteten auf uns. Dann, als Sharadim aus dem purpurnen Glanz herausgeritten kam, stieg ein lautes Jubelgeschrei empor.

Ich richtete den Blick auf Adelstane und seinen Feuerring, der die Angreifer noch zurückhielt, seine anmutigen, filigranen weißen Türme, seine unbeschreibliche Schönheit. Ich konnte nicht zulassen, daß dies alles zerstört wurde, nicht solange noch Leben in mir war. Als wir drei uns an der Reling hinaufzogen, sahen wir auf dem Deck Kapitänbaron Armiad höchstpersönlich, wie er sein Schwert hob, um Flamadin zu grüßen. Zufall oder Bestimmung hatte uns an Bord der *Grimmiger Schild* geführt!

So begeistert von ihrem Triumph waren sie, daß niemand uns bemerkte. Der Zustand des Schiffes entsetzte uns. Die wenigen Bewohner, die noch übrig waren, waren in einer erbärmlichen Verfassung und wurden offenbar gezwungen, Sklavenarbeit zu leisten. Männer, Frauen und Kinder gingen in Lumpen. Sie wirkten ausgehungert. Dennoch erwachte in manchem Gesicht Hoffnung, als sie unserer ansichtig wurden.

Es gelang uns, in den Schutz der Häuser zu flüchten. Beinahe sofort gesellte sich eine knochige Frauengestalt zu uns, in deren Zügen noch Spuren von Jugend und Schönheit zu erkennen waren. »Held«, sagte sie. »Seid Ihr es? Wer ist dann der andere?«

Es war Bellanda, die begeisterte junge Studentin, der wir zu Anfang an Bord diesese Schiffes begegnet waren. Ihre Stimme klang brüchig. Sie machte den Eindruck, als wäre sie dem Tode nah.

»Was ist mit Euch, Bellanda?« flüsterte Alisaard.

Die junge Frau schüttelte den Kopf. »Nichts Besonderes. Aber seit Armiad allen, die sich gegen ihn stellten, den Krieg erklärte, ließ man uns fast ohne Pause arbeiten. Viele sind gestorben. Und wir auf der *Grimmiger Schild* werden noch für glücklich gehalten. Ich kann immer noch nicht glauben, wie rasch sich unsere Welt, in der Gerechtigkeit herrschte, in eine Welt der Tyrannei verwandelt hat . . .«

»Sobald die Seuche einmal ausgebrochen ist«, bemerkte von Bek ernst, »breitet sie sich so schnell aus, daß man ihr kaum rechtzeitig Einhalt gebieten kann. Ich habe das in meiner eigenen Welt geschehen sehen. Man muß ständig auf der Hut sein, wie es scheint.«

Ich beobachtete, wie Armiad Flamadin zu der Treppe des Mitteldecks führte. Flamadin hielt das Drachenschwert über den Kopf, damit alle es sehen konnten. Dann ließ ich meinen Blick durch die Höhle gleiten und sah Sharadim auf das Schiff zureiten und nach ihrem Bruder rufen, der ihr keine Beachtung schenkte. Er genoß seinen eigenen seltsamen Triumph. Das leichenhafte Gesicht war zu einer schrecklichen Parodie von Freude verzogen. Er schwang sich vom Deck in die Takelage des Hauptmasts, um besser gesehen werden zu können.

Ich wußte, daß mir noch ein paar Minuten blieben, um Flamadin vor seiner Schwester zu erreichen. Ohne Zeit mit Überlegen zu verlieren, benutzte ich das Netzwerk der Spieren und Taue, um zu ihm zu gelangen, so wie ich es früher als Abkürzung bei meinen Wegen über das Schiff benutzt hatte.

Hand über Hand arbeitete ich mich das Spinngewebe fettiger Seile hinauf und schwang mich dann in die Nähe des Mitteldecks.

Flamadin stand jetzt auf einer Plattform, wo er wieder das Drachenschwert zur Schau stellte. Sein gepeinigtes, faulendes Fleisch schien kurz davor, ihm von den Knochen zu fallen. Die Geste, mit der er das Schwert hob, wirkte beinahe ergreifend.

»Euer Held«, rief er mit seiner klanglosen toten Stimme, »ist zurückgekehrt.«

Noch während ich mich an ihn heranarbeitete, konnte ich mir nicht helfen, ihn als ein niederschmetterndes Zerrbild dessen zu sehen, was aus mir selbst geworden war. Der

Gedanke behagte mir nicht. Kriechend auf einer Spiere über den Köpfen der versammelten Krieger, hielt ich mir immer wieder vor Augen, daß ich John Daker war. Ich war ein Maler von einigem Ansehen gewesen, glaubte ich mich erinnern zu können, mit einem Atelier, von dem aus man über die Themse blicken konnte.

Flamadin spürte meine Gegenwart, als ich mich eben auf ihn herabfallen lassen wollte. Seine Totenaugen richteten sich in die Höhe. Er machte den Eindruck eines verstörten Kindes, dem man sein neues Spielzeug wegnehmen wollte.

»Bitte«, sagte er leise. »Laß es mir noch eine kleine Weile. Sharadim möchte das auch.«

»Es ist nicht genug Zeit«, erwiderte ich.

Ich ließ mich fallen und kam neben ihm auf. Den Actorios vor mich haltend, streckte ich die Hand nach dem Drachenschwert aus. Ich konnte die gelbe Flamme in seinem Herzen tanzen sehen, unter der Runenschrift.

»Bitte«, sagte Flamadin.

»Im Namen dessen, was Ihr einmal gewesen seid, Prinz Flamadin, gebt mir das Schwert«, befahl ich.

Er zuckte vor dem Actorios zurück.

Unten entstand Tumult. Es war Armiad. »Es sind zwei. Zwei dieselben! Welcher ist der unsere?«

Meine Hand schloß sich um sein Gelenk. Er war jetzt viel schwächer als zuvor. Die Kraft des Schwertes hatte ihn nicht nur verlassen, sondern schien auch noch mitzunehmen, was von Flamadin übrig war.

»Dieses Schwert ist nicht böse«, bettelte er. »Sharadim hat mir gesagt, es ist nicht böse. Es kann Gutes tun . . .«

»Es ist ein Schwert«, erklärte ich ihm. »Eine Waffe. Es wurde geschmiedet, um zu töten.«

Ein verschlagenes, elendes Lächeln kroch über seine verwesenden Züge. »Wie kann es dann jemals Gutes tun . . .«

»Wenn es zerbrochen ist«, antwortete ich. Und ich drehte sein Handgelenk.

Das Drachenschwert fiel zu Boden.

Armiad und seine Männer erkletterten die Takelage. Alle waren sie schwer bewaffnet. Ich glaube, sie begriffen allmählich, was vor sich ging. Ich warf einen Blick in die Höhle. Sharadim hatte das Schiff beinahe erreicht, und eine Armee folgte ihr.

Ein merkwürdiges, schluchzendes Geräusch drang aus Flamadins Kehle, als er zusah, wie ich das Drachenschwert an mich nahm. »Sie versprach mir meine Seele, wenn ich das Schwert für die Sache des Chaos ergreifen würde. Aber es war nicht meine Seele, oder?«

»Nein«, sagte ich, »es war die meine. Deshalb hat sie Euch am Leben erhalten. Auf diese Art gelang es Euch, das Drachenschwert zu überlisten.«

»Kann ich jetzt sterben?«

»Bald«, versprach ich.

Ich wirbelte herum. Armiads Männer hatten die Plattform erreicht. Das Drachenschwert tönte in meinen beiden Händen. Trotz allem, was ich durchgemacht, all den Vorsätzen, die ich gefaßt hatte, merkte ich, daß ich in seinen Gesang einstimmte, daß eine wunderbare, wilde Freude mich erfüllte.

Ich hob die Klinge. Sie traf die beiden ersten Angreifer. Ihre Leiber stürzten auf die ihnen Nachfolgenden, und alle zusammen polterten sie in einem Knäuel zuckender Glieder auf das tief unter ihnen liegende Deck.

Das Schwert in einer Hand griff ich nach einem herabhängenden Seil und schwang mich über meine Gegner hinweg, nicht ohne sie dabei nochmals das Schwert kosten zu lassen. Ich rutschte auf das Deck hinab, im Rücken Armiads, der als letzter in die Rahen gestiegen war.

»Ich glaube, Ihr wolltet noch eine Rechnung mit mir begleichen«, erinnerte ich ihn lachend.

Entsetzt schaute er auf das Schwert, dann in mein Gesicht. Seine Lippen formten irgendwelche Worte, während er an den Mast zurückwich. Ich trat vor und stemmte die Spitze der Klinge auf die Decksplanken. »Ich bin hier, Kapitänbaron. Die Rechnung ist fällig, wie Ihr wohl zugeben werdet.«

Widerstrebend, angstvoll durch seinen Schweinsrüssel schnaufend, kletterte er auf das Deck zurück. Alle seine Männer beobachteten uns. Ihre viehischen Gesichter waren gespannt.

Plötzlich ertönte hinter mir ein ohrenbetäubendes Gebrüll. Ich warf einen Blick über die Schulter. Das rote Licht strahlte immer noch heller. Die Öffnung weitete sich. Etwas bewegte sich dahinter: riesige, groteske Gestalten im Sattel noch absonderlicherer Reittiere. Dann mußte ich meine Aufmerksamkeit wieder Armiad zuwenden.

Sein Schwert in der Hand, kam er zögernd heran. Ich glaubte eine Art Wimmern aus seinem bebenden Rüssel vernehmen zu können.

»Ich werde Euch rasch töten«, versicherte ich ihm. »Aber töten muß ich Euch, mein Herr.«

Und dann landete ein schweres Gewicht auf meinem Rükken. Ich stürzte längelang auf das Deck, das Drachenschwert entglitt meiner Hand. Ich versuchte mich hochzustemmen. Armiad schnaufte vor überraschter Schadenfreude. Ich spürte kalte Lippen an meinem Nacken. Ich roch fauligen Atem.

Aufblickend sah ich, wie Armiad und seine Männer mich einkreisten. Ich versuchte das Drachenschwert zu packen, aber irgend jemand schob es mit dem Fuß aus meiner Reichweite.

Und Flamadin, breitbeinig auf meinem Rücken kauernd, sagte durch verwesende Lippen: »Nun werde ich noch einmal trinken. Und du, John Daker, wirst sterben. Ich werde der einzige Held der Sechs Reiche sein.«

Kapitel vier

Armiad und seine Männer ergriffen mich auf Flamadins Befehl. Mit den ihm eigenen seltsam unbeholfenen Bewegungen schritt mein Doppelgänger zu dem Drachenschwert und hob es auf.

»Das Schwert wird deine Seele trinken«, sagte er, »und dann wird es mich aufs Neue beleben. Ich und das Schwert werden eins sein. Unsterblich und unbesiegbar. Die Bewunderung der Sechs Reiche wird wieder mir allein gehören!«

Er schien zusammenzuzucken, als er die Klinge faßte und mich fast bedauernd ansah. Ich konnte mir nicht vorstellen, welch grauenhafte, kalte Bruchstücke einer Seele noch in ihm lebten, wieviel von dem einstmaligen Liebling der Welten des Rades noch vorhanden war. Seine Schwester hatte den Verfall seines Körpers aufhalten können, aber jetzt zerfiel er vor meinen Augen. Aber er hoffte auf Leben. Er hoffte auf mein Leben.

Armiad grunzte vor Vergnügen. Seine feuchten Hände umklammerten meinen Arm. »Tötet ihn, Prinz Flamadin. Ich habe mich so danach gesehnt, Zeuge seines Todes sein zu können. Die ganze Zeit, seit er sich für Euch ausgab und mich zum Gespött meiner Standesgenossen machte. Tötet ihn, mein Fürst!«

Auf meiner anderen Seite stand etwas, in dem ich verschwommen Mopher Gorb erkannte, Armiads Kesselbewahrer. Jetzt hatte seine Nase sich verlängert, und seine Augen waren dichter zusammengerückt, so daß er einem Hund ähnelte. Sein Griff an meinem Arm war fest. Geifer tropfte aus seiner Schnauze. Auch er genoß die Aussicht auf meinen Tod.

Flamadin bog den Arm zurück, bis die Spitze des Drachenschwertes nur noch wenige Zentimeter von meinem Herzen entfernt war. Dann, mit einem Schluchzen, holte er zum Stoß aus.

Die gesamte Höhle war ein Getümmel aus Lärm und sich sammelnden Kriegern, alle gebadet in demselben roten Schein. Dennoch vernahm ich ein Geräusch, das alles andere übertönte. Einen scharfen, peitschenden Knall.

Flamadin grunzte und erstarrte. In seiner Stirn erschien ein schwarz verbranntes Loch, aus dem etwas quoll, was vielleicht einmal Blut gewesen sein mochte. Er senkte das Drachenschwert. Er drehte sich um.

Hinter ihm stand Ulrich von Bek, sächsischer Graf mit einer rauchenden Walther PPK 38 in der Hand.

Flamadin machte Anstalten, sich dem neuen Angreifer zu nähern, das Drachenschwert immer noch halb erhoben. Dann stürzte er auf das Deck und ich wußte, daß ihn auch der letzte Funken Leben verlassen hatte.

Doch ich befand mich immer noch in der Gewalt von Armiad und seinen Männern. Mopher Gorb brachte ein langes Messer zum Vorschein. Im gleichen Moment stieß er einen komischen, gedämpften Laut aus und ließ das Messer fallen. Die nächste Wunde erblühte, diesmal in Mopher Gorbs Schläfe.

Armiad ließ meinen Arm los. Auch der Rest der grausigen Mannschaft wich zurück. Aber schon hatte Alisaard einen Satz nach vorn getan, hatte Mopher Gorbs Schwert aufgerafft und drang auf den Kapitänbaron ein, der sich heftig zur Wehr setzte, sich aber weder mit ihrer Anmut noch ihrer Fechtkunst messen konnte. Innerhalb von Sekunden hatte sie sein Schweineherz durchbohrt und wandte sich den nächsten Gegnern zu. Auch ich focht mit einem geborgten Schwert. Zu viele standen zwischen mir und Flamadins Leiche. Ich kämpfte, so gut ich es vermochte, um zu ihm zu gelangen. Von Bek hatte sich ebenfalls eines Schwertes bemächtigt. Jetzt schließlich standen wir drei zusammen.

»Bellanda hat die Pistole für Sie aufbewahrt!« rief ich von Bek zu.

Er grinste. »Ich bedaure nicht, sie gebeten zu haben, darauf aufzupassen. Ich hatte sie verloren geglaubt! Leider waren nur noch zwei Schuß im Magazin.«

»Die gut genutzt wurden«, sagte ich dankbar.

Plötzlich fiel uns auf, daß wir ausnahmslos von Toten umgeben waren. Armiads abscheuliche Mannschaft war besiegt. Ein paar Verwundete versuchten hier und da, sich in Sicherheit zu bringen. Von Bek stieß einen freudigen Triumphschrei aus, der aber gleich von Bellandas Schreckensruf unterbrochen wurde, denn mit einem unmöglich scheinenden Satz trug der riesige schwarze Hengst Sharadim auf das Mitteldeck des Schiffes. Wie Kriegstrommeln stampften seine Hufe neben dem Leichnam ihres Bruders, dessen Finger immer noch das Drachenschwert umfaßten.

Ich rannte, um bei der Klinge zu sein, bevor sie aus dem Sattel steigen konnte. Aber umweht von ihrem gebauschten Umhang glitte sie von dem Rücken des schnaubenden Tieres und hatte sich schon niedergebeugt, um das Drachenschwert dem starren Griff ihres Bruders zu entwinden.

Sobald sie die Klinge berührte, keuchte sie vor Schmerz. Sie war nicht bestimmt, es zu besitzen. Nur mit großer Willensanstrengung konnte sie es aufheben. Aber sie hob es auf und hielt es fest.

Immer noch bestürzte mich ihre außerordentliche Schönheit. Als sie mit dem Schwert zu ihrem Pferd ging, scheinbar ohne sich ihrer Umgebung bewußt zu sein, dachte ich, daß sie mehr als jede andere Frau, die ich je gesehen hatte, der Göttin ähnelte, die sie werden wollte.

Ich trat vor. »Prinzessin Sharadim! Dieses Schwert ist nicht für Euch!«

Sie hatte ihr Pferd erreicht. Langsam wandte sie den Kopf, verständnislos die Stirn gerunzelt. »Wie?«

»Es gehört mir«, sagte ich.

Sie neigte den lieblichen Kopf zur Seite und starrte mich an. »Wie?«

»Ihr dürft das Drachenschwert nicht nehmen. Nur ich habe das Recht, es zu führen.«

Sie machte eine Bewegung, um in den Sattel zu steigen.

Da ich nicht wußte, was ich sonst tun konnte, nahm ich den Actorios und hielt ihn vor mich. In seinem pulsierenden, zukkenden Licht schimmerte meine Hand schwarz, rot und purpurn. »Im Namen des Gleichgewichts erhebe ich Anspruch auf das Drachenschwert!« verkündete ich.

Ihr Gesicht bewölkte sich. Ihre Augen glühten. »Ihr seid tot«, zischte sie zwischen zusammengepreßten Zähnen hervor.

»Das bin ich nicht. Gebt mir das Drachenschwert.«

»Ich habe mir diese Klinge und alles, wofür sie steht, verdient«, hielt sie mir entgegen, bleich vor Wut. »Ich habe ein Recht darauf. Ich habe dem Chaos gedient. Ich habe Lord Balarizaaf die Sechs Reiche verschafft, um damit nach Belieben zu verfahren. Jeden Augenblick werden er und seine Geschöpfe durch das Tor kommen, das ich geschaffen habe. Dann werde ich meine Belohnung erhalten. Ich werde eine Schwertherrscherin sein, mit einem eigenen Reich. Ich werde unsterblich sein. Und als Unsterbliche halte ich dieses Schwert als Zeichen meiner Macht.«

»Ihr werdet sterben«, sagte ich schlicht. »Balarizaaf wird Euch töten. Die Lords des Chaos halten ihre Versprechen nicht. Es wäre gegen ihre Natur.«

»Ihr lügt, Held. Geht mir aus dem Weg. Ich habe keine Verwendung für Euch.«

»Ihr müßt mir das Schwert geben, Sharadim.«

Das pulsierende Leuchten des Actorios verstärkte sich. Man konnte ihn jetzt beinahe als lebendes Wesen bezeichnen, wie er in meiner Handfläche lag.

Ich stand neben ihr. Sie drückte die Klinge an sich. Ich konnte unschwer erkennen, daß sie große Schmerzen litt, wo immer das Schwert mit ihrem Körper in Berührung kam, aber sie achtete nicht darauf, weil sie glaubte, schon bald nie mehr körperlichen Schmerz erdulden zu müssen.

Ich konnte die kleine gelbe Flamme unter den Runen in dem schwarzen Metall flackern sehen.

Der Actorios begann zu singen. Er sang mit einer leisen, wunderschönen Stimme, und sein Lied galt dem Drachenschwert.

Und das Drachenschwert summte eine Antwort. Das Summen steigerte sich zu einem lauten, durchdringenden Ton, fast wie ein Schrei.

»Nein! Nein! Nein!« rief Sharadim. Auch über ihre Haut huschte das eigenartige, Wellen schlagende Licht. »Seht! Seht, Held. Das Chaos naht! Das Chaos naht!« Und lachend schwang sie die Klinge in einem Halbkreis, so daß mir der Actorios aus der Hand geschlagen wurde. Ich sprang ihm nach, aber sie war schneller. Das Schwert hoch erhoben, schrie sie vor Schmerz, als es ihre Hände verbrannte.

Sie wollte den Actorios zerstören.

Mein erster Impuls war, mich dazwischen zu werfen und den Stein zu retten, koste es, was es wolle, aber dann erinnerte ich mich an etwas, das Sepiriz gesagt hatte. Ich trat zurück.

Sie lächelte mich an, der bezauberndste Wolf der Welt. »Habt Ihr begriffen, daß ich nicht zu besiegen bin«, sagte sie.

Mit unglaublicher Wildheit ließ sie das Schwert herabsausen, genau auf den Stein, der pulsierend wie ein lebendiges Herz am Boden lag.

Sie schrie auf, als die Klinge auf den Actorios traf. Es war ein Schrei frohlockenden Triumphs, der sich, kaum begonnen, zu Bestürzung und dann unnennbarer Qual wandelte.

Der Actorios war zerschmettert. Er zerfiel in Splitter, die nach allen Seiten auseinanderspritzten.

Und jeder Splitter enthielt das Abbild Sharadims!

Jeder Splitter des Actorios trug einen Teil Sharadims hinab in den Limbus. Es war ihr Bestreben gewesen, jedem, mit dem sie es zu tun hatte, als eine andere zu erscheinen. Und nun war es, als hätten sie all diese verschiedenen Persönlichkeiten aufgespalten und wären in einem Bruchstück des merkwürdigen Steins gefangen. Doch stand Sharadim selbst immer noch vor mir, erstarrt in ihrem letzten Zerstörungswerk. Allmählich veränderte sich der Ausdruck zornigen Schmerzes auf ihrem Gesicht zu einer Maske des Entsetzens. Sie begann zu zittern. Das Drachenschwert ächzte und heulte in ihren Händen. Das Fleisch schien auf ihren Knochen zu brodeln. All ihre überwältigende Schönheit verging.

Von Bek, Bellanda und Alisaard kamen auf mich zu, aber ich winkte ihnen, umzukehren. »Es stehen noch große Gefahren bevor«, rief ich. »Ihr müßt nach Adelstane gehen. Berichtet den Frauen und den Bärenprinzen, was hier geschieht. Sagt ihnen, sie müssen abwarten und zusehen.«

»Aber das Chaos naht!« wandte Alisaard ein. »Seht!«

Die Gestalten, die ich hinter dem Schleier der roten Helligkeit gesehen hatte, waren größer als zuvor. Mißgestalte Reiter unter der Führung Balarizaafs. Die Fürsten der Hölle kamen herbei, um ihr neues Reich in Besitz zu nehmen.

»Nach Adelstane. Rasch!« wiederholte ich.

»Aber was werden Sie tun, Herr Daker?« fragte von Bek. In seinem Gesicht zeigte sich die Sorge, die er für mich empfand.

»Was ich tun muß. Was meine Pflicht geworden ist.« Ich war überzeugt, er würde verstehen.

Von Bek neigte den Kopf. »Wir erwarten Sie in Adelstane.« Es war klar, daß sie alle drei sich als so gut wie tot betrachteten.

Der große Riß in dem kosmischen Gewebe wurde immer noch breiter. Und die schwarzen Reiter warteten geduldig, bis er groß genug war, um sie hindurchzulassen.

Ich bückte mich nach dem Drachenschwert und hob es auf. Es gab einen leisen, süßen Ton von sich, als erkenne es etwas ihm Verwandtes.

Um die Klinge wirbelten die Teile des Actorios wie Planeten um eine Sonne. Aus einigen dieser Splitter sah ich eines von

Sharadims vielen Gesichtern herausstarren, mit demselben Ausdruck des Entsetzens, der ihre Züge verzerrt hatte, bevor ihr Leib zu Boden sank.

Ich schaute hinab auf ihren verkohlten Leichnam. Er lag über dem ihres Bruders. Sie hatte das Böse in der Welt repräsentiert, er das Gute, und doch waren sie beide ins Verderben geführt worden, von Stolz, Ehrgeiz und dem Versprechen der Unsterblichkeit.

Ich sah zu, wie von Bek, Alisaard und Bellanda über die Reling verschwanden. In den Lagern von Sharadims Truppen herrschte Aufruhr. Sie schienen auf die Befehle ihres Anführers zu warten. Meine Freunde hatten eine gute Chance, Adelstane unbehelligt zu erreichen. Ich hatte sie fortschicken müssen. Was jetzt kam, hätten sie unmöglich überleben können.

Ich hob das Schwert und ordnete mein Bewußtsein zu einem bestimmten Muster. Sepiriz hatte mir gesagt, was ich tun mußte, wenn der Actorios zerstört war, und welche Mächte ich anrufen konnte. Im Hintergrund meiner Gedanken konnte ich sie singen hören. Ich vernahm ihre verzweifelten Stimmen, wie schon tausendmal zuvor in meinen Träumen.

– Wir sind die Verlorenen, wir sind die Letzten, wir sind die Lieblosen. Wir sind die Krieger am Abgrund der Zeit. Und wir sind müde. Wir sind müde. Wir sind es müde, zu lieben . . .

»JETZT ERLÖSE ICH EUCH! KRIEGER, ICH ERLÖSE EUCH! WIEDER IST EURE ZEIT GEKOMMEN. BEI DER MACHT DES SCHWERTES, BEI DER ZERSTÖRUNG DES ACTORIOS, BEI DEM WILLEN DES GLEICHGEWICHTS, BEI DER NOT DER MENSCHHEIT, RUFE ICH EUCH. DAS CHAOS DROHT. DAS CHAOS WIRD SIEGEN. IHR WERDET GEBRAUCHT!«

An der gegenüberliegenden Seite der Höhle, über der wunderbaren weißen Stadt Adelstane, sah ich eine Felsklippe. Und auf dieser Klippe Reihe um Reihe von Männern. Einige ritten auf Pferden. Andere waren zu Fuß. Alle trugen sie Waffen. Alle waren gepanzert. Alle starrten mich an, als schliefen sie.

– Wir sind die Scherben euer Illusionen. Die Überreste eurer Hoffnungen. Wir sind die Krieger am Abgrund der Zeit . . .

»KRIEGER! EURE ZEIT IST GEKOMMEN. IHR DÜRFT WIEDER KÄMPFEN. EINE WEITERE SCHLACHT. EIN WEITERER ZYKLUS! KOMMT! CHAOS REITET GEGEN UNS!«

Ich lief zu Sharadims Hengst, der schnaubend und stampfend neben der Leiche seiner Herrin verhielt. Er leistete keinen Widerstand, als ich in den Sattel stieg. Er schien froh zu sein, wieder einen Reiter zu haben. Ich trieb ihn im Galopp gegen die Reling des Schiffes, und wir landeten auf dem felsigen Höhlenboden, wo Sharadims Soldaten gleich einer Flutwelle aus Fleisch und Eisen herbeiströmten, um mir zuzujubeln. Ich hatte sie für meine Feinde gehalten und war verblüfft, bis ich mit einem Anflug ironischen Vergnügens begriff, daß sie nur Sharadim und Flamadin kannten. Sie hielten mich für den Bruder und Gemahl ihrer Kaiserin! Sie erwarteten, von mir im Namen des Chaos gegen Adelstane geführt zu werden.

Ich schaute zurück. Das riesige, blutrote Wunder wurde größer und größer. Die verzerrten schwarzen Gestalten wuchsen.

Ich richtete meinen Blick auf Adelstane.

»Krieger!« rief ich. »Krieger, zu mir!«

Die Krieger am Abgrund der Zeit waren erwacht. Sie strömten herab von den Felsen über Adelstane, eilten auf unsichtbaren Pfaden auf mich zu.

»Krieger! Krieger! Das Chaos naht!«

Ein heulender Wind erhob sich. Ein roter Wind, der über uns allen wehte.

»Krieger! Krieger am Abgrund der Zeit! Zu mir! Zu mir!«

Der Hengst bäumte sich mit schlagenden Hufen unter mir auf. Er stieß ein freudiges Schnauben aus, als hätte er diesen Moment herbeigesehnt, als lebte er nur, um in die Schlacht zu stürmen. Das Drachenschwert lebte in meiner rechten Hand. Es sang, und es glühte mit jenem dunklen Licht, das ich schon so oft gesehen hatte, in so vielen verschiedenen Gestalten. Und doch kam es mir immer noch so vor, als wäre eine Eigenart hinzugekommen, die nicht ganz mit denen vergleichbar war, die ich bereits kennengelernt hatte.

»Krieger! Zu mir!«

Sie kamen zu Tausenden. Auf die unterschiedlichste Art gerüstet. Mit Waffen jeder Form, die man sich nur ausmalen konnte. Sie marschierten und sie ritten, und ihre Gesichter waren zum Leben erwacht, als lebten auch sie, wie der Hengst, nur für den Kampf.

Ich fühlte, daß auch ich nie wahrhaft lebendiger war, als wenn ich das Ewige Schwert in die Schlacht trug. Ich war der Ewige Held. Ich hatte riesige Armeen geführt. Ich hatte ganze Völker ausgerottet. Ich war der Inbegriff blutiger Kriege. Krieg, ein Wort, das ich mit Würde, Poesie, Rechtfertigung erfüllt hatte. Mit heroischer Erhabenheit . . .

Aber eine Stimme in mir beharrte darauf, daß dieses der letzte solche Kampf sein mußte. Ich war John Daker. Ich wollte nicht töten, ganz gleich aus welchem Grund. Ich wollte nichts anderes als leben, lieben und Frieden erfahren.

Die Krieger des Abgrundes formierten sich um mich. Sie hatten ihre vielgestaltigen Waffen gezückt. Sie schrien und riefen erregt durcheinander. Sie kannten Freude. Und ich fragte mich, ob jeder von ihnen einst gewesen war wie ich. Waren sie allesamt Aspekte heldenhafter Kämpen? Aspekte des Ewigen Helden? Unzweifelhaft waren mir manche Gesichter vertraut, so daß ich nicht wagte, genauer hinzusehen.

Die Soldaten Prinzessin Sharadims waren verwirrt. Die Krieger vom Abgrund der Zeit musterten sie mit harten Mörderaugen, aber sie taten nichts. Sie erwarteten meine Befehle.

Einer von Sharadims Generälen kam durch die Reihen auf mich zugeritten. Er war sehr stattlich anzusehen in seiner dunkelblauen Rüstung, seinen Federbüschen, seinem spitzen Helm, seinem dichten, schwarzen Bart.

»Erhabener Kaiser! Die Verbündeten, die Ihr uns versprochen habt. Sind sie alle versammelt?« Sein Gesicht war in den roten Lichtschein getaucht. »Wird das Chaos kommen, um uns bei unserem Vernichtungswerk zu helfen? Ist das unser Zeichen?«

Ich holte tief Atem, seufzte dann und hob mein Schwert. »Das ist Euer Zeichen«, sagte ich. Die Klinge in meiner Hand schlug ihm den Kopf von den Schultern, und er stürzte mit einem wuchtigen Klirren zu Boden. Dann wandte ich mich an das Heer, das Sharadim aufgestellt hatte, um die Sechs Reiche zu erobern.

»Dort ist euer Feind! Kämpft gegen das Chaos, und ihr habt eine geringe Aussicht auf Rettung. Kämpft gegen uns, und ihr werdet untergehen!«

Ein Wirrwarr von Fragen brandete auf, aber ich beachtete sie nicht. Ich wandte den Kopf meines schwarzen Hengstes in Richtung der klaffenden roten Wunde. Ich hob mein Schwert als Zeichen für alle, die bereit waren, mir zu folgen.

Und dann stürmte ich in vollem Galopp den Lords des Chaos entgegen!

Hinter mir stieg ein Schrei in den Himmel, wie aus einer einzigen Kehle. Es war der Schlachtruf der Krieger vom Abgrund der Zeit. Es war ein Jubelruf. Sie waren zum Leben erwacht, dem einzigen Leben, das sie kannten.

Die drohenden schwarzen Gestalten ritten durch das scharlachrote Tor. Ich entdeckte Balarizaaf, gewaltig in einer Rüstung, die seinen Leib wie Quecksilber umfloß. Ich sah ein Geschöpf mit einem Kopf wie ein Hirsch, ein anderes, das einem Tiger glich, während viele andere nicht die mindeste Ähnlichkeit mit etwas hatte, das jemals über den Boden irgendeines der zahllosen Reiche gelaufen oder gekrochen war, die ich kannte. Ein merkwürdiger Geruch ging von ihnen aus, gleichzeitig angenehm und abstoßend, warm und kalt. Er gemahnte an die Ausdünstungen von Tieren, doch hätte er auch von Pflanzen stammen können. Es war der unverfälschte Geruch des Chaos, von dem die Legenden sagen, daß er der Hölle entströmt.

Balarizaaf zügelte sein geschupptes Reittier, als er meiner ansichtig wurde. Er wirkte ernst. Seine Stimme klang gütig. Er schüttelte seinen gewaltigen Kopf, und als er sprach, war seine Stimme ein dröhnender Widerhall. »Kleiner Sterblicher, das Spiel ist zu Ende. Das Spiel ist zu Ende, und das Chaos hat gesiegt. Siehst du es immer noch nicht ein? Reite mit uns. Reite mit uns, und ich werde dich nähren. Ich werde dir Geschöpfe geben, um damit zu spielen. Ich werde dich am Leben lassen.«

»Ihr müßt zurückkehren in Euer Reich«, sagte ich. »Dorthin, wo Euresgleichen hingehören. Ihr habt hier nichts zu suchen, Erzherzog Balarizaaf. Und sie, die mit Euch einen Handel abgeschlossen hat, ist tot.«

»Tot?«, fragte Balarizaaf ungläubig. »Du hast sie getötet?«

»Sie selbst hat ihr Ende herbeigeführt. All die verschiedenen Frauen, die Sharadim waren, die so viele ihrer eigenen Rasse getäuscht haben, sind für alle Ewigkeit im Limbus zerstreut. Ein grausames Schicksal, aber verdient. Es ist niemand mehr hier, um Euch willkommen zu heißen, Erzherzog Balarizaaf. Betretet Ihr dennoch dieses Reich, verstoßt Ihr gegen das Gesetz des Gleichgewichts.«

»Woher weißt du das?«

»Ihr wißt, daß es so ist. Ihr müßt eingeladen werden, ob es ein Tor gibt oder nicht.«

Erzherzog Balarizaaf grollte tief in seiner gewaltigen Brust. Er hob eine Hand von der Größe eines Hauses und kratzte sich an der Nase. »Aber wenn ich eintrete, was sollte mich aufhalten? Die Einladung wurde ausgesprochen. Ein Sterblicher öffnete das Tor. Diese Reiche sind mein.«

»Ich habe ein Heer«, erwiderte ich. »Und ich trage das Drachenschwert.«

»Du hast das Gleichgewicht erwähnt? Da bewegst du dich auf schwankendem Boden. Ich erkenne deine Logik nicht an, und ich glaube, das Gleichgewicht würde es ebensowenig tun. Was bedeutet es schon, ob du ein Heer aufgestellt hast. Sieh, was ich gegen dich ins Feld führe.« Und mit einer umfassenden Bewegung seines ungeheuren Armes zeigte er mir nicht nur sein unmittelbares Gefolge, sondern auch noch eine brodelnde Flut, die aus Tieren, Menschen oder etwas gänzlich anderem bestehen konnte, denn ihre Gestalten waren nicht von Dauer. »Das ist das Chaos, kleiner Held. Und damit ist meine Macht noch nicht erschöpft.«

»Es ist Euch verboten, dieses Reich zu betreten«, sagte ich fest. »Ich habe die Krieger vom Abgrund der Zeit herbeigerufen. Und ich trage das Drachenschwert.«

»Wie du jetzt zum wiederholten Mal betonst. Soll ich dich preisen? Oder sonstwie beeindruckt sein? Kleiner Sterblicher, ich bin ein Erzherzog des Chaos, und ich wurde von Sterblichen gerufen, um ihre Welten zu regieren. Das ist genug.«

»Dann sieht es so aus, als ob wir kämpfen müssen«, meinte ich.

Er lächelte. »Wenn du es so nennen willst.«

Ich deutete mit dem Drachenschwert nach vorn. Wieder antwortete mir freudiges Kampfgeschrei.

Entschlossen galoppierte ich in die Reißzähne des Chaos. Für alles andere war es zu spät.

Der Rest war Kampf.

Es war, als wären all die Schlachten, in denen ich je gefochten hatte, zu einer verschmolzen. Sie schien eine Ewigkeit zu währen. Woge auf Woge spuckender, winselnder, bellender, quiekender Geschöpfe drangen auf mich ein; einige bewaffnet, andere mit Zähnen und Krallen, wieder andere mit flehenden Augen, die eine Gnade erbaten, die sie nie erwidern konnten. Und dennoch, wohin ich auch schaute, gleich einer unüberwindlichen Mauer aus gestähltem Fleisch, aus scheinbar unermüdlichen Muskeln und Knochen, sah ich meine Verbündeten, die Krieger des Abgrunds. Jeder einzelne von ihnen focht so gewandt wie ich. Einige fielen, begraben unter den Geschöpfen des Chaos. Aber andere nahmen ihren Platz ein.

Welle um Welle brandete die Flut des Chaos gegen uns an. Und Welle um Welle wurde sie zurückgeschlagen. Auch kämpften einige der Menschen auf unserer Seite. Sie fochten verbissen, froh, nicht länger in Sharadims Diensten zu stehen. Sie starben, aber mit dem Wissen, schließlich doch nicht ihre eigene Rasse betrogen zu haben.

Die Lords des Chaos hielten sich im Hintergrund. Sie hielten es für unter ihrer Würde, gegen einfache Sterbliche zu kämpfen. Aber es stellte sich heraus, während die Stunden vergingen, daß ihre Geschöpfe uns nicht besiegen konnten. Man konnte glauben, wir wären für diesen einen großen Kampf bestimmt gewesen, ausgebildet in jeder Arena des Krieges, die es im Multiversum gab. Und ich wußte, dies war in gewisser Weise meine letzte Schlacht, und wenn ich hier siegte, würde ich vielleicht Frieden finden, wenn auch nur für kurze Zeit.

Allmählich lichteten sich die Reihen des Chaos. Meine Klinge war mit ihrem Lebenssaft behaftet (er sah nicht aus wie Blut), und mein Arm wurde so müde, daß ich das Gefühl hatte, er müsse mir von der Schulter fallen. Mein Pferd blutete aus hundert Wunden, und auch ich war nicht unverletzt geblieben. Doch die Tatsache drang kaum bis in mein Bewußtsein. Wir waren die Krieger am Abgrund der Zeit, und wir kämpften, bis wir getötet wurden. Etwas anderes gab es nicht für uns.

Erzherzog Balarizaaf kam wieder durch die Reihen seiner Streitmacht geritten, und er gab sich nicht mehr geringschätzig. Auch lachte er nicht. Er war ernst, und er war grimmig. Er war zornig, aber sein Blick verhöhnte mich nicht mehr.

»Held! Warum so verbissen streiten? Ruf einen Waffenstillstand aus, und wir werden uns über die Bedingungen unterhalten.«

Ich zog mein Pferd herum, bis ich ihm in die Augen sehen konnte. Ich sammelte Kraft für mich und mein Schwert. Und ich griff an.

Ich stürmte geradewegs in das Gesicht des Erzherzogs des Chaos. Die Hufe meines Pferdes galoppierten durch die Luft, und es trug mich zum Angriff auf diesen gewaltigen und übernatürlichen Leib. Ich weinte. Ich brüllte. Ich hatte keinen anderen Wunsch, als ihn zu vernichten.

Doch wußte ich, daß ich ihn nicht töten konnte. Viel wahrscheinlicher war, daß er mich töten würde. Es kümmerte mich nicht. Voller Zorn über all den Schrecken, den er in den Sechs Reichen verbreitet hatte, all das Elend, das er säte und immer säen würde, das Unglück, das er schuf, wohin immer sein Ehrgeiz ihn führte, warf ich mich und mein Schwert in sein Gesicht, die Klinge gegen seinen verräterischen Mund gezückt.

Hinter mir vernahm ich wieder den jauchzenden Schlachtruf der Krieger, als hätten sie begriffen, was ich tat, und ermutigten mich, ehrten, was immer es war, das mich trieb, den Erzherzog anzugreifen.

Die Spitze des Drachenschwertes berührte diesen plötzlich weit offenen Rachen. Einen Augenblick lang hatte ich das Gefühl, von ihm verschlungen zu werden, in diesen roten Schlund hineinzustürzen.

Ich saß nicht mehr im Sattel meines Pferdes, sondern schwebte unausweichlich auf den Kopf des Erzherzogs zu.

Dann war er verschwunden, und ich fühlte Boden unter meinen Füßen. Die scharlachrote Wunde schloß sich vor meinen Augen. Ich schaute mich um und erblickte die zuhauf liegenden Leichen unserer Feinde und die Leichen unserer Verbündeten. Ich erblickte die leblosen Körper von zehntausend Kriegern, die in dieser Schlacht gefallen waren, deren Erinnerung schon jetzt in mir verblaßte; sie war zu schrecklich gewesen.

Ich drehte mich um. Die Krieger des Abgrunds steckten ihre Schwerter ein, wischten das Blut von den Äxten, untersuchten ihre Wunden. Auf ihren Gesichtern lag ein Ausdruck des Bedauerns, als wären sie enttäuscht, als wollten sie weiterkämpfen. Ich zählte sie.

Vierzehn waren noch am Leben. Vierzehn, mich selbst eingeschlossen.

Die rote Wunde in dem Gewebe des Kosmos heilte rasch. Die Öffnung war kaum noch groß genug, um einen einzelnen Mann hindurchzulassen. Dennoch kam eine Gestalt dort zum Vorschein.

Die Gestalt blieb stehen und schaute zurück, um zu beobachten, wie die Öffnung sich schloß und verschwand.

Es war plötzlich kalt in der Höhle von Adelstane. Die dreizehn Krieger grüßten zum Abschied und marschierten in die Schatten hinein. Dann waren sie fort.

»Sie ruhen bis zum nächsten Zyklus«, erklärte der Neuankömmling. »Es ist ihnen jeweils nur in einer Schlacht zu kämpfen erlaubt. Und die, die sterben, sind die Glücklichen. Die anderen müssen warten. Das ist das Schicksal der Krieger am Abgrund der Zeit.«

»Aber was ist ihr Verbrechen?« fragte ich.

Sepiriz nahm seinen schwarzgoldenen Helm ab. Er machte eine kleine Handbewegung. »Nicht gerade ein Verbrechen. Manche würden es vielleicht eine Sünde nennen. Sie lebten nur, um zu kämpfen. Sie wußten nicht, wann es Zeit war, aufzuhören.«

»Sind sie alle frühere Inkarnationen des Ewigen Helden?« wollte ich wissen.

Er betrachtete mich sinnend und saugte dabei an seiner Unterlippe. Dann zuckte er die Schultern. »Wenn Ihr so wollt.«

»Ihr schuldet mir doch wohl eine etwas genauere Erklärung, mein Lord«, sagte ich.

Er nahm mich bei der Schulter, und wir schritten über den vom Blut der zehntausend Toten benetzten Höhlenboden. Hier und dort standen Verwundete sich gegenseitig bei. Die Schiffe und die Zelte und die Steinhütten waren jetzt voll von Sterbenden.

»Ich schulde Euch gar nichts, Held. Man schuldet Euch nichts. Ihr schuldet nichts.«

»Ich kann für mich selber sprechen«, sagte ich. »Ich habe eine Schuld zu begleichen.«

»Würdet Ihr nicht sagen, sie ist voll beglichen?« Er blieb stehen. Er öffnete den Mund, und er lachte über meine Verwirrung. »Endlich beglichen, Held, hm?«

Ich neigte zustimmend den Kopf. »Ich bin müde«, sagte ich.

»Kommt.« Er ging weiter, zwischen all den Leichen, all der Verwüstung. »Es gibt noch manches zu tun. Aber zuerst müssen wir die Nachricht Eures Sieges nach Adelstane bringen. Seid Ihr Euch bewußt, was Ihr erreicht habt?«

»Wir haben den Übergriff des Chaos abgewehrt. Haben wir die Sechs Reiche gerettet?«

»Oh, ja. Natürlich. Aber Ihr habt noch mehr getan. Wißt Ihr nicht, was?«

»Ist das nicht genug?«

»Mag sein. Aber Ihr wart außerdem verantwortlich für die Verbannung eines Erzherzogs des Chaos in den Limbus. Balarizaaf kann nie wieder herrschen. Er hat das Gleichgewicht herausgefordert. Und er hätte siegen können. Eure mutige Tat war entscheidend. Eine solche Handlungsweise enthält so viel, das edel ist, so viel Macht, so viel, das an die Natur des Multiversums rührt, daß ihre Auswirkung größer war als alles andere. Ihr seid nun wahrhaftig ein Held.«

»Ich habe nicht den Wunsch, ein Held zu sein, Lord Sepiriz.«

»Und das ist zweifellos der Grund, warum Ihr einer seid. Ihr habt Euch eine Ruhepause verdient.«

»Eine Ruhepause? Ist das alles?«

»Es ist mehr, als den meisten von uns vergönnt wird«, meinte er einigermaßen erstaunt. »Ich habe dergleichen nie gekannt.«

Beschämt ließ ich mich von ihm durch Adelstanes Feuerring und in die Arme meiner teuren Freunde führen.

»Der Kampf ist vorüber«, sagte Sepiriz. »Auf allen Ebenen, in allen Reichen. Es ist vorbei. Jetzt kommt die Zeit des Heilens und des Neugestaltens.«

Kapitel fünf

»Wir werden jetzt einen besseren Frieden erleben«, sagte Morandi Pag, »die wir in den Sechs Reichen noch übrig sind. Natürlich müssen wir neu aufbauen und neu säen. Aber statt unser uraltes Wissen eifersüchtig zu bewahren und uns in unsere Höhle zurückzuziehen, werden wir, die Bärenprinzen, helfen, so gut wir es vermögen. Und so soll jede Rasse ihre besonderen Fähigkeiten zu unser aller Nutzen beisteuern.«

Die weiße Stadt Adelstane lag wieder ruhig. Die Überlebenden von Sharadims Armee, die mit uns gegen das Chaos gefochten hatten, waren in ihre jeweiligen Welten zurückgekehrt, entschlossen, dafür zu sorgen, daß in Zukunft niemals wieder ein Tyrann unter ihnen aufstehen konnte. Niemals wieder wollten sie sich von solchen wie Sharadim dazu verlokken lassen, Krieg gegeneinander zu führen. Neue Parlamente wurden gebildet, aus Angehörigen aller Rassen, und die Zeit des Großen Treffens sollte nicht mehr nur eine Gelegenheit sein, Handel zu treiben.

Nur die Lady Phalizaarn und die Frauen der Rasse der Alten waren nicht nach Gheestenheem zurückgekehrt, das, wie wir erfahren hatten, von Sharadims Truppen verwüstet worden war. Sie trafen besondere Vorbereitungen für ihre eigene Abreise.

Bellanda aus Maaschanheem war mit ihren Leuten an Bord der *Grimmiger Schild* zur Heimreise aufgebrochen, mit dem Versprechen, daß wir, sollten wir je nach Maaschanheem zurückkehren, bessere Aufnahme finden würden, als wir bis jetzt dort erlebt hatten. Der Abschied von ihr war besonders herzlich. Hätte sie nicht während all der Monate von Beks Pistole aufbewahrt, wäre zumindest ich nicht mehr am Leben gewesen.

Alisaard, Phalizaarn, von Bek und ich waren Gäste in dem gemütlichen Arbeitszimmer, das die Bärenprinzen für ihre eigenen Versammlungen und Zusammenkünfte benutzten. Wieder quollen Weihrauchschwaden aus dem Kamin und verteilten sich in dem Raum, während die Bärenprinzen sich diskret bemühten, ihren Abscheu vor unserem Geruch zu verbergen. Morandi Pag hatte bereits seinen Entschluß verkündet, nicht mehr zu seiner Felsenburg zurückzukehren, sondern mit seinen Freunden auf die Verbesserung des Nachrichtenaustauschs zwischen den Sechs Reichen hinzuarbeiten.

»Ihr habt viel für uns getan, ihr drei«, bemerkte Groaffer Rolm mit einem Wedeln seines seidenen Ärmels, »und was Euch betrifft, Held, so wird man Eurer in Sagen gedenken, das ist sicher. Vielleicht als Prinz Flamadin. Denn Sagen neigen dazu, zu vermischen, umzuformen und etwas Neues zu schaffen.«

Mit einem höflichen Neigen des Kopfes antwortete ich: »Ich fühle mich geehrt, Prinz Groaffer Rolm, obwohl ich für meinen Teil glücklich sein würde, eine Welt zu erleben, die ohne Sagen und Helden auskommt. Besonders Helden von meiner Art.«

»Ich glaube nicht, daß das möglich ist«, meinte der Bärenprinz. »Man kann lediglich hoffen, daß die Sagen preisen, was edel ist an einem Geist, was ehrenhaft an Taten und Zielen. Wir haben Zeiten erlebt, da rühmten die Sagen nicht das Edle, da waren die Helden verschlagene, selbstsüchtige Kreaturen, die gegen die Interessen aller anderen handelten, um sich Vorteile zu verschaffen. Solche Kulturen sind gewöhnlich bereits von Verfall und Tod gezeichnet. Es ist besser, Idealismus zu preisen, als ihn herabzuwürdigen, denke ich.«

»Obwohl Idealismus zu Taten von unaussprechlicher Grausamkeit führen kann?« fragte von Bek.

»Alles Wertvolle ist ständig in Gefahr, entwertet zu werden«, sagte Morandi Pag. »Was rein ist, kann leicht besudelt werden.

Es liegt an uns, ein Gleichgewicht herzustellen . . .» Er lächelte. »Denn spiegeln wir nicht, in unseren engen Grenzen, den Krieg wider, der zwischen Ordnung und Chaos tobt? Mäßigung bedeutet am Ende auch Überleben. Aber das ist etwas, das wir erst in mittleren Jahren erkennen, nehme ich an. Manchmal müssen die Verfechter der Ausschweifung triumphieren, manchmal müssen die Verfechter der Zurückhaltung siegen. Das ist der Lauf der Dinge. Das ist, was das Gleichgewicht erhält.«

»Ich glaube nicht, daß ich viel Liebe für das Kosmische Gleichgewicht empfinde«, sagte ich, »noch für die Machenschaften von Ordnung und Chaos. Noch für Götter und Teufel. Ich bin der Meinung, wir selbst sollten unser Schicksal bestimmen.«

»Und das werden wir«, antwortete Morandi Pag. »Das werden wir, mein Freund. Es sind noch viele Kapitel zu schreiben in der großen Geschichte des Multiversums. In manchen Zyklen wird das Übernatürliche verbannt sein, so wie Ihr Erzherzog Balarizaaf aus dieser Welt verbannt habt. Aber unser Wille und unsere Natur sind so geartet, daß zu anderen Zeiten diese Götter in veränderter Gestalt zurückkehren werden. Die Macht liegt immer und ausschließlich in uns selbst. Es hängt davon ab, wieviel Verantwortung wir zu tragen bereit sind . . .«

»Ist es das, was Sepiriz meinte, als er mir sagte, ich würde für eine Zeit Ruhe finden?«

»Es scheint so.« Morandi Pag kratzte sein ergrautes Fell. »Der Ritter in Schwarz und Gold wandert unablässig zwischen den Ebenen. Manche glauben sogar, er hätte die Macht, durch den Megafluß – die Zeit, wenn Ihr so wollt – zu reisen, von einem Zyklus zum andern. Nur wenige haben so große Macht oder tragen eine so furchtbare Verantwortung. Manchmal, sagt man, schläft er. Er hat Brüder, nach dem, was ich gehört habe, die sich mit ihm die Pflicht teilen, das Gleichgewicht zu bewahren. Aber ich weiß nicht viel von diesen Dingen, trotz all meiner Forschungen. Einige behaupten auch, daß er schon jetzt wieder die Saat ausstreut für die Errettung des nächsten Zyklus, wie auch für seine Vernichtung, aber das ist vielleicht doch eine zu phantastische Vorstellung.«

»Ich frage mich, ob ich ihn wiedersehen werde. Er sagte, seine Arbeit hier sei getan, und die meine auch fast beendet. Warum gibt es so einen merkwürdigen Zusammenhang zwischen bestimmten Menschen und bestimmten Gegenständen? Warum kann von Bek den Gral berühren, und ich das Schwert und so weiter?«

Morandi Pag brummte tief in der Kehle. Er schob seine Schnauze in den Kamin, nahm einen tiefen Atemzug von den Dämpfen und setzte sich dann bequem in seinem Sessel zurecht. »Wenn zu bestimmten Zeiten bestimmte Pläne verwirklicht werden sollen, wenn gewisse Handlungen erforderlich sind, um die Fortdauer des Multiversums sicherzustellen, so daß weder die Ordnung noch das Chaos jemals zur absoluten Vorherrschaft gelangen, dann müssen vielleicht bestimmten Geschöpfen bestimmte mächtige Dinge zugeordnet werden. Immerhin gibt es bei jeder Rasse Legenden, die sich mit derartigen Dingen befassen. Diese Zusammenhänge sind Teil des Musters. Und die Erhaltung des Musters, der Ordnung, ist von übergeordneter Wichtigkeit.« Er räusperte sich. »Damit muß ich mich näher beschäftigen. Es wird eine interessante Beschäftigung für meine letzten Jahre ergeben.«

Lady Phalizaarn mahnte leise: »Die Zeit des Abschieds ist gekommen, Prinz Morandi Pag. Noch eines bleibt zu tun, dann ist diese besondere Phase in dem ewigen Spiel abgeschlossen. Wir müssen gehen und uns mit dem Rest unseres Volkes vereinen.«

Morandi Pag neigte den Kopf. »Eure Schiffe, die wir für euch in Sicherheit gebracht haben, sind bereit. Sie harren Eurer im Hafen.«

Von Bek, Alisaard und ich gingen als letzte an Bord der schlanken Schiffe. Nur zögernd nahmen wir noch ein letztes Mal Abschied von den Bärenprinzen. Keiner von uns sagte etwas von einem Wiedersehen. Wir alle wußten, es würde keines geben. Und so trennten wir uns mit großem Bedauern.

Wir drei standen auf dem hohen Achterdeck des letzten Schiffes, das den Hafen verließ, während die hohen Klippen von Adelstane hinter uns zurückblieben, und wir an den Strudelfelsen vorbeisegelten, wo Morandi Pag so lange gelebt hatte.

»Lebt wohl!« rief ich, als ich den Letzten dieser edlen Rasse zuwinkte. »Lebt wohl, liebe Freunde!«

Und ich hörte Morandi Pags Ruf: »Lebt wohl, John Daker. Möge die Zeit der Ruhe Euch alles geben, was Ihr Euch wünscht.«

Wir segelten einen ganzen Tag, bis wir schließlich an einen Ort gelangten, wo gewaltige Lichtstrahlen durch die Wolken brachen und die wogende See liebkosten: Regenbogenlicht, zu einem Kreis gewaltiger Pfeiler angeordnet, einer Art Tempel. Wieder schauten wir ehrfürchtig die Säulen des Paradieses.

Die dreieckigen Segel der Schiffe blähten sich im Wind, als die geschickten Steuerleute ihre Boote eines nach dem anderen zwischen die Säulen lenkten. Nacheinander verschwanden sie, bis nur noch wir übrig waren.

Dann faßte Alisaard das Ruder. Sie warf den Kopf zurück und sang ihr Lied, voll grenzenloser Freude.

Wieder schien es mir, daß Ermizhad dort stand, wie sie vor so langer Zeit während all unserer Kämpfe an meiner Seite gestanden hatte. Aber der Mann, den diese Frau liebte, war nicht Erekose, der Ewige Held. Es war Graf Ulrich von Bek, Edelmann aus Sachsen, Flüchtling vor dem Naziterror, und daß er ihre Liebe erwiderte, war deutlich zu sehen. Nicht länger plagte mich Eifersucht. Das war eine Sinnenverwirrung gewesen, hervorgerufen vom Chaos. Aber ich empfand eine tiefe Einsamkeit, eine Traurigkeit, die durch nichts, ganz gleich, was mit mir geschah, vertrieben werden konnte. Oh Ermizhad, ich trauerte um dich, als die Säulen des Paradieses uns aufnahmen und emportrugen zu den herrlichen, sonnenüberglänzten Wassern von Gheestenheem.

Dann segelte unsere kleine Flotte in Richtung von Barobanay, der alten Hauptstadt der Geisterfrauen.

Die Frauen, die an Deck standen oder ihrer Arbeit nachgingen, trugen immer noch ihre feingearbeiteten Rüstungen aus graviertem Elfenbein, wenn auch ohne den Helm, der ihnen sowohl als Maske wie auch als Schutz gedient hatte, indem er möglichen Feinden Angst einflößte. Als wir schließlich in den abgebrannten und zerstörten Hafen einliefern und die geschwärzten Ruinen der Stadt erblickten, die einst so lieblich, so sicher und freundlich und zivilisiert gewesen war, weinten viele der Frauen.

Doch Lady Phalizaarn stand auf den narbigen Steinen des Kais und sprach zu den Frauen der Rasse der Alten. »Dies ist jetzt Erinnerung. Eine Erinnerung, die wir uns bewahren müssen. Aber wir sollten nicht trauern, denn bald, wenn unsere Legenden nicht lügen, werden wir endlich in unsere wahre Heimat ziehen, das Land unserer Männer. Und die Alten werden wieder erstarken, in einer Welt, die ihnen gehört, in einer Welt, die nicht von blutrünstigen Barbaren bedroht werden kann, gleich welcher Art. Wir stehen am Anfang einer neuen Geschichte unserer Rasse. Einer ruhmreichen Geschichte. Bald wird auch der befreite weibliche Drache zu seinem Gefährten zurückkehren, so wie wir mit unseren Männern vereint sein werden. Die starken Glieder desselben Körpers, gleich mächtig, gleich behutsam, gleich fähig, eine Welt aufzubauen, die ebenso lieblich ist, wie unser Reich hier es war. John Daker, zeigt uns das Drachenschwert. Zeigt uns unsere Hoffnung, unsere Erfüllung, unseren Entschluß!«

Auf ihre Bitte warf ich meinen Umhang zurück. An meiner Hüfte hing in seiner Umhüllung das Drachenschwert, so wie ich es seit der Schlacht vor Adelstane getragen hatte. Ich hakte die Scheide von meinem Gürtel und hielt sie mit dem Schwert hoch, damit alle es sehen konnten, aber ich nahm es nicht heraus. In langen Gesprächen mit Lady Phalisaarn waren sie und ich übereingekommen, daß ich das Drachenschwert nur noch einmal ziehen sollte. Und danach, so schwor ich mir, niemals wieder.

Wäre es möglich gewesen, hätte ich es der Gewählten Sprecherin gegeben und sie tun lassen, was getan werden mußte. Aber es war mein Los, der einzige zu sein, der das todbringende Metall dieses seltsamen Schwertes berühren konnte.

Die Frauen der Rasse der Alten gingen von Bord, strömten in die eingestürzten Häuser, die Trümmer, die rauchgeschwärzten Balken von Barobanay.

»Geht!« rief Lady Phalizaarn. »Bringt uns, was wir während unserer langen Verbannung bewahrt haben. Bringt uns das Eiserne Rund.«

Von Bek und Alisaard gesellten sich zu mir. Wir hatten bereits besprochen, wie alles weitergehen würde. Morandi Pag hatte angeboten, den Versuch zu machen, von Bek einen Weg in seine eigene Welt zu öffnen, aber er hatte beschlossen, bei Alisaard zu bleiben, so wie ich einst als der einzige Mensch bei den Alten gelebt hatte, mit meiner Ermizhad. Sie nahmen mich in ihre Mitte, gaben mir Mut, unterstützten mich in meinem Entschluß; denn ich hatte einen Pakt mit mir geschlossen, mit John Daker, und ich wollte ihn um keinen Preis brechen.

Schon bald kamen die Geisterfrauen, ihre Rüstungen mit schwarzem Staub verschmiert, stolpernd zwischen Ruinen hervor. Mit sich brachten sie eine große Eichentruhe, deren Tragestangen durch Messingringe an den Messingbändern um das Holz geschoben waren. Es war eine uralte Truhe, die von einem völlig anderen Zeitalter berichtete. Sie hatte keine Ähnlichkeit mit den sonstigen Besitztümern der Frauen.

Zu meiner Linken glitzerte die Sonne auf dem blauen Meer; zu meiner Rechten fuhr der Wind in die graue Asche der zerstörten Stadt. Auf dem Kai und auf den schlanken Schiffen richtete sich alle Aufmerksamkeit auf mich, als die Eichentruhe geöffnet und der Gegenstand, den sie das Eiserne Rund nannten, herausgehoben wurde.

Es handelte sich um eine Art Amboß, der aussah, als hätte man aus einem Baumstamm eine Scheibe herausgeschnitten, auf einen Sockel gelegt und beides in schweres, narbiges Eisen verwandelt. Das Ganze hatte Ähnlichkeit mit einem kleinen Tisch, doch an der Oberfläche konnte man ablesen, daß ganze Generationen von Schmieden darauf ihr Metall bearbeitet hatten.

In den Sockel des Eisernen Runds waren Runen eingraviert, und viele dieser Runen glichen denen, die ich auf der Klinge des Drachenschwertes gesehen hatte.

Sie brachten mir den Amboß und stellten ihn vor mich hin.

Auf jedem einzelnen der mir zugewandten Gesichter zeigten sich Erwartung und Hoffnung. Dies war der Augenblick, für den sie all die Generationen gelebt hatten, für den sie mit den armseligen ihnen zur Verfügung stehenden Mitteln Nachkommen gezeugt hatten, so widerlich ihnen das auch gewesen sein mochte, erfüllt von dem Traum, daß eines Tages der kosmische Fehler, der sie ihre Männer und ihre Zukunft gekostet hatte, berichtigt werden würde. Auch für mich war es dieser Augenblick gewesen, für den ich gekämpft hatte. Alles andere kam erst an zweiter Stelle. Aus Liebe für die Rasse, die mich aufgenommen hatte, aus Liebe zu der Frau, die mich mit solcher Kraft und Tiefe wiedergeliebt hatte, war ich auf die Suche nach dem Drachenschwert gegangen.

»Euer Schwert, Held«, rief Lady Phalizaarn. »Zeigt uns das Schwert unverhüllt, auf daß wir es noch ein letztes Mal schauen. Enthüllt die Macht, geschaffen, um zerstört zu werden, für das Chaos geschmiedet, um der Ordnung zu dienen, bestimmt, dem Gleichgewicht zu widerstehen und sein Schicksal zu erfüllen. Enthüllt Eure Klinge der Macht. Möge dies die letzte Tat des Helden sein, den man den Ewigen Helden nennt. Indem er uns erlöst, möge auch er erlöst werden. Entblößt das Drachenschwert!«

Und ich faßte die Scheide mit meiner linken Hand. Und ich faßte den Griff des Schwertes mit der Rechten. Und langsam zog ich die Scheide ab, so daß ein düsterer Glanz dem schwarzgrünen Metall entströmte, das mit so vielen Runen bedeckt war, als wäre die ganze Geschichte des Schwertes dort aufgeschrieben.

In dem klaren Licht von Gheestenheem, vor den versammelten Frauen der Rasse der Alten, hob ich die Klinge hoch empor. Ich ließ die Scheide fallen. Ich nahm das Drachenschwert in beide Hände. Ich hielt es so, daß alle es sehen konnten, das dunkle, lebendige Metall, die kleine, gelbe, tanzende Flamme darin.

Und das Drachenschwert begann zu singen. Es war ein wildes, süßes Lied. Es war ein Lied, so alt, daß es von einer Existenz jenseits der Grenzen der Zeit sprach, jenseits aller Belange von Göttern oder Menschen. Es sprach von Liebe und Haß und Mord, von Hinterlist und Verlangen. Es sprach von Chaos und Ordnung, und dem Frieden vollkommenen Gleichgewichts. Es sprach von der Zukunft, der Vergangenheit und der Gegenwart. Und es sprach von all den Myriaden Millionen Welten des Multiversums, all den Welten, die es gesehen hatte, all den Welten, die es noch zu sehen galt.

Und dann, zu meinem Erstaunen, fielen die Frauen der Alten in das Lied ein. Sie sangen in völligem Gleichklang mit dem Schwert. Und ich merkte, daß auch ich angefangen hatte zu singen, obwohl ich keines der Worte verstand, die über meine Lippen kamen. Ich hatte nie geglaubt, eines so herrlichen Gesanges fähig zu sein.

Das Lied strahlte empor. Das Drachenschwert bebte in einer Ekstase, die sich in den Gesichtern all derer spiegelte, die diesem Ereignis beiwohnten.

Ich hob die Klinge über den Kopf. Ich schrie etwas, ohne zu wissen, was ich sagte. Ich schrie, und in meiner Stimme klangen all meine eigenen Träume, meine Sehnsüchte, alle Hoffnungen und Ängste eines ganzen Volkes.

Ich zitterte vor unbeschreiblichem Entzücken, vor Ehrfurcht und einem Gefühl, das der Furcht verwandt war, als ich die Klinge mit einer glatten, fließenden Bewegung auf das Eiserne Rund niedersausen ließ.

Der Amboß, der den Frauen als einziges geblieben war, um sie an ihr Schicksal zu gemahnen, schien jetzt in demselben merkwürdigen Licht zu glühen, wie es von dem Drachenschwert ausging.

Amboß und Schwert berührten sich. Es gab einen lauten Ton. Einen Ton wie von dem Bersten jedes Planeten, jeder kosmischen Barriere, jeder Sonne in dem gesamten Multiversum. Ein ungeheuerlicher Ton, aber von großartiger Ungeheuerlichkeit. Es war der Ton des erfüllten Schicksals.

Und jetzt war das Schwert, an dem ich so lange so schwer getragen hatte, leicht in meinen Händen. Ich sah, daß die Klinge zerbrochen war, in zwei Hälften, deren eine in dem Amboß steckte, während ich die zweite noch festhielt. Und ich erschauerte unter dem Gefühl unglaublicher Freude, das meinen gesamten Körper erfüllte. Und ich holte tief Atem und fuhrt fort, mein Lied zu singen, das Lied, das die Frauen sangen, das Lied der Rasse der Alten, das Lied des Drachenschwertes und des Eisernen Runds.

Und während wir sangen, löste sich etwas wie eine Flamme von dem Amboß, etwas, das aus dem Schwert befreit worden war und dennoch für kurze Zeit in dem Rund verweilt hatte. Es wand und drehte sich, und es sang gleichfalls. Und das Singen wurde zu einem Brüllen, das seinen Widerhall in der Kehle all der Frauen fand, und die Flamme wurde greller und stärker, und sie begann Gestalt anzunehmen und Farbe, und mir wollte scheinen, als ich vor dieser ungeheuren Macht zurückwich, daß dies eine noch gewaltigere Kraft darstellte als alles, was ich zuvor erlebt hatte. Denn dies war die Kraft menschlichen Begehrens, menschlichen Willens und menschlicher Ideale. Sie wuchs und wuchs. Der Schwertsplitter fiel mir aus der Hand. Ich lag auf den Knien und blickte auf, als die Macht Gestalt annahm, immer noch brüllend, immer noch sich windend und drehend, bis das neu entstandene Wesen die Sonne verdeckte.

Es war ein gewaltiges Tier. Ein Drache, dessen Schuppenhaut in der Sonne glitzerte. Ein Drache, dessen Zackenkamm in den leuchtendsten Farben des Regenbogens erstrahlte. Ein Drache, dessen rote Nüstern flammten und dessen weiße Zähne aufeinanderknirschten, dessen Windungen sich mit erlesener Anmut in den Himmel erhoben, dessen Schwingen sich weiter und weiter entfaltenen und das Geschöpf mit kraftvollen Schlägen in die klaren, blauen Lüfte trugen.

Und immer noch ertönte der Gesang. Immer noch waren der Drache und die Frauen und ich in unserem Lied vereint. Der Amboß tönte, obwohl die Stimme des Schwertes matter wurde. Höher und höher stieg es, jenes wundervolle Geschöpf; höher, bis es sich drehte, schlangengleich, dann herabglitt, die Wasseroberfläche streifte und wieder ins Sonnenlicht hinaufstieß, berauscht von seiner Kraft, seiner Freiheit, dem Leben an sich.

Dann brüllte die Drachin, das weibliche Tier, das bei dem Versuch, die Frauen der alten Rasse hinter dem Trupp der Männer her in ihre neue Heimat zu führen, von dem Schwert eingefangen worden war. Und ihr Atem strömte warm auf unsere Gesichter und brachte auch uns neues Leben. Sie öffnete den gewaltigen Rachen und ließ die Kiefer zuschnappen im Überschwang der Freude über ihre Erlösung. Sie tanzte für uns. Sie sang für uns. Sie zeigte uns ihre Macht. Und wir waren eins mit ihr. Ich hatte etwas ähnliches bisher nur einmal erfahren, und die Erinnerung an jene Zeit war mir entglitten. Ich weinte vor Entzücken.

Dann wand sich der ungeheure Leib in eine andere Richtung. Ihre vielfarbigen Schwingen, ähnlich den Flügeln eines riesenhaften Insekts, bewegten sich mit einem neuen Zielbewußtsein.

Sie drehte ihren länglichen Saurierkopf und betrachtete uns mit weisen, sanften Augen, und wieder strömte der Atem aus ihren Nüstern, und sie rief uns, rief uns, ihr zu folgen.

Von Bek ergriff meine Hand. »Kommen Sie mit uns, Herr Daker. Kommen Sie mit uns durch das Drachentor. Wir werden dort so viel Glück erfahren!« Und Alisaard umfaßte meinen Arm. Sie sagte: »Das gesamte Volk der Alten wird Euch verehren. Auf ewig.«

Aber ich sagte ihnen traurig, daß es nicht sein konnte. »Ich weiß jetzt, daß ich wieder an Bord des Dunklen Schiffes gehen muß. Das ist meine Pflicht und meine Bestimmung.«

»Sie sagten, Sie hätten nicht mehr den Wunsch, ein Held zu sein.« Von Bek war erstaunt.

»Das stimmt. Und in der Welt der Alten Rasse werde ich ein Held sein, oder etwa nicht? Meine einzige Hoffnung, mich von dieser Last zu befreien, liegt darin, hierzubleiben. Das weiß ich.«

Sämtliche Frauen waren inzwischen an Bord der Schiffe gegangen. Viele stachen bereits in See, tanzten im Gefolge der Drachin über die weiß gekrönten Wellen. Die Frauen winkten mir zu, während sie davonsegelten. Und immer noch sangen sie.

»Geht«, sagte ich zu meinen Freunden. »Geht und werdet glücklich. Das wird mich über den Abschied hinwegtrösten, ich verspreche es.«

Und so trennten wir uns. Von Bek und Alisaard waren die letzten, die an Bord des jetzt noch allein im Hafen liegenden Schiffes gingen. Ich sah zu, wie der Wind das Dreieckssegel bauschte, wie der schmale Bug eine Furche in das leicht bewegte Wasser schnitt.

Der gewaltige Drache, endlich erlöst, wie die Legende es gesagt hatte, beschrieb einen großen Kreis am Himmel über uns, offenbar aus reiner Lust am Fliegen.

Aber der Kreis blieb am Himmel bestehen. Eine blaue und

rote Scheibe, die sich langsam vergrößerte, bis sie die Wasseroberfläche berührte. Die Farben wurden reicher. Tausende von satten, dunklen Schattierungen schimmerten über dem Wasser. Und durch diesen Kreis schwang sich jetzt der Drache und war beinahe augenblicklich verschwunden. Ihm folgten die Schiffe der Alten. Und auch sie wurden von dem Kreis verschlungen. Sie waren zu den Ihren zurückgekehrt. Die Drachen und ihre sterblichen Gefährten waren endlich vereint!

Der Kreis verblaßte.

Der Kreis verschwand.

Ich war allein in einer verlassenen Welt.

Ich war allein.

Ich schaute auf die zwei Hälften des Schwertes hinab, auf den Amboß. Beide schienen ungeheure Kräfte enthalten zu haben. Mir kam es vor, als wären sie geschmolzen und hätten doch ihre Form behalten. Woher dieser Eindruck rührte, weiß ich nicht.

Ich stieß mit dem Fuß gegen den Schwertgriff. Einen Moment war ich versucht, ihn aufzuheben, aber dann wandte ich mich mit einem Schulterzucken ab. Ich wollte nichts mehr mit Schwertern oder Zauberei oder Schicksal zu tun haben. Ich wollte nur nach Hause.

Ich ließ den Hafen hinter mir. Ich durchwanderte die kläglichen Ruinen der Stadt der Alten Rasse. Ich erinnerte mich an solche Zerstörung. Ich erinnerte mich, wie ich als Erekose, Held der Menschheit, meine Armee gegen eine ähnliche Stadt geführt hatte, gegen ein Volk, das man die Alten nannte. Ich erinnerte mich an dieses Verbrechen. Und ich entsann mich eines anderen Verbrechens, als ich die Heere der Alten Rasse gegen mein eigenes Volk führte.

Doch irgendwie war der Stachel der Schuld, den ich seither gespürt hatte, stumpf geworden. Ich fühlte, die Schuld war getilgt. Ich hatte Buße getan und war jetzt frei.

Aber ich empfand noch den Schmerz über den Verlust Ermizhads. Würde ich je wieder mit ihr vereint sein?

Später, gegen Abend, stand ich wieder am Kai und schaute in die untergehende Sonne. Alles war still. Alles war ruhig.

Doch es war eine Einsamkeit, die nicht wohltat, denn sie war eine Folge der Abwesenheit von Leben.

Ein paar Seevögel kreisten über mir und ließen ihre Schreie ertönen. Die Wellen schlugen gegen die Steine der Hafenmauer. Ich setzte mich auf das Eiserne Rund und dachte wieder über die zwei Hälften des Drachenschwertes nach, wobei ich mich fragte, ob ich vielleicht mit den Alten hätte gehen sollen, zurück in ihre Welt.

Und dann vernahm ich hinter mir das Geräusch von Pferden. Ich drehte mich um. Ein einzelner Reiter, ein zweites Pferd am Zügel. Ein kleiner, mißgestalter Bursche in buntscheckigen Kleidern. Er grinste und hob grüßend die Hand.

»Würdet Ihr mich vielleicht auf einem Ritt begleiten, Meister Held? Ich wäre froh über die Gesellschaft!«

»Guten Abend wünsche ich Euch, Jermays. Ich hoffe, Ihr seid nicht etwa der Träger weiterer Nachrichten von Schicksal und Geschick.« Ich stieg in den Sattel des ledigen Pferdes.

»Ich habe mich nie sonderlich um dergleichen Dinge gekümmert«, sagte er, »wir Ihr wißt. Es ist nicht meine Sache, eine tragende Rolle in der Geschichte des Multiversums zu spielen. Diese letzte Zeit war die geschäftigste, die ich je mitgemacht habe. Ich bedaure es nicht, obwohl ich ganz gerne Sharadims Niederlage miterlebt hätte, und die Vertreibung des Chaos. Ihr habt eine große Tat vollbracht, wie, Meister Held? Vielleicht die größte Eurer Laufbahn?«

Ich schüttelte den Kopf. Ich wußte es nicht.

Jermays schlug einen Weg entlang der Küste ein, unter den weißen Klippen. Die Sonne verlieh dem Himmel eine wundervolle tiefe Färbung, die auf das Meer übergriff. Alles wirkte dauerhaft und unangreifbar.

»Eure Freunde sind gegangen, hm?« erkundigte er sich, während wir dahinritten. »Drache zu Drache, die Frauen der Alten Rasse zu ihren Männern. Und von Bek, was für eine Art Dynastie wird er gründen, frage ich mich? Und was für Sagen werden entstehen, aus dem, was hier geschah? Ein neuer Zyklus muß beginnen, ehe wir auf einen Hinweis auf das Schicksal von Melniboné hoffen können.«

Der Name klang mir vertraut. Er rührte an eine schwache

Erinnerung, aber ich ließ es auf sich beruhen. Ich legte keinen Wert mehr auf Erinnerungen, weder an Vergangenheit noch Zukunft.

Bald war es Nacht. Mondlicht lag wie lauteres Silber über dem Wasser. Als wir eine Landzunge umrundeten, wo die Hufe unserer Pferde durch das auflaufende Wasser stapften, entdeckte ich in der kleinen Bucht die Umrisse eines vor Anker liegenden Schiffes.

Ich konnte die hohen Decks ausmachen, vorn und achtern, und die vielfältigen Schnitzereien an sämtlichem Holzwerk. Der Bug war großzügig geschwungen, und an dem einzigen, hohen Mast hing ein einzelnes großes, zusammengerolltes Segel. Auf beiden hohen Decks gab es ein Steuerrad, als könnte das Schiff wahlweise von Bug oder Heck aus gesteuert werden. Es schwamm hoch auf dem Wasser, wie ein Frachter, der auf neue Ladung wartet.

Jermays und ich ritten durch das seichte Wasser. Ich hörte ihn rufen: »Hallo, Schiff! Nehmt ihr Passagiere an Bord?«

Auf Deck erschien eine Gestalt, stützte sich auf die Reling und blickte scheinbar über unsere Köpfe hinweg zu den Felsen. Ich merkte sogleich, daß er blind war.

Ein roter Nebel bildete sich in dem Wasser um das Schiff. Er war durchscheinend, aber es sah aus, als bewegte er sich nicht mit dem Wasser, sondern mit dem Wiegen des Schiffes. Ich schaute auf das Meer hinaus, aber der Mond war hinter Wolken verborgen, und ich konnte kaum etwas erkennen. Es schien, als ob der rote Nebel weiter zunahm.

»Kommt an Bord«, sagte der blinde Mann. »Ihr seid willkommen.«

»Jetzt müssen wir uns trennen«, meinte Jermays. »Ich glaube, es wird lange dauern, bis wir einander wieder begegnen, vielleicht sogar erst in einem neuen Zyklus. Lebt wohl, Held.« Er schlug mir auf den Rücken, zog sein Pferd herum und galoppierte durch das Wasser zum Ufer zurück. Ich hörte noch das dumpfe Geräusch von Hufen im Sand, dann war er verschwunden.

Mein eigenes Pferd wurde unruhig. Ich stieg aus dem Sattel und ließ es laufen. Es folgte Jermays.

Ich watete durch das Wasser, das warm gegen meinen Körper

plätscherte. Es war mir bis an die Brust gestiegen, bevor ich eine Strickleiter zu fassen bekam und an Bord steigen konnte. Der rote Nebel hatte sich verdichtet. Er hing wie ein undurchsichtiger Schleier zwischen Schiff und Küste.

Der blinde Mann sog die Luft ein. »Wir müssen den Anker lichten. Ich bin froh, daß Ihr Euch entschlossen habt zu kommen. Ihr habt diesmal kein Schwert, wie?«

»Ich brauche keins«, erwiderte ich.

Er brummte zur Antwort und gab dann Befehl, das Segel zu hissen. Ich bemerkte die Schatten von Männern in der Takelage, als ich dem blinden Steuermann zu seiner Kajüte folgte, wo sein Bruder, der Kapitän, uns erwartete. Ich hörte das Segel herabfallen und das Tuch im ungeduldigen Wind klatschen. Der Anker wurde gelichtet. Ich fühlte, wie das Schiff sich über den Bug neigte und wieder aufrichtete und über die Wellen auf das Meer hinausglitt, und ich wußte, wir durchsegelten erneut die Gewässer zwischen den Welten.

Des Kapitäns leuchtend blaue Augen waren freundlich, als er einladend auf das für mich vorbereitete Essen deutete. »Ihr müßt erschöpft sein, John Daker. Ihr habt große Leistungen vollbracht, nicht wahr?«

Ich streifte mein schweres Lederzeug ab und seufzte erleichtert, als ich mir Wein einschenkte.

»Sind heute nacht noch andere an Bord?« fragte ich.

»Von Eurer Art? Nur Ihr selbst.«

»Und wohin segeln wir?« Ich war bereit, mich jeder Anweisung zu fügen, die man mir erteilen mochte.

»Oh, zu keinem besonderen Ziel. Ihr habt kein Schwert bei Euch, fällt mir auf.«

»Euer Bruder hat bereits eine Bemerkung deswegen gemacht. Ich ließ es zerbrochen auf dem Kai von Barobanay zurück. Es ist jetzt nutzlos.«

»Nicht unbedingt«, meinte der Kapitän und leistete mir mit einem Becher Wein Gesellschaft. »Aber es wird neu geschmiedet werden müssen. Vielleicht wird es zwei Schwerter geben, wo anfangs nur eines war.«

»Ein neues Schwert aus jeder Hälfte? Reicht das Metall dafür aus?«

»Ich denke schon. Aber darüber braucht Ihr Euch für die nächste Zeit keine Gedanken zu machen. Möchtet Ihr jetzt schlafen?«

»Ich bin müde«, gab ich zu. Ich hatte das Gefühl, seit Jahrhunderten nicht mehr geschlafen zu haben.

Der blinde Steuermann führte mich zu meiner alten, vertrauten Koje. Ich streckte mich aus und begann fast sofort zu träumen. Ich träumte von König Rigenos und von Ermizhad, von Urlik Skarsol und all den anderen Helden, die ich gewesen war. Und dann träumte ich von Drachen. Hunderten von Drachen. Drachen, die ich mit Namen kannte. Drachen, die mich liebten, wie ich sie. Und ich träumte von großen Flotten. Von Kriegen. Von Tragödien und unglaublichen Freuden, von Zauberei und wilden Leidenschaften. Ich träumte von weißen Armen, die mich umschlangen. Ich träumte wieder von Ermizhad. Und dann träumte ich, wir wären wieder zusammen und ich erwachte lachend, mit der Erinnerung an etwas aus dem Drachenlied, das die Frauen der Alten Rasse gesungen hatten.

Der blinde Steuermann und sein Bruder, der Kapitän, standen vor mir. Auch sie lächelten.

»Es ist Zeit, von Bord zu gehen, John Daker. Es ist Zeit für Euch, Eure Belohnung zu empfangen.«

Also erhob ich mich. Ich trug nur lederne Beinkleider und Stiefel. Aber ich fror nicht. Ich folgte ihnen in die Dunkelheit auf Deck. Ein paar gelbe Lampen schimmerten hier und dort. Durch den roten Nebel erkannte ich die Andeutung einer Küstenlinie. Ich sah erst einen Turm, dann einen zweiten. Sie schienen einen Hafen einzurahmen.

Ich blinzelte in die Dunkelheit, in dem Versuch, Einzelheiten auszumachen. Die Türme kamen mir bekannt vor.

Jetzt rief der blinde Steuermann von unten zu mir herauf. Er saß in einem kleinen Boot und wartete darauf, mich an Land zu setzen. Ich nahm Abschied von dem Kapitän, kletterte zum Boot hinab und setzte mich auf eine Bank.

Der Steuermann bewegte kräftig die Ruder. Der rote Nebel wurde immer dünner. Es schien kurz vor Sonnenaufgang zu sein. Zwischen den Zwillingstürmen spannte sich eine Brücke. Wo man auch hinsah, glommen unzählige Lichter. Ich hörte ein melancholisches Tuten, das ich zuerst einem Meeresungeheuer zuschrieb. Dann begriff ich, daß es von einem Boot stammte.

Der Steuermann zog die Ruder ein. »Ihr habt Euren Bestimmungsort erreicht, John Daker. Ich wünsche Euch viel Glück.«

Vorsichtig trat ich auf das schlammige Ufer. Über mir ertönte ein an- und abschwellendes Summen. Ich hörte Stimmen. Und dann, als der Steuermann in dem roten Nebel verschwand, wurde mir klar, daß ich hier schon einmal gewesen war.

Die Zwillingstürme waren die Tower Bridge. Die Geräusche, die ich hörte, waren die Geräusche einer großen, modernen Stadt. Die Geräusche von London.

John Daker kehrte nach Hause zurück.

Epilog

Mein Name ist John Daker. Einst nannte man mich den Ewigen Helden. Es ist möglich, daß ich diesen Namen wieder tragen werde. Vorläufig allerdings habe ich Ruhe.

Indem ich diese Identität heraufbeschwor – das Original, wenn man so will – war ich in der Lage, den Mächten des Chaos zu widerstehen und sie endlich zu besiegen. Meine Belohnung für diese Tat ist, daß mir erlaubt ist, mein Leben als John Daker wieder aufzunehmen.

Als König Rigenos mich zum Helden der Menschheit berief, war ich mit meinem Leben unzufrieden. Es schien mir seicht, farblos. Doch bin ich zu der Erkenntnis gekommen, wie reich mein Leben tatsächlich ist, wie vielfältig die Welt, in der ich lebe. Diese Vielfältigkeit allein ist schon wert, in Ehren gehalten zu werden. Mir ist klar, daß das Leben in einer großen Stadt des 20. Jahrhunderts meiner Welt ebenso intensiv, ebenso befriedigend sein kann wie jedes andere. In der Tat, ein Held zu sein, ewig zu kämpfen, heißt in gewisser Weise, immer ein Kind zu bleiben. Die echte Herausforderung ist, dem eigenen Leben Sinn zu geben, es mit einem Zweck zu erfüllen, der sich auf den eigenen Prinzipien gründet.

Ich habe immer noch Erinnerungen an jene anderen Zeiten. Immer noch träume ich von den gewaltigen Schwertern, den Streitrössern, den großen Kriegsschiffen, den unheimlichen Geschöpfen und den magischen Städten, den leuchtenden Bannern und dem Wunder der vollkommenen Liebe. Ich träume davon, gegen das Chaos zu reiten, im Namen der Hölle die Waffen gegen den Himmel zu tragen, die Sichel zu sein, die die Menschheit niedermäht . . . Aber ich habe ähnlich beeindruckende Erfahrungen in dieser Welt gesammelt. Wir müssen uns nur, denke ich, selbst beibringen, sie wahrzunehmen und zu genießen.

Das lernte ich, als ich am Anfang der Welt Erzherzog Balarizaaf gegenüberstand, Sharadim und Flamadin, als wir um den Besitz des Drachenschwertes kämpften.

Es ist Ironie, daß ich mich und die, die ich liebte, dadurch retten konnte, daß ich mir im entscheidenden Augenblick meine Existenz als gewöhnlicher Sterblicher ins Gedächtnis rief. Die Rolle des Helden beinhaltet subtile Gefahren. Ich bin froh, nicht länger darüber nachdenken zu müssen.

Also ist John Daker nach Hause zurückgekehrt. Der Zyklus ist vollendet; die Sage kommt zu einer Art Schluß. Irgendwo kämpft zweifellos der Ewige Held weiter um die Erhaltung des Kosmischen Gleichgewichts. Und in seinen Träumen, wenn nicht auch sonst, wird John Daker sich an jene Schlachten erinnern, wie auch an ein ungeheures Feld von Statuen, die alle seinen Namen zu tragen scheinen . . . Für den Augenblick aber braucht er nicht in diesen Schlachten mitzufechten, noch sich Gedanken über die Bedeutung dieser Statuen zu machen.

Natürlich sehne ich mich immer noch nach meiner Ermizhad. Ich werde nie jemanden lieben, wie ich sie geliebt habe. Ich bin überzeugt, sie zu finden, nicht auf irgendeiner bizarren Welt des Multiversums, sondern hier, vielleicht in dieser Stadt, in London. Schaut sie nach mir aus, vielleicht gerade jetzt, da ich nach ihr suche? Es kann nicht mehr lange dauern, bis wir wieder vereint sind.

Und wenn dieser Augenblick gekommen ist, wird man kein Schwert schmieden, in dieser Welt oder einer anderen, das uns noch einmal trennen kann!

Wir werden Frieden erleben dürfen.

Mag unsere Lebensspanne auch die gewöhnlicher menschlicher Wesen sein, so wird sie doch uns gehören. Wir werden frei sein von allen kosmischen Plänen, frei von Schicksalen und großen Bestimmungen.

Wir werden frei sein zu lieben, wie es uns immer bestimmt war zu lieben: freie, fehlerhafte, begrenzte, sterbliche Geschöpfe zu sein, wie wir es uns von Anfang an gewünscht haben.

Und während dieser Jahre zumindest wird der Ewige Held Ruhe finden.

ENDE

FANTASY

Band 20 044

Michael Moorcock

Der Phönix im Obsidian

Deutsche Erstveröffentlichung

Als Erekosë hat er endlich in den Armen der Eldren-Prinzessin Ermizhad Frieden gefunden, aber dann ruft ihn wieder die ewige Schlacht.

Als Urlik, Prinz des südlichen Eises, muß er in einer neuen Inkarnation gegen die furchtbare Obsidian-Stadt ziehen, um die Menschheit vor den Silberkriegern, den Söhnen des Mondes, zu schützen.

Er ist der Ewige Held – dazu bestimmt, in allen Zeiten und Welten des Multiuniversums den endlosen Kampf zwischen Chaos und Ordnung auszufechten. Doch diesmal will er keinen Sieg, sondern er kämpft gegen das Schicksal selbst.

Mit den Abenteuern Erekosës, von denen »Die ewige Schlacht« (20 043) bereits erschienen ist, liegt nach den Zyklen um Hawkmoon, Corum und Elric nun die Geschichte der letzten Inkarnation des Ewigen Helden vor.

BASTEI LÜBBE